古事記の成立

［歌と散文］の表現史

居駒永幸
IKOMA Nagayuki

花鳥社

古事記の成立

［歌と散文］の表現史

目次

第一章　主題と研究方法

第二章　『古事記』『日本書紀』の歌とその表現

第四章　『古事記』［歌と散文］の表現空間

第五章　『古事記』［歌と散文］の文体と成立

はじめに

本書は、『古事記』の中で詠われる歌とその前後にある散文が創り出す表現空間について論じたものである。それは前著『古代の歌と叙事文芸史』（笠間書院、二〇〇三年）でも考察したが、十分に検討しきれたとは言えず、刊行後も継続的に解明に取り組んできた。その後、二十年間に発表した論文二二編を五章に分けて構成し、統一的に編集したのが本書である。具体的に言えば、前著の最終章「古事記における歌と散文の表現空間」で提起した『古事記』の文体や表現方法について、さらに対象範囲を広げ、掘り下げて論じた。それと対応関係にある『日本書紀』の他、『風土記』にも言及した。『古事記』と同時代の史書や古代説話にも歌が記載される現象をとらえたかったからである。

* * *

はじめに、本書の主題や目的、そして用語（キーワード）について、簡単に説明しておきたいと思う。

歌／歌謡／歌曲

この三語は意図して使い分けている。「歌」は文字列として書かれ、『古事記』本文の文脈にあるものを指す。『古事記』の最古の写本である真福寺本をみると、「歌」は訓主体表記の中に一字一音表記を用いて区別されている。さらに「歌曰」の次に位置するので、漢字が並ぶ文字列の中でも明確に「歌」とわかるように書かれている。本書では『古事記』の文脈にある「歌」と前後の散文を研究対象としているので、文中に用いられるのは多くが

「歌」の語となる。本書は『古事記』の「歌」について、うたい手の声であり、宮廷史の場面を現前させるもの、ととらえている。

一方、「歌謡」は音声で音楽的にうたわれる状態のものを指す。例えば宮廷儀式でうたわれる宮廷歌謡、民衆が歌垣で掛け合いをしてうたう民謡などを想定して用いる。しかし、これらの古代歌謡は『古事記』(『日本書紀』も)所載の「歌」と同じではない。口誦の世界にあって行事や儀礼、集団の遊びなどで社会的機能をもってうたわれるものである。

宮廷に集積された歌謡の一部は、歌舞の制度化に伴って音楽的に整えられ、琴などの楽器の伴奏でうたわれた。それを「宮廷歌曲」と呼んでおく。『古事記』に三二首、『日本書紀』に一五首の歌曲名をもつ歌がある。これら宮廷の「歌謡」「歌曲」は『古事記』『日本書紀』の「歌」と並行して存在した、とするのが本書の立場である。

本書では「歌謡物語」の呼称は用いない。『古事記』ではすべての「歌」が個人の歌あるいは特定の少数集団をうたい手とし、そこに「歌謡」の不特定性や集団性の認識がないからである。『古事記』の文脈において、「歌謡」の語は適切でない。

歌の叙事と散文の生成

「歌の叙事」とは、人名を詠み込んでうたわれるその人物の行動や様子、歌に詠み込まれる事件や出来事を指す。人物の行動や出来事が歌に内在するものとして理解される場合もある。『古事記』の歌は何らかの宮廷史に関わってうたわれ、すべて歴史叙述の中に位置づけられる。歌自体が宮廷の出来事を伝え、歴史叙述そのものと言ってもよい。天皇・皇子などの歴史的人物をうたい手とし、出来事の由来や起源をもつのが『古事記』の歌であるから、それらは宮廷史に関わる「歌の叙事」によって理解されていたことになる。

『古事記』の歌については、説話や物語に独立の古代歌謡が結合したとか、はめ込まれたとする、いわゆる転用論はもはや成立しない。説話や物語のために歌が創作されるという事態も想定しがたい。『古事記』の歌は宮廷史に関わる伝承、それも権威ある伝承の一つとして存在したという考え方に本書は立つ。宮廷史に関わる「歌の叙事」をもつ「歌」が、『古事記』に記載されたのである。そのため、歌を伴わない散文だけの部分も、歌によって叙述が進行する部分も、『古事記』（『日本書紀』にも）にはみられる。

歌の前後の散文は『古事記』の「撰録」作業と深く関わることは明らかである。散文には歌詞が訓字に変換され、音仮名そのままで用いられる例があることからも、「歌の叙事」の解釈や理解によって散文が叙述されると言える。「歌の叙事」から説明としての散文が生成してくる、と本書ではとらえている。

〔歌と散文〕の表現空間

本書では、『古事記』（『日本書紀』も）の歌とその前後の散文の、一体性をもつ叙述に対して、特に括弧付きで〔歌と散文〕の語を用いる。〔歌と散文〕の関係は以前から問題にされてきた。両者のあいだに矛盾や齟齬があると、独立歌謡を説話に結合させたためとし、歌謡の本体探しが行われた。本書ではこの方法をとらない。『古事記』の文脈における〔歌と散文〕の関係性の解明を最優先の課題とする。そもそも矛盾や齟齬の判断には恣意性が付きまとう。

本書で問題としているのは、〔歌と散文〕が一つの話、あるいは連続して一つの説話を構成する現象である。歌が連なって話が進行していく場合さえある。そのような〔歌と散文〕の多様な現象について分析し、検討することが本書の大きな目的でもある。確かに、〔歌と散文〕のあいだには齟齬と一見とらえられがちな関係もある。過去の拙論ではそれを和文体の未熟さに起因すると考えたが、それは正しい理解ではなく、多様にあり得た和文体の試みに生ずるものといまは考えている。

それでは、〔歌と散文〕によって『古事記』は何を表現しようとしたのか。この問いの解明が本書の大きな課題である。〔歌と散文〕のあいだにはその緊密な関係や一体性によって、宮廷史の一場面が現前してくる。それを本書では〔歌と散文〕による表現空間の創出ととらえる。〔歌と散文〕の表現空間は、『古事記』という作品が意図して定着させた仕組みなのである。

日継と古事

『古事記』は「日継」の書である、と本書では位置づけている。「日継」とは序文に「帝皇日継」「先代旧辞」とある、その「日継」のことで、代々の天皇の皇位継承を意味する。「日継」を説明するのが、序文に「旧辞」と呼称する宮廷史資料であった。中・下巻には〔歌と散文〕による反乱伝承が多いのであるが、「歌」が皇位継承の宮廷史と密接な関係にあることを本書で論述している。皇位継承の次第に対応する（あるいは説明する）各天皇代の出来事に当たるのが「旧辞」＝「古事」すなわちフルコトである。それが『古事記』の書名である。

「日継」の記定が強く要請されたのは、序文によれば天武朝である。天武紀十年の「記定帝紀及上古諸事」は『日本書紀』成立の発端を示す資料とされるが、『古事記』成立の第一段階もこの前後に想定されるとするのが本書の立場である。天武賜姓がその前年から始まるのに、『古事記』では旧姓を用いる（一例を除く）という事実は重い意味をもつ。『古事記』成立の直接の要因は、壬申の乱と草壁皇子への皇位継承にあったと考えられる。「日継」の記定はそこにおいて天武朝の重要課題であったからである。

それでは、〔歌と散文〕は『古事記』の成立にどのように関わるのか。序文によれば、天武天皇詔を発端とし、稗田阿礼の「誦習」と太安万侶の「撰録」の二段階を経て『古事記』は成立する。簡潔に言えば、〔歌と散文〕

は阿礼「誦習」にすでに存在したのかという問題である。本書では、「歌」の表現の検討を通して、天武天皇勅語と阿礼「誦習」において［歌と散文］の大枠はできていたとすることの論証を試みている。表記の統一など完成までの作業は、安万侶の「撰録」が担ったことになる。

八世紀初頭日本史書の特異な現象

歴史叙述を目的とした『古事記』『日本書紀』が、多くの「歌」を載せて［歌と散文］の文体を取り入れたことは、考えてみれば重大かつ奥深い意味がある。しかし、当時、規範とすべき中国史書に漢詩の多用はみられず、『続日本紀』以後の六国史にもこの文体は採用されていない。少数の曲宴の和歌や童謡などを実録として残すにすぎない。この事実に鑑みても、［歌と散文］の叙述法は文学史のみならず、文化史としても注目すべきことで、八世紀初めの日本史書に限定的に現れた特異な現象と言うほかない。

『古事記』が試みた和文体の［歌と散文］は、史書に継承されることはなかったが、表現史としては『万葉集』巻十六の「題詞・左注＋和歌」や平安時代の歌物語へとつながっていく。しかし、『古事記』に書かれた歌が果たす役割や歌のもつ意味はそれらとは異なる。本書では、それを『古事記』の歌に対する見方や考え方、すなわち「歌」観に基づくという観点から論じている。

『古事記』（『日本書紀』も）はなぜ［歌と散文］の叙述法を選択し、本文に定着させたのか。本書の目的は、この八世紀初頭日本史書の特異な現象を少しでも解明したいという点にある。

＊　＊　＊

具体的に本書の構成と概要を述べると、次の通りである。第一章は『古事記』の［歌と散文］についての研究方法、第二章から第四章までは［歌と散文］の個別の課題について考察した。言わば各論に当たる。第五章の三編はそれら各論を受け、全体を貫く軸に相当する、言わば総論である。なお第四章までと第五章のあいだには、二、三の例外を除いて、七、八年の執筆期間の空白がある。それは『古事記』の全歌について［歌と散文］の注釈を書いていたことによる。

各論と注釈作業を経て執筆した第五章の総論三編では、『古事記』『日本書紀』の歌とは何か、『古事記』はなぜ［歌と散文］で叙述したのか、［歌と散文］の視点から『古事記』の成立はどのように解明できるか、という課題を論じた。それは先に軸と言ったが、『古事記』の［歌と散文］を成り立たせている要件を明らかにするためのものである。第五章は個別事例の考察の先に、必然的に立ち上がる課題であった。その検討作業は最終的に『古事記』の成立論に及ぶこととなった。［歌と散文］の文体は「誦習」「撰録」という『古事記』の成立と深く結びついていたからである。

凡例

1、本書に引用した『古事記』の本文

i歌とその前後の散文の、一体性をもつ叙述、すなわち［歌と散文］は、原則として散文は校訂本文を示し、歌詞は校訂本文を訓読したもので示した。

［歌と散文］の校訂本文は、真福寺本を底本とし、卜部兼永本以下の諸写本によって校訂を加えたものである。諸写本ついては小野寺光雄編『諸本集成古事記』（勉誠社、一九八一年）を参看した。校訂の際、参考にした主な書は次の通り。

・新編日本古典文学全集『古事記』（山口佳紀・神野志隆光校注・訳、小学館、一九九七年）

・西宮一民『古事記』修訂版（おうふう、二〇〇〇年）

・沖森卓也・佐藤信・矢嶋泉編『新校古事記』（おうふう、二〇一五年）

歌詞の訓読文は、歌詞に対応する散文の訓字表記を重視して訓読に反映させた。

ii［歌と散文］以外の本文は、右で参考にした三書のうち、新編古典全集『古事記』に依拠したが、他の二書でそれを修正したところがある。

2、『古事記』以外に引用した主な上代文献の本文

『日本書紀』——日本古典文学大系『日本書紀』上・下（坂本太郎・家永三郎・井上光貞・大野晋校注、岩波書店、一九六五年・一九六七年）

『万葉集』――新編日本古典文学全集『万葉集』1～4（小島憲之・木下正俊・東野治之校注・訳、小学館、一九九四～一九九六年）
『風土記』――新編日本古典文学全集『風土記』（植垣節也校注・訳、小学館、一九九七年）
『続日本紀』――新日本古典文学大系『続日本紀』一～五（青木和夫・稲岡耕二・笹山晴生・白藤禮幸校注、岩波書店、一九八九～一九九八年）

3、『古事記』の歌番号

i『古事記』の全歌数を一一一首とする数え方による。允恭記の「夷振之上歌」を一首とし、清寧記の「詠」は歌数に入れない。

ii『万葉集』を除くその他の歌番号は、日本古典文学大系『古代歌謡集』（土橋寛・小西甚一校注、岩波書店、一九五七年）による。

4、上代文献の略称

i『古事記』『日本書紀』はそれぞれ『記』『紀』と略称を用いる。

ii歌番号の表示では、『古事記』の歌は例えば記1あるいは雄略記99、『日本書紀』は紀1あるいは雄略紀75などと略記し、『万葉集』は巻も示して万14・三三八八などとし、『風土記』は風1、『続日本紀』は続紀1のように略称で示す。

＊引用した本文は、私見によりあらためたところがある。

第一章　主題と研究方法

1　軽太子物語と歌の叙事
――記紀歌謡研究の新しい枠組み――

はじめに

記紀歌謡研究はいま、歌謡と散文の関係において、歌謡とは何かという見直しが迫られている。従来、散文とのあいだに意味上のずれがある場合、物語とは無関係の歌、すなわち別の場でうたわれた歌謡と認定する根拠にされてきた。しかし、ずれと認定する読みの方が問い直されるとともに、その歌について、別の場で機能する独立の歌謡という問題の立て方自体、再検討してみる必要がある。ここにおいて、記紀歌謡とは何か、どのような実体をもつ歌か、とあらためて問い返すことが求められる。それが記紀歌謡研究の現在であると言ってよい。

本論では、研究史を振り返りながら問題の在りかを見定めつつ、軽太子物語の歌を通して、それらがいかなる歌であるかについて検討し、そこから必然的に引き出されてくるところの記紀歌謡研究の新しい枠組み、あるいはその方向性を考えてみたいと思う。

一　記紀歌謡の二つのとらえ方

記紀歌謡のとらえ方には、従来二つの立場がある。その一つは、次のような言説に明示される。西宮一民氏は加爾と迦邇、および両者の混在する仮名の偏在に注目し、三表記の歌謡資料が『古事記』（以下、『記』）成書化以前に存在したと考え、次のように述べた。

太安萬侶が、それらの資料をそつくり流用したのだといふことなのである。勿論、古事記の説話の叙述に従つて歌を挿入していつた（地の文と歌とが結合した資料の場合もあらう）（中略）安萬侶は歌謡の一字一音表記の資料群を「説話」中に按配せしめた(1)

これは説話に歌謡をはめ込んだとする見解である。このようなとらえ方はほぼ通説化していると思われる。『記』の成書化において太安万侶が歌を説話中に「按配」した、あるいは本来説話とは別の歌を「流用」「挿入」したという論理は分かりやすいが、そこには『記』『日本書紀』（以下、『紀』）の書き手の恣意性という根本的な問題が潜むことも事実である。

説話にはめ込まれた歌謡の本体を明らかにしようとしたのが、土橋寛氏の古代歌謡研究である。すなわち記紀歌謡の実体は、古代の生活や儀礼の中でうたわれた独立の古代歌謡と物語のために創作・改作された物語歌であると提唱する。その独立歌謡は民謡・宮廷歌謡・芸謡とするのである(2)。

『記』『紀』の文脈から歌を引き離す右の立場は、先の安万侶による「按配」という見方とつながっていることは明らかであるが、他方、それと異なる立場もある。それは例えば、西郷信綱氏の次の批判に表れている。

物語を求め物語のなかに生きようとする志向を歌謡じたいがもっていたからこそ、古事記は一種の歌物語の

形式をとったのであり、作者が勝手に、歌謡をぽいと物語のなかに挿しこんだのでないことは明らかである。(3)
(傍点、西郷氏)

右は恣意的な歌謡の挿入を否定するものであるが、それではその歌謡とは何かという問いに明確な言及はない。益田勝実氏は『記』『紀』成立以前に「歌謡劇」「大王伝承」などを想定することで、歌と物語の背景を解明しようとした。(4)この見解は『記』『紀』の歌と物語の文脈からの推論にとどまる点でやや弱いと言わざるを得ないが、「集団の共有する伝承に没入し、それに依存することではじめて生かしうる抒情法」を「前抒情」と呼び、これこそが「記紀の歌謡の本質のひとつの側面」(5)と述べたことには留意する必要がある。

『記』『紀』から歌を引き離して別の場に置いてしまうことも、『記』『紀』の文脈から歌の背景を無前提に推論することも、大きな問題をはらんでいる。従って、『記』『紀』の文脈において、まずは記紀歌謡とは何かという問いを立てなければならない。『記』『紀』の書く次元こそが歌と物語を規定する表現行為に他ならない。

しかし、歌はそこにおいて物語の中に「按配」されたのではない。すでに物語の場面をうたう物語人物の歌としてあったと考えられる。歌が物語にはめ込まれるのではなく、歌そのものが物語を担ってきたということである。ここには歌の叙事から散文叙述が生成してくる状況さえ想定される。このような『記』の「歌と散文」のあいだに創出される表現空間から、記紀歌謡の性格と表現を解明する試みが求められるのである。

二　軽太子物語と歌の叙事

允恭記にある軽太子物語の歌から考えてみよう。この物語は十二首(6)の歌によって展開され、兄妹の恋と死という抒情的な悲恋物語は、『記』の中でもっとも文学性が高いと評価されてきた。軽太子と軽大郎女の悲劇をうたうとは、どのような歌なのか。

近年、新編古典全集『古事記』(小学館、一九九七年)は、『記』の注釈に作品論的解釈という新機軸を示して注目されたが、校注者の神野志隆光氏は軽太子の歌に新しい読みを試みている。太子は同母妹の軽大郎女と密通したことが発覚したため、人心が離れ、捕えられて伊予に流されるのであるが、捕えられた時、太子は次の歌をうたう。

天《あま》だむ　軽《かる》の嬢子《をとめ》　甚泣《いたな》かば　人知《ひとし》りぬべし　はさの山《やま》の　鳩《はと》の　下泣《したな》きに泣《な》く　(記82)

この歌の「甚泣かば　人知りぬべし」は、ひどく泣いたら人が知ってしまうだろうというのだから、二人の関係はまだ知られていないのであって、太子の配流は相姦露見を前提とする進行ではないとするのである。(7) 確かに、物語の展開に対するとらえ方を大きく変える指摘である。

この歌の不自然さは、本居宣長『古事記伝』以来たびたび取り上げられてきた。宣長は、「べし」には「泣け」とあるべきで、「泣く」では照応しないというのである。いくつかの注釈書は「軽の嬢子」を呼格としつつ、第三句以下の「泣く」の主語を太子とするが、(8) 呼びかけの相手と動作主が異なるという不自然さは依然として残る。そこで、これは主語・述語の関係とし、三・四句を「前の句が独立文の形のまま後の句を修飾する」と解釈する土橋寛氏の説が妥当である。土橋氏はさらに次のように説く。

「甚泣かば人知りぬべし」以下の詞章は、軽太子が自身のことを歌ったものとしてはふさわしくなく、「軽の嬢子」の説明・叙述と見るほうがよい。(9)

太子が捕らえられた時、引き裂かれた愛を悲しみ、忍び泣く軽の嬢子(軽大郎女)の様子が、太子の歌で説明されるというのである。この歌は、太子が大郎女にうたったのではなく、大郎女をうたったことになる。歌の主体としては対象を説明・叙述する第三者的な立場とも言える。歌の表現のあり方として、この点は見逃せない。

それにもかかわらず、「天だむ　軽嬢子」ではじまる次の83歌について、土橋氏が「軽の市の歌垣の誘い歌であるとすれば、この歌も同じ歌垣の歌が取り上げられたものか」[10]と、歌垣の民謡に還元してしまうのは説得力をもたない。83歌に限らず、歌垣の現場の歌であることを証明するのは不可能であるし、仮に誘う歌ならばその言葉は相手に向かうはずである。82歌は、みてきたように、相手の様子をうたう歌であった。

天《あま》だむ　軽嬢子《かるをとめ》　したたにも　寄《よ》り寝《ね》て通《とほ》れ　軽嬢子《かるをとめ》ども　（記83）

この83歌にしても、共寝に誘うことがそのまま歌垣の現場でうたわれた歌ということにはならない。『記』では「天田振」という歌曲名をもつ宮廷歌曲なのである。宮廷歌曲が太子の歌になっている、というより、軽太子物語をうたう歌であることが、宮廷歌曲であることの根拠になっていると言ってよい。歌そのものが軽太子の配流という歴史的事件を伝える宮廷伝承とみなされているのである。

「天田振」は「軽の嬢子」の様子をうたう三人称の82歌の後、83歌以下の一人称の歌が続く。この点について神野志氏は、「歌自体が状況説明をふくむしくみ」とし、「三人称的説明の歌があって、一人称表現の歌へとうつる」ところに、「歌謡物語の歌のくみたてかたのひとつのありよう」をみている。[11]「歌自体が状況説明をふくむ」とするのは首肯できる。83歌にすでにみてきたように、兄妹の恋は太子が捕らえられる事態となり、大郎女は太子のもとから引き離されて悲劇へと向かうことを暗示する。軽太子配流事件の状況とか事態の説明は歌そのものが担っているのである。つまり、散文の説明とともに、歌の叙事によって物語は進行する。一人称の83歌にしても、太子の配流という事件の状況を、当事者である太子自身の歌の形をとって説明していると言える。その意味で、83歌も歌の叙事によって物語を構成している。このような事件の状況を伝える歌を叙事歌と呼ぶことができる。軽太子物語は、このような叙事歌の連なりによって物語が進行するのである。

三　［歌と散文］の表現空間

密通の発覚が軽太子配流事件の発端ではないとする83歌からの新解釈は、『記』の［歌と散文］の関係に関わっている。そこで、次に軽太子物語の発端部にある歌の表現と散文叙述をみてみよう。

天皇崩之後、定木梨之軽太子所知日継、未即位之間、奸其伊呂妹軽大郎女而歌曰、
あしひきの　山田《やまだ》を作《つく》り　山高《やまだか》み　下樋《したび》を走《わし》せ　下訪《したど》ひに　我《わ》が訪《と》ふ妹《いも》を　下泣《したな》きに　我《わ》が泣《な》く妻《つま》を
此夜《こぞ》こそは　安《やす》く肌触《はだふ》れ　（記78）
此者、志良宜歌也。
又、歌曰、
小竹葉《ささば》に　打《う》つや霰《あられ》の　たしだしに　率寝《ゐね》てむ後《のち》は　人《ひと》は離《か》ゆとも　うるはしと　さ寝《ね》しさ寝《ね》てば
刈薦《かりこも》の　乱《みだ》れば乱《みだ》れ　さ寝《ね》しさ寝《ね》てば　（記79）
此者、夷振之上歌也。
是以、百官及天下人等、背軽太子而、帰穴穂御子。爾、軽太子畏而、逃入大前小前宿禰大臣之家而、備作兵器。

問題は「是以」にある。この語句は従来、密通の発覚を受けるものとして解釈されてきたが、神野志氏は「未即位之間」と対応し、太子の失脚は密通の発覚にあるのではなく、臣下の推戴を得られなかったためと読み解く。すなわち、「恋の進行と、皇位争いは並行して語られる」[12]というのである。従って歌の解釈でも、「人は離ゆとも」「乱れば乱れ」に人心の離反や天下の乱れの意までは広げ得ないとする。[13]

こうした文脈理解を踏まえながら、歌の側からどのように読めるのか、そして「歌と散文」はどのような関係にあるのかと問いかけてみたい。太子の78歌は、「下訪ひ」で大郎女への忍ぶ恋を言いつつ、「今夜こそは　安く肌触れ」で今宵の共寝を喜ぶ歌である。「下」の連続によって、許されない兄妹の恋が示され、太子の「下泣き」は82歌の「下泣きに泣く」という大郎女の様子とも照応する。「安く肌触れ」の結句はついに二人が新婚の夜を迎えたことを意味する。神野志氏は「相姦露顕ゆえの離反」が「本来の物語のありようとは異なる(14)」ことを示唆しているが、太子の密通という歌の叙事が、歌の説明としての「其のいろ妹軽大郎女に奸けて」という散文を生成してしまうところに、「本来の物語」とは違う、「歌と散文」の関係をみることができるのではないか。

次の歌の「人は離ゆとも」も、太子と大郎女の別離を含意しつつ、人臣の「背き」という叙事が引き出されることで、散文の「人等」との関係を作り出してしまうとみてよい。同様に「乱れば乱れ」も、散文の「兵器」、さらに後に出てくる「軍を興して」という世の乱れに通じているし、

宮人《みやひと》の　足結《あゆひ》の小鈴《こすず》　落《お》ちにきと　宮人響《みやひととよ》む　里人《さとびと》もゆめ　（記81）

という歌の、宮人の騒乱をうたう「宮人響む　里人もゆめ」とも関連しているとみるべきであろう。

このように歌の叙事は散文との関係を作り出し、あるいは散文そのものを生成させることをみてきた。歌はもとより抒情表現であるが、そこに歌の叙事という物語の進行の仕組みがあることを重視しなければならない。歌を中心とする兄妹の恋の進行は、歌の叙事によって散文の皇位争いと絡み合いつつ展開すると言えよう。このように歌の叙事が「歌と散文」の表現空間を作り出しているところに、『記』の歌による物語の方法をみることができる。その場合の『記』の歌は、物語人物の心情とともに、その行動や様子を伝える叙事歌として機能している。従って、82歌と83歌にみてきたように、例えば歌垣の歌というような民謡のレベルと直結させ、当てはめるのは、『記』の歌のあり方に適合しないのである。

四　叙事歌としての記紀歌謡

記紀歌謡が登場人物の心情をうたう抒情歌であることは広く認められている。それは「その文学的方法が、叙事的ではなく、物語歌の挿入という抒情的方法によっている」とする土橋氏の見解に端的に表れている。そして「物語歌」には、民謡などを物語に転用した「転用物語歌」と「物語述作者」が創作して物語にはめ込んだ「創作物語歌」の二種があると説く[15]。この「挿入」というとらえ方への根本的な疑問は、冒頭で述べたので触れない。ただ、ここで取り上げたいのは「物語歌」の概念である。物語歌には「転用」と「創作」があるとするが、それは歌と物語のあいだを恣意的な関係としてとらえることである。例えば、なぜこの部分に創作歌を入れなかったのかという議論になってしまうのである。従って、記紀歌謡研究には独立歌謡や物語歌とは別の視点、あるいはそれを乗り越える枠組みが求められる。

重要なことは、『記』『紀』の歌をそれぞれの文脈の中で読むという基本的なことの確認である。文脈から離れた意味を求めても、それは『記』『紀』の問題にはならない。だからと言って、古代に民謡はなかったと主張しているのではない。膨大な民謡とそれを生み出す行事や社会があったことは言うまでもない。だがしかし、記紀歌謡はその民謡とストレートに結びついてはいないのである。例えば、全体として五・七音句に整形化されることや、方言のような地域差を示す語はまったくみられないことからも、それは容易に理解できる。

その点に関わるものとして、吉田義孝氏が、天武紀四（六七五）年二月の「所部の百姓の能く歌ふ男女」を貢上せよと命ずる記事に注目し、天武朝に集められた諸国民謡が宮廷社会に多様な相聞歌を生み出す根元的な力になったと論じたことがここに想起される[16]。吉田氏の、民謡を基盤とする創作歌の論は、柿本人麻呂歌集略体歌の民謡性の解明に向かうものであったが、神野志氏は吉田氏の論を受けて、そこに「記紀歌謡の「民謡」的なうたの実体[17]」をみようとした。それは記紀歌謡の成立基盤を考える一つの視点になるであろう。

しかし、地方から宮都への民謡の流入、あるいは中央と地方の歌の交流は、天武朝に限ったことではなく、民謡は絶えず宮都に流れ込んで宮廷に集積され、中央から地方へも歌は広がっていったはずである。宮廷に累積した様々な出自の歌謡によって宮廷歌曲や儀礼歌謡が整備されていったことも、平安時代の歌謡集であるが、『琴歌譜』に記載された地方的な歌曲から推測できる。そして幾つかの歌曲が天皇に関わる縁記をもつことは、それらが宮廷伝承として保存されたことを示している[18]。

記紀歌謡にも歌曲名をもつ歌があり、それらの歌曲が宮廷伝承として伝えられているという事実は、宮廷に累積された歌謡の基盤の上に、宮廷の歴史的事件や出来事をうたう歌、すなわち叙事歌が生成されていったことを示している。それは、82歌のように物語人物をうたう叙事歌であったり、83歌のように物語人物がうたう叙事歌であったりする。こうした歌が生成される基盤については、はじめのところで挙げた、伝承に関わってうたう抒情法という益田氏の論を振り返ってみるべきであろう。「伝承に没入し、それに依存する」というのは伝承に仮託する歌の方法を指摘するものであるが、記紀歌謡に即して言えば、宮廷の歴史的事件や出来事そのものをうたう歌ということになる。宮廷史が歌によって伝えられるのである。宮廷史としての歌は歴史的事件の当事者をうたい手とする。『紀』のように、第三者による事件批評という時人の歌の形をとることもある。そのような宮廷の歴史的事件や出来事を歌で伝えるところに叙事歌の存在があったのである。それらは宮廷に累積された歌謡の基盤の上に生成されていくものであったことをあらためて確かめておきたい。

結び

記紀歌謡の実体は、物語の中に利用された歌ではなく、特に82歌にみてきたように、物語人物をうたい、歌の叙事によって物語の進行をも担う叙事歌としてとらえうる。とりわけ［歌と散文］が緊密な関係にある『記』においては、そのようにとらえることで『記』の文脈に歌が正当に位置づけられ、［歌と散文］が創り出す文体として読めるのである。物語のために改作・創作された物語歌ではなく、物語そのものを歌が担う叙事歌とみる立場において、［歌と散文］のあいだの表現空間を歌の叙事から読み解いていくことが可能になる。［歌と散文］の緊密な関係や一体性、そこに創出される表現空間は、『記』という作品が意図して定着させた文体である。

この［歌と散文］というとらえ方から記紀歌謡研究の新しい枠組みが可能となるのである。

注

（1）「古事記の仮名表記」（『古事記年報』一九八八年一月）
（2）『古代歌謡の世界』（塙書房、一九六八年）など。
（3）「ヤマトタケルの物語」（『古事記研究』未来社、一九七三年。初出、一九六九年一一月）
（4）『記紀歌謡』（筑摩書房、一九七二年）
（5）注（4）同書
（6）歌番号は允恭記の「夷振の上歌」を一首とし、『記』の全歌数を一一一首とする数え方による。
（7）「軽太子と軽大郎女の歌謡物語について」（『論集上代文学』14、一九八五年六月）ですでに論じている。
（8）武田祐吉『記紀歌謡集全講』（明治書院、一九五六年）、山路平四郎『記紀歌謡評釈』（東京堂出版、一九七三年）など。

（9）『古代歌謡全注釈・古事記編』（角川書店、一九七二年）
（10）注（9）同書
（11）注（7）同論文
（12）新編古典全集『古事記』（小学館、一九九七年）
（13）注（7）同論文
（14）注（7）同論文
（15）注（2）同書
（16）「天武朝における柿本人麻呂の事業」（『柿本人麻呂とその時代』桜楓社、一九八六年。初出、一九六三年五月）
（17）「歌謡物語」（『古事記の達成』（東京大学出版会、一九八三年。初出、一九七八年六月）
（18）居駒永幸「古事記の歌と琴歌譜」（『古代の歌と叙事文芸史』笠間書院、二〇〇三年。初出、一九九四年二月）

2　古代歌謡と『古事記』『日本書紀』の歌

――新たな記紀歌謡研究の方法――

はじめに

『古事記』『日本書紀』に記載された歌を記紀歌謡と呼ぶならば、その数は『記』が一一二首、[1]『紀』が一二八首になる。両書には重出ないし同類のものが五二首ほどあり、それ自体、記紀歌謡の解明すべき重要課題となっているが、それら両書の対応歌[2]を含めた合計二三九首を上代歌謡あるいは古代歌謡の主要部分とみることに大きな疑義は提起されてこなかった。

しかし、記紀歌謡や上代歌謡・古代歌謡という現在通行の学術用語でその二三九首を表示した場合、それらはいかなる歌謡かということが必然的に問われることになる。歌謡と言うからには、旋律的にうたうという側面が文字で記載された『記』『紀』の歌の背後に想定されているはずである。しかし、その音楽性も含めて記紀歌謡はいかなる歌謡か、あるいは歌謡か否かという根本的な問題が実はまだ残されていると言わざるを得ない。そこにはあいまいに歌謡として認定してきたという事情があったことを否定できない。

結論を先取りして言えば、『記』『紀』の歌は無前提に記紀歌謡あるいは上代歌謡と呼ぶことはできない。ましてや『記』『紀』の歌の全体をそのまま古代歌謡と位置づけうるものでないことは、整った短歌体に近い歌が『記』では四十数首、『紀』では約七十首の多数にのぼるという一点をとってみても、すぐさま了解できよう。従来の研究史の中で、『記』『紀』の歌を記紀歌謡や上代歌謡ととらえ、古代歌謡として還元していく発想にこそ問題が存したとは言えまいか。かかる状況を鑑みる時、いまや新たな研究方法によって『記』『紀』の歌の実体や存在意義、さらにはその表現史の見直しが迫られている。

一　記紀歌謡の研究史

まず、記紀歌謡の実体に関する研究史を振り返ってみよう。記紀歌謡の注釈は、鎌倉時代後期の卜部兼方『釈日本紀』が『紀』の歌に施注したことをもって嚆矢とする。もちろん、『釈日本紀』では『紀』が記述した人物の実作歌として理解した。実作という理解は江戸時代の国学者による注釈においても基本的に同じであり、それは明治時代にも続く。実作を疑ったのは、曽倉岑氏が指摘するように(3)、大正時代の津田左右吉氏からと言ってよい(4)。津田氏は「記紀の歌謡の中には、実際世に行はれてゐた民謡と見なすべきものが多少混入してゐる(5)」と指摘した。

一方、折口信夫氏は「記紀歌謡はすべて、其出自から見て、宮廷詩であった。古語を以てすれば、「大歌《オホウタ》」である。其中には、極めて数多く、民謡を意味する「小歌」と称してよいものが含まれてゐるが、これ等は其々の機会に奏上せられたのが、宮廷所属の歌となったのであった」と述べ、記紀歌謡の出自は宮廷詩とした。「其等の歌は各々「歌《ウタ》ノ本《モト》」と称する「物語」を伴って居た」のであり、「記紀の記述に、単に関係深いと言ふ歌謡を挙げたに過ぎない」[6]というのが折口氏の記紀歌謡論である。具体的な論証はそこに示されていないが、その言説は説得力と奥深さをもつ。

記紀歌謡について歌謡学的方法による古代歌謡研究を提唱したのは土橋寛氏である。[7]その実体は民謡・芸謡・宮廷歌謡からなる独立の古代歌謡と創作・改作された物語歌や童謡《わざうた》などの社会的歌謡であるとした。[8]記紀歌謡は古代歌謡が物語述作者によって物語歌に転用されることで成立したとする学説であり、いまも通説化していて大きな影響力をもっている。しかし、この学説は記紀歌謡をそのまま地方の民謡に還元しうるのかという大きな疑問点を抱えていることも事実である。

『記』『紀』から古代歌謡を切り離す歌謡学的研究とは異なる立場もある。すなわち歌謡と物語は『記』『紀』成立以前にすでに「歌謡劇」あるいは「大王伝承」として結びついていたとする益田勝実氏の主張である。[9]古代演劇を想定する学説は、江戸時代の橘守部『稜威言別』や土居光知氏の研究[10]に示されていたが、益田氏は『記』『紀』の成立前夜に実際に歌謡劇時代があったことを想定している。しかし、『記』『紀』の［歌と散文］が歌謡劇の存在を示すものとは言えず、ましてそれが演劇の台本である確証はない。

以上のように、従来の記紀歌謡研究史では、『記』『紀』の歌をその文脈から切り離し、民謡や宮廷歌謡などの古代歌謡に還元していくという枠組みでとらえられることが多かった。古代民謡ならば、それが物語の中に転用され、『記』『紀』の歴史叙述に組み込まれていったという考え方である。古代歌謡が国家の歴史書たる『記』『紀』に記録され、民謡を通して地方の生活がみえ、民衆の声が聞こえてくるというような図式は、心情的には受け入れやすい。しかし、古代民謡とされてきた歌が地方の生活や儀礼でうたわれたと言えるものなのか、あるいはその発想や表現から地方の民謡と証明し認定できるのか。この課題を検証しなければならない。

二　古代民謡の認定

ここでは歌垣の民謡とされる歌を取り上げて検討していきたい。景行記に思国歌とされる倭建命の歌である。前後の散文も含めて歌を掲げてみよう。

到能煩野之時、思国以歌曰、

A倭《やまと》は　国《くに》のまほろば　畳《たた》なづく　青垣《あをかき》　山籠《やまご》もれる　倭《やまと》し麗《うるは》し　（記30）

又歌曰、

B命《いのち》の　全《また》けむ人《ひと》は　畳薦《たたみこも》　平群《へぐり》の山《やま》の　熊白檮《くまかし》が葉《は》を　髻華《うず》に挿《さ》せ（宇受爾佐勢）　その子《こ》　（記31）

此歌者、思国歌也。

倭建命は東征の帰途、伊勢の能煩野で病に斃れる。その地で倭国を思慕してうたったのが二首の思国歌である。この二首は景行紀にも重出するが、景行天皇が九州征伐の際に日向国で都を偲んでうたったとあり、『記』とはうたい手も所伝も異なる。

思国歌には少なくとも二つの理解があったことを示している。土橋氏によれば、Aは平群山の国見歌、Bは同地の山遊びで若者に勧め訓す老人の歌とみられ、二首一連の歌と推定されるという(11)。平群山周辺を含む広い地域の人々によってうたわれた山遊びの民謡というのである。それでは、私たちはこの二首に、平群周辺の民衆のおおらかな生活や心情を読み取ることになるのであろうか。

歌の表現に即して読み解いていく限り、そうはならない。まず、Aの表現には平群山に結びつく何ものもない。「青垣　山籠れる　倭」は四方を山並みが囲む大和盆地の景に合致し、倭建命が故郷の倭の国を偲ぶという『記』

の散文の理解もそこにある。

やすみしし　わご大君《おほきみ》の　高知《たかし》らす　吉野の宮は　畳《たたな》づく　青垣隠《あをかきごも》り　川並《なみ》の　清《きよ》き河内《かふち》そ……

（万6・九二三）

右の「畳づく　青垣隠り」の類似表現を持つ山部赤人の吉野宮讃歌からみると、「倭」はもっと狭い範囲を指すことも考えられるのであって、例えば景行天皇の宮のある三輪山周辺の地が想定されていたのかもしれない。いずれにしても、類句をもつ歌が天皇讃歌であることからみて、Aはおおらかな民衆の声になじまない。「国のまほろば」の句を取り上げても、類句を持つ万葉歌三首（5・八〇〇、9・一七五三、18・四〇八九）のうち二首が、「聞こし食す」の句によって天皇統治を讃美する歌であることから、Aは発想も表現も民謡レベルの歌とは言えない。Aは倭を誉めることで統治者の天皇を称える宮廷讃歌の系譜に連なる歌であろう。

二首目のBは「平群の山の　熊白檮が葉」の句があるから、一見当地でうたわれたように思われるが、「髻華に挿せ」という特殊な語は平群の山遊びの民謡に結びつかない。ウズの語については推古紀に訓注がある。

唯元日着髻花。髻花、此云于孺。

（推古紀十一年十二月）

この記事は冠位の制定に関するもので、元旦には官人・貴族が冠に「髻花」を挿す慣例があり、その規定の条の「髻花」にウズ（「于孺」）の訓を注記する。ウズは宮廷儀礼に関わる特別な用語と言える。

同じ推古紀の次の記事も注目される。

薬猟於菟田野。取鶏鳴時、集于藤原池上。（中略）是日、諸臣服色、皆随冠色。各着髻花。則大徳小徳並用金、大仁小仁用豹尾。大禮以下用鳥尾。

（同十九年五月五日）

五月五日に行われる菟田野の薬猟の記事である。薬猟は廷臣や官人がこぞって参加する宮廷行事であって、服・冠に規定があった。ウズには位の順に金や豹・鳥の尾を用いたとあり、必ずしも葉や花ではない。いずれにしてもウズが冠位に関わる特別な儀礼用語だったことは間違いない。

ウズの語は『万葉集』にも二例みられる。

……豊《とよ》の宴《あかり》　見《め》す今日《けふ》の日は　もののふの　八十伴《やそとも》の緒《を》の　島山に　赤《あか》る橘《たちばな》　うずに刺《さ》し（宇受尓指）　紐解《ひもと》き放《さ》けて　千年寿《ちとせほ》き　寿きとよもし　ゑらゑらに　仕《つか》へ奉《まつ》るを　見るが貴《たふと》さ　（19・四二六六、大伴家持）

島山に　照れる橘《たちばな》　うずに刺《さ》し（宇受尓左之）　仕へ奉《まつ》るは　卿大夫《まへつきみ》たち　（19・四二七六、藤原八束）

官人が橘をカザシにして宮廷肆宴に集う様をうたった歌である。橘の実を身につけることで、その生命力を付着させるというタマフリの信仰が背景にある。「橘　うずに刺し」とうたうのは、官人の千年の寿命を言祝ぎ、永遠に天皇に奉仕する姿を称える表現である。しかも両歌が天平勝宝四（七五二）年の少納言大伴家持とその関係者の歌であることは注意される。つまり、万葉歌においてもこの語は天皇を讃美する宮廷肆宴の歌、すなわち宮廷儀礼の周辺に用例が限られるのである。

倭建命の「命の　全けむ人」も『万葉集』では限定的に用いられる語である。その三首は笠女郎（4・五九五）、作者未詳（12・二八九一）、中臣宅守（15・三七四二）の歌であるが、それらは天平年間以降の、主に「恋死」という発想に刺激を受けてうたわれた歌である。[12] 万葉後期の歌であるから、Bとは時代的に差があるものの、その用例歌はウズと同様、平城京の官人層にほぼ限られる。いまみてきた「髻華」は宮廷儀礼の用語であったものが家持とその周辺に用いられ、「命の　全けむ人」も比較的狭い範囲で流布したことを示している。

検討の結果、Bは「熊白檮が葉を　髻華に挿」して宮廷に奉仕する人々の壮健を言祝ぐ儀礼歌とみるのが妥当である。そこに「平群の山の　熊白檮が葉」がうたわれるのは、

日下部《くさかべ》の　此方《こち》の山《やま》と　畳薦《たたみこも》　平群《へぐり》の山《やま》の　彼方此方《こちごち》の　山《やま》の峡《かひ》に　立《た》ち栄《ざか》ゆる　葉広熊白檮《はびろくまかし》……　（記90）

とあるように、「熊白檮」は平群山特有の景物であり、宮廷儀礼の地としてよく知られていたからである。その

葉をカザシにするのは樹勢の強い植物の生命力を身にふりつける呪術的な行為であって、薬猟のような宮廷行事が行われたのである。[13] ウズが推古紀十九年の薬猟にみえるのはそのことを指す。Bの「平群の山」は「熊白檮が葉」の採集地を示すものであり、薬猟の地として『万葉集』の「乞食者の詠」に「平群《へぐり》の山に　四月《うづき》と　五月《さつき》の間《ま》に　薬狩《くすりがり》　仕《つか》ふる時に」（16・三八八五）ともうたわれている。従って「髻華に挿せ　その子」は、廷臣・官人のあいだで呼びかける句としてふさわしい。山遊びとするならば、宮廷儀礼としてのそれであって平群周辺の民衆のものとは考えられない。Bでは外部（宮廷）から「平群の山」がうたわれているのであって、その地名句が平群地方の山遊びの民謡を指すことの証明にはならない。

　上述のように、思国歌二首はその発想と表現からみて民謡とは言えない。地方語あるいは方言がみられないことからしても民謡説は疑われるのだが、四・六音の不整形句は音楽性を持つ歌謡を示唆する。それは薬猟行事に伴う宮廷の遊宴歌謡と推定されるものであり、同時にこの歌は倭建命の思国歌という起源や由来のもとに宮廷に伝えられていたと考えてよい。

三　宮廷歌謡・歌曲と『古事記』『日本書紀』の歌

『記』『紀』の歌で明らかに宮廷歌謡とわかるのは歌曲名をもつことである。それは『記』に「夷振（之上歌・片下）」「思国歌」「酒楽之歌」「志都歌（之歌返）」「本岐歌（之片歌）」「志良宜歌」「宮人振」「天田振」「読歌」「天語歌」「宇岐歌」がみられ、[14]『紀』には「夷曲」「挙歌」「来目歌」「思邦歌」の四種がある。

　この歌曲名は雅楽寮に久米舞（『令集解』）があり、『紀』神代下に「今号夷曲」と記すように、『記』『紀』編纂時に雅楽寮などで用いられた呼称とみてよかろう。歌曲名は宮廷歌謡の指標になるが、歌曲名がないものも数多くあったはずである。

是四歌者、皆歌其御葬也。故、至今其歌者、歌天皇之大御葬也。（景行記34〜37後文）

此歌者、国主等献大贄之時々、恒至于今詠之歌者也。（応神記48後文）

ここに歌曲名はないが、宮廷儀礼で奏上される歌であるから、これらの『記』の歌も宮廷歌謡とみてよい。土橋氏はその特色について「奏」の形をとるとする。天皇への忠誠や寿歌をうたう現実的な機能をもっていたというのである。[15] それは宮廷歌謡の生態を示すものであり、中核的な性格としてみなされる。

宮廷には中央・地方さらには国外からも種々の歌舞が集められた。その関連記事は『紀』に多くみられるが、天武朝に大倭をはじめ十三国などに命じた次の記事がよく知られている。

勅大倭・河内・摂津・山背・播磨・淡路・丹波・但馬・近江・若狭・伊勢・美濃・尾張等国曰、選所部百姓之能歌男女、及侏儒伎人而貢上。（天武紀四年二月）

は国内歌舞の宮廷への集中化であり、その伝習を示すのが次の記事である。

詔曰、凡諸歌男・歌女・笛吹者、即伝己子孫、令習歌笛。（同十四年九月）

それらを管理する機関も天武朝に整備されていたことは、天武殯宮儀礼に「楽官奏楽」（持統紀元年正月）とあることから知られる。雅楽寮に「歌人四十人・歌女一百人」という規定があるから、大宝・養老令の雅楽寮に継承発展していくものであった。宮廷歌謡は宮廷の雅楽寮などに集められた国内歌舞の歌を中心とし、その担い手である歌男・歌女など専門的な歌ひとの伝承歌や作歌をも含むものであったと考えてよい。

このような宮廷歌謡の実態は、歌曲名にもあった神武紀の来目歌の例によって知ることができる。

宇陀《うだ》の　高城《たかき》に　鴫罠《しぎわな》張《は》る　我《わ》が待つや　鴫《しぎ》は障《さや》らず　いすくはし　鯨《くぢら》障《さや》る　前妻《こなみ》が　肴《な》乞《こ》はさば　立柧棱《たちそば》の　実《み》の無《な》けくを　こきしひゑね　後妻《うはなり》が　肴《な》乞《こ》はさば　いちさかき　実《み》の多《おほ》けくを　こきだひゑね　ええ

音引く。　しやごしや　此《こ》は、いのごふぞ　此の五字は音を以ゐる。　ああ音引く。　しやごしや　此《こ》は、嘲咲《あざわら》ふぞ。　（記9）

これは『記』の久米歌六首の冒頭歌であるが、正確に言えば久米歌という歌曲名は『記』にない。その理由は不明である。一方、『紀』の来目歌は八首で、最終歌に「凡諸御謡、皆謂来目歌。此的取歌者而名之也」と記す。歌唱者による命名である。また『紀』は冒頭にある記9の対応歌の後に、

是謂来目歌。今、楽府奏此歌者、猶有手量大小、及音声巨細。此古之遺式也。　（神武即位前紀）

と説明する。この記述によって来目歌が「楽府」に伝習されたことがわかる。『令集解』は雅楽寮規定の注記に古記を引用するが、その中には日本歌舞の最初に久米舞を挙げているから、外国歌舞だけで構成されていたわけではない。「楽府」の表記は中国風に表記した雅楽寮の別称と考えられる。

注目されるのは「音声」と「手量」の語である。これは歌と舞に対応する注記とみられ、古来の決まった唱謡法があったことを示す。『記』『紀』の歌詞を比較すると、『紀』の方に「ええ」以下の囃子詞がないことを除けば、『記』の「鯨障る」が『紀』では「鯨障り」となっているだけでほぼ一致している。『紀』に囃子詞がないのは、意味的に機能しない詞句を省略したとみてよかろう。それは『紀』の歌の記載方針と関わるのであろう。

逆に『記』が歌意に関わらない囃子詞を書き加えるのはなぜなのか。その部分は次のような本文である。

亜々音引。志夜胡志夜　此者、伊能碁布曾　此五字以音。

阿々音引。志夜胡志夜　此者、嘲咲者也

「音引」と「此者」以下はうたい方と所作の注記である。この引声の指示については大歌所に伝来した譜本『琴歌譜』（天元四〈九八一〉年書写）に、

（歌詞）美望呂尓……

（歌譜）美望呂細止引々留……
とか「亜亜々引」「阿阿引」など、歌譜の方によく似た音声表記がみられる。また「此者」以下は敵対と嘲笑を示す「演技の指定」であり、「台本とでもいうべきものを介して採歌されたこと」が推測されるという。(16)

宮廷歌謡は節会などの儀礼の中で演唱されていた。しかし、『記』『紀』に記載されたものはほとんどが囃子詞や引声指示のない『紀』のような整理された歌詞である。記9のように唱謡法まで注記するのはきわめて異例である。これは例えば『琴歌譜』の引声指示のある歌譜と整理された歌詞のうち、歌譜の要素すなわち唱謡の側面を排除して歌詞に限定する方法を採用したことになる。その意味では、宮廷歌謡の生態を伝えるものではなく、歴史叙述として機能する歌として歌意だけが求められた結果である。しかし、記9の久米歌に例外的に演唱の注記があり、本文と関係のない歌曲名が、部分的ではあるにせよ、誤記ではなく記載されている。それは『記』『紀』と同時代の宮廷歌謡であることを示す意図的な措置であり、宮廷歌曲という存在が『記』『紀』の中で歌の権威を表す意味があったからに他ならない。

久米歌が宮廷歌謡・歌曲であったことは、以上のことから明らかである。しかし、『記』『紀』テキストでは歌謡・歌曲の要素が捨象され、歴史叙述の歌として位置づけられている。『記』『紀』の歌とは宮廷歌謡・歌曲が歴史叙述の歌として記載されたものである。すでに述べたように、地方の民謡から直接『記』『紀』に採録されるという状況はなかったと考えられる。このような検討の結果から言えば、すべて宮廷詩と言い切る折口氏の記紀歌謡論は鋭く正鵠を射抜いた直観であった。民謡は宮廷に奏上されたり、例えば「歌男・歌女」などを通して収集されたりしたはずである。折口氏の言い方では「宮廷直属の歌」すなわち宮廷歌謡化したのであって、民謡そのままではあり得ない。宮廷歌謡・歌曲から『記』『紀』の歌へという過程をたどったとみなければならない。

四　［歌と散文］による歴史叙述

『記』『紀』の歌は国家の史書に歴史叙述の歌として記された。これは『記』『紀』のすべての歌を成り立たせている要件である。それでは、宮廷歌謡・歌曲から『記』『紀』の歌へという過程においてこの要件をどのように説明できるだろうか。

久米歌を例に出したので、最後にその散文との関係から確かめてみたい。

①宇陀に兄宇迦斯（兄猾）・弟宇迦斯（弟猾）の二人がいた。

②兄宇迦斯が大殿に押機を作って天つ神御子を殺そうとする。

③弟宇迦斯の忠告を聞き、道臣命らが兄宇迦斯を大殿に追い入れる。

④兄宇迦斯は自分の押機に打たれて死ぬ。

⑤弟宇迦斯が献上した大贄を兵士たちに与える。

『記』によれば、歌の前の散文叙述は右のような内容である。『紀』の方も大きな違いはない。土橋氏は、独立歌謡としては来目（久米）氏の「戦闘歌謡」と推定した上で、物語歌としては「鴫羂張る」が兄猾の「天皇をワナにかけようとした小智を諷し」、「鯨障り」が「兄猾自身が押機に打たれて亡びた間抜けぶりを諷したもの」とする。(17) 久米氏が奏上した饗宴における戦いの歌であることは間違いないが、［歌と散文］の関係が独立の戦闘歌謡を物語に結びつけたという形になっているかどうか疑問である。独立の「戦闘歌謡」が「小智を諷し」「間抜けぶりを諷した」とする散文叙述にこれほど合致するとは考えにくいし、もし合致する「戦闘歌謡」があったとすれば話ができすぎているからである。やはりこれは戦いの歌であると同時に、「鴫羂張る」「鯨障る（り）」「前

妻が　肴乞はさば……後妻が　肴乞はさば」の歌の叙事が①～⑤の散文叙述を引き出してくるととらえるべきではないか。少なくとも独立歌謡を散文にはめ込んだ関係ではない。

その意味で、西郷信綱氏が「核としてまず久米歌があり、後から物語が歌の説明として、または縁起として、その周辺にくっついたり、かぶさったりしてきた[18]」とする方向性を示したことは有効な視点である。その方向性を認めつつ、本論の立場から言えば、久米歌やそれに伴う歌の叙事を読み解くことを通して散文叙述が生成されていくということなのである。『記』『紀』の歌が叙事を表し、叙事を内在する歌という性格をもつことはすでに述べたことがある[19]。

当面の久米歌については、戦いの歌であるこの歌曲は宮廷歌謡の段階で、神武天皇の大和平定という起源や由来を伴って理解されていたのである。『記』では、久米歌の記10の散文に、

到忍坂大室之時、生尾土雲　訓云具毛。　八十建、在其室待伊那流。　此三字以音。

とあり、「聞歌之者、一時共斬」と命じてうたった歌とする。これは『令集解』に引く古記の尾張浄足の説に、

久米舞、大伴弾琴、佐伯持刀舞、即斬蜘蛛、唯今琴取二人、舞人八人、大伴佐伯不別也。

とあるのと深く関係する。林屋辰三郎氏が指摘するように、久米舞が「土蜘蛛と呼ばれるような先住民族の征討を象徴したもの[20]」であったことを浄足の説は示している。神武天皇の大和平定が久米舞の所作として演技化されているのである。久米歌と舞が宮廷歌舞になり得た理由は、この神武伝説を起源や由来とするからに他ならない。久米歌が宮廷歌謡に取り入れられ、『記』『紀』の歌として位置づけられたのは、久米歌が持つ神武伝説という叙事によるものであった。その歌の叙事によって、『記』『紀』の散文は歴史叙述として書かれていくのである。

結び

思国歌と久米歌を取り上げて検討してきた。その結果、地方の民謡から『記』『紀』の歌に直接結びつくという見方は成立しがたい。『記』『紀』の歌は宮廷歌謡・歌曲を基盤としているのである。このような従来とは別の研究の枠組みから新たな記紀歌謡研究が可能になる。これまで述べてきた視点に立てば、歌の叙事から散文叙述を読み解く方法が求められる。［歌と散文］という視座から『記』『紀』の表現論や作品論が構築できるのではないかと考えられるのである。

注

(1) 允恭記の「夷振の上歌」を一首とする数え方による。
(2) 内田賢徳氏は「記歌謡と紀歌謡との対応するもの（いわゆる重出歌謡は、むしろ対応歌謡と称すべきである）」とする（『万葉の知』塙書房、一九九二年）。その通りである。本書では、文脈レベルで言う時には「対応歌」の語を用いる。
(3) 『上代文学研究事典』「上代歌謡」の項（おうふう、一九九六年）
(4) 『神代史の新しい研究』（二松堂書店、一九一三年）
(5) 『文学に現はれたる我が国民思想の研究』（洛陽堂、一九一六年）
(6) 「記紀歌謡」（『折口信夫全集』5、中央公論社、一九九五年。初出、一九三六年）
(7) 『古代歌謡論』（三一書房、一九六〇年）など。
(8) 『古代歌謡の世界』（塙書房、一九六八年）など。
(9) 『記紀歌謡』（筑摩書房、一九七二年）

（10）『文学序説』（岩波書店、一九二二年）

（11）『古代歌謡と儀礼の研究』（岩波書店、一九六五年）、『古代歌謡全注釈・古事記編』（角川書店、一九七二年）

（12）居駒永幸「命の全けむ人は――古代的「命」への視座」（『解釈と鑑賞』二〇〇九年八月）

（13）相磯貞三『記紀歌謡新解』（厚生閣、一九三九年）は平群の山の薬獵行事を追憶した歌とする。

（14）「神語」は歌・振が付かないので、歌曲とするには疑わしく、ここでは除外する。

（15）注（7）前掲書

（16）大久間喜一郎「記紀歌謡の詩形と大歌」『古代文学の伝統』（笠間書院、一九七八年。初出、一九七六年一一月）

（17）『古代歌謡全注釈・日本書紀編』（角川書店、一九七六年）

（18）「神武天皇」（『古事記研究』未来社、一九七三年。初出、一九六七年二・三月）

（19）『古代の歌と叙事文芸史』（笠間書院、二〇〇三年）

（20）『中世藝能史の研究』（岩波書店、一九六〇年）

3 『日本書紀』の歌とその研究史

――［歌と散文］の表現空間を中心に――

はじめに

先是、一品舎人親王奉勅修日本紀。至是功成奏上。紀三十巻、系図一巻。

『続日本紀』は養老四（七二〇）年五月二十一日条に、舎人親王が勅命によって『日本書紀』を撰上したことを短く書き留めている。この記事は、簡潔ではあるが、日本で最初の正史の完成という歴史的な出来事を伝えるとともに、それが「日本書」の「帝紀」、すなわち日本国と天皇に関する歴史書であることを明記する。書名に「日本」とある通り、当初から対外的な歴史書の意味を持っていた。それはこの書が、当時の唐を中心とした国際共通語文である正格の漢文体を目指したことと照応する。

一方、和銅五（七一二）年成立の『古事記』の文体は和化漢文と言われる。むしろ漢文というより漢字を使った和文あるいは日本語文と言った方が適切かもしれない。『記』と同じ日本国家の神話と天皇統治の歴史を基本的内容としながら、『紀』が文学性という点で『記』の後塵を拝してきた理由はこの文体の差異に起因するところが少なくない。しかし、『紀』は神話から天皇の歴史へとつながっていく構想の雄大さ、歴史叙述における説話性の要素を十分に備えており、文学性が著しく後退した書とは言えない。むしろその細部の描写という点では『紀』の特色を十分に発揮している。

『紀』が文学性を『記』に一歩譲るというのは、特に［歌と散文］の関係においてよく言われてきたことである。両書の歌数を単純に比較しても、『記』の一一一首に対してそれと重なる武烈紀の妻争いまでの『紀』の歌数は、九五首とやや少ない。なおかつ『紀』は編年体をとるため、例えば軽太子の歌物語が允恭紀と安康紀に分記するというように、物語としてのまとまりを大きく損なう結果になっている場合もある。確かに『紀』は一貫して歴史叙述たらんとした。そのため歌による散文の叙述が説話的な面白さや物語としての高揚を欠くという点は否めない。しかし、その評価は『紀』の叙述の方法を見極めた上で判断しなければならない。なぜならば、『紀』は［歌と散文］の叙述において、『記』とは異なった表現世界を創り出していると考えられるからである。

そこで、『紀』において［歌と散文］の関係がどのようにとらえられてきたかという点について、その研究史をたどりながら、作品としての『紀』の魅力に迫ってみたいと思う。

一　歌と所伝の関係

『記』『紀』に記載される歌は、日本文学の一分野である日本歌謡史において、「記紀歌謡」あるいは「上代歌謡」として最初に位置づけられる。これは現在の日本文学史の一般的な認識と言ってよかろう。しかし、その呼称は編纂意図の異なる『記』『紀』を同じ次元で扱い、また古代の生活や儀礼でうたわれたとみられない歌も「歌謡」として一括するところに問題がないわけではない。内田賢徳氏の「記紀所載歌」(1)という言い方が、書かれた実体により合致しているということになる。「記紀歌謡」「上代歌謡」の語は問題を残したまま慣例に従って用いているのが現在の状況である。

『記』『紀』の歌とその前後の所伝の記述は、事実に基づくものとするのが江戸時代前期の注釈書にみられる態度であった。その出発点になった契沖『厚顔抄』（元禄四〈一六九一〉年）は、『紀』神代巻の素戔嗚尊がうたった「八雲立つ」の歌について「此紀ニ神詠ヲハ載ラレテ」とし、

此意ハ、稲田姫ト共ニ・トヤ作ラム・カクヤ作ラムト諸共ニ思シメス好ミノ様ナトヲ語リ合サセタマフ心ナリ

と、素戔嗚尊と稲田姫による共同の「八重垣」作りをうたった「神詠」であることを強調する。また、「天孫海女ヨリ以来、此神詠ニ效ヒテヨミ来レバ、定テ深キ故侍ルヘシ」と述べ、素戔嗚尊の「神詠」が後世の和歌の始まりとなったことにも言及する。ここに素戔嗚尊の作歌であることへの疑いは微塵もない。

『記』の「八雲立つ」の歌に歌謡のうたいぶりをみたのは本居宣長『古事記伝』（寛政十〈一七九八〉年）であった。上の句の「八重垣」を下の句で二度くり返すのは「古《ヘノ》歌の常」とし、次のように述べている。

是《レ》歌謡《ウタフモノ》の自然《オノヅカラ》の勢にて、折《リ》返せば其《ノ》情《ココロ》深くなることぞかし

『記』『紀』の歌に歌謡性を認めたのはこれが最初である。しかし、この宣長においてすら、

吾夫妻《アガメヲ》隠《コモ》らむ此《ノ》宮の料に、雲も八重垣を作《ツク》ることよ、と作給《ヨミ》へるなり

と言い切って、作者や作歌事情に疑いを挟むことはなかった。歌謡性は「古歌」であることの証明にこそなれ、歌の表現の時代性や素戔嗚尊という作者を疑問視する洞察には向かわなかったのである。

『紀』の「八雲立つ」の歌の所伝をはじめて疑ったのは、橘守部『稜威言別』（弘化三〈一八四六〉年自序）である。この歌と所伝が「或云」として書かれていることから、

もしは、たゞ、彼《ノ》大宮造の時、御作歌《ミウタヨミシ》給ふと云のみが古伝にて、其《ノ》歌までは伝らざりけるを、人《ノ》代となりて、
よみそへたるにもやあらん。

とし、本来の所伝になかった三十一文字の歌が後世詠み添えられたと推測している。そこには神代の歌とすることへの払い難い疑問を感じるのだが、守部は結局、

されど久しき時より神詠として、三十一もじの始としも申伝《シ》へ来にたれば、今は其《レ》にしたがひて説《ク》べし

と神詠説に後退してしまう。神詠の実体に踏み込むことはなかったのである。

しかし、『記』『紀』の歌の歌謡性を指摘する言説に出会うのも、この『稜威言別』においてである。八千矛神と沼河比売・須勢理毘売の唱和から成る『記』の「神語」四首について、守部は次のように説く。

五首の唱和の状《サマ》、神代の歌とはきこえず。古く来目舞《クメマヒ》の余興に、さま〴〵古風を諷ひしさまなりければ、其《ノ》舞につけたる楽府の謡物なりけらし。優《スグ》れて巧にして、人情に通じたる方はさるものから、其詞あまり打とけて、交接の状《サマ》をさへ崩出《クヅシ》し、又凡て俳優《ワザヲギ》めくふし〴〵多かる、其処《ノ》々に云が如し。此紀、又旧事紀等にも載せられざる、さるよしありてなるべし。然はあれど、如此《カク》伝へたりければ、是も姑《シバラ》く其神たちの御歌になしては説《ク》なり。

長い引用になったが、右は『記』『紀』の歌に対する画期的な学説ゆえに、研究史を概観する上で取り上げないわけにはいかない。その画期性は契沖・宣長とみてくれば自ずと明らかとなる。この学説の優れているところは「神代の歌」を疑い、「舞につけたる楽府の謡物」とみて宮廷歌舞の存在に結びつけ、さらにまた「俳優めくふし〴〵多かる」として演劇性さえ指摘した点にある。先学たちがあれほどとらわれていた所伝から歌を開放し、宮廷の演劇歌謡という見方を示し、近代の記紀歌謡研究にまで影響を与えたのである。

ただ、「然はあれど」以下には守部の限界が露呈している。所伝の通りに神々の歌として解釈するという態度は、

「八雲立つ」の歌でみせたような従来の神詠説への安易な回帰にほかならないからである。例えば、来目歌について、

古へ来目歌、来目舞と云《ヒ》しは武楽の名にて此《ノ》天皇の軍旅の間、王臣《ノ》歌を儛に作《リ》て謡ひ舞しを云《フ》。

と述べ、神武天皇の王臣の作歌を疑っていない。その王臣の歌を来目舞に仕立てたとし、神武天皇の軍旅の歌舞という所伝を史実として受け入れてしまうのである。『記』『紀』の歌に宮廷歌舞が入り込んでいることを指摘しながら、そこには宮廷歌謡と『記』『紀』の人物の作歌との違いを強く認識する視点がなかった。そのあいまいさから脱却できなかったところに守部の限界があったのである。

二　民謡・創作歌と記紀歌謡の大歌説

『記』『紀』の歌と所伝の関係を疑い、否定する言説は、大正時代の津田左右吉氏の著作まで待たなければならない。津田氏は『神代史の新しい研究』（二松堂書店、一九一三年）において、『記』『紀』の神代の物語も神武天皇以後の記事も「作り物語」とし、神武天皇やヤマトタケルの物語にみえる歌などは「そこに記されてあるやうな場合によまれたもので無いのが多い」と述べた。その上で、それらの歌は民謡や後世の様式の歌であって、「物語の興味を深くするために後世になつて附け加へたものだ」との見解を示した。これは『記』『紀』の歌が所伝とは本来関係のない歌であることを明確に論じただけでなく、それらに民謡や万葉歌に近い歌が含まれていることを指摘したのは、『記』『紀』の近代的研究の出発点となるものであった。

その考え方はさらに推し進められ、『文学に現はれたる我が国民思想の研究・貴族文学の時代』（洛陽堂、一九一六年）では次のように述べている。

概して記紀の歌はそこに記してある時代の作でないことが推断せられる。神功皇后以前の巻々に見える種々の物語、また春山の霞男、秋山のしたび男の話とか、浦島の物語とかいふものが麗々と史実らしく記されてあるのであるから、歌などが後世の作であるのも不思議では無い。それならば何時頃のものかといふに、大体、神代史や上代史の作られつゝあった時代、即ち推古朝前後の作であらう。さうして神代史が支那の学問の刺戟を受けて作られたことに疑ひは無く、其の他の上代史も同様であるから、此等の歌謡もやはり大体は異国文学の影響を受けてゐる貴族文学であることが想像せられる。

ここには津田史学の基盤となる上代文学研究の概要が示されている。『記』『紀』の歌を推古朝前後の作とし、中国文学の影響を受けて成立した貴族文学と位置づける点は、従来なかった新しいパラダイムの構築と言えよう。津田氏が考える『記』『紀』の歌は、推古朝前後に漢文学を身につけた宮廷貴族たちによって創作されたとするのである。もちろん民謡の存在を否定しているわけではなく、「民謡と民間説話とだけは、古くから民衆の間に行はれてゐた国民固有のものであって、それが貴族社会の手で精錬せられて記紀に見える歌ともなり、また神代史中の種々な挿話ともなったのである」と述べ、階級的段階的な発展を想定している。『記』『紀』の物語や歌が推古朝前後の作かどうかは別としても、歌と所伝の物語が後世において上代史として編集されていくという研究の枠組みには説得力があり、きわめて先見的な意味をもっていた。ただ、民謡は「上代人の情生活の直接の表現」とする点は、曽倉岑氏が指摘するように従来の「民謡（歌謡）抒情詩観」と変わりがない。(2) 津田氏は『記』『紀』の歌を貴族の手による創作や民謡の「精錬」とするに留まり、それがなぜ『記』『紀』の文脈としてあるのかという追究には至らなかった。

津田氏が日本思想史の立場から『記』『紀』研究を推進したのに対して、武田祐吉氏と折口信夫氏は国文学研究の立場から『記』『紀』とその歌の解明に取り組んだ。武田氏は『上代国文学の研究』（博文館、一九二一年）で「古代の歌謡の製作年代は、その載籍の所伝のまゝには信ぜられぬ」と述べ、それを増補改訂した『上代日本文学史』（博文館、一九三〇年）では、「古事記日本書紀に挿入せられてゐる歌は、これを含む説話と、不可分の関係にあるものもあるが、多くは独立して存在してゐた歌が、機会を得て説話の中に織り込まれたものであらう」とし、昭和三十年代以降展開される、説話への古代歌謡転用論をすでに提示している。

しかし武田氏は、独立の歌は本来の民謡性を失って、「物語の一部としての存在であったために、いちじるしく叙事的、会話的、また舞台に現れたる俳優の独白としての性質を帯びている」とも言う。すなわち、大山守命や忍熊王の死の場面の歌を例として「決して実際の作ではなく、歴史物語として、劇中人物の心中表白のために必要と認められた一演出なのである」と分析する。さらに「所伝の歌謡全部が、物語の伝者の創作ではないにしても、少くもさういふ傾向に富んでゐることは疑はれない」と、物語のための創作歌が多いとの見通しをもつに至る。その上で「古代歌謡は、またそれ自身が物語的である。神代記に於ける神語、雄略記に於ける天語歌《あまがたりうた》の如き、長い歌は、大叙事詩中の一部分である以外に、各一の叙事詩、即物語の意味を有する歌謡として独立して言ひ伝へられたものだ」と述べて叙事的な歌の存在をも認め、単純な歌謡の転用ではなく、『記』『紀』の歌に多様な側面を見出そうとした。

また古代演劇や「歌と散文」の関係にも言及し、次のような見解を示している。

古代人が立つて舞ふ時に、歌詞の内容に適応した身振、例へば情事詩ならば情事のまね、戦争詩ならば戦争のまねをした時に、そは簡単ながら演劇の祖先といふことが出来る。神語の物語の如き、歌謡が長くて地の文の短いのは、演者の動作を地の文に訳出したので、記紀の他の部分のもとから地の文をも語った如きものとは違ふのであらうと考へられる。

この言説は『記』『紀』の歌と地の文の背後に演劇があり、その地の文には演技者の所作を記す場合があったことを指摘するものである。それはもとから語られたものとしてあった地の文とは異なるとするところに、武田氏の、「歌と散文」の関係に対する意識が強く認められる。ただ、「神語」や「天語歌」などを「歌ひつつ舞踊するのは、外国楽渡来以前に於ける娯楽でなければならぬ」と『記』『紀』の「歌と散文」の実体化に向かう時、『記』『紀』の文脈そのものから離れる結果になったことも事実である。

以上のような武田氏の文献学的な『記』『紀』研究に対し、折口氏の場合は民俗学的方法による文学発生論に特色がある。折口氏は「国文学の発生（第一稿）」（『古代研究』大岡山書店、一九二九年。初出、一九二四年四月）で「一人称式に発想する叙事詩は、神の独り言である」とし、「同（第四稿）」（同書。初出、一九二七年一月）では「私は、日本文学の発生点を、神授（と信ぜられた）の呪言《ジュゴン》に据ゑて居る」と述べている。その発生論は、呪言が「叙事詩化し、物語を分化する」という構図であった。叙事詩の古名が「ものがたり」で「其から脱落した抒情部分がうたと言はれた」（傍線は原文のまま。以下同じ）ということになり、例えば「海部物語《アマガタリ》」の「うたの部分が「天語歌」であつた」とする。このような「叙事詩の中の抒情部分は、（中略）呪力を発揮するものとして、地の文から分離して謳《うた》はれる様になつて行つた」とし、「宮廷生活で言へば、何振《ブリ》・何歌《ウタ》など言ふ大歌《オホウタ》（宮廷詩）を游離する様になつた」というのである。武田氏は歌が説話に織り込まれたとするのに対し、折口氏は呪力をもつ歌が地の文を伴っていたと考えた。つまり、歌を主体とする考え方である。

また、『記』『紀』の歌曲名をもつ歌を大歌（宮廷詩）と呼んでいるが、「記紀歌謡」（『折口信夫全集』5、中央公論社、一九九五年。初出、一九三六年）では次のように述べている。

記紀歌謡はすべて、其出自から見て、宮廷詩であつた。古語を以てすれば、「大歌《オホウタ》」である。其中には、極めて数多く、民謡を意味する「小歌《コウタ》」と称してよいものが含まれてゐるが、これ等は其々の機会に奏上せられたのが、宮廷所属の歌となつたのであつた。（中略）其等の歌は各々「歌《ウタ》ノ本《モト》」と称する「物語」を伴つて居た。古代の職業階級の一つであった「語部」の誦習した叙事詩である。

折口氏の言説は必ずしも全面的に『記』『紀』の表現に即しているとは言えないが、『記』『紀』とその前代をダイナミックに構想したものとして大きな影響を与えた。特にここで注目したいのは、『記』『紀』の歌をすべて「宮廷詩（大歌）」すなわち宮廷歌謡ととらえたところである。しかも、「物語」を伴っていたとする。これまで民謡が『記』『紀』に取り入れられたとみられてきたが、それらの地方の歌がストレートに『記』『紀』に記されるとは考えがたい。折口氏は宮廷に集積された歌が『記』『紀』の歌の母胎となったことを示唆するのである。独立の歌謡であろうが創作歌であろうが宮廷の歌であり、何らかの歴史や由縁を負う歌であることは疑いない。『記』『紀』の歌を考える上で、これは基本的な立場となるであろう。そこから『記』『紀』の文脈において歌を理解する視点が開かれていくのである。

三　「記紀歌謡」の実体と転用論

戦後、土橋寛氏は津田氏の『記』『紀』研究に対して「古代歌謡研究の問題点」（『古代歌謡論』三一書房、一九六〇年）で、

記紀が歴史的事実を記したものだという近世までの考え方は、根底からくつがえされて、それは古代伝承文学としての神話や歌謡が宮廷史官の手によって、宮廷的に再編成され、改作されたものだと考えられるようになった。

と総括し、その上で歌謡学的な立場から古代歌謡研究の方法を確立し体系化することが求められるとした。古代民謡の原理や様式を詳細に論じた土橋氏は、「歌謡の文芸的研究は「文芸」としての「抒情詩」とは異質的な「文

化」としての「歌謡」を、文芸学的な方法で研究するということ」とし、「古代歌謡の実体研究は、文芸学的な問題でなく、歌謡学的な問題」と規定した。歌謡の社会的機能という観点から「宮廷寿歌」や「久米歌と英雄物語」について論じ、『古代歌謡と儀礼の研究』（岩波書店、一九六五年）では国見と歌垣の儀礼から「記紀歌謡」の国見歌と歌垣の歌の実体や性格を論じた。

土橋氏の古代歌謡学は『古代歌謡の世界』（塙書房、一九六八年）にその概要がまとめられている。それによると、「記紀歌謡」は『紀』の「童謡」「時人の歌」を除いてすべて物語人物の歌として伝えられた「物語歌」とし、それを「独立歌謡」と物語の述作者によって作られた狭義の「物語歌」に分類する。その上で、

物語から切り離すべきもの（独立歌謡）は切り離し、切り離すべからざるもの（狭義の物語歌）は切り離さないで、歌の実体に即してそれを研究対象にすることが、古代歌謡研究の唯一の立場であると、私は考える。

と述べ、古代の独立歌謡としての「民謡」「芸謡」「宮廷歌謡」についてその実体や表現を明らかにした。その成果は『古代歌謡全注釈』「古事記編」（角川書店、一九七二年）と同「日本書紀編」（同、一九七六年）に「記紀歌謡」の全歌注釈としてまとめられ、古代歌謡研究は土橋氏の一連の著作によって飛躍的に進展した。

一方、物語歌については、『古代歌謡の世界』において「記紀物語は物語固有の叙事的方法によってではなく、集団的歌謡を抒情詩として取り入れ、さらに創作された抒情詩としての物語歌を挿入するという抒情的方法によって、その文学的志向を実現することができた」とし、「そのような歌と物語の結合を媒介したものが、語部ないし記紀の物語述作者であった」と述べた。すなわち「記紀歌謡」は独立歌謡や狭義の物語歌を「挿入」ないし「転用」したものであって、それを「転用物語歌」と称し、物語に合わせて新作されたものを「創作物語歌」と呼んだ。その方法は『記』『紀』間で相違があり、『紀』の特長について次のように述べている。

『日本書紀』も、物語歌（ただし転用物語歌は少ない）によって物語を述作する方法は大同小異であるが、『古事

記』のように歴史の主流からはずれた独立の歌物語は少なく、歴史の主流の叙述というわくの中でその方法が用いられていると同時に、歌の性格も自己表現的であるよりは、社会批評的であるといえる。（傍点、土橋氏）物語述作者による「挿入」「転用」という、言わば歌が物語に利用されたとするのが土橋氏の基本的な立場である。『紀』の場合、歌が歴史叙述として利用され、社会批評の声という役割を果たす傾向がみられることはその通りであろう。

しかし、古代歌謡の物語への挿入という転用論には大きな問題がある。西郷信綱『古事記注釈』3（平凡社、一九八八年）は「歌を地の文から引き離し、民謡次元に還元する」方法に疑問を呈し、「十九世紀風のその「実体」主義的思考法」（傍点、西郷氏）を批判しつつ「歌はたんに歌としてではなく何らかのイハレや背景とともに伝承されていた」と反論した。確かに『記』『紀』の歌には『記』『紀』に載せられる理由があったはずで、それが物語述作者によって古代歌謡が転用されたとするなら、［歌と散文］は恣意的な関係で結びついたことになる。それは考えにくいし、少なくとも『記』『紀』の歌を民謡などの独立歌謡にそのまま置き換えることには慎重でなければならない。

一方、「記紀歌謡」と説話の結びつきについては、曽倉岑「記紀歌謡と説話」（『国語と国文学』一九六六年六月）が「記紀の編纂時かそれを遡ることあまり遠くない時期」に歌謡の「文字化を契機として説話との共在が可能となった」とする見解を示した。また、益田勝実『記紀歌謡』（筑摩書房、一九七二年）は、歌と物語は記紀成立以前にすでに結びついていたとし、「記紀成立の前段階にあった歌謡を中心とする劇の存在」を推定して「歌謡劇時代」と名づけた。『紀』で言えば、允恭紀の衣通郎姫や武烈紀の影媛などである。それ以前の六世紀には口誦の物語の中で歌によって伝えられていた「大王伝承」があったことを想定した。「記紀歌謡」の背景に「歌謡劇」や「大王伝承」の時代をみようとするのだが、益田氏はその前提として、伝承の物語にひたり込んで抒情する「〈前抒情〉

的抒情こそ記紀の歌謡の本質のひとつの側面」としてあったことを指摘した。しかし、この「前抒情」に対しては、真の抒情すなわち「万葉の個的な魂の抒情」への連続が明確でないという神野志隆光「歌謡物語論序章」（『日本文学』一九七八年六月。後に『古事記の達成』東京大学出版会、一九八三年所収）や曽倉岑「記紀における歌謡と説話――土橋説・益田説をめぐって――」（『上代文学』一九八九年四月）の批判がある。

益田論も『記』『紀』の［歌と散文］という表現レベルを「劇」「伝承」への還元という実体化を試みる。だが、「劇」や口誦の「伝承」があったとしても、［歌と散文］という『記』『紀』の文脈に直結するわけではない。『記』『紀』の歌とは何かを問いかけつつ、『記』『紀』の文脈が意図し実現した表現をこそ解明していく必要がある。

四　歌の叙事と宮廷歌謡

昭和五十年代から六十年代にかけて、折口氏の文学発生論の再評価とともに、南島歌謡研究の成果が古代文学研究に方法論の自覚と深化をもたらした。その先がけとなった藤井貞和『古日本文学発生論』（思潮社、一九七八年）による奄美沖縄の神歌からの発生論は、「記紀歌謡」研究に大きな刺激を与えた。また古橋信孝『古代歌謡論』（冬樹社、一九八二年）は、やはり奄美沖縄の歌謡に注目し、文学の始源に歌と語りの未分化な「神謡」の概念を立て、文学発生論の立場から古代文学の表現様式を解明しようとした。『古代和歌の発生』（東京大学出版会、一九八八年）では「神謡」の様式に「生産叙事」や「巡行叙事」などの歌の叙事があったとし、そのような叙事の様式から『記』『紀』の歌の表現を論じた。古代の歌が発生や様式の視点から表現論として究明されたのである。古代文学が奄美沖縄から相対化されたと言えよう。

歌には叙事という様式があった。このような始源的な叙事の様式とは別の次元で、歌は、ある人物や出来事をうたったり、ある事件に関わってうたわれたと理解されることがあった。それも歌の叙事である。物語や歴史叙述の中にある『記』『紀』の歌は、まさにそのような次元の歌であることを示している。『記』『紀』の歌は、叙事をうたい、叙事を内在する歌という点において叙事歌の概念でとらえられる。それらの歌は物語の叙事あるいは筋立てを前提とすることで、その中の人物の抒情としてはじめて機能しうるのである。

そのような考え方からすれば、例えば民謡の、物語への「転用」などという現象は『記』『紀』おいて考えがたい。「転用」だから物語と歌のあいだにずれや齟齬が生じるという論理にも安易につくべきではない。それを確かめる上で典型的な例とみなされる『記』の歌をここに取り上げる。雄略天皇と赤猪子の歌である。

引田《ひけた》の　若栗栖原《わかくるすばら》　若《わか》くへに　率寝《ゐね》てましもの　老《お》いにけるかも　（記92）

日下江《くさかえ》の　入江《いりえ》の蓮《はちす》　花蓮《はなばちす》　身《み》の盛《さか》り人《びと》　羨《とも》しきろかも　（記94）

この二首は、土橋氏が『古代歌謡の世界』で三輪地方と日下地方の歌垣の民謡とし、それぞれ『記』の赤猪子物語に結びつけられた「転用物語歌」として挙げるものである。最初の歌は若い時に共寝をすればよかったのになあ、と相手の女が年老いたことを嘆く歌。「引田の若栗栖原」は引田部の赤猪子を暗示し、天皇は年老いた赤猪子を共寝に誘うことができなかったという歌の叙事が散文との緊密な関係を作り上げている。二首目では若く美しい女への羨望がうたわれ、一首目と同様、「日下江」から皇后である若日下部王が読み取れる仕組みである。赤猪子の歌による皇后若日下部王への羨望と讃美が雄略治世への称讃という物語の主題を浮かび上がらせている。

この二首の歌は物語内容の一部を含み込んでいる。歌の叙事を内在しつつ「老いにけるかも」「羨しきろかも」という心情を表現するのである。歌の叙事や抒情と散文叙述が構造的に組み合う関係をそこにみることができる。それは物語とは無関係の民謡の転用ないし利用という次元で起こる表現のあり方ではない。

古代歌謡の転用論は、この物語になぜこの歌があるのか、なぜもっと多くの歌を利用しなかったのか、あるいは具体的に言うと、兄妹の悲劇的な愛の物語であるサホビコ・サホビメになぜ一首も歌がないのか、というような疑問を生んでしまう。前述したように、物語述作者の恣意性を排除できないからである。従って［歌と散文］の関係については、転用とは別の説明が必要となってくる。すなわち、本来無関係の古代歌謡が物語に結びつけられたのではなく、『記』『紀』の歌は歌の叙事によって神話や物語の神・人物の歌として存在したとみなければならない。(3)

「引田の」「日下江の」の歌に戻るが、いま確かめてきたように、三輪と日下地方の民謡などと簡単には言えない。歌は物語内容に関わる叙事を内在することで天皇と赤猪子の抒情として機能している。その表現はもはや民謡の次元に還元できるものではない。そしてこのことは、『記』『紀』所載歌が民謡などの独立の古代歌謡と同一ではないことを示す。『紀』の「童謡」「時人の歌」を除けば、詠者が明記されるのだから『記』『紀』に歌謡はない。「記紀歌謡」とは、『記』『紀』の歌を散文から切り離せば、生活や儀礼でうたわれた歌謡が主体であるという前提に立つ用語にほかならない。だが、この前提は検証されていない。

むしろ「引田の」「日下江の」の歌は一見民謡の形式をとりつつ民謡の次元ではなく、歌の叙事によって雄略天皇や赤猪子と理解される歌のあり方である。それは物語や由縁をもつ叙事歌とみることができる。すなわち、叙事を媒介することではじめて物語人物の心情を表現しうるという歌の位相である。歌そのものが物語や由縁を担う叙事歌は、民謡などの独立歌謡の次元ではなく、宮廷を場として形成されたとみるべきである。

勅大倭・河内・摂津・山背・播磨・淡路・丹波・但馬・近江・若狭・伊勢・美濃・尾張等国曰、選所部百姓之能歌男女、及侏儒伎人而貢上。

これは『紀』の天武四年二月条で、畿内を中心としてその周辺の地方歌舞を宮廷に採り入れることを命じる、よく知られた記事である。この制度は後に律令制の雅楽寮につながっていくものであるが、勅命からみて、宮廷儀礼の整備という天武朝の国家的事業の一環であることは疑いない。それでは、地方の歌を宮廷に集めることで何が起こったのか。吉田義孝氏は、天武朝に貢上された民謡が宮廷人相互の相聞発想の上に豊かな素材を提供したとし、

それらの相聞歌は、民謡をなまのままで用いたり、民謡を多少モディファイすることで宮廷風につくりなおしたり、あるいは民謡の発想や内容、リズムなどに刺戟されることで全く別個の創作歌を生みだすというふうに、きわめて多様なしかたで創りだされていった。(4)（傍点、吉田氏）

と指摘した。これは人麻呂歌集略体歌への影響という観点から論じられたものであるが、神野志氏は前掲論文でこの吉田論文を引き、「かかる口誦のうたの層を、記紀歌謡の「民謡」的なうたの実体として見るべきであろう」と述べている。

貢上された「民謡」の流布も宮廷人による「民謡」のモディファイも、天武・持統朝の宮廷周辺に展開する歌の世界としてあったであろう。そこでは、宮廷の神話・物語・歴史に歌が関わっていく契機があり、さらには由縁・うわさなどの日常の出来事にまでわたって歌の再生、創作という営みがあったにちがいない。歌そのものが宮廷神話・物語や由縁を伝える叙事歌の生成は、宮廷のこのような歌の営みの中にあったのである。

それは天武四年以降であることを必ずしも意味しない。天武四年が宮廷儀礼の整備およびその制度化において画期的な意義をもったことは疑いないが、それ以前から歌によって神話・物語を伝える叙事歌は存在し、宮廷に集積されていたはずである。それらは国家や天皇の歴史に関わる宮廷歌謡として儀礼に組み込まれたり、歌曲として伝唱されたり、さらには伝誦歌としてうたわれるものもあった。『記』『紀』の歌はこのような宮廷の叙事歌をその本体とすると考えられる。

五　［歌と散文］による歴史叙述

これまで『記』『紀』の歌についての研究史をたどりながら、それらを宮廷において生成された叙事歌と見定めてきた。『紀』が散文叙述に歌を記載した理由は、いま述べたように、それらの歌そのものが国家や天皇の歴史を担っていたからである。『紀』の歌は神話や歴史上の人物の声であるし、「童謡」「時人の歌」の場合は歴史や社会的事件に対する民の声（とみなされるもの）であった。従って、歌は歴史の現場を呼び起こす言葉の呪性をもっていたことになる。歌の叙事はその言葉の呪性によって支えられるという仕組みである。

ここであらためて問いたいことは、『紀』の［歌と散文］の関係である。古代歌謡の説話への転用とか、散文への独立歌謡のはめ込みという旧来の見方はもはや成り立たない。『記』『紀』所載歌が独立の古代歌謡と同一ではないことはすでに述べてきた。『紀』がなぜ散文叙述で一貫させずに、一二八首もの歌を記載したのかという問題は、『紀』の歴史叙述の方法に関わっている。そこには歌の理解によって散文が叙述されるという関係が認められるのであるが、具体的な例を挙げて『紀』の［歌と散文］についてその細部からみてみよう。

次の例は神武天皇の大和平定（即位前紀戊午年秋八月）の記述である。そこには来目歌が記される。

①天皇使徴兄猾及弟猾。猾、此云宇介志。是両人、菟田縣魁帥者也。魁帥、此云比鄧誤廼伽瀰。

②権作新宮、而殿内施機、欲因請饗以作難。

③兄猾獲罪於天、事無所辞。乃自踏機而圧死。

④弟猾大設牛酒、以労饗皇師焉。天皇以其酒宍、班賜軍卒。乃為御謡之曰、謡、此云宇哆預瀰。

菟田《うだ》の　高城《たかき》に　鴫罠張《しぎわなは》る　我《わ》が待《ま》つや　鴫《しぎ》は障《さや》らず　いすくはし　鯨障《くぢらさや》り　前妻《こなみ》が　肴乞《なこ》はさば　立《たち》

稜麦《そば》の　実《み》の無《な》けくを　こきしひゑね　後妻《うはなり》が　肴乞《なこ》はさば　いちさかき　実《み》の多《おほ》けくを　こきだひゑね　（紀9）

⑤是謂来目歌。今楽府奏此歌者、猶有手量大小、及音声巨細。此古之遺式也。

①〜④が前文の抄出、⑤が後文である。⑤は歌の注記で、来目歌という歌曲名を示すが、『記』の方には歌曲名を記さない。「楽府」は宮廷歌舞を管掌する律令制の雅楽寮に当たり、この歌は雅楽寮が管掌する「久米舞」で奏されたとみてよい。来目歌は「今」（『紀』編纂時）も神武天皇による大和平定時の「古之遺式」に則ってうたわれているとするのである。⑤は古式を伝存する「楽府」の唱謡を注記することで、「古之遺式」というこの歌の権威を示す意味がある。古伝そのままである神武天皇の「御謡」という歌の権威が、散文叙述の正当性を保証するという論理である。

歌と前文の関係を検討してみよう。①菟田の魁師兄猾が、②新宮の殿内に機を設け、天皇を饗応して殺そうとする。③兄猾は罪の言い逃れもできず、自ら機を踏んで圧死した。④弟猾は酒食を天皇軍に振る舞い、天皇はその酒食を兵士に分け与えて饗応した。この散文叙述には歌詞とのあいだに絶妙な重なり合いがみられる。「菟田の　高城に　鴫羂張る」は①「兄猾が」②「機を設け」、また「我が待つや　鴫は障らず　いすくはし　鯨障り」は③「兄猾は……自ら機を踏んで圧死した」、「前妻が」以下は④「天皇はその酒食を兵士に分け与えて饗応した」という具合にぴったりと対応する。

土橋氏は独立の戦闘歌謡が物語に転用されたとする見解を示す。

独立歌謡としては、山の鴫狩りに寄せて、撃滅された敵を嘲笑する戦闘歌謡であるが、神武天皇の大和平定の物語に結びつけられた物語歌としては、「鴫羂張る」は兄猾が押機を仕掛けて天皇をワナにかけようと待っていた小智を諷し、「鯨障る」は兄猾自身が押機に打たれて亡びた間抜けぶりを諷したものということにな

る。(5)

紀9が兄猾の行動を諷したという点はその通りであるが、独立の戦闘歌謡を物語に結びつけたとするのは首肯しがたい。本来「戦闘歌謡」であった歌が『紀』の散文叙述にこれほど合致するとは考えにくいし、もし符合する「戦闘歌謡」があったとすれば話ができすぎている。やはりこれは独立歌謡の次元ではなく、①〜④の散文の叙事を内在する歌ととらえるべきであろう。神武天皇の戦勝の歌は、独立の「戦闘歌謡」にみえても決して同一ではない。歌そのものが神武天皇の大和平定を伝える叙事歌であり、宮廷において初代神武天皇の歴史が形成される中で生成されていく宮廷歌謡（歌曲）という次元で理解すべき歌である。

このような［歌と散文］のあり方は、歌の叙事と散文が並行して歴史叙述を構成するという『紀』の方法を示している。それは基本的に『記』の場合にも共通するが、『紀』の散文では「魁師」「新宮」「圧死」「牛酒」「軍卒」など、漢語中心の文脈になる。いま挙げた「来目歌」の例で言えば、漢語中心で書かれた大和平定の散文叙述は、神武天皇の「御謡」によって「古」の饗宴を呼び起こし、「来目歌」「久米舞」という宮廷歌舞の「今」を浮かび上がらせる仕組みである。散文叙述は「来目歌」に内在する叙事と重なり合い、歌とのあいだに相互作用を創り出していると言える。

このようにみてくると、歌が散文にはめ込まれたのではなく、散文は歌の叙事の解釈ないし説明として生み出される側面さえみえてくる。『紀』の漢語中心の文脈は、異質な和語の歌とのあいだに漢語の発想の枠組みを必然的に持ち込まざるを得ない。『紀』の散文叙述は『紀』が歌の叙事をどのように理解したかを示す。漢語による発想は、『記』とは異なる［歌と散文］の関係を『紀』の文脈として創出しているのである。

結び

『紀』の［歌と散文］を通して、『紀』の古典作品としての魅力について考えてきた。その歴史叙述の一つの方法は、歌による歴史現場の現出を巧みに利用しながら散文を構成するものであった。［歌と散文］の相互作用、あるいはそこに創出される表現空間をどう解読するかという点に、『紀』の作品としての魅力が見出せるということを述べてきた。

太安萬侶が、それらの資料をそつくり流用したのだといふことなのである。勿論、古事記の説話の叙述に従つて歌を挿入していつた（地の文と歌とが結合した資料の場合もあらう）（中略）安萬侶は歌謡の一字一音表記の資料群を「説話」中に按配せしめた(6)

これは『記』の仮名表記について述べた西宮一民氏の見解であるが、説話に歌謡をはめ込んだとするこのような考え方は、『紀』においてもいまだ前提となっている言説ではないだろうか。しかし、歌謡の散文への「流用」「挿入」では、『紀』の文体が創り出した表現世界をとらえられないだろう。

『紀』の漢語中心の散文は、和語の歌がもつ、現場を呼び起こしてしまう呪性を必要とした。そのような歌の叙事が散文を叙述させていくというような表現のダイナミズムを見出した時、私たちは『紀』の作品としての奥深い魅力に触れることになろう。

注

（1）「以前としての記紀歌謡」（『万葉の知』塙書房、一九九二年）

（2）『上代文学研究事典』「上代歌謡」の項（おうふう、一九九六年）
（3）ここに述べた雄略天皇と赤猪子の歌の問題は、居駒永幸「記・紀共通歌の詠者の相違」（『古代の歌と叙事文芸史』笠間書院、二〇〇三年。初出、二〇〇一年一〇月）で指摘した。
（4）「天武朝における柿本人麻呂の事業」『柿本人麻呂とその時代』（桜楓社、一九八六年。初出、一九四二年五月）
（5）『古代歌謡全注釈・日本書紀編』（角川書店、一九七六年）
（6）「古事記の仮名表記」（『古事記年報』一九八八年一月）

第二章　『古事記』『日本書紀』の歌とその表現

1 『古事記』『日本書紀』の歌の発生

——歌謡の生態とテキストのあいだ——

はじめに

平成十五年度の日本歌謡学会春季大会（於明治大学）では、二つのシンポジウムが企画され、歌謡研究を意欲的に問い直す討論が展開された。その一つが「歌謡の表現史——その生態とテキストの間」というテーマであった。趣旨は「歌謡テキストの文学的意味や作品世界を、固定したものとしてではなく、生態からテキストへという動態として問うこと」を通して、「歌謡の表現史」をとらえ直そうとする点にあった。

このようなシンポジウムのテーマは、日本歌謡研究の新たな可能性をいかに開いていくのか。筆者はその場にコーディネーターとして参加し、主に古代分野から発言する機会を得たので、本テーマに対する私見を、『古事記』と『日本書紀』の歌において報告しておきたい。

なお、小論では、『記』『紀』の文脈においては「歌」を用い、うたわれる状態を言う場合は「歌謡」「歌曲」の語で表すことにする。『記』『紀』に書かれた歌を特に「歌テキスト」と呼んでおく。

一　宮廷歌謡・歌曲としての生態

記紀歌謡という語は、個の抒情を確立していく万葉和歌に対し、その前段階において宮廷や民間の儀礼などの場でうたわれた口誦の歌謡という文学史的用語として定着している。もちろん、神話・物語・歴史叙述に合わせて創作された歌、いわゆる物語歌も想定されているが、『記』『紀』の歌にはそうした散文叙述から自立した歌謡という性格を認めているのであろう。土橋寛氏によれば、「独立歌謡」には「民謡」「宮廷歌謡」「芸謡」の三種があるという(1)。ただその場合、「民謡」と推定される歌には整った短歌体のものもあるから、ストレートに「民謡」に結びつけられるのか疑問が残るし、「宮廷歌謡」「芸謡」もどのように謡われたかということは必ずしも明確でない。

こうした前提を認めた上で、書かれた『記』『紀』の歌の、口誦の歌謡としての生態はどのようにみえてくるのであろうか。歌謡としての生態はまず歌曲名から推定される。『記』では「夷振（の上歌・片下）」「思国歌」「酒楽歌」「志都歌（の歌返）」「本岐歌（の片歌）」「志良宜歌」「宮人振」「天田振」「読歌」「天語歌」「宇岐歌」がみられ、『紀』には「夷振」「挙歌」「来目歌」「思邦歌」の四種がある。これらの歌曲名は、「上（挙）歌」「片下」のように宮廷歌曲の唱謡法を示し、神武紀の「来目歌」のように、律令制の雅楽寮の別称と思われる「楽府」で唱謡されることを注記する例もある。雅楽寮には「久米舞」（『令集解』）が存在することから、『記』『紀』の歌の一部は宮廷歌舞としての口誦の歌謡であることが確認できる。このような宮廷歌謡・歌曲を示す歌曲名の注記が『記』の方に多くみられ、『記』には『紀』に比べて歌曲名あるいは宮廷歌曲であることを重視する姿勢が強く出ている。

歌曲名は、天元四（九八一）年の書写に成る『琴歌譜』にも記される。『琴歌譜』は宮廷歌曲集の形態をもつが、その中で「茲都歌」「宇吉歌」「酒坐歌」「茲良宜歌」は『記』『紀』の歌と共通する。歌譜によると、琴の伴奏で声を長く引いたり、囃子詞を入れたりしてうたわれることがわかる。その唱謡法は、例えば久米歌に「亜亜」「阿阿」に「音引」という発声注記があることから、『記』『紀』の歌の、歌謡としての生態の一面を伝えるものである。『記』『紀』の歌曲名はこのような宮廷歌謡・歌曲としての生態を示す、あるいは強調する注記とみなされる。

『記』は歌曲名の他にも歌の説明として、倭建命の死を悲しむ后・御子たちの歌（記34〜37）に、

故、至今其歌者、歌天皇之大御葬也。

とあり、また応神記の吉野の国主の歌（記48）のところには、

此歌者、国主等献大贄之時々、恒至于今詠之歌者也。

と記している。これらは『記』成立当時の「今」も天皇大葬や御贄献上の宮廷儀礼の場で唱謡されていることを示すものであって、これも『記』『紀』の歌の、歌謡としての生態の一面を伝える記述と言える。

このような歌曲名や宮廷儀礼などの注記を通して、宮廷歌曲として諸儀礼でうたわれていたという『記』『紀』の歌の、歌謡としての生態が明らかになってくる。それは琴のような楽器の伴奏によって声を長く引く、非日常的な装飾的音声でうたわれるものであったと推定される。宮廷歌謡・歌曲として他の歌と区別され、絶対化されるわけである。歌曲名注記のない『記』『紀』の歌も、例えば民謡からストレートに『記』『紀』の散文叙述に結びつけられたのではなく、宮廷の歌舞機関に集積された口誦歌謡の位置、あるいはその周辺にあったものとみられる。

二　久米（来目）歌の叙事

『記』『紀』の歌の、歌謡としての生態は、宮廷儀礼で機能する歌曲ないしは口誦歌謡として認められることを述べてきたが、次にそれらの歌がなぜ宮廷に伝えられたかを問わなければならない。その場合、歌曲名や歌の注記が神話・物語の内容に直接関与しないことをどうみればよいのかという問題がある。『記』『紀』が歌の内容に関わらない不要の注記をあえて記すのは、『記』『紀』に書かれている歌が宮廷儀礼で現在うたわれているという事実を示す必要があったからだとしか考えられない。つまりそれは、『記』『紀』の歌が神話・物語を伝える歌として宮廷に伝存している事実を示すことになるのではないか。

その点を確かめるために久米歌の第一歌を取り上げてみよう。

宇陀《うだ》の　高城《たかき》に　鴫罠張《しぎわなは》る　我《わ》が待《ま》つや　鴫《しぎ》は障《さや》らず　いすくはし　鯨障《くぢらさや》る　前妻《こなみ》が　肴乞《なこ》はさば　立柧棱《たちそば》
の　実《み》の無《な》けくを　こきしひゑね　後妻《うはなり》が　肴乞《なこ》はさば　いちさかき　実《み》の多《おほ》けくを　こきだひゑね　ええ
音引く。　しやごしや　此《こ》は、いのごふぞ　此の五字は音を以ゐる。　ああ音引く。　しやごしや　此《こ》は、嘲咲《あざわら》ふぞ。（記9）

この歌は、かつて高木市之助氏が英雄時代の「叙事詩的素材の一種」[2]と述べて注目され、また土橋氏は別の立場から、「発想法も、素材も、きわめて民謡的」「久米集団の内部で成立した戦いの歌」「戦いの前後の酒宴で歌われたもの」ととらえ、後に宮廷儀礼でうたわれるようになったと推定した。[3]久米集団の戦いの歌謡という、本来うたわれていた生態を指摘したのである。

このような原歌謡から宮廷歌謡へという伝来過程はわかりやすい。しかし、久米集団内部の戦闘歌謡をどこまで証明しうるのか。また、久米集団の歌謡がなぜ神武天皇の大和平定に結びついたのかという点の説明は難しい。仮に久米集団の固有の歌謡があったとしても、『記』『紀』の久米（来目）歌と同一とは言えず、次元が異なると考えなければならない。『記』『紀』の歌テキストは宮廷歌謡・歌曲の次元でとらえるべきである。従って、『記』『紀』の久米（来目）歌がそのまま久米集団の戦いの歌にはならないし、また安易に久米集団の戦いの歌に還元すべきでないことは明らかである。

記9の歌は、「鯨障る」までと「前妻が肴乞はさば」以下の二段から成る。「鴫罠」が出てくる前段は、自分が仕掛けた「押機」にエウカシ自身がかかったことを散文で述べるが、その叙述は「鴫罠張る」から「鯨障る」までの歌の叙事と重なる。クヂラは仁徳紀四十三年のクチ＝鷹を根拠に鷹とする説をみるが、イサ（鯨）の音韻変化イスとみられる「いすくはし」の枕詞からも鯨と解するのが妥当である。「鯨障る」は意外な敵を表し、自分の罠にかかったエウカシを嘲笑する叙事になっている。

後段は、食べ物の分け前を「前妻」より「後妻」に多く与えるという歌の叙事が、天つ神御子（後の神武天皇）から「大饗」の分け前をもらう「御軍」の叙述と重なる。この歌は、「御軍」が罠にかけてエウカシを殺し、戦勝の酒宴を張るという叙事をうたっていることになる。しかも、この歌には「此は、いのごふぞ」「此は、嘲笑ふぞ」という脅しと嘲笑の所作を伴うものであったことがわかる。それはエウカシが自分の罠にかかって自滅するという、この歌の叙事に対応するものであったと読み取れる。

久米歌第一歌が神武天皇大和平定における大伴・久米の戦いの叙事歌であったことをみてきたが、『紀』では来目歌という歌曲名を記すことからみて、この歌が宮廷歌曲に所属する歌であったことは疑いない。後文には、

是謂来目歌。今楽府奏此歌者、猶有手量大小、及音声巨細。此古之遺式也。

という注記があり、律令制の雅楽寮を指すとみられる「楽府」で、奏楽・歌唱されていたことがわかる。「手量」「音声」は、舞の所作と唱謡のしかたに関わる記述とみられ、来目歌の宮廷歌曲としての生態を伝える貴重な記録である。このように久米（来目）歌が宮廷の「楽府」に管理される理由は、この歌が久米（来目）歌群（『記』六首、『紀』八首）とともに、神武天皇の大和平定という叙事（歴史伝承）を伝えるものであったからであろう。『令集解』所引の尾張浄足の説に、久米舞に蜘蛛を斬る所作があるとするのは、神武記に天つ神御子（後の神武天皇）軍によ

る「土雲八十建」の征服があるのと符合する。それは久米（来目）歌群が神武天皇大和平定の叙事を担うものであり、それゆえに宮廷歌曲として位置づけられたことを示す一徴証と言える。

久米（来目）歌が神武天皇の歴史伝承を担う宮廷叙事歌ととらえられ、そのような歌の叙事において宮廷の歌曲ないしは口誦歌謡として位置づけられたことになる。それは『記』『紀』の歌全体に関わる位置づけであって、独立歌謡から『記』『紀』の歌への転用や記紀神話・物語への民謡のはめ込みといった事態は起こりえなかったとみるべきである。もちろん古代歌謡の裾野に民謡が広がっていたことを否定するものではない。しかし、古代民謡と宮廷歌謡・歌曲としての『記』『紀』の歌は、そもそも異なる次元にあったのであって、少なくとも『記』『紀』への民謡の転用という結びつけには慎重でなければならない。

三　『記』『紀』の歌テキスト

最後に、『記』『紀』の歌テキストについて考えておきたい。『記』『紀』の歌は、宮廷に累積された口誦歌謡の基盤の上に、天皇の歴史伝承を担う宮廷叙事歌として生成されることを考えてきた。宮廷叙事歌であることが歌曲として雅楽寮のような官署で伝習される根拠になり、『記』『紀』の歌として記載される理由でもあった。従って、『記』『紀』に記載される次元で発生するものであったと言える。その場合、歌曲ないしは口誦歌謡としての生態が歌謡詞章のヴァリエーションを生み出すと考えてよい。歌謡の生態や歌詞の記載の態度が『記』『紀』の歌テキストの差異となって表れてくるのである。

前に引いた久米歌では、『紀』の方に「ええ　しやごしや」以下の囃子詞とその注記がなく、歌詞として意味をもたない部分は書かないというのが『紀』の態度であると推察される。ヤマトタケルの「一つ松」の歌でも、

『記』の方の二ケ所の囃子詞「あせを」が『紀』では一つは「あはれ」に変わり、もう一ケ所は省略されるところに『紀』の同じ態度が認められる。ところが、猪に追われる雄略天皇の歌では、「あせを」が『記』になく、『紀』には書かれているから、この態度が必ずしも一貫しているわけではなく、歌によって異なると言うほかない。

このような歌謡の生態から『記』『紀』それぞれの歌テキストへという過程に表れる差異は、例えば仁徳天皇をうたったイハノヒメの歌に顕著にみられる。この歌は『記』に「志都歌の歌返」（記57〜61・63）の歌曲名があり、それらの六首は故郷の葛城に帰ろうとするイハノヒメとそれを説得しようとする仁徳天皇とのあいだでうたい交わされたものであった。その第一歌がイハノヒメの歌であるが、仁徳天皇を称えるという歌意では『記』『紀』で共通していても、歌詞では大きな差異がある。この場合、歌曲としての歌謡の生態において、歌詞のヴァリエーションが生じていたとみられる。歌謡詞章の単なる整理では説明できない例である。このように『記』『紀』の歌には、宮廷の歌曲あるいは口誦歌謡の生態において生じる歌詞のヴァリエーションを少なからず伴っており、それが『記』『紀』の歌テキストの差異となって表れているのである。

ただ、ここで留意したいのは、『記』『紀』の歌は歌謡集のテキストとしてあるのではないということである。それらの歌は神話・物語の散文との関係において存在する。前に引いた応神記の吉野の国主等の歌で言えば、「…醸《か》みし大御酒《おほみき》　うまらに　聞《き》こしもち飲《を》せ　まろが父《ち》」（記48）と、「大御酒」を献上して「まろが父」を称えるが、散文には、歌詞と共通の語句を用いながら、「撃口鼓、為伎」という所作でうたったとある。天皇への古くからの隷属関係を示すのが「まろが父」で、国主等の御贄貢献と歌舞奏上はそれを象徴する。

『古事記伝』以下諸注釈が「まろが父」を応神天皇と解する中で、西宮一民氏による「国主等の大雀命への親称[4]」の注記は看過できない。吉野の国主等の記述は応神天皇への服属という宮廷儀礼の場面を踏まえるが、『記』では前段の髪長比売からこの歌（記48）までは大雀命主体の文脈と読み取れる。つまり、応神天皇から日継知らす大雀命へという文脈によって、「まろが父」に大雀命が重ねられ、称えられる構造なのである。

この記48と直前の「ほむたの　日の御子」（記47）の歌を説明する散文叙述の背景には、吉野の国主の服属儀礼が浮かび上がる仕掛けになっているのであるが、おそらくその儀礼は天皇の即位に結びつくものであろう。大雀命は天皇になることが約束されるという文脈なのである。［歌と散文］の表現空間がこのような『記』の文脈を作り上げると言ってよい。ところが、『紀』の散文では応神天皇に酒を献上するという文脈で、『記』のような表現空間はない。後文に歌の場と所作、そして国樔の生活と朝貢を記述するだけである。

結び

以上、述べてきたように、『記』『紀』の歌テキストは、宮廷歌謡・歌曲としての生態と並行して存在していたことになる。歌テキストの差異は歌謡の生態によって必然的に生じるものであったと考えられる。その歌テキストは散文との関係において成立している。しかし、その散文が先にあって歌がそこにはめ込まれたということではない。いま、吉野の国主の歌をみたが、散文叙述に歌詞と共通する語句があることに触れた。それは歌の叙事から散文が生成されることを示している。歌テキストは時に散文叙述を導き出し、［歌と散文］による表現空間を創り出しているのである。『記』『紀』の歌は散文とのあいだの表現空間に位置づけられるのであり、その表現空間において『記』『紀』の歌は発生するという結論に至る。

注

（1）『古代歌謡の世界』（塙書房、一九六八年）

（2）「日本文學に於ける叙事詩時代」『吉野の鮎』（岩波書店、一九四一年。初出、一九三三年一一月）

（3）『古代歌謡全注釈・古事記編』（角川書店、一九七二年）

（4）新潮日本古典集成『古事記』（新潮社、一九七九年）

2 『古事記』『日本書紀』の歌のヴァリアント

――異伝注記を通して――

はじめに

二〇一六年の古代文学会シンポジウムのテーマは「ヴァリアントの古代」であった。その趣旨は次の通りである。

個々のテキストの中においても、テキストとテキストの間においても、古代文学にはさまざまなヴァリアントが存在する。具体的にはいわゆる類歌・類話・異伝、あるいは地域間の別伝承などが挙げられよう。こうしたヴァリアントの一つ一つを成り立たせているものはいかなるものであったのか。共通性を持ちつつも差異をはらむ複数のヴァリアントを同時に抱え込んでいる古代のありようを見たい。[1]

筆者はシンポジウムにおいてパネラーの一人として報告したのであるが、稿を起こすにあたってあらためて所与のテーマを深めるべく、『古事記』と『日本書紀』の「歌と散文」に発生するヴァリアントの問題を取り上げることにする。なぜなら、「歌と散文」において、例えば『記』『紀』のあいだには同一歌のほかに大小の異同のある歌が存在し、両書の散文にも共通性とともに少なからぬ差異がみられ、『紀』の歌詞には数ヶ所にわたって分注形式の異伝を確認できるからである。この事実は『記』『紀』の歌が決して固定的なものではなかったことを示している。『記』『紀』両書は本文を記定し、異伝と併存することで古代のテキストとして成立したと言える。

巻二冒頭の磐姫皇后歌を引くまでもなく『万葉集』においても、また大穴持命や倭武天皇などの説話を多く記載する『風土記』においても、テキスト内部に、あるいは複数テキストのあいだにヴァリアントは存在する。「こうしたヴァリアントの一つ一つを成り立たせているもの」は何かとは、したがって古代文学のテキストの生成を考える問いかけなのである。同時に、ヴァリアントはテキスト相互の関係を示すものでもある。歌の異伝をまったく記さない『記』、異伝を分注に示す『紀』という違いは、ヴァリアントに対するテキストの意図や態度を明確に表している。

本稿では、特に『紀』が［歌と散文］に分注で示した異伝を検討する。その異伝という現象を通して、『記』『紀』の歌のヴァリアントがもつ意味を考えていくことになるが、それが結果としてシンポジウムテーマの意図する古代文学のテキスト論にコミットするものであれば幸いである。

一　［歌と散文］にみる『紀』の異伝

同一歌ないし大小の異同のある歌は『記』『紀』のあいだで対応する関係にある。その歌数は『記』で五三首に及ぶので、一一一首のうち約半数が『紀』とのあいだに歌のヴァリアントを生じる結果となっている。(2) それがいかなる意味をもつかという問題は、個々の歌や説話において検討されてきたが、『記』『紀』をとりまく歌の状況や両書全体の意図という点では必ずしも明確になっていない。

歌の重なりは、成立が『記』よりも八年遅い『紀』において特に意識するところであろう。［歌と散文］に生じる差異は、両書の歴史叙述の権威にも関わってくることが予想されるからである。だが、記述のずれが深刻な事態を引き起こすことはなかった。『紀』は差異を認めつつ、部分的ではあっても、異伝を注記するという方法を取り入れたのである。

それではまず、『記』『紀』の対応歌とその前後の散文に限って、『紀』の分注にある異伝を『記』と対応させて略出してみる。括弧内数字は歌番号を示す。

①巻第一・神代上・第八段本文――於彼処建宮。或云、時武素戔嗚尊歌之曰、夜句茂多兎……（紀1）／記上（記1）

②巻第二・神代下・第九段一書第一――喪会者歌之曰、或云、味耜高彦根神之妹下照媛、……（紀2）／記上（記6）――高比売命（下光比売命）

③巻第五・崇神紀十年九月――大彦命到於和珥坂上。時有少女、歌之曰、一云、大彦命到山背平坂。……／崇神記――少女、立山代之幣羅坂而、……

④同――瀰磨紀異利寐胡播揶……一云、於朋者妬庸利……（紀18）／崇神記（記22）

⑤巻第十一・仁徳紀三十年十一月――遣的臣祖口持臣喚皇后。一云、和珥臣祖口子臣。／仁徳記――丸邇臣口子臣

⑥巻第十三・安康即位前紀――太子自死于大前宿禰之家。一云、流伊予国。／允恭記――逃入大前小前宿禰之家……故、其軽太子者、流於伊余湯也。

⑦巻第十四・雄略紀四年八月（紀75）――a飫裒磨陛爾麻嗚須、一本、以飫裒磨陛爾麼嗚須、易飫裒枳彌爾麻嗚須。b阿娯羅爾陀々伺、一本、以陀々伺、易伊麻伺也。c波賦武志謀……婀岐豆斯麻野麻登。一本、以婆賦武志謀以下、易舸矩能御等……阿岐豆斯麻登以符。／雄略記（記96）

⑧巻第十六・武烈即位前紀（紀87）――之裒世能……一本、以之裒世、易弥儺斗。／清寧記（記107）

⑨同（紀91）――於弥能姑能、耶賦能之魔柯枳……一本、以耶賦能之魔柯枳、易耶陛茖羅茖枳。／清寧記（記108）

⑩同――戮鮪臣於乃楽山。一本云、鮪宿影媛舎、即夜被戮。／清寧記――囲志毘臣家、乃殺也。

②③⑤⑥⑩が散文、④⑦⑧⑨が歌詞、①が［歌と散文］全体の分注である。このうち、③は④の歌の前文、⑩も⑧⑨の後文に属する一連のものなので、分注は七ヶ所に整理できる。分注は本文の中に二行割の小書きで記されるが、一ヶ所問題がある。本文と同じ大書きで書かれた②の「或云」である。諸本に異同がないので、書写段階の書き誤りと決めつけることはできないし、編修・筆録における意図的な書き方の可能性もある。ただ、機能としては二行割の注記と変わらないので、ここでは分注と同様に扱っておく。

これらの分注を見渡すと、三様の形式になることがわかる。巻第一・二の①と②が「或云」、巻第五・十一・十三の③〜⑥が「一云」として示す異伝、巻第十四・十六の⑦〜⑩が「一本」からの引用とする異伝である。この相違は口承資料か文字資料かといった異伝の状況を反映するものと考えられるが、具体的には何に基づくか明らかでない。ただ、『紀』には巻ごとの編修が考えられるので、編修者による引用の傾向や注形式の特徴が巻に表れていることも十分にあり得る。

その一方で、これらの分注は『紀』成立以後に書き加えられたものという可能性を否定できない。研究史において、「養老四年に奏上せられた日本書紀には今のような雑駁な註は一つも無かった(3)」とする岩橋小彌太氏の主張があり、「分註は当然原撰者のものであり、後次的な付加ではない(4)」とする坂本太郎氏の立場とのあいだでかつて対立をみたことがあった。それが『紀』の成立に直接つながることはもとより、成立の翌年から始まったという講書とも関連する。追記の一つとして講書による私記からの竄入が想定されているからである。講書による付注は否定しがたいようにも思える。しかしその後、分注の一部に「成立の当初から存在した注、つまり本注があるとの推論」[5]を証明した中村啓信氏の実証的研究が発表されるに及んで、分注論は本文における分注の機能と効果というテキスト論からの検討が求められている。

ただ、中村氏が分注の字音仮名、動詞の用字法、漢語について本注としたのはあくまでも一部であって、分注のすべてではない。前掲の分注で言えば⑦bの一例のみがその検証に含まれるにすぎない。本注と認定された分注の存在が他の分注にまで波及することはもはや明らかであるが、分注のそれぞれに本文とともにあることを検証する作業もまた不可欠である。そうであるならば、あらためて前掲分注の意図や機能を検証しつつ、『記』本文との関係や［歌と散文］に発生するヴァリアントについて検討してみる必要がある。

二　或云の異伝

それでは①~⑩の分注を順にみていくことにしよう。①は部分注ではなく、歌の説明と歌詞が一まとまりになった注記で、［歌と散文］の注記はここだけにみられる。『紀』分注と『記』本文の該当箇所を次に掲げてみよう。

『紀』神代上

然後、行覓将婚之処。遂到出雲之清地焉。清地、此云素鵝。乃言曰、吾心清清之。此今呼此地曰清。於彼処建宮。

或云、時武素戔嗚尊歌之曰、八雲立つ　出雲八重垣　妻籠めに　八重垣作る　その八重垣ゑ（紀1）

『記』上巻

故、是以、其速須佐之男命、宮可造作之地、求出雲国。爾、到坐須賀此二字以音。下効此。地而詔之、吾来此地、我御心須々賀々斯而、其地作宮坐。故、其地者於今云須賀也。茲大神、初作須賀宮之時、自其地雲

立騰。爾、作御歌。其歌曰、

八雲立《やくもた》つ　出雲八重垣《いづもやへがき》　妻籠《つまご》みに　八重垣作《やへがきつく》る　その八重垣《やへがき》を　（記1）

『紀』分注は「建宮」の注記であるが、宮の補足説明というよりはそれに続く話の内容である。武素戔嗚尊が宮を建てて歌を詠んだというのは、一つの独立した話になっている。一方の『記』本文では呼称が「速須佐之男命」から「大神」に突然変わることからも、やはり「茲大神」以下の独立性は高い。［歌と散文］のあいだも、「雲立騰」の語によって巧妙に融合を図っている。『記』では歌の理解によって散文が叙述されているのだが、『紀』は「建宮」に分注を付し、本文との相違を記す異伝ではない。分注がなくとも『紀』の本文としては完成しているが、編修者はここに祝婚の神詠が必要と考え、本文に対する副文脈として分注を入れたのではないかと考えられる。したがって、本注とみて支障はない。

問題は「或云」が口承に拠ったのか、それとも文字資料に基づいたのかという点である。『紀』には、一本の他に或本・旧本・別本の引用形式があるから、「或云」は口承資料からの引用を示唆するが、確定的ではない。それが『記』本文を意識した施注かどうか、それも不明である。『記』『紀』に小異があるため記本文からの直接引用は考えられないが、両書の周辺に依拠すべき口承や文字資料が複数あったことは事実とみてよい。『記』では祝婚の神詠が後出の大国主神系譜に至る子孫繁栄を予祝する機能をもつのに対して、『紀』は大国主神系譜を次の一書第一・第二に記載するため、本文の神詠とは連続しない。おそらくそのような理由で子孫繁栄の予祝という意味が希薄になり、分注形式をとることになったのであろう。

次の②も「或云」で示す異伝である。既述の通り、詠歌の状況を説明する大書きの注記になっている。

『紀』神代下

時味耜高彦根神光儀華艶、映于二丘二谷之間。故喪会者歌之曰、或云、味耜高彦根神之妹下照媛、欲令衆

人知映丘谷者、是味耜高彦根神。故歌之曰、

天《あめ》なるや　弟棚機《おとたなばた》の　項《うな》がせる　玉《たま》の御統《みすまる》の　足玉《あなだま》はや　み谷《たに》　二渡《ふたわた》らす　味耜高彦根《あぢすきたかひこね》　（紀2）

（中略）

此両首歌辞、今号夷曲。

『記』上巻

故、阿治志貴高日子根神者、忿而飛去之時、其伊呂妹高比売命、思顕其御名。故、歌曰、

天《あめ》なるや　弟棚機《おとたなばた》の　項《うな》がせる　玉《たま》の御統《みすまる》　御統《みすまる》に　足玉《あなだま》はや　み谷《たに》　二渡《ふたわた》らす　阿治志貴《あぢしき》　高日子根《たかひこね》
の神《かみ》ぞ　（記6）

此歌者、夷振也。

『紀』の「或云」の範囲は「故、歌之曰」までであって歌には及ばない。その注記はうたい手「喪会者」の本文に対する異伝で、「下照媛」が歌詠みして丘谷に照り輝く者が味耜高彦根神であることを衆人に知らせようとしたという内容である。下照媛と高比売命は同一人物であって『紀』は第九段本文に「娶顕国玉之女子下照姫亦名高姫、亦名稚国玉。」とする神名、『記』は大国主神系譜に「妹高比売命。亦名、下光比売命。」とする亦名にそれぞれ基づく。

ただ、『紀』「或云」の「欲令衆人知映丘谷者、是味耜高彦根神」は、『記』の「思顕其御名」と同様、神名を顕わすという意味である。したがって、『紀』は『記』と共通の資料を典拠として「或云」に記述したと考えられる。『記』からの直接引用ではないが、『記』の記述が『紀』「或云」の付注に影響したことは十分あり得る。なぜなら、『記』の散文で神名を顕わそうということは歌詞の神名提示に対する理解と解釈から出ているとみられるからである。それだけ歌との連続性を意識した散文叙述になっている。ところが、『紀』本文の散文には神

名顕わしの要素がない。歌との連続性という点からみて、『紀』「或云」の注記は『記』の散文叙述と、歌との連続性において共通の理解に立っていると言える。

『記』では系譜の神名表記「阿遅二字以音。鉏高日子根神」が歌の前文で「阿治志貴高日子根神」になるのは、明らかに歌詞と合わせるためである。『記』が依拠した資料には「阿治志貴多迦比古泥能迦微也」(6)とあったのである。それが散文にも出てくるのは、『記』の場合、歌詞に基づいて散文が叙述された過程を示すものであるが、(7)『紀』では歌の結句に神名を表す「神」の語がなく、脱漏を疑わせる不完全な形である。『記』にある「美須麻流」のくり返し句も『紀』にはなく、『紀』の編修者が恣意的に変形を加えたとも考えにくいことから、両書の周辺では歌詞の変形をも伴って歌の伝承が行われていたと推定される。

その伝承の場を伝えるのが『記』の「夷振」、『紀』の「夷曲」という歌曲名である。これは律令制の雅楽寮のような公的機関で管理されていたことを示す。実際に神武紀の来目歌には「楽府」の歌舞として伝承管理されていたことを記している。持統即位前紀にも「楽官」とあり、これらは律令制の雅楽寮の異称とも言われている。(8)『記』『紀』成立時、その周辺には歴史叙述に関わる歌が歌曲名をも伴って、歌舞の公的機関で保存管理されていたことは間違いない。『記』『紀』の歌はその異伝も含めて、この公的な歌舞の保存部署と深く結びついていたのである。

三　一云の異伝

③と④の異伝は一連である。散文と歌に分けて注記があり、両方とも「一云」とあるので、同一資料とみるのが自然である。

崇神紀十年九月

大彦命到於和珥坂上。時有少女、歌之曰、一云、大彦命到山背平坂。時道側有童女歌之曰、

御間城入彦《みまきいりびこ》はや　己《おの》が緒《を》を　死《し》せむと　盗《ぬす》まく知《し》らに　姫遊《ひめなそ》びすも　一云、大き戸より　窺ひて　殺さむと　すらくを知らに　姫遊びすも　（紀18）

崇神記

故、大毘古命、罷往於高志国之時、服腰裳少女、立山代之幣羅坂而歌曰、

御真木入日子《みまきいりびこ》はや　御真木入日子《みまきいりびこ》はや　己《おの》が緒《を》を　盗《ぬす》み殺《し》せむと　後《しり》つ戸《と》よ　い行《ゆ》き違《たが》ひ　前《まへ》つ戸《と》よ　い行《ゆ》き違《たが》ひ　窺《うかか》はく　知《し》らにと　御真木入日子《みまきいりびこ》はや　（記22）

ここに「一本」とはないので、文字資料による歌詞ではないようにみえるが、確かなことは不明である。あるいは「一云」と書くことで口承の歌を装っているのかもしれない。いずれにしても、『紀』が依拠した資料は歌詞だけでなく、散文から歌に続く形で書かれていた。

その散文の注記は地名「和珥坂上」に対するもので、「山背平坂」という異伝があることを示している。これは『記』の「山代之幣羅坂」に近い。が、『記』を直接の典拠とするものでないことはもちろん、『記』本文の影響もここでは不明である。おそらく『記』と共通の音仮名の資料に基づき、音仮名表記を「平」の訓字に直したのであってその逆ではなかろう。少女と出会った地が大和国の和珥坂とは位置がまったく異なるので、『紀』編修者は異伝を注記したと考えられる。

『紀』本文の「少女」に対して「一云」の分注では「童女」とあり、うたい手にはみえない、歌とは無縁の子どもであることを強調した言い方になっている。しかし、表記としては『紀』本文の方が『記』の散文「服腰裳少女」に類似する。神の言葉（予言の歌）を伝えるのだから、少女は巫女とみなされる。子どもではあるが、腰

裳の衣装は巫女の姿の暗示になっているとみてよい。つまり、危急告知の歌の主としてふさわしい姿なのであって、意図的な人物描写である。『紀』には『記』のような歌と連続する散文叙述の意識が希薄である。

歌詞の方をみると、『記』には「御真木入日子はや」を三回くり返し、「戸」の対句もあるのに対し、『紀』本文ではそれがまったくみられず、簡略化の跡が著しい。「一云」の異伝では「大き戸」の句を示してはいるものの、歌詞の整理は否めない。『紀』本文・「一云」と『記』では明らかに歌の系統が異なる。つまり、両書の周辺には「姫遊びすも」の句の有無によって少なくとも二系統の歌詞があり、『紀』本文歌の系統でさえもさらに異伝を伴っていたことになる。この歌の異伝の広がりは大きい。その広がりの場は先に述べた、公的な歌舞の管理機関を中心とする宮廷圏において考えるべきであろう。

⑤と⑥は散文の分注である。⑤は磐之媛皇后が筒城宮に退居する話に出てくる。皇后に謁見する使者が「的臣祖口持臣」であるが、分注には「和珥臣祖口子臣」の異伝を示す。それは「祖」がないだけで『記』の「丸邇臣口子」に一致する。ところが、『記』の口子臣の妹口比売と『紀』の口持臣の妹国依媛の相違については異伝を示すことがない。『紀』の分注の背景にあるのは和珥臣という氏族への関心であることがわかる。その場合も『記』の本文に依拠したのではなく、『記』が基づいた資料から氏族名と人名だけを異伝として注記したことになる。その場合、「祖」の付加は本注としてすでにあったことを示唆する。

⑥は軽太子の兄妹相姦記事で、物部大前宿禰の家に逃げ込んだ軽太子が自死するという『紀』本文に対して、伊予国に流されたとするのが分注である。この異伝は『記』本文の「伊余湯」と似ているが、「湯」と「国」では大きな違いである。『記』の「伊余湯」には、舒明紀十一年十二月の伊予温湯宮行幸や「伊予国風土記」逸文に記す景行・仲哀・聖徳皇子・舒明・斉明（中大兄・大海人皇子同行）の伊予国湯郡行幸、さらに斉明紀七年正月や『万葉集』巻一・八番歌左注に伊予熟田津石湯行宮があるように、『記』成立時からみれば明確な根拠があったこ

とになる。したがって『紀』の異伝が「伊予国」とするのは、『記』からの直接引用ではないことを示唆する。軽太子と軽大郎女がともに自死する允恭記の結末も『紀』の異伝注記にはない。伊予国配流という『記』と類似する資料に依拠しながら、『紀』の分注の内容は限定的である。⑥は⑤と同様、『記』に近い異伝を分注に立てるという点では共通する。

四　一本の異伝

⑦〜⑩の異伝をみておこう。この四ヶ所はすべて「一本」からの引用として最後に出てくる。それはなぜか。「一本」の引用は『紀』巻第十四の雄略紀以降にしかない。しかも巻第十九の欽明紀までしか検出されないという偏りがある。(9) その理由としては巻ごとの編修の結果によるものであって、引用形式に対する編修者の傾向や特徴が出ているとみるのが自然である。特に⑩を除く⑦〜⑨の三ヶ所が歌詞の分注であることは注目される。そこで、一本とは何かということが問題になる。

⑦は蜻蛉野遊猟歌と呼ばれるものであるが、『記』と『紀』本文と『紀』分注のあいだにみられる異同状況を摘記すると、次のようになる。

a　『紀』「大前に申す」→一本「大君に申す」
　　『記』「大前に申す」

b　『紀』「立たし」→一本「坐まし」
　　『記』「坐まし」

c　『紀』「這ふ虫も　大君に奉らふ　汝が形は　置かむ　蜻蛉島倭」→一本「かくの如　名に負はむと　そ

らみつ　倭の国を　蜻蛉島といふ」

『記』「かくの如　名に負はむと　そらみつ　倭の国を　蜻蛉島とふ」

「一本」の詞章はａが『記』と異なるだけで、ｂとｃでは『記』と一致する。この異同状況からは「一本」が『記』本文に近い歌詞資料のようにみえるが、他の歌詞をみると必ずしもそうとは言い切れない。例えば、『記』「み吉野の」と『紀』「倭の」の地名の相違、『紀』本文「猪鹿待つと　我がいませば　さ猪待つと　我が立たせば」の対句が『記』に欠除する相違点に対して「一本」の施注がなく、ｃ以外に「一本」が『記』の歌詞に一致するのはｂのみであることから、「一本」の歌詞は逆に『紀』本文の歌詞に近い異伝とも言えるのである。少なくとも「一本」は『記』『紀』の共通資料ではない。したがって、蜻蛉野遊猟歌には大きな異同を持つ『記』と『紀』本文の歌詞と、その何れとも異なるが、『紀』本文にやや近い「一本」の歌詞との三系統の歌詞が存在したことになる。かかる異同を把握できることからも、後世の補入ではなく、『紀』成立時に分注は存在したと考えうる。もちろん「一本」の歌詞は文字資料に拠ったに違いない。

次の⑧⑨は歌詞、⑩は散文の異伝であるが、いずれもシビ誅殺の話の中にあり、一連のものである。しかし、清寧記では菟田首等の女、大魚をめぐる袁祁命と平群臣志毘の妻争いの話になっているのに対し、武烈即位前紀では物部麁鹿火大連の女、影媛をめぐる太子（武烈）と平群臣鮪の妻争いであり、記述の位置の他、シビ以外の人物も大きく異なる。それにもかかわらず、歌では共通するところがみられ、⑧の歌詞などは『記』『紀』のあいだで一致する。この分注は『記』『紀』のあいだの同一歌に『紀』が異伝を示す唯一の例となる。

潮瀬《しほせ》の　波折《なを》りを見《み》れば　遊《あそ》び来《く》る　鮪《しび》が端手《はたで》に　妻立《つまた》てり見《み》ゆ　一本に、潮瀬を以て水門に易ふ。（紀87）

その異伝とは「潮瀬」に対する「水門」である。二語とも波が折り重なって立つ場所の表現であるから、潮瀬でも水門でも大きな違いはない。したがって、分注の意図は「一本」という文字資料に異伝が存在する事実を示す点にあるとしか考えられない。異伝の存在は本文に疑いを示すようにみえるが、むしろそこには異伝によって本文の権威を高めるという逆説的な関係があるのではないか。

　このような軽微な異伝に潜む分注の意図は次の⑨にもみられる。⑧と同じ、太子と鮪の問答歌群にある歌である。

臣《おみ》の子《こ》の　八節《やふ》の柴垣《しばかき》　下響《したとよ》み　地《なゐ》が揺《よ》り来《こ》ば　破《や》れむ柴垣《しばかき》　一本に、八節の柴垣を以て八重韓垣に易ふ。（紀91）

　この太子の歌は鮪の家の柴垣を揶揄するものであるが、「一本」の「八重韓垣」は前掲⑧に鮪が答えた歌「臣の子の　八重や韓垣」（紀88）を承けている。両者に大きな差異はないが、韓垣を土塀とみてこの方が「地が揺り来ば」に適合するとし、「一本」に原形を想定する考え方がある。[10] しかし一方で、鮪の「八重や韓垣」に対して、太子が地震で壊れる「八重韓垣」と反撃した表現とみることもできる。前述したように、この話は『記』『紀』のあいだで大きな差異があり、⑨の太子の歌（紀91）に類似する記108は鮪の歌になっているのである。これをみても、『記』『紀』それぞれに定着するまでに曲折があったことは間違いない。[11] そうであれば、⑨の異伝は⑧とともにこの話の生成過程を伝えるものであり、『紀』の本文が最終的に完成された歌詞と歌群であることを示す意図が考えられる。

　そのことは⑩の異伝にも言える。『紀』本文では大伴連金村が兵を率いて乃楽山で鮪を殺したとする。これは乃楽山を戦場として太子と鮪の戦いがあったことを示唆する。しかし、分注には歌場で影媛を争ったその夜、影媛の家にいた鮪が殺されたという異伝を付す。『記』には歌垣の翌朝、袁祁命が志毘の家を囲んで殺したとあり、志毘と大魚は共寝をしていたという含みを残している。影媛の舎と志毘の家という点で場所の違いはあるが、『紀』の異伝と『記』は近いと言える。この話は歌群と散文が共通の話形をもとにしながら、別々の生成過程を経て『記』『紀』それぞれに記載されたものと推定される。

その生成過程で異伝をも生じたわけであるが、妻争いの夜に影媛の家で共寝をする鮪が殺害される結末は緊迫した話として筋が通っており、それなりの根拠をもっていたとみてよい。「一本」は根拠ある結末を異伝とするものであるが、かといって本文への疑義や否定を意味してはいない。「一本」の文字資料を提示することによって、むしろ本文が正伝であることを主張する意図が認められる。いくつかの口承や文字資料を編修して本文（正伝）を記定するというのが『紀』の態度なのである。

それでは「一本」とは何か。⑦〜⑩の「一本」は二種類、一つは歌詞のみの⑦、もう一つは［歌と散文］の⑧〜⑩である。いずれも文字資料とみられる。かつて伊藤博氏は『紀』分注の「一本」を取り上げて、その背後に「歌謡物語的な〝古代歌謡集〟といえる文献が欽明〜舒明朝の間に異本すら持って成立していた」とし、その具体的な形態として「万葉集巻一・二の姿」を想定したのであった。[12]『紀』本文（正伝）・分注（異伝）と『記』が依拠した古代歌謡資料は天皇代ごとに歌謡が分類され、題詞や左注が記載されていたとするのである。それゆえ記紀歌謡は各天皇の説話ごとに『記』『紀』のあいだで固定的な対応をみせるとする証明に向かうのであるが、異本を伴っていたとしても歌詞や散文叙述において固定的とは言いがたい状況がある。⑧〜⑩の［歌と散文］などはその最たるものと言えよう。

「一本」という文字資料は⑦〜⑨のように歌詞を中心とし、⑩のような歴史（説話）的背景も断片的に書き添えられていた可能性は考えられよう。しかし、万葉集巻一・二のような一定の理念のもとに体系的に記録されたものではない。もっと資料的な段階にとどまっていたはずである。それは断片的な歌の情報を伴う宮廷歌曲や歌謡の文字資料であったために、『記』『紀』に撰録される際に固定的な対応関係にならない部分も多く含むことになった。『記』『紀』の歌の差異、そして『紀』の歌に関わる分注には、その有力な背景として複数の宮廷歌謡・歌曲資料の介在が明らかになってきたのである。

やや迂遠な作業になったが、『紀』本文と分注そして『記』のあいだに発生する異伝状況を検討してきた。その結果、分注の中に明らかに本注とはみられない例は確認できなかった。また、十三例の分注の中で『記』に近い異伝は①②③⑤⑥⑦bcにみられ、④⑦a⑧⑨⑩は『記』と異なることがわかった。『記』と相違する五例はやや少ないが、それでも異伝が『記』と異なる資料に基づくことは明かである。〔歌と散文〕に関わる『紀』の分注の周辺には『記』『紀』が依拠したものを含めて、少なくとも三種類以上、複数の口承・文字資料が存在したことになる。その中心に、歌舞の公的な管理機関で保存、伝承に用いられた宮廷歌謡・歌曲資料があったことはほぼ間違いない。『記』『紀』の編修作業とは宮廷機関に集積された資料から正伝を撰録し、本文を記定することであった。

それにもかかわらず、『紀』が本文（正伝）に対して分注で異伝を示したのはなぜか。すでに触れたように、異伝の存在が本文に権威を賦与するという逆説的な関係にその理由がある。逆説的とは、異伝が多く存在すれば、本文はその一つとみなされ、相対的に正伝の価値を低くするはずなのに、編修によって撰録された本文は異伝があることで逆に正伝の価値を高めるという意味である。この逆説が成り立つためには編修が絶対化されなければならないが、それを示すのは『紀』の修史事業が天武天皇の詔（天武紀十年三月）に始まり、元正天皇の勅命によって完成したとする記述である（『続日本紀』養老四年五月）。『記』序文が天武天皇の詔に始まるとするのも同様である。正伝は聖伝なのである。

五　『記』『紀』の歌のヴァリアント

『記』『紀』の歌のあいだにある差異、『紀』の分注に示す異伝という現象はヴァリアントに他ならない。このヴァリアントはテキスト論としていかにとらえられるであろうか。これまでの検討から言えば、『記』『紀』の「歌と散文」は異伝というヴァリアントによって成り立つということである。ヴァリアントは一つしかない本文（正伝・聖伝）というテキストに向かうのである。それと同時に、本文の周辺に別の新たなテキストを現出させることにもなる。

例えば、⑧の分注で、「潮瀬」に対する「水門」を軽微な異伝と言ったが、『記』と『紀』本文が採らない「水門」を「歌と散文」の関係でとらえ直すとどうなるか。「水門」は湾口や河口の意で、『万葉集』では「水門入りに　船漕ぐ如く」（9・一八〇七）や「湊入りの　葦別け小舟」（11・二七四五など）と、船が出入りする場所としてうたわれている。湾口と解すると「遊び来る鮪」と連続し、そこに泳いで来る鮪の様子として「潮瀬」とは異なった意味で適合する。散文叙述には「歌場」の群衆の中に入ってきた鮪に太子が向き合ってうたったとあるから、「水門の　波折り」は「歌場」の群衆に重なってイメージされたことになる。異伝というヴァリアントは『記』・『紀』本文とは別のテキストとして成立することが確かめられる。

それは⑩の異伝にも言える。「歌場」の夜、鮪が影媛の家で共寝をしているところを殺されるという結末は、『記』・『紀』本文のどれよりも衝撃的で生々しい。それに続く後日譚として、『紀』本文は影媛が殺害現場に行き、鮪の変わり果てた姿を見て歌を詠む場面を叙述する。異伝の結末から読めば、目の前で夫を殺された影媛が自らの手で鮪を埋葬する悲劇的な話になるであろう。だが、『紀』本文は、乃楽の谷で鮪を掘り出さないでくれという、鮪の死骸の埋葬という叙事の歌によって、鮪を乃楽山で殺したとする散文で叙述した。散文は歌から生成されてくるのである。異伝の結末は断片的であるが、『記』・『紀』本文とは別の、もう一つのテキストであった。それは『記』『紀』の「歌と散文」のあいだに発生するヴァリアントとしてとらえられるのである。

結び

『紀』の分注に示す異伝を通して、『記』『紀』の［歌と散文］のヴァリアントをみてきた。そのヴァリアントとは『記』・『紀』本文と異なるもう一つのテキストの存在を意味する。ヴァリアントのテキスト論としては武烈紀の鮪の話に関わる異伝にしか触れられなかったが、『紀』本文に対する分注だけでなく、『記』『紀』の［歌と散文］に発生する差異もこのような視点から読み解くことができるであろう。

例えば、景行紀にある景行天皇の西征などはヤマトタケルの西征のヴァリアントである。天皇自ら熊襲を平定する話は六年に及ぶ長大な記述から成るが、ヤマトタケルの影に隠れてほとんど顧みられることがない。しかし、『記』ではヤマトタケルが伊勢の能煩野で詠む「思国歌」三首が、『紀』では景行天皇が日向国で詠んだ「思邦歌」三首になっているのである。それは『記』『紀』の歌のヴァリアントという視点から、ヤマトタケル物語とは別の、もう一つのテキストとして読み解く必要がある。

右は一つの例であるが、ヴァリアントの古代という視点は『記』『紀』のテキスト論に新たな可能性を与えるものである。

注

（1）『古代文学』二〇一七年三月

（2）『記』の歌数は允恭記の「夷振の上歌」を一首とする数え方による。

（3）「日本書紀古註論」（『上代史籍の研究』吉川弘文館、一九五六年。初出、一九五三年六月）

(4) 「日本書紀の分註について」(『日本古代史の基礎的研究・上』東京大学出版会、一九六四年。初出、一九五五年一〇月)

(5) 「日本書紀の本註」(『日本書紀の基礎的研究』高科書店、二〇〇〇年。初出、一九六三年一〇月)

(6) 「也」は歌詞の末尾に置く不読の助字であるが、『記』本文に不要の文字であることからみて、資料にあった文字がそのまま入ってしまった可能性が高い。歌詞の神名が資料に基づく証左にもなろう。

(7) 居駒永幸「出雲・日向神話の歌と散文――歌の叙事による表現世界とその注釈――」(『明治大学人文科学研究所紀要』二〇一六年三月)

(8) 林屋辰三郎『中世藝能史の研究』(岩波書店、一九六〇年)

(9) 中村啓信編『日本書紀総索引』によると、「一本」の用例は巻第十四に六、十五に一、十六に一、十七に七、十八に一、十九に五の合計二一例を数える。

(10) 土橋寛『古代歌謡全注釈・日本書紀編』(角川書店、一九七六年)

(11) この話の成立については、研究史を整理しつつ『記』を中心として宮廷叙事歌という視点から私見を述べたことがある(「ヲケとシビの歌垣と宮廷叙事歌」『古代の歌と叙事文芸史』笠間書院、二〇〇三年。初出、二〇〇二年六月)。

(12) 「〝古代歌謡集〟の論」『萬葉集の表現と方法・上』(塙書房、一九七五年。初出、一九七五年七月)

3　日本古代の歌垣

――「歌垣」「歌場」「嬥歌」とその歌――

はじめに

日本古代の歌垣という儀礼はどのように行われていたのか。そして歌垣という場でうたわれた歌謡はどのような歌を指し、どのような表現の特性をもっていたのか。その点について、古代文献の「歌垣」「嬥歌」の事例からできるだけ正確に読み取ることを当面の課題としたい。

なぜそのような基本的な作業を試みるかというと、従来の古代歌謡の研究史において、歌垣の歌の認定が必ずしも研究者のあいだで一致しているとは言えないからである。例えば土橋寛氏は、「記紀、風土記に含まれる歌垣の歌の総数は、私の解釈によると約二十六首であるが、万葉集の中にも十数首は含まれているようである」(1)と述べているが、『風土記』と『万葉集』はともかく、『古事記』と『日本書紀』の場合は説話とともにある歌であるから、それを歌垣の民謡とみるには慎重な検討が必要である。さらに近年、東アジア少数民族の歌垣調査が飛躍的に進展し、その研究成果によって日本古代の歌垣研究に新たな知見が加えられつつある。それだけに一層、日本の古代文献の側から、記載された歌垣資料への正確な読みが求められているのである。
一つには歌垣の民謡と言った時の「民謡」の概念が問題となる。それを厳密にとらえれば、古代日本の歌垣の歌はきわめて限定的なものになるし、ゆるやかに考えれば『万葉集』の作者未詳歌の多くにまで広がる。歌垣の歌の認定にあいまいさや混乱が生じる原因はそこにある。しかもそれは、古代の歌が集団的な場と深くつながるところで成立するという特性とも関係している。同時に、民衆にうたわれた歌垣の歌が古代文献に記載される事情やその背景についても検討しなければならない。このような研究状況のもと、従来、歌垣の民謡とされてきた歌とその表現を、それぞれの古代文献において再検討する作業がいま差し迫った課題になっている。

一　『記』『紀』の「歌垣」「歌場」

シビ物語の〔歌と散文〕

日本古代の文献に最初に「歌垣」が書かれるのは『記』『紀』においてである。しかもその歌物語は両書のあいだで類似する。それは次の①清寧記と②武烈紀の、いずれも即位前の話である。

清寧記

①故、将治天下之間、平群臣之祖、名志毘臣、立于歌垣、取其袁祁命将婚之美人手。其娘子者、菟田首等之女、名大魚也。爾、袁祁命亦立歌垣。於是、志毘臣歌曰、

（このあいだに歌六首）

如此歌而、闘明各退。明旦之時、意祁命・袁祁命二柱議云、凡、朝庭人等者、旦参赴於朝庭、昼集於志毘門。亦今者、志毘必寝。亦、其門無人。故、非今者難可謀、即興軍囲志毘臣之家、乃殺也。

武烈紀

②十一年八月、億計天皇崩。大臣平群真鳥臣、専擅国政、欲王日本。陽為太子営宮。了即自居。触事驕慢、都無臣節。於是、太子思欲聘物部麁鹿火大連女影媛、遣媒人、向影媛宅期会。影媛曽姧真鳥大臣男鮪。鮪、此云茲寐。恐違太子所期、報曰、妾望、奉待海柘榴市巷。由是、太子欲往期処。遣近侍舎人、就平群大臣宅、奉太子命、求索官馬。大臣戯言陽進曰、官馬為誰飼養、随命而已、久之不進。太子懐恨、忍不発顔。果之所期、立歌場衆、歌場、此云宇多我岐。執影媛袖、躑躅従容。俄而鮪臣来、排太子与影媛間立。由是、太子放影媛袖、移廻向前、立直当鮪。

（このあいだに歌七首）

太子甫知鮪曽得影媛。悉覚父子無敬之状、赫然大怒。此夜、速向大伴金村連宅、会兵計策。大伴連、将数千兵、儌之於路、戮鮪臣於乃楽山。一本云、鮪宿影媛舎、即夜被戮。（中略）十二月、大伴金村連、平定賊訖、反政太子。

両話は、①大魚をめぐる平群臣志毘と袁祁命（顕宗天皇）、②影媛をめぐる平群臣鮪と太子（武烈）の妻争いを歌で応酬する内容である。天皇代で言えば顕宗天皇と武烈天皇で時代も登場人物も異なるが、滅ぼされる臣下は同名であり、歌垣（歌場）の場も共通する。平群臣志毘（鮪）の専横を排する話がもとにあって、『記』では顕宗天皇即位の正統性を語る①に構成され、『紀』では②の武烈天皇の即位前紀として叙述されたとみてよい。『記』『紀』のあいだでそれぞれ異なる伝承に依拠したということであろう。異なるとは言っても話形や歌群がきわめて近く、①と②が異伝関係にあることを示している。

次に両書の歌群を比較し、その構成と歌の異同を見てみよう。括弧内はうたい手と歌番号（『記』の歌は一一一首と数える）。

①清寧記の歌群

A 大宮の　彼《をと》つ端手《はたで》　隅傾《すみかたぶ》けり　（志毘、104）

B 大匠《おほたくみ》　拙劣《をぢな》みこそ　隅傾《すみかたぶ》けれ　（袁祁、105）

C 王《おほきみ》の　心《こころ》を緩《ゆら》み　臣《おみ》の子《こ》の　八重《やへ》の柴垣《しばかき》
入《い》り立《た》たずあり　（志毘、106）

D 潮瀬《しほせ》の　波折《なを》りを見《み》れば　遊《あそ》び来《く》る
鮪《しび》が端手《はたで》に　妻立《つまた》てり見《み》ゆ　（袁祁、107）

E 王《おほきみ》の　御子《みこ》の柴垣《しばかき》　八節《やふじ》結まり
結《し》まり廻《もとほ》し　切《き》れむ柴垣《しばかき》　焼《や》けむ柴垣《しばかき》　（志毘、108）

F 大魚《おふを》よし　鮪《しび》突《つ》く海人《あま》よ　其《し》が離《あ》れば
心恋《うらごほ》しけむ　鮪《しび》突《つ》く志毘《しび》　（袁祁、109）

②武烈紀の歌群

a 潮瀬《しほせ》の　波折《なを》りを見《み》れば　遊《あそ》び来《く》る　鮪《しび》が端手《はたで》に
妻立《つまた》てり見《み》ゆ　一本、潮瀬を以て水門に易ふ　（太子、87）

b 臣《おみ》の子《こ》の　八重《やへ》や韓垣《からかき》　許《ゆる》せとや御子《みこ》　（鮪、88）

c 大太刀《おほたち》を　垂《た》れ佩《は》き立《た》ちて　抜《ぬ》かずとも
末果《すゑは》たしても　会《あ》はむとぞ思《おも》ふ　（太子、89）

d 大君《おほきみ》の　八重《やへ》の組垣《くみかき》　懸《か》かめども　汝《な》をあましじみ
懸《か》かぬ組垣《くみかき》　（鮪、90）

e 臣《おみ》の子《こ》の　八節《やふ》の柴垣《しばかき》　下響《したとよ》み　地震《なゐ》が揺《よ》り来《こ》ば
破《や》れむ柴垣《しばかき》　一本、八節の柴垣を以て八重唐垣に易ふ。（太子、91）

f 琴頭《ことがみ》に　来居《きゐ》る影媛《かげひめ》　玉《たま》ならば　吾《あ》が欲《ほ》る玉《たま》の
鰒白玉《あわびしらたま》　（太子、92）

g 大君《おほきみ》の　御帯《みおび》の倭文服《しつはた》　結《むす》び垂《た》れ　誰《たれ》やし人《ひと》も
相思《あひおも》はなくに　（鮪、93）

散文において歌垣での妻争いという話形が共通するように、歌群においても共通の原型があったとされ、古くから原歌群への復元が試みられてきた（本居宣長『古事記伝』、橘守部『稜威言別』）。しかしそれは『記』『紀』の歌順の恣意的な並べ替えに過ぎず、むしろ両書の叙述方法によって成り立つそれぞれの歌順を尊重すべきであろう。ただ、両書に唯一共通し、同一歌であるDとaの歌は、最初からこの歌群に不可欠の存在であったと言える。それはこの歌が、女が志毘（鮪）のもとにいることを明示し、歌群全体の説明的な位置にあることと関係する。①では中間、②では最初に置かれ、いずれも歌掛けの起点ないしは展開として機能するのである。

王と臣下の歌垣をうたう宮廷叙事歌

いま、Ｄａ「潮瀬の」の歌を説明的と言ったが、「潮瀬の　波折り」は歌垣に参加する民衆の列を含意する。

潮《うしを》には　立《た》たむと言《い》へど　なせの子《こ》が　八十島隠《やそしまがく》り　吾《わ》を見《み》さばしり　（風8）

これは『常陸国風土記』香島郡の「嬥歌の会」でうたわれたとされ、「潮には　立たむ」とは歌垣の場に集まる群衆の中に加わることである。従って、「波折り」はいくつもの人垣の列を潮の波に喩えた表現とみることができる。歌垣は歌懸き[2]、すなわち歌の掛け合いが本義で、それが場所をも指すようになった語であるが、「垣を障壁とし、人垣をなして、多くの歌によって争いが行われた、ここに呼称成立の一因があった[3]」とする高橋六二氏の見解をここに想起しなければならない。「人垣をなして」とは人々が手をつないで連なることで、後にも述べるように、それが歌垣の必須の条件であったのである。すなわち、歌懸きと人垣の両義的な関係に成り立つ語が歌垣ということになる。それはこの歌群のＣＥｅ「柴垣」、Ｃ「入り立たず」、Ｄａ「鮪が端手に　妻立てり」、ｂ「韓垣」、ｃ「大太刀を　垂れ佩き立ちて」、ｄ「組垣」が暗に証明しており、『記』『紀』両書に共通する歌垣の観念とその表現をここにみることができる。

それではこれらの歌群は古代の歌垣の現場でうたわれたと認定できるのか。高木市之助氏は、特にＥｄ二首を取り上げ、「闘の歌は現實に記紀の歌としてあるといふよりもむしろ記紀の彼方に、わづかに歌垣の原型として確められさうな世界のものなのである[4]」（傍点、高木氏）と慎重な物言いをしている。また遠藤耕太郎氏は中国少数民族のモソ人に伝わる悪口歌との類似性を指摘した上で、「古代日本の民俗レベルにあった悪口歌の歌掛け」

から「在地首長による記載レベル」へ、そして「『古事記』の方法としての読み換え」によって「国家レベルの神話として記載された」[5]という発展過程を想定した。この場合「在地首長」が何を指すのか不明であるが、歌垣の現場から直接『記』『紀』に採録されたものでないとする点では両者共通している。有力氏族の女をめぐる王と臣下の歌争いは、民衆の歌垣ではありえないからである。

表現からみれば、A「大宮」、CEdg「王・大君」、E「御子」、Cbe「臣の子」は宮廷社会の用語である。この歌群が民間の行事としての歌垣に淵源をもつとしても、成立したのは宮廷歌謡・歌曲の場であるとみて疑いない。Eなどは短歌体の結句をくり返す仏足石歌体で、明らかに歌曲としての唱謡法を示唆している。ただそれ以外は片歌体がみられるだけで、ABが問答で一対、bはaと一対の問答体となっている。片歌は単独でうたわれることはないからである。これらは宮廷歌曲の唱謡法に依拠しつつ「物語歌」として生み出された形式とみられている。[6]その他はすべて短歌体で、これをみても『記』『紀』の歌は短歌体化の流れに位置することがわかる。おそらくそれは七世紀後半の王権儀礼の確立と不可分の関係にあり、短歌体化の波は急激に広がっていったと考えられる。一見民間の歌垣に通じるようなこの歌群も、宮廷圏を中心に確立した短歌体を主体として編成されるのである。このような宮廷歌曲を管理する部署は雅楽寮の前身であったにちがいない。天皇中心の宮廷史という叙事を背負う歌であるゆえに、宮廷歌謡・歌曲として保存されたと考えられる。aeの「一本、……に易ふ」という異伝注記も、その保存のための文字資料化の痕跡とみてよかろう。

①②の歌群にはDFa「鮪（志毘）」、F「大魚」、f「影媛」という人名が出てきて、特定の人物に関する事件や事柄がうたわれる。それが叙事を背負う歌ということであるが、私はかつてこの歌群に「宮廷叙事歌」の性格を認め、歌の叙事から散文が生成するという『記』『紀』の文体について論じたことがある。[7]①の散文の「歌垣に立ち」「美人の手を取り」などは、C「入り立たずあり」、D「鮪が端手に　妻立てり」の歌表現を踏まえてい

る。「端手に立つ」「手を取る」は歌垣特有の用語とみてよい。「鮪」「大魚」の人名も『記』の「歌と散文」にともに出てくる。①の散文は、歌垣を装う歌群から生成された、歌垣の現場を再現する叙述とみることができる。

歌垣の知識による歌物語の叙述

一方、『紀』の場合は②をみると、散文内容の豊かさは『記』の①と比べものにならない。それだけ歌垣の、より具体的な知識がここの散文叙述に反映されている。「海柘榴市巷」は群衆が集う市の歌垣として有名だった場所である。『万葉集』の次の歌がその知識を裏付ける。

海石榴市《つばきち》の　八十《やそ》の衢《ちまた》に　立ち平《なら》し　結びし紐《ひも》を　解《と》かまく惜《を》しも　（万12・二九五一）

紫《むらさき》は　灰《はひ》さすものぞ　海石榴市《つばきち》の　八十《やそ》の衢《ちまた》に　逢《あ》へる児《こ》や誰《たれ》　（万12・三一〇一）

たらちねの　母が呼ぶ名を　申《まう》さめど　道行《みちゆ》き人《びと》を　誰《たれ》と知りてか　（万12・三一〇二）

河内と結ぶ横大路、伊勢に行く泊瀬道、飛鳥・吉野への磐余道、そして山辺の道と上つ道が海柘榴市の地で交わる。やはり八十道の巷なのである。それに加えて初瀬川舟運の拠点ともなれば、政治だけでなく交通・交易・信仰の要衝の地として広く知られていたのであろう。こうした市の機能が歌垣の男女の関係と構造的に重なる点については、西郷信綱氏が深く分析している。[8] 男女の所作を示す「立ち平し」は「立歌場衆」に通じる歌垣の用語とみてよい。「歌場」は日本の歌垣に類似する、中国の踏歌に関わる漢語である。

浅野通有氏は、日本の踏歌に影響を与えた中国踏歌の諸例を検討する中で、唐以後の例ではあるが、宋の『宣和書譜』巻五・女仙呉彩鸞の条、大和（八二七～八三五）年中に行われた中秋の夜の「踏歌」において、彩鸞が「歌場」にあって相手の男とたわむれ、結局二人は結婚に至るという話を引き、「これがわが国における歌垣に相当するもの」としている。また宋の『岳陽風土記』に「荊湖の民俗、歳時の会集或は禱祠、多く鼓を撃ち、男女をして踏歌せしむ。之を歌場と謂ふ」とする記事を挙げ、荊南・湖南地方の民俗として歳時の会集や禱祠の際に「踏歌」が行われ、その場所を「歌場」と呼んだことに注目している。(9)

この資料は踏歌と歌垣の親近性を示すだけでなく、『紀』編者が「立歌場衆」との関係において「歌場」の漢語を歌垣の場という意で意図的に選択したことを示唆するものである。この場合、中国踏歌の「歌場」と日本の歌垣は、男女が向かい合って立ち、うたい踊る所作が類似するのであろう。「排太子与影媛間立」「向前、立直当鮪」には歌垣における向かい合って立つ所作が反映され、細部にわたって叙述されている。

それは宝亀元年三月の歌垣でうたわれた、次の歌からも見て取れる。

乙女《をとめ》らに　男立《をとこた》ち添《そ》ひ　踏《ふ》み平《な》らす　西《にし》の都《みやこ》は　万代《よろづよ》の宮《みや》　（続紀6）

男は女のそばに立って足を上下して踊るのである。歌垣に「立つ」とは踊る行為までを指すのであろう。しかし、『万葉集』の第一例、海柘榴市で女に紐を結んでもらった男の歌は歌垣でのうたい交わしではない。「紐を　解かまく惜しも」は対詠というより、歌垣で出逢った女を回想する歌である。歌垣の歌らしくうたっているのは、むしろ第二、三例として挙げた問答二首の方である。「逢へる児や誰」と名を聞いたのに対し、「誰と知りてか」とはぐらかす問答に、歌垣の表現の特性が表れている。それが歌垣の発想に基づくことは明らかである。

②の「執影媛袖」も歌垣の歌の発想と言ってよい。『記』の「手を取る」が『紀』では「袖を執る」に変化しているが、それは漢文的潤色だけではないのであろう。歌垣では男が女の袖を取る所作があり、その知識に基づく記述と考えられる。しかし、意味的には「手を取る」と同じである。

梯立《はしたて》の　倉梯山《くらはしやま》を　嶮《さが》しみと　岩懸《いはか》きかねて　我《わ》が手取《てと》らすも　（記69）

梯立《はしたて》の　倉梯山《くらはしやま》は　嶮《さが》しけど　妹《いも》と登《のぼ》れば　嶮《さが》しくもあらず　（記70）

梯立《はしたて》の　嶮《さが》しき山《やま》も　我妹子《わぎもこ》と　二人越《ふたりこ》ゆれば　安蓆《やすむしろ》かも　（紀61）

いずれも仁徳記・紀のメトリ王とハヤブサワケ王の反乱物語に出てくる歌である。仁徳天皇に敗れた二人は倉梯山を越えて逃げ延びようとする。そのような恋の逃避行の心情が、歌垣の歌の発想を踏まえてハヤブサワケ王によってうたわれる。物語の一場面をうたう、叙事を背負った歌である。従って、倉梯山の歌垣行事でうたわれる歌とは言えない。しかし、メトリ王とハヤブサワケ王の山越えの逃避行に、男女が山に登る歌垣の歌の発想が生かされるわけである。

論点を②の散文に戻すと、歌垣の知識を散文叙述に反映させ、鮪臣の専横を強調する形で七首の歌群との連続性を図っていることがわかる。その専横ゆえに鮪臣を殺すという結果は、太子が影媛に贈ったfの求愛の歌に対して、鮪臣が影媛に代わってg「誰やし人も　相思はなくに」と拒絶した歌によってもたらされた。太子はこの歌によって鮪臣が影姫を得たと知るからである。『紀』においても歌を起点として物語が展開するという叙述法を確かめることができる。

二　『風土記』『万葉集』の「嬥歌」「歌垣」

風土記からみた古代の歌垣行事

次に風土記の歌垣を取り上げるが、その資料は『常陸国風土記』と「摂津国風土記」逸文にある。

①童子松原。古、有年少童子。俗云加味乃乎止古・加味乃乎止売。男称那賀寒田之郎子、女号海上安是之嬢子。並形容端正、光華郷里。相聞名声、同存望念、自愛心滅。経月累日、嬥歌之会 俗云宇太我岐、又云加我毗也。邂逅相遇。

于時、郎子歌曰、

いやぜるの　安是《あぜ》の小松《こまつ》に　木綿垂《ゆふし》でて　吾《わ》を振《ふ》り見《み》ゆも　安是小島《あぜこしま》はも　（風7）

嬢子報歌曰、

潮《うしを》には　立《た》たむと言《い》へど　なせの子《こ》が　八十島隠《やそしまがく》り　吾《わ》を見《み》さばしり　（風8）

便欲相晤、恐人知之、避自遊場、蔭松下、携手促膝、陳懐吐憤。

（『常陸国風土記』香島郡童子松原）

②雄伴郡。波比具利岡。此岡西、有歌垣山。昔者、男女集登此上、常為歌垣。因以為名。

（「摂津国風土記」逸文、雄伴郡歌垣山）

香島郡は常陸国の東南端で、太平洋に面している。①の童子の松原はその海岸にあり、ウタガキはそこで行われた。北の那賀郡に接する寒田や南の下総国に接する海上からも若い男女が集まってきたようであるから、その範囲は郡内全体に及ぶ。浜辺の歌垣と言えば、奄美沖縄の浜下りや毛遊びの行事を想起させるが、「潮には　立たむ」には浜辺に集まる群衆のいくつもの人波と人々のあいだで繰り広げられる歌の掛け合いが浮かび上がる。歌垣・嬥歌はうたい踊る行事と理解していたようだ。『常陸国風土記』の編者は「嬥歌之会」と表記しているからである。

「嬥歌」は『文選』魏都賦に「明発而嬥歌」とある。「蜀では夜が明けるまで跳ね踊る風習があり」[10]という意で、李善注は楊雄『蜀記』の「嬥謳歌巴土人歌也」、何晏の「巴子謳歌相引牽連手而跳歌也」を引く[11]。嬥歌は蜀の巴地方（四川東部）の人々が手をつないでうたいながら跳びはねる習俗を指す語であった。香島郡の歌垣はそれと類似するため嬥歌の語が用いられたのである。「嬥歌之会」のカガヒの注記は、ウタガキに対する東国方言を示したようである。

高橋虫麻呂の「嬥歌会」歌と「杵島曲」

それは筑波山の嬥歌を詠んだ『万葉集』の高橋虫麻呂の長歌からわかる。

登筑波嶺為嬥歌会日作歌

……その津の上《うへ》に　率《あども》ひて　未通女壮士《をとめをとこ》の　往《ゆ》き集《つど》ひ　加賀布嬥歌《かがふかがひ》に　他妻《ひとつま》に　我《わ》も交《まじ》はらむ　我《わ》が妻に
人も言問《ことと》へ　この山を　うしはく神の　昔より　禁《いさ》めぬ行事《わざ》ぞ……　嬥歌者、東俗語曰賀我比

（9・一七五九、高橋連虫麻呂歌集中出）

「加賀布嬥歌」は一字一音の和語と漢語で表記し、漢籍による理解を示すものである。「嬥歌会」の描写は先の何晏の注釈に近く、文選語「嬥歌」を用いるところに虫麻呂における漢籍の影響をみることができる。そこには「嬥」すなわち踊りの部分がみえてこないが、歌を掛け合う「歌」の「言問ひ」が「他妻」にも向けられるものであり、嬥歌は、森朝男氏が指摘するように、「歌垣という祝祭的時空において、その祝祭の非日常的・非理性的転換」(12)を孕むものであったと推測される。むろん「我」や「我が妻」の参加は虫麻呂自身の行為ではなく、「嬥歌会」の集団の一人に自らを置き換えてうたっている。筑波山の神の「禁めぬ行事」については、品田悦一氏の「中央貴族のカガヒ蕃風視に釘を刺したもの」(13)とする指摘があり、この歌の向かう主題は民衆が神の許しのもとに歓楽するという、筑波山（神）への山讃めとみることができる。

右の虫麻呂作長歌と反歌二首に「嬥歌会」の実態を伝える、例えば「手を取る」系の表現はないが、手や袖を取ってうたい踊り、「言問ひ」がうまくいけば手を取り合って嬥歌の会の場から去るのであろう。そのあたりの状況はすでに『記』『紀』の歌垣にみてきたが、①にも「携手」とある。歌による「言問ひ」によって心が通ったのである。この二首は、歌垣の歌の例としてはその記述から疑う余地がない。

しかし、土橋寛氏はこの二首を「風土記所載の歌垣の歌五首」(14)に入れていない。その五首とは次の歌を指す。

③郷閭士女、提酒抱琴、毎歳春秋、携手登望、楽飲歌舞。曲尽而帰。歌詞云、

霰《あられ》降る　杵島《きしま》の岳《たけ》を　嶮《さが》しみと　草取《くさと》りがねて　妹《いも》が手《て》を取《と》る　是杵島曲。　（風19）
（「肥前国風土記」逸文、杵島郡杵島山）

④自坂已東諸国男女、春花開時、秋葉黄節、相携駢闐、飲食齎賚、騎歩登臨、遊楽栖遅。其唱曰、

筑波峰《つくはね》に　逢《あ》はむと　言《い》ひし子《こ》は　誰《た》が言聞《ことき》けばか　峰逢《みねあ》はずけむ　（風2）

筑波峰《つくはね》に　廬《いほ》りて　妻《つま》なしに　我《わ》が寝《ね》む夜《よ》ろは　はやも明《あ》けぬかも　（風3）

詠歌甚多、不勝載筆。俗諺云、筑波峰之会、不得娉財者、児女不為矣。（『常陸国風土記』筑波郡筑波岳）

⑤社郎漁嬢、逐浜洲以輻湊、商豎農夫、棹艀艖而往来。況乎、三夏熱朝、九陽金夕、嘯友率僕、並坐浜曲、騁望海中、濤気稍扇、避暑者、袪鬱陶之煩、岡陰徐傾、追涼者、軫歓然之意。詠歌云、

高浜《たかはま》に　来寄《きよ》する浪《なみ》の　沖《おき》つ浪《なみ》　寄《よ》すとも寄《よ》らじ　子《こ》らにし寄《よ》らば　（風4）

高浜《たかはま》の　下風《したかぜ》さやぐ　妹《いも》を恋《こ》ひ　妻《つま》と言《い》はばや　しことめしつも　（風5）

（同、茨城郡高浜）

最初の③は「肥前国風土記」逸文であるが、その散文には「士女」が杵島山に「携手登望」「楽飲歌舞」とあり、歌にも「妹が手を取る」の句が詠まれる。やはり「手を取る」が歌垣の要件であることをここでも示している。この歌をはじめとして多くの歌がうたわれたことが「曲尽而帰」によってわかる。さらに「抱琴」「杵島曲」とあり、楽器を伴う歌曲という理解がそこにあったことも知られる。「杵島曲」は前掲「梯立の」（記69・70、紀61）の歌の他、次の万葉歌、

霰《あられ》降る　吉志美《きしみ》が岳《たけ》を　険《さが》しみと　草取りかなわ　妹《いも》が手を取る　（3・三八五）

などとも類歌関係をもつ。この歌は左注によれば、「或云、吉野人味稲、与柘枝仙媛歌也」とあるが、「柘枝伝」にはみえないという。中国の伝奇小説を思わせる、吉野の仙境伝説をうたう歌として受容されていたのであろう。

「手を取る」系の歌垣の歌表現は、肥前国や吉野にわたって地域的広がりをみせており、加藤正雄氏はかつて、肥前国の「杵島曲」が常陸国行方郡に運ばれて「杵島唱曲」となり、筑波山の「嬥歌」にもうたわれ、やがて大和国に伝播していったと推定した。[15]だが、「杵島唱曲」については、その後本文校訂の検討によって「鳴杵唱曲」に復するべきであるとされ、杵島曲を否定する見解が出された。[16]「鳴杵」の本文はその手続きからして妥当と認められる。

九州から東国、さらに大和への壮大な民謡移動説は、一種ロマンさえかき立てるが、これを「民謡は歩く」式の伝播論で片付けるわけにはいかない。なぜなら、③の「杵島曲」は「枕詞+地名」の和歌様式をもつ整った短歌体で、歌曲名さえ付いている。この点から考えられるのは、大和から派遣された官人が伝えたということである。飯泉健司氏が「風土記の記載歌謡が生成した」背景には中央官僚と地方官僚の交流があったと述べることを、[17]ここに考え合わせておきたい。地方にも大和と同等の歌文化があることこそ律令国家の目指すところであったと言える。

それは②の歌垣が摂津地方の異風あるいは奇異な俗習として書かれていないことからもわかる。ただ、この場合「昔者」とあるのは、畿内における歌垣の変質ないしは衰退を伝えていると言えなくもない。しかし、『常陸国風土記』が和銅六年の風土記撰進の命によって八世紀前半に成立したとすれば、常陸国ではまだ春と秋に盛んに行われていたことになる。それは虫麻呂の筑波嶺嬥歌会の歌と矛盾しない。筑波岳の歌垣は特に盛大で、④にあるように、足柄の坂以東の諸国というから常陸国を超えた広範囲な歌垣であったことを裏付ける。そこでうたわれた二首には「峰逢はずけむ」（風2、「み寝逢はずけむ」の訓みもある）「妻なしに　我が寝む」（風3）とあるように、相手得ぬ男が歌の主体になっている。このような歌垣での共寝のモチーフにつながる歌は次のように多い。

沖《おき》つ鳥《とり》　鴨着《かもど》く島《しま》に　我《わ》が率寝《ゐね》し　妹《いも》は忘れじ　世《よ》のことごとに　（記8）

筑波嶺《つくはね》の　嶺《ね》ろに霞居《かすみゐ》　過ぎかてに　息《いき》づく君を　率寝《ゐね》て遣《や》らさね　（万14・三三八八）
小筑波《をづくは》の　嶺《ね》ろに月立《つくた》し　間夜《あひだよ》は　さはだになりぬを　また寝てむかも　（万14・三三九五）
小筑波《をづくは》の　繁《しげ》き木の間《こま》よ　立つ鳥の　目《め》ゆか汝《な》を見む　さ寝ざらなくに　（万14・三三九六）

④の歌は右の例歌にみられる「我が率寝し」系の歌垣の歌表現であるが、対詠ではなく、歌垣での独り寝の嘆きをうたっている。この点について、土橋氏は「恋の教訓を含んでいる」[18]と述べている。歌垣の場で相手得ぬ男をうたうことで笑いを誘い、人垣の中に参加を促す機能をもっていたのであろう。ただ、二首とも第二句が字足らずの四音になっているのは理由がわからない。記録の際に元の歌を短歌体に整形し得なかったのであろうか。「詠歌甚多」とあるのは短歌体ばかりとは限らない。むしろ短歌体ならざる民衆の歌垣歌謡であったと推定できる。それが「載筆」において短歌体化に向かうと考えられるのである。「載筆」が官人の行為であることは疑いない。

なお、この問題は近年の木簡研究において栄原永遠男氏によって提唱された「歌木簡」の存在とも関わってくる。[19]例えば、六八〇年頃とも推定されている徳島県観音寺遺跡出土の難波津の歌木簡は、「地方の官人による漢字使用の実態を示す物証」[20]とされ、七世紀後半に官人を媒介として地方に短歌体の和歌が急激に波及していく事態を十分予想させるものである。歌垣歌謡の短歌体化はこのような事態を背景として考えられる。

歌垣歌謡の短歌体化

筑波山の歌垣歌謡は「詠歌甚多」ということであったが、他所の歌垣でもそれらがうたわれたというのは興味深い。それは次の記述からわかる。

⑥夏月熱日、遠里近郷、避暑追涼、促膝携手、唱筑波之雅曲、飲久慈之味酒。（『常陸国風土記』久慈郡山田里）

やはりここでも「手を取る」系の表現がみられ、筑波の雅曲がうたわれたとある。久慈郡山田里と筑波山は常陸国の北と南に離れて位置するが、筑波山の歌垣の範囲内にある。筑波山の歌垣が東国一円から集まる盛大な歌垣なので、山田里のような小規模歌垣でも筑波山の雅曲を用いたということなのだろう。これをみると、筑波山の歌垣とその歌謡が他所の歌垣の規範になっていたことがわかる。そしてここでも「雅曲」と記すことが注意される。つまり楽器を伴う歌曲として理解されていたのであり、歌曲であることが短歌体化に導くことにもなったのではないかと考えられる。

この定型短歌体と歌垣における民衆の〈うた〉との関係について論じたのが前掲の品田論文である。品田氏によれば、定型短歌体は貴族文学の一形式であり、記載を契機に展開した律令国家の交通の所産であったとし、民衆の〈うた〉の世界にあった歌掛けのネットワークとは異質な次元に存在したとする。歌垣でうたわれたとされる歌のことごとくが短歌体の姿をもつことからしても適切な見解と言わなければならない。ただ、国府郡衙の官人がもつ和歌世界と民衆の歌謡世界とのあいだで交流が起こった時、相互の歌世界に影響あるいは変質を及ぼす状況が生まれたことも当然想定できる。そこに起こった文化の衝突と変容は歌表現からみてきわめて興味深い問題となる。民間の歌垣歌謡の実態は知り得ないものの、歌垣の発想による短歌体和歌の成立については、官人側の歌世界に与えた変化の一様相とみられるのである。

⑤の二首も歌垣の歌におけるこのような短歌体化の流れにある歌と言える。高浜は霞ケ浦に面した水辺の歌垣である。その様子の詳細は美文調の漢文のためうかがい知ることができないが、歌によって男女の恋の場であることがわかる。もっともこの歌も対詠ではなく、男から女に向けた恋情がうたわれる点では④の歌と同じである。「子らにし寄る」は女に心寄せる意であるが、歌垣表現としては自分のもとに女を引き寄せることをうたう場合が多い。

天《あま》さかる　鄙《ひな》つ女《め》の　い渡《わた》らす迫門《せと》　石川片淵《いしかはかたふち》　片淵《かたふち》に　網張《あみは》り渡《わた》し　目《め》ろ寄《よ》しに　寄《よ》し寄《よ》り来《こ》ね　石川《いしかは》

片淵《かたふち》
天《あま》だむ　軽嬢子《かるをとめ》　したたにも　寄《よ》り寝《ね》て通《とほ》れ　軽嬢子《かるをとめ》ども　（紀3）
足柄《あしがら》の　箱根《はこね》の山に　延《は》ふ葛《くず》の　引かば寄り来《こ》ね　したなほなほに　（記84）
武蔵野《むさしの》の　草は諸向《もろむ》き　かもかくも　君がまにまに　我《あ》は寄りにしを　（万14・三三六四の或本歌）
（万14・三三七七）

相手を勧誘する「寄り来ね」系の表現が歌垣の歌にあったことを推測させる例である。これらが歌垣の場でうたわれた確証はないが、歌垣の発想と表現に根ざす歌であることは間違いない。「寄る」には共寝に誘う場合と、⑤の第一歌のように心寄せる意とがあった。⑤の整った短歌体の歌は、東歌の中に置いても不思議でないほど個人の抒情に近づいている。

以上、土橋氏が「古代文献における歌垣の歌の確実な例は風土記の五首だけ[21]」とする歌をみてきた。①の二首がそこに入らなかった理由は、「安是小島」のような部分に伝説に合わせて詠まれた痕跡が認められるからであろうか。高木氏が「眞正な歌垣の歌を求める事は困難[22]」というのは、この二首だけの問題ではない。「確実な例」とみられている五首が歌垣表現をもつことは疑いがないにしても、歌垣の場でうたわれていた歌から直接採録したとみることはできない。歌垣の歌に限らず、古代民謡がそのまま記録されることは果たしてあり得たのだろうか。もしあったとしても官人を介して書かれたはずで、その時歌垣歌謡は変質を余儀なくされたに違いない。

三　『続日本紀』の「歌垣」

八世紀の都市型歌垣と踏歌

これも歌垣の変容に関わる事例ということになるが、最後に『続日本紀』の「歌垣」の記述に触れておきたい。

①天皇御朱雀門、覧歌垣。男女二百四十余人、五品已上有風流者、皆交雑其中。正四位下長田王、従四位下栗栖王・門部王、従五位下野中王等為頭。以本末唱和、為難波曲・倭部曲・浅茅原曲・広瀬曲・八裳刺曲之音。令都中士女縦覧。極歓而罷。賜奉歌垣男女等禄有差。（『続日本紀』天平六年二月一日）

②葛井・船・津・文・武生・蔵六氏男女二百三十人供奉歌垣。其服並著青揩細布衣、垂紅長紐。男女相並、分行徐進。歌曰、

乙女《をとめ》らに　男立《をとこた》ち添《そ》ひ　踏《ふ》み平《な》らす　西《にし》の都《みやこ》は　万代《よろづよ》の宮《みや》　（続紀6）

其歌垣歌曰、

淵《ふち》も瀬《せ》も　清《きよ》く清《さや》けし　博多川《はかたがは》　千歳《ちとせ》を待《ま》ちて　澄《す》める川《かは》かも　（続紀7）

毎歌曲折、挙袂為節。其餘四首並是古詩。不復煩載。時詔五位已上、内舎人及女孺、亦列其歌垣中。歌数闋訖、河内大夫従四位上藤原朝臣雄田麻呂已下奏和舞。賜六氏歌垣人商布二千段、綿五十屯。

（同、宝亀元年三月二十八日）

③正六位上船連浄足・東人・虫麻呂三人、族中長老、率奉歌垣。（同、宝亀元年四月五日）

聖武天皇の天平六（七三四）年に突如として①の朱雀門の歌垣が登場する。その後、称徳天皇最後の年の宝亀元（七七〇）年に河内国の由義宮行幸の際、近くの博多川に臨んで再び盛大な②の歌垣が催される。二百人を超える男女が列をなして歌曲を唱和し、歌に合わせて華やかに舞ったという。③の「歌垣」は②の「歌垣」への参加に関連する。しかし、なぜこの二回の行事だけを歌垣と称したのかという疑問は拭えない。折口信夫氏は「踏歌を旧来の名称によつて、歌垣と称したまでゞある」[23]と言い、土橋氏は民間の歌垣の歌舞が中国の踏歌の影響を受けて宮廷化した行事とみている[24]。そのようにとらえたとしても、なぜ踏歌と言わずに歌垣と称したのか、その理由はやはり判然としない。

はっきりしていることは、踏歌も歌舞の行事であるが、歌垣とは異なるところがあったということであろう。

④天皇御大安殿、宴群臣。酒酣奏五節田舞。訖更令少年童女踏歌。（同、天平十四年正月十六日）

⑤天皇御大極殿南院、宴百官主典已上。賜禄有差。踏歌歌頭女孺忍海伊太須・錦部河内並授外従五位下。（同、天平勝宝三年正月十六日）

踏歌は正月十六日に行う五節の一つで、④⑤にみる如く二人の歌頭がいて男女二手に分かれるようであり、女孺も舞ったことは①や②と共通するところがある。土橋氏は②の一首目の「踏み平らす」「万代の宮」を踏歌に基づく句とし、この歌は「民間の歌垣に先立って歌われる祝歌、すなわち花讃め歌・国讃め歌の宮廷的変形」であって、「歌垣歌」は二首目の「淵も瀬も」を指すと記述する点に注目している。(25) 民間の歌垣歌謡がそのまま宮廷儀礼に用いられたかどうかという点に疑問を残すが、持統紀七年に初出の中国伝来の踏歌は宮廷儀礼として変容しつつ、①②の歌垣を生み出していったという図式で確かに説明できる。

しかし、踏歌とはみなせない決定的な違いが①②にあったことは事実であろう。それは二百人を超える舞人と「有風流者」が参加し、「都中士女」の群衆が観覧したと記す点である。この規模の大きさは大安殿や大極殿南院の中か前庭で行われる踏歌とはまったく異なる。①②の、祝祭空間がもつ非日常性への転換については前に触れたが、「都中士女縦覧。極歓而罷」という群衆の爆発的な歓楽には、「歌垣」と呼ぶにふさわしい実態があった。その実態こそ民衆の歌垣がもつ歓楽と等質であったのであり、①と②を「歌垣」と記す根拠がそこにあったことを確認しておく必要がある。

新都に創出された都市型歌垣

①②の歌垣にはそのような歓楽性とともに、「風流」への志向があった。①の「有風流者」の参加が明確にそ

れを示す。これを民衆の歌垣の変容とみてもよい。歌頭をつとめた長田王・門部王は『藤氏家伝』の神亀六年条に「風流侍従」としてみえ、栗栖王は雅楽頭であった。この条は『続日本紀』の養老五年正月条の「優遊学業、堪為師範者」と関連するので、風流侍従は学芸の師範としてみなされた人物と考えてよい。従って①は、学芸の師範や雅楽寮の代表者が中国の踏歌を取り入れた新しい宮廷歌舞を披露したということになる。

野中王にも歌垣との深い関係が認められる。

⑥古記云、遊部者、在大倭国高市郡。生目天皇之苗裔也。……爾時詔自今日以後、手足毛成八束毛遊詔也。故名遊部君是也。但此條遊部、謂野中古市人歌垣之類是。（『令集解』巻四十、送葬令、遊部）

「古記」は天平十年頃の成立とされ、年代的に①の歌垣に近い。⑥の注釈は皇族の送葬儀礼を職掌とする遊部に関するもので、「此條」以下は、折口氏の言うように、「あそぶ」に対して「半島帰化人の将来した所謂歌垣のようなものだと書いた」と読めるが、さらに言えば、遊部の歌舞は野中・古市の人の歌垣と同類だとも解される。[26] この野中の地は河内国丹比郡の野中寺周辺とされ、野中王の養育地と推定される。②の六氏も野中・古市や由義宮近くに居住する渡来系氏族であった。外来歌舞に通じている六氏は、神護景雲三年十月に由義宮を西京と定めた翌年の称徳天皇の行幸に際し、宮を祝福し顕彰すべく「西の都は　万代の宮」「千歳を待ちて」とその千秋万歳をうたい舞ったのである。③の船氏の長老が叙位を賜ったのは、その時「率奉」すなわち歌頭として中心的役割を果したことによる。①の背景は明らかでないが、②には西京として建設された由義宮の大々的な披露という意味があったのであろう。その行事としては群衆が熱狂する歌垣こそふさわしかったに違いない。

しかし、森朝男氏が摂津国雄伴郡歌垣山を引いて指摘するように、都市周辺部の歌垣は万葉前期から中期にかけてすでに過去のものとなりつつあった。[27] ②の宝亀年間はもちろんであるが、①の天平の頃には民衆の歌垣は見る影もなく衰えていたとみられる。風流侍従たちや渡来系氏族の人々は、そのような時代に新しい外来風の歌垣を再現し、都市の民衆を熱狂させたのである。それは短歌体和歌を用いた歌曲と踏歌を取り入れた外来舞による国家的な歌舞であった。②などは新都において創出された国際的な一大イベントと言ってもよいものであった。

都市型歌垣の男女対唱と歌舞

それを可能にした基盤に雅楽寮の整備充実があることを見過ごすことはできない。①にみえる本末唱和の唱謡法は雅楽寮の歌人によって確立されたことが考えられる。それは辰巳正明氏が推定するように、

男　乙女らに　男立ち添ひ
　　踏み平らす（男女唱和）
女　西の都は　万代の宮

のような男女の対唱形式だったのであろう。[28] この本末の対唱形式は『神楽歌』「大前張」、『催馬楽』律の「我が駒」や呂の「新しき年」「梅が枝」などの歌にもみられる。また『琴歌譜』「短埴安振」などの歌唱譜にもみられることから、平安時代の大歌所にも継承された形式であった。大歌所を経由して神楽歌や催馬楽などにも取り入れられたようである。①の難波曲以下五曲が具体的に何の歌を指すのか不明であるが、難波曲なら初句に難波の語をもつ短歌体の歌曲であろう。それが歌頭によって先唱され、その列の人々が遅れて和す、いわゆる一唱百和の形式と推定される。男女の列の先頭に歌頭が立つのであるが、それが歌頭の役割であり、歌頭が存在する理由なのである。民衆の歌垣の単なる対唱ではないこの唱謡法が、宮廷風の洗練された歌舞として受容されていったものとみられる。

歌頭の先唱は②でも同様にみられる。「男女相並びて、行を分けて」とあるから、その行列の先頭に歌頭が位置するわけである。青揩の細布衣に紅の長紐を垂らして、男女の列が歌をうたいながらゆっくり進むという、洗練された都市的な歌垣である。群衆が熱狂して歌を掛け合うという民間型歌垣のスタイルはその構造として残し

つつも、歌の曲折ごとに袂を挙げるという集団芸能は外来の新しい都市型歌垣に変容したことを示す。浅野氏は宋の計有功『唐詩紀事』に引く唐人令狐澄「正陵遺事」に、「先づ新曲を裁製し、禁中の女伶をして迭《たが》ひに相教授せしめ、是に至りて宮女数百を出だし、行を分ち袂を連ねて歌はしむ」とする所作を踏歌と呼ぶにふさわしいとみている。(29) この「袂を連ねて歌はしむ」は②「挙袂為節」に重なり、その際に「新曲」を作ることも注目される。②「淵も瀬も」の歌はその「新曲」に相当するとみられるからである。

由義宮の歌垣では宮讃めの二首の他、四首の「古詩」がうたわれたという。古詩の歌詞の記載はないが、やはり短歌体の和歌が用いられたのであろう。「毎歌曲折、挙袂為節」というのは本末唱和に合せた所作とみられ、①と同様、男女の対唱が行われたと考えてよい。そこには天皇の詔によって内舎人と女孺も参加させており、②は宮廷儀礼であると同時に、国家的行事としての都市型歌垣に変容した姿をみせているのである。

結び

私たちが知りうる古代の歌垣は、以上みてきたように「歌垣」「歌場」「嬥歌」と書かれた八世紀の資料に限られる。もう少し絞れば、『記』『紀』が成立した和銅・養老から平城京朱雀門で歌垣が行われた天平のほぼ二十数年間にその記述は集中していることになる。『常陸国風土記』や高橋虫麻呂が詠んだ筑波嶺の「嬥歌会」の歌もその中に入る。その二十数年間というのは、常陸国の歌垣の盛行と畿内の歌垣の衰退がみられ、同時に平城京に都市型歌垣が出現するという歌垣の変容の時期であった。

そこではどのような歌垣の歌がうたわれ、どのような表現の特性をもっていたのか。本稿では「手を取る」系と「寄り来ね」系の表現に歌垣表現の特性をみてきた。そのほとんどが『記』『紀』や『万葉集』『風土記』の短歌体の歌であった。七世紀後半から八世紀前半にかけて、国府・郡衙の官人と民衆の歌垣世界との接触、交流による文化変容があり、そこに歌垣の発想をもつ短歌体和歌が生成されていく状況があったのである。それは民間歌垣の歌謡世界にも変質をもたらすものであった。「筑波の雅曲」の広がりなどはその一徴候である。

一方、八世紀に入ると、民間歌垣とは別の次元で都市型歌垣が登場する。そこでも短歌体の歌曲がうたわれた。それは民間へも流出し、ついには「禁断両京畿内踏歌事」（『類聚三代格』巻一九、天平神護二年正月十四日条）、「凡京都踏歌。一切禁断。」（『延喜式』巻四二）という禁止令へと発展する。中国では宮中踏歌の流出したものが長江中流域に民間踏歌として定着し、土俗的な踏歌とは異質であることが指摘されているが、[30] その経緯は日本古代における天平六年以降の都市型歌垣（踏歌）も同様と考えられる。そのような都市あるいは畿内の民間歌垣（踏歌）は、短歌体和歌の生成の場として、歌垣の発想をもつ万葉歌の世界に重なっていたと考えられるのである。

注

（1）『古代歌謡をひらく』（大阪書籍、一九八六年）

（2）『岩波古語辞典』（岩波書店、一九七四年）

（3）「垣の歌争ひ――様式としての「歌語り」の想定のために」『シリーズ古代の文学4　想像力と様式』（一九七九年二月）

（4）「歌垣―闘―」『古文藝の論』（岩波書店、一九五二年。初出、一九四二年一月）

（5）「袁祁命即位物語論」（『古代の歌　アジアの歌文化と日本古代文学』瑞木書房、二〇〇九年。初出、一九九五・一九九八・二〇〇一年）

（6）神野志隆光「旋頭歌をめぐって」（『柿本人麻呂研究』塙書房、一九九二年。初出、一九八一年三月）

（7）「ヲケとシビの歌垣と宮廷叙事歌」（『古代の歌と叙事文芸史』笠間書院、二〇〇三年。初出、二〇〇二年六月）

（8）「市と歌垣」『古代の声』（朝日新聞社、一九八五年。初出、一九八〇年四月）

（9）「唐朝における踏歌――わが踏歌行事への影響母体としての考察――」（『國學院大學紀要』一九七〇年三月）
（10）高橋忠彦『文選（賦篇）中』（新釈漢文大系80、明治書院、一九九四年）
（11）引用は『文選』（商務印書館香港分館、一九三六年初版）による。
（12）『古代和歌と祝祭』（有精堂、一九八八年）
（13）「短歌成立の前史・試論――歌垣と〈うた〉の交通――」（『文学』一九八八年六月）
（14）『古代歌謡と儀礼の研究』（岩波書店、一九六五年）
（15）「杵島曲成立考」（『国語と国文学』一九七四年六月）
（16）橋本雅之「「杵島唱曲」をめぐって」『古風土記の研究』（和泉書院、二〇〇七年。初出、一九八五年三月）
（17）「歌謡――行間の生成」『風土記の方法――文学の知恵』（おうふう、二〇一八年。初出、二〇〇三年五月）
（18）注（14）同書
（19）『万葉歌木簡を追う』和泉書院、二〇一一年）
（20）犬飼隆『木簡から探る和歌の起源』笠間書院、二〇〇八年）
（21）注（14）同書
（22）注（4）同書
（23）「和歌の発生と諸芸術との関係」（『折口信夫全集』21、中央公論社、一九九六年。初出、一九三七年一月）
（24）注（14）同書
（25）注（14）同書
（26）注（23）同書
（27）注（12）同書
（28）『歌垣――恋歌の奇祭をたずねて』（新典社、二〇〇九年）
（29）注（9）同論文
（30）山寺三知「唐代踏歌小考」（『國學院大學大学院紀要』二〇〇一年三月）

4　蟹の歌とその系譜

——御贄としての蟹——

おしてるや　難波《なには》の小江《をえ》に　廬作《いほつく》り　隠《なま》りて居《を》る　葦蟹《あしがに》を　大君《おほきみ》召《め》すと　何せむに　我《わ》を召すらめや　明《あきら》けく　我《わ》が知ることを　歌人《うたひと》と　我《わ》を召すらめや　笛吹《ふえふ》きと　我《わ》を召すらめや　琴弾《ことひ》きと　我《わ》を召すらめや　かもかくも　命受《みことう》けむと　今日今日《けふけふ》と　明日香《あすか》に至り　立つとも　置勿《おくな》に至り　つかねども　都久怒《つくの》に至り　東《ひむがし》の　中の御門《みかど》ゆ　参《まゐ》り来《き》て　命受くれば　馬にこそ　ふもだしかくもの　牛にこそ　鼻縄著《はななは》くれ　あしひきの　この片山《かたやま》の　もむにれを　五百枝《いほえ》剥《は》ぎ垂《た》れ　天照《あまて》るや　日《ひ》の異《け》に干《ほ》し　さひづるや　韓臼《からうす》に搗《つ》き　庭《には》に立つ　手臼《てうす》に搗き　おしてるや　難波《なには》の小江《をえ》の　初垂《はつたり》を　辛《から》く垂《た》れ来て　陶人《すゑひと》の　作れる瓶《かめ》を　今日行《けふゆ》きて　明日《あす》取り持ち来《き》　我《あ》が目らに　塩塗《しほぬ》りたまひ　腊《きたひ》はやすも　腊《きたひ》はやすも　（16・三八八六）

右歌一首、為蟹述痛作之也。

この歌は、『万葉集』巻十六「有由縁并雑歌」に「為鹿述痛作之也」歌とともに、「乞食者詠二首」として載る長歌の一つ。まず、難波の入り江に住む葦蟹を大君が呼び寄せる。葦蟹が途中から「我を召すらめや」と一人称になり、歌人・笛吹き・琴弾きとして呼ばれるのだろうかと疑いつつ宮中に参上する。しかしそうではなく、楡の皮の粉を入れた難波の海の辛塩を塗られ、塩漬の蟹として大君に賞味されるのであった。「蟹のために痛みを述べ」る点には、蟹の苦痛を大君への奉仕と讃美につなげる寿歌説と祝歌をもじった諷刺あるいは民衆の怨嗟説がある。

この歌には「明日香」「置勿」「都久野」を経て、宮中の「東の中の御門」に至る蟹の道行きがうたわれる。地名の列挙によって道を歩み進む様子をうたうのは他にも多くみられる。その様式的な表現は発生の段階において特別な意味をもっていたと考えられる。近年、それは神の巡行に起源をもつ「巡行叙事」というべきもので、道行きをする主体のすばらしさを示す表現様式であることが指摘されている。(1) また、「あしひきの」以下が蟹漬に似た蟹の製法をうたっており、それもやはり神の作ったものゆえに最高に美味であることを言う、「生産叙事」と呼ぶべき表現様式とされている。(2) 大君に供する蟹の御贄は神聖な製法による最高の食事であることを表現する歌だったのである。

歌の表現において、難波の葦蟹が途中から「我」という一人称の立場に変わり、大君の命令で宮中に参上するというのは、宮廷儀礼の芸能や演劇でうたわれる寿歌に生ずる人称転換とみられている。事実、歌人・笛吹き・琴弾きの芸能者は、天武朝に、大倭以下畿内諸国に「選所部百姓之能歌男女、及侏儒伎人而貢上」(『日本書紀』天武天皇四年二月)とし、さらに「凡諸歌男・歌女・笛吹者、即伝己子孫、令習歌笛」(同、天武天皇十四年九月)とする記述に対応する。天武紀の楽人招集と教習の記事はそのまま律令制の雅楽寮の編成につながるものであるから、蟹の歌も雅楽寮に管理されていく宮廷歌舞と深く関わっていたことが想定される。

表現内容をみると、辛塩をすり込まれて御贄となる蟹の姿は、戯画化され滑稽味さえ伴っている。蟹の舞を彷彿とさせる歌である。「乞食者の詠」の背景にはホカヒ人という古代芸能者が唱えて歩いた言祝ぎ芸が指摘されてきた。(3) 蟹の歌舞は御贄を貢献する宮廷儀礼の一環としてあったらしい。そこに蟹の歌の系譜を生み出していくことになった。その一つは『古事記』に記す応神天皇の歌(記42)で、矢河枝比売との見合いの酒宴でうたわれている。

この蟹《かに》や　何処《いづく》の蟹《かに》　百伝《ももづた》ふ　角鹿《つぬが》の蟹《かに》　横去《よこさ》らふ　何処《いづく》に至《いた》る

とうたい出し、

しなだゆふ　ささなみ道《ぢ》を　すくすくと　我《わ》がいませばや　木幡《こはた》の道《みち》に　遇《あ》はしし嬢子《をとめ》

と一人称になり、蟹と天皇が重なりながら主体が天皇に転換し、乙女に出逢うという表現である。この人称転換は前掲『万葉集』の蟹の歌にもみられ、巡行叙事とみなされる蟹の道行きにも共通する。ホカヒ人の芸能をこの歌にも重ね合わせ、両者に芸能や演劇を想定する論は多い。天皇の歌は本来、蟹に扮した一人の俳優がうたったものと推定し、そこに演技的要素の残留を認めてきたのである。

ただ、歌の表現そのものからみれば、人称転換と道行きという共通のうたい方は、歌を成り立たせる仕組みとして発生段階にすでにあった、原型的なものと考えることができる。一人称表現は神の自叙の様式(4)に基づくものであり、巡行叙事や生産叙事という様式も神とその行為を讃美するものであった。つまり、道行きの表現は「東の中の御門」の主体である大君や道で逢った乙女を讃美する表現として理解できるのである。

そのような表現様式をもつ歌謡は、どのような場で成立したのであろうか。道行きの地名の広域性や枕詞の存在は、角鹿のような地方ではなく、逆に畿内あるいは宮廷圏という中心的地域において可能な表現と言える。応神天皇の歌は矢河枝比売との祝婚という叙事の歌として宮廷に伝えられたとみてよい(5)。「乞食者詠」も、そこにうたわれる歌人・笛吹き・琴弾きが天武朝以降の宮廷歌舞に奉仕する楽人であることからみて、両者の成立に宮廷の歌ひとが関わっていることはほぼ間違いなく、宮廷儀礼との関わりにおいて宮都周辺で成立した古代歌謡と認定してよい。

神楽歌の蟹の歌も平安朝の宮中清暑堂で奏された。それは「小前張」の中の「細波」で、「細波《さざなみ》や　志賀《しが》の辛崎《からさき》や……愛子夫《いとこせ》にせむや」とうたう「本《もと》」に対して「蘆原田《あしはらだ》の　稲春《いなつ》き蟹《がに》の」と承ける「末《すえ》」の歌である。

　葦原田《あしはらだ》の　稲春《いなつ》き蟹《がに》の　や　汝《おのれ》さへ　嫁《よめ》を得《え》ずとてや　捧《ささ》げては下《おろ》し　や　下《おろ》しては捧《ささ》げ　や　腕挙《かひな》げをする
るや

「愛子夫にせむや」とうたい掛ける「本」の男歌に、こっちに来いとお前まで腕挙げするか、稲春蟹よと、はぐらかして茶化す「末」の女歌として一応は理解される。女歌では、難波の小江ならぬ琵琶湖の葦蟹がはさみを上げ下げすることから「稲春蟹」と呼びかける。それを嫁に来いと手招きして誘う所作に見立てながら、相手の男をその蟹に重ねて悪態をついたものと読み取れる。労作歌的うたいぶりは稲作の作業を背景とする恋の民謡とつながっていることを示唆している。枕詞＋地名からみて、近江国の風俗歌という役割をもつのであろう。おそらくそれは、大嘗祭などの御贄貢献儀礼に諸国の歌として奏されたものと推定される。ただ、もはや近江地方の民謡そのものではなく、「神楽歌」の本末形式に唱謡のしかたが整えられ、宮廷歌謡化した姿をそこにみなければならない。恋の民謡としては酒宴の場で興じられた歌の掛け合いと考えられる。宴座の掛け合いは宮中の神楽歌において本末の歌として引き継がれ、様式化されたことになる。

『古事記』の応神天皇の歌と『万葉集』の「乞食者詠」、さらに神楽歌の「細波」は、古代歌謡における蟹の歌の系譜と言えるであろう。前二歌は蟹の舞や演技を伴ってうたわれた宴席の歌とみられており、最後の「篠波」も宮中神遊びの宴座でうたわれた民謡的な宮廷儀礼歌であった。そこに共通するのは御贄としての蟹を擬人化してうたう趣向である。蟹を通して諸国の服属と大君を讃美する意味が蟹の歌の基盤にあったことは疑いない。

大君讃美のもっとも顕著な傾向は「乞食者詠」の蟹の歌に表れている。それは「葦蟹を大君召すと」の詞句からも明らかである。しかし一見、宮廷寿歌的なこの歌の性格は動かしがたく思われるが、最近、寿歌の伝統性を踏まえた宴席の戯笑的な歌とする見解(6)や、それを承けてそこに『万葉集』巻十六の意匠にふさわしい「男たちの円居」の一光景をみようとする論が出されている。[7] 寿歌説を根本的に見直し、奈良朝官人の宴席において機能した、笑い楽しむ歌とするのである。

宮廷と官人生活はそれほど遠いものではなかったということであろう。蟹の歌という御贄貢献儀礼に関わる宮廷歌謡は、その寿歌的様式を表現の枠組みとして残しつつ、宮都に住む官人あるいは庶民の宴席の歌として再生産される過程をたどった。宮廷と官人・庶民のあいだを交流しながら、古代歌謡史の中に蟹の歌の系譜を形成していったのである。

注

（1）古橋信孝「巡行叙事」（『古代和歌の発生』東京大学出版会、一九八八年。初出、一九八四年五月）
（2）注（1）同書「生産叙事」（初出、一九八三年五月）
（3）折口信夫「巡遊伶人の生活」（『折口信夫全集』1、中央公論社、一九九五年。初出、一九二四年八月）
（4）注（3）同書「国文学の発生（第一稿）」（初出、一九二四年四月）
（5）居駒永幸「蟹の歌——応神記・日継物語の方法」（『文学』二〇一二年一月。本書所収、第四章2）
（6）吉田由紀子「乞食者詠二首考」『叙説』二〇〇一年一二月）
（7）内田賢徳「乞食者の歌」（『セミナー万葉の歌人と作品』11、和泉書院、二〇〇五年五月）

5　古代の巨樹説話と歌
――天を覆う百枝槻――

一　巨樹が立つ聖地

巨樹はすぐれて神話的な表象である。

天や世界を支える世界樹とか宇宙樹という神話的観念と深く結びついているからである。世界樹と言えば、北欧神話『エッダ』が描くところのユグドラシルというトネリコの巨樹が代表的な存在である。その枝は天の上に突き出して世界を覆い、三本の巨大な根は根元に生命の泉を湛えながら、それぞれ地下世界に延び広がって世界を支えていた。これがゲルマン人の信じた世界樹の神話である。このような世界樹の類例は、中国の『山海経』に記す、はるか東海上にあってそこから太陽が昇るとされていた扶桑などにも見出すことができる。

日本では『古事記』『日本書紀』や『風土記』に世界樹に類似する説話がみられ、後に述べるように、雄略記の天語歌の第一首は天・東・夷の世界観を示す歌として注目される。世界樹の神話的想像力は世界的な広がりをもち、古代日本にまで及んでいることが確かめられる。そこで巨樹の古代という観点から、巨樹説話と歌、さらに巨樹の歴史叙述にまで広げて鳥瞰してみたいと思う。
巨樹は聖地というトポスを創り出す。神が降臨する神社の神木は、その場所がまさに聖地であることを刻印するものである。次の『万葉集』の歌はそれを示唆している。

みもろの　三輪《みわ》の神杉《かむすぎ》　夢《いめ》のみに　已具耳矣自得見藍乍共　寝《い》ねぬ夜《よ》ぞ多き　（2・一五六）
石上《いそのかみ》　布留《ふる》の神杉《かむすぎ》　神《かむ》びにし　我《あれ》やさらさら　恋《こひ》にあひにける　（10・一九二七）
天《あま》飛ぶや　軽《かる》の社《やしろ》の　斎《いは》ひ槻《つき》　幾世《いくよ》まであらむ　隠《こも》り妻《づま》そも　（11・二六五六）

一首目は十市皇女の死を悲しむ高市皇子の挽歌三首の第一歌で、難訓句を含むが、大体の意味はとれる。神杉のように忌むべき皇女ゆえに夢でしか逢うことができず、眠れない夜を嘆く歌のようである。神杉は後世まで三輪の社の神木としてうたわれ、謡曲「三輪」に三輪明神の依代として登場する。この万葉歌の背景には三輪の神が通ってくるという神婚幻想が介在しているとみるべきであろう。二、三首目は作者未詳の恋歌であるが、やはり布留の社の神杉と軽の社の槻という神木をうたっている。人目を忍ぶ「隠り妻」には神に仕える妻への恋の禁忌が揺曳する。杉・槻の神木は逢いがたき神聖な女性と重なる。
一際目立つ巨樹や鬱蒼とした森は、神が降臨し鎮まる聖地とみなされてきた。

天照大神・倭大国魂二神、並祭於天皇大殿之内。然畏其神勢、共住不安。故以天照大神、託豊鍬入姫命、祭於倭笠縫邑。仍立磯堅城神籬。神籬、此云比莽呂岐。　（崇神紀六年）

天皇の心が安まらないため、天照大神・倭大国魂の二神を大殿の外で祭るという話である。石垣で囲った中に神降臨の神木を立て、天照大神の祭場とした。神祭りの場は森そのものであり、本来、人工の建物はなかった。それは沖縄の御嶽《うたき》という聖地をみれば理解できる。森の中のぽっかりと空いた場所を石垣で囲み、そこに香炉が置いてあるだけというのが御嶽の古い姿である。そこに巨樹が立っていることもある。これを神籬と考えればよい。神籬という祭祀空間には神社の建物が造られ、御嶽には拝所が建てられていく。それでも森が保存され、神木を祭るのは、聖地が巨樹によって作り出されるという一面をもつからである。

二　『古事記』『日本書紀』の巨樹説話

『記』『紀』には次のような巨樹説話がある。

①景行紀・御木の小橋

到筑紫後国御木、居於高田行宮。時有僵樹。長九百七十丈焉。百寮蹈其樹而往来。時人歌曰、

朝霜《あさしも》の　御木《みけ》のさ小橋《をばし》　群臣《まへつきみ》　い渡《わた》らすも　御木《みけ》のさ小橋《をばし》　（紀24）

爰天皇問之曰、是何樹也。有一老夫曰、是樹者歴木也。嘗未僵之先、当朝日暉、則隠杵嶋山。当夕日暉、亦覆阿蘇山也。天皇曰、是樹者神木。故是国宜号御木国。（景行紀十八年七月条）

②仁徳記・枯野の船

此之御世、兎寸河之西、有一高樹。其樹之影、当旦日者、逮淡道嶋、当夕日者、越高安山。故、切是樹以作船、甚捷行之船也。時、号其船謂枯野。故、以是船旦夕酌淡道嶋之寒泉、献大御水也。茲船、破壊以焼塩、取其焼遺木作琴、其音響七里。爾、歌曰、

枯野《からの》を　塩《しほ》に焼《や》き　其《し》が余《あま》り　琴《こと》に作《つく》り　掻《か》き弾《ひ》くや　由良《ゆら》の門《と》の　門中《となか》の海石《いくり》に　振《ふ》れ立《た》つ　なづの
木《き》の　さやさや　（記74）

此者、志都歌之歌返也。

①と②に共通する要素は、巨樹に射してできる朝日と夕日の影があり得ないほどの広範囲に及ぶとする点であ

る。樹木の巨大さは朝日・夕日の影で言い表すという観念があったことを示している。それと同時に、日に照らされる巨樹の場所が聖地化されていくことも注意しておいてよい。

①では巨樹の影のモチーフが御木国の境界を示すことで、巨樹を神木とする称讃につながっている。神木ゆえに巨樹の影による国堺の劃定は絶対的な権威をもつ。その権威が御木国の地名由来になるのであって、景行天皇の巨樹称讃の言葉による地名起源説話は、それが転倒した形なのである。御木国命名の説話化には、景行天皇の九州征討譚が関与していることは明らかである。

しかしよくみると、「朝霜の」の歌は群臣が倒れた巨樹の橋を渡るという叙事によって御木を誉めている。「御木のさ小橋」という歌の言葉において、御木国の地名由来はすでに成立しているのである。それにもかかわらず、散文で、杵島山から阿蘇山までの範囲を示す老人の言葉を連続させせたのは、景行天皇の治世として御木国の国堺が求められたからであろう。事実、後述する「筑後国風土記」逸文の三毛郡の類話にも、楝木の影が御木国（三毛郡）の範囲を示すモチーフがみられる。国堺を影で示した巨樹の功績を天皇が誉めることは、その治世への称讃でもある。その結果、［歌と散文］のあいだで歴木＝御木という二重の木誉めが表現されることになった。

②でも同様に巨樹の影というモチーフが記述される。しかし、②と対応する応神紀三十一年八月条には枯野の船から琴を作る話はあるが、巨樹の影のモチーフはみられず、造船集団の猪名部を語る資料を基にした、『紀』独自の観点からの記述になっている。この相違は②に国堺劃定の要素を必要とせず、船材から琴を作ることが欠かせない要件であったことを物語っている。遠くまで音が響く霊妙な琴の出現こそ天皇の御世への言祝ぎとみなされたわけである。

②が①のように巨樹の影による国堺の話にならなかった理由は、「志都歌之歌返」という歌曲名をもつ宮廷歌謡を中心に構成されたためとみられる。この歌は船材から作った、霊妙な音を出す琴の出現という叙事によって

成り立つ（1）。その歌の叙事を中心として天皇治世への讃美が叙述された結果、巨樹と造船の話は付随的なものとなり、巨樹の影のモチーフは霊琴の出現を叙述するための一要素という位置づけになってしまったのである。巨樹の影のモチーフからみると、②は①の巨樹説話から大きな展開をみせていると言ってよい。

三　『風土記』の巨樹説話

次に『風土記』から巨樹説話を取り上げる。

③筑後国風土記逸文・三毛郡

昔者、楝木一株、生於郡家南。其高九百七十丈。朝日之影、蔽肥前国藤津郡多良之峯、暮日之影、蔽肥後国山鹿郡荒爪之山。（云々）因曰御木国。後人訛曰三毛。今、以為郡名。

④肥前国風土記・佐嘉郡

昔者、樟樹一株、生於此村。幹枝秀高、茎葉繁茂、朝日之影、蔽杵嶋郡蒲川山、暮日之影、蔽養父郡草横山也。日本武尊、巡幸之時、御覧樟茂栄、勅曰、「此国可謂栄国」。因曰栄郡。後改号佐嘉郡。

⑤播磨国風土記逸文・明石駅家

駒手御井者。難波高津宮天皇之御世、楠生於井上。朝日蔭淡路嶋、夕日蔭大倭嶋根。仍伐其楠造舟。其迅如飛。一檝去越七浪。仍号速鳥。於是、朝夕乗此舟、為供御食、汲此井水。一旦、不堪御食之時、故作歌而止。唱曰、

住吉《すみのえ》の　大倉向《おほくらむ》きて　飛《と》ばばこそ　速鳥《はやとり》と云《い》はめ　何《なに》そ速鳥《はやとり》（風18）

③から⑤のいずれもが巨樹の影をモチーフとして叙述される。③は①の後半部と木の種類や地名が異なるだけ

で、御木国命名由来譚として同根の説話とみられる。棟の巨樹があった場所は郡家の南とされ、巨樹の影のモチーフによって郡家を中心に御木国の堺が劃定される説話である。国・郡名の由来説話の様式と言ってよい。このような国・郡の劃定は地方首長の支配領域において機能するものであったが、王化を経て律令制下の国・郡制へと移行していく。その王化を叙述するのが、①の景行天皇の巡行による命名由来譚であり、③はその派生説話である[2]。

それは④も同様で、樟の影の及ぶ範囲が栄国、後の佐嘉郡を劃定したという説話である。その命名者が日本武尊とされるのは、①の景行天皇と類似する。つまり、巨樹の影のモチーフに日本武尊による王化が重層している。それを可能にしているのは日本武尊の九州征討譚であり、その影響によって栄の国から佐嘉郡への移行として叙述されているのである。

このようにみてくると、『風土記』の地方伝承から景行紀の宮廷伝承へという展開の構図は、必ずしも正しいとは言えない。巨樹の影のモチーフは、原型としては地方首長の支配領域を語るものとみるべきであるが、①景行天皇や④日本武尊のように、宮廷伝承との交流ないしは影響によって地方伝承の中央化が図られたと言ってよい。すなわち律令体制のもと、『風土記』が撰進されることによって、天皇や皇子の巡行による地名由来へと一元化が求められたのであろう。『風土記』の巨樹説話は、もはや地方伝承そのものではあり得ない。

少なくとも⑤にはいまのような読み方が必要である。⑤は一見して、②と共通要素をもつことがわかる。その構成を比較してみると次のようになる。

②	⑤
i 仁徳天皇の御世	i 難波高津宮の（仁徳）天皇の御世
ii 兔寸河の西の高き樹	ii 明石の駅家近くの駒手の御井にある楠

iii 樹の影、朝日は淡道島・夕日は高安山
iv 樹を伐り造船、捷きゆえ枯野と謂う
v 淡道島の寒泉、朝夕大御水として運ぶ
vi 船材で塩焼き、焼け残りの木で琴作り
vii 琴の音、七里に響く
viii「枯野を」の歌（記74）

iii 楠の影、朝日は淡路嶋・夕日は大倭嶋根
iv 楠を伐り造船、迅きゆえ速鳥と号く
v 駒手の御井の水、朝夕御食に運ぶ
vi ある朝、御食に遅刻
vii 作歌して井の水の運搬中止
viii「住吉の」の歌（風18）

②と⑤は、ｉの仁徳天皇の御世の出来事、iiiの巨樹の陰のモチーフ、ivの造船と船の名、ｖの清水の運搬までが共通している。⑤が②に基づいて伝承されたことは明らかである。しかし、iiの巨樹が立つ地名とvi以降の展開が大きく異なる。viiiの歌も、②は仁徳天皇の御世を讃えるのに対して、⑤では速鳥の遅刻を糾弾する歌になっている。iiとvi〜viiiの相違は、⑤がviiの清水の運搬献上の中止を主題にして構成されたことによる。その理由づけとして「住吉の」の歌が詠まれているのである。

この歌の詠者は書いていないが、速鳥を責める歌が中止の理由のようにも読めるので、天皇御製とする伝承の可能性がある。清水献上を中止できるのは天皇しかいないからである。しかし、「唱曰」の引用形式は時の人による社会批評の歌を示す書き方である。時の人が速鳥の遅刻に対して、その名に値しないと非難した歌として理解するのが「歌と散文」の関係に合致している。ただ、そのような時の人の声が天皇の歌とみなされることはあり得たであろう。事実、②の「枯野の」の歌は『記』でうたい手を明記しない唯一の例で、時の人の声と天皇の歌のどちらにもとれるような散文叙述になっている。[3] ②のvi以降がviiiの歌を中心に構成されるように、⑤のvi以降もviiiの歌を中心に構成されていると言える。⑤も②と同様、本来もっていたはずの、国堺を劃定する巨樹の影

のモチーフが機能していない。それどころか、速鳥という船の失敗譚に話が展開する。速鳥を非難する歌まで詠まれているところに、②からの派生がみられる。

⑤には歴史が絡んでいる。『続日本紀』天平宝字二（七五八）年三月条に次のように記す。

船名播磨・速鳥並叙従五位下。其冠者、各以錦造。入唐使所乗者也。

この記事によれば、速鳥は天平勝宝四（七五二）年三月に拝朝し、翌年帰国した遣唐使の使用船であった。「播磨・速鳥」は帰国した第二、三船の名と思われるが、叙位の遅延は漂流した第一船の帰国を待っていたためであろうか。[4] 官船には名があり、命名由来説話と歌を伴うこともあったのである。[5]

四　天・東・夷を覆う百枝槻

『記』の事例で、もっとも世界樹の観念に近い表現をもつ歌がある。

⑥雄略記・長谷の豊楽

又、天皇、坐長谷之百枝槻下、為豊楽之時、伊勢国之三重婇、指挙大御盞以献。爾、其百枝槻葉、落浮於大御盞。其婇、不知落葉浮於盞、猶献大御酒。天皇、看行其浮盞之葉、打伏其婇、以刀刺充其頸、将斬之時、其婇、白天皇曰、莫殺吾身。有応白事、即歌曰、

纏向《まきむく》の　日代《ひしろ》の宮《みや》は　朝日《あさひ》の　日照《ひで》る宮《みや》　夕日《ゆふひ》の　日《ひ》がける宮《みや》　竹《たけ》の根《ね》の　根足《ねだ》る宮《みや》　木《こ》の根《ね》の　根延《ねば》
ふ宮《みや》　八百土《やほに》よし　い杵築《きづ》きの宮《みや》
真木《まき》栄《さ》く　檜《ひ》の御門《みかど》　新嘗屋《にひなへや》に　生《お》ひ立《だ》てる　百足《ももだ》る　槻《つき》が枝《え》は　上《ほ》つ枝《え》は　天《あめ》を覆《お》へり　中《なか》つ枝《え》は
東《あづま》を覆《お》へり　下枝《しづえ》は　夷《ひな》を覆《お》へり

上《ほ》つ枝《え》の　枝《え》の末葉《うらば》は　中《なか》つ枝《え》に　落《お》ち触《ふら》ばへ　中《なか》つ枝《え》の　枝《え》の末葉《うらば》は　下《しも》つ枝《え》に　落《お》ち触《ふ》らばへ
下枝《しづえ》の　枝《え》の末葉《うらば》は　蛾衣《ありきぬ》の　三重《みへ》の子《こ》が　捧《ささ》がせる　瑞玉盞《みづたまうき》に　浮《う》きし脂《あぶら》　落《お》ちなづさひ　水《みな》こをろ
こをろに　是《こ》しも　あやに畏《かし》こし　高光《たかひか》る　日《ひ》の御子《みこ》　事《こと》の　語《かた》り言《ごと》も　こをば　（記99）

故、献此歌者、赦其罪也。

槻の枝が天と東と夷を覆うという表現である。具体的に何を覆うのかという点は議論のあるところで、定見を得るに至っていないが、少なくとも①～⑤の巨樹の影というモチーフとはまったく異なる思想から生まれた表現であることは確かである。それでは、この巨樹表現はどのような歌の場や思想から生まれてきたのか。

この歌の構成は全体が三段から成り、末尾に結び句が付く。第一段が纏向の日代の宮を讃美する一二句、第二段が新嘗屋の槻が天・東・夷を覆うとする一二句、第三段が盃に浮いた槻の葉を瑞祥として言祝ぐ二〇句、最後に日の御子に奏上するという結びの五句である。全編四九句は「神語」の第三歌とともに『記』『紀』の中で最長であり、叙事的な歌の指標ともなる特有の結び句は「神語」の諸歌と共通する。

第一段の「纏向の　日代の宮は」は景行天皇の宮であるが、この宮讃めが雄略天皇に結びつけられる理由については定説がない[6]。ただ、景行天皇の御世に対して倭建命の西征と東征による統治の拡大という時代認識があり、その倭建命の名告り、

吾者、坐纏向之日代宮所知大八島国、大帯日子淤斯呂和気天皇之御子、名、倭男具那王者也。

に深い結びつきをもつと考えてよい。つまり、雄略天皇を、景行天皇の御世を継承する「所知大八島国」天皇として言祝ぐうたい出しなのである。雄略天皇の御世に「纏向の　日代宮は」の宮讃めは、唐突で不審であるが、倭建命の名告りによって景行天皇（大帯日子）の御世・倭建命（倭男具那王）→雄略天皇の御世・大長谷若建命という重なりが雄略記の文脈に仕組まれているはずである。雄略記「纏向の　日代宮」の前例は倭建命の名告り「纏

向之日代宮」であるから、「天語歌」は景行記のそれを受けてうたい出しているという関係になる。そうであれば、纏向之日代宮＝大帯日子→倭建命（倭男具那王）＝「高光る　日の御子」「やすみしし　我が大君」（記28）→大長谷若建命＝「高光る　日の御子」（記99 100）「やすみしし　我が大君」（記103）と、重層的に読み取らせる文脈とみることが可能になる。倭建命は若建命であり、どちらも倭の若き王、倭男具那王にふさわしいという理解があったのであろう。

その日代の宮の新嘗屋に立っていたというのが第二段の槻である。「百足る　槻が枝は」はこの槻がいかに巨樹であるかを示す伏線になっているが、「長谷之百枝槻下」はその散文化である。この樹下は巨樹が創り出す神聖空間であり、そこで豊楽が行われる。槻の枝が天・東・夷を覆うとするのは世界樹の思想につながる表現である。槻が立つ新嘗屋は天皇が新穀を食する聖所であり、百枝槻という巨樹によって創り出される聖地でもある。それは「天語歌」の第二歌に「小高《こだか》る　市《いち》の高処《つかさ》」という高台の聖地がうたわれることからも理解できる。聖地に立つ巨樹が天・東・夷の世界を覆うのである。

天・東・夷が何を指すかという点は諸説あって定まらないが、ヒナについて、吉村武彦氏は、いやしい意の「鄙」ではなく、「夷」の用字が正しいとし、天・東・夷を畿内・東国・四方国ととらえている。[7] その詳細な検討結果を踏まえた上で、天には雄略天皇の宮を中心に高天原につながる空間意識を認めることができる。天は「高光る　日の御子」の讃美と連続する表現と解されるからである。同時に、「浮きし脂」「水こをろこをろに」という高天原における国土創成神話を喚起しつつ、「日の御子」を称えている点も見逃せない。歌曲名の「天語歌」の「天」も高天原世界へとつながる「天を覆へり」の「天」と関係するはずである。「高光る　日の御子／日の宮人」をうたうことが「天語歌」だったのである。

このようにみてくると、⑥の槻は世界樹にふさわしく、古代日本に世界樹の思想があったことを示す確かな例となる。百枝槻という巨樹が覆う天・東・夷は、雄略天皇の統治領域と政治的権威を示すものであり、その御世の繁栄を言祝ぐのが「天語歌」であった。巨樹の空間意識には、原初に遡るほどの樹齢という時間意識が重なってくる。それゆえに「水こをろこをろに」という創世神話がうたわれる。巨樹の時間と空間は権威の絶対性に容易に置き換えられるのである。

五　法興寺の槻

最後に、法興寺の槻の木という歴史叙述にも触れておこう。

⑦皇極紀・法興寺の槻の樹

偶預中大兄於法興寺槻樹之下打毬之侶、而候皮鞋随毬脱落、取置掌中、前跪恭奉。中大兄、対跪敬執。自茲、相善、倶述所懐。（三年正月）

⑧孝徳紀・大槻の樹下の誓い

天皇・々祖母尊・皇太子、於大槻樹之下、召集群臣、盟曰。（中略）改天豊財重日足姫天皇四年、為大化元年。（即位前紀）

⑦の法興寺は飛鳥寺のことで、境内に槻の巨樹があった。皇極天皇の御世、蘇我氏の専横を排除するため、その槻の木の下で行われた打毬で、中臣鎌子、後の鎌足が中大兄皇子の脱げた靴を差し出して皇子に接近し、二人で蘇我入鹿打倒の秘策を話し合う。それが後に入鹿暗殺の乙巳の変として実現される。二人にとって大槻の樹下の出会いは、後に歴史上の有名な場面につながっていくのである。

⑧の孝徳紀の例は、蘇我氏が倒された後、孝徳天皇が即位した時に、天皇・上皇（皇極）・皇太子（中大兄）が

法興寺の大槻の下に群臣を集め、新天皇の政治に忠誠を誓わせる場面である。国家の大事な儀式がなぜ飛鳥寺の大槻の下で行われるのか。国家鎮護の寺でその仏前に誓うという意味があったことは当然考えられる。しかし大槻の下で行われることの説明としては十分でない。

ここには、聖地を創り出す巨樹のトポスをみるべきであろう。飛鳥寺の前の大槻の下は種々の儀式を行う聖地であり、一種のアジールという側面をもつ聖所でもあったと考えられる。それは後の天武・持統朝に多禰島人や蝦夷を饗応する場所として用いられることからもわかる。

巨樹は政治的な聖所をも創り出し、七世紀の歴史的な事件や儀礼に関わって史書に顔をのぞかせているのである。

注

（1）居駒永幸「古事記の歌と散文のあいだ――歌の叙事の視点から――」（『古事記年報』二〇〇八年一月。本書所収、第四章1）

（2）『釈日本紀』所引の当該説話末尾に「櫟木与棟木名称各異。故記之」とあり、景行紀十八年七月条とこの説話の関係について付記する。

（3）注（1）同論文

（4）青木和夫・稲岡耕二・笹山晴生・白藤禮幸校注『続日本紀』3（新古典大系・岩波書店、一九九二年）の脚注。

（5）植垣節也校注・訳『風土記』（新編古典全集・小学館、一九九七年）の頭注では、「播磨・速鳥」の命名が「当説話に由来するもの」とする。ただその場合、非難された船名を遣唐使船に用いるであろうかとの疑問がある。そこで速鳥の命名由来には二つの側面があったと推考される。第一はvまでの速鳥を高速船として讃える、本来の命名由来説話、第二は「住吉の」の歌によってvi以降が加えられ、清水献上の中止という起源説明説話である。遣唐使船の速鳥は第一に基づいて命名されたことになる。

（6）諸説ある中で、神野志隆光『古事記の世界観』（吉川弘文館、一九八六年）が、「景行代のヤマトタケル東征を喚起しつつ、雄略において、天皇の世界「天下」の、あるべき充足をもってなりたつのを語る」とするのは有力な見解である。

（7）吉村武彦「都と夷（ひな）・東国——古代日本のコスモロジーに関する覚書——」（『万葉集研究』21、一九九七年三月）

6　歌謡の人称の仕組み

――神歌の叙事表現から――

はじめに

歌謡の人称については、かつて『古事記』上巻に書かれた八千矛神の「神語」などにおいて何度か考える機会があった(1)。しかし、それを中心テーマとして取り上げるには至らなかった。人称を表現様式として相対化しうる方法が見出せなかったからである。その後、宮古島狩俣の神歌の調査を通して人称の混在を観察することができた。そこで神歌における一人称と三人称の混在について検討し、『古事記』『日本書紀』の歌にも及んで歌謡の人称転換という現象を考察することにしたい。

歌謡の人称が問題になるのは、三人称から一人称へと転換する現象が『記』『紀』所載歌に少なからずみられるからである。研究史を整理すれば、その説明として神懸かり説と演劇科白説に集約されるが、いずれも途中から人格が変わることに起因し、人称の転換として説かれることが多い。しかし、人称転換が表れるから神がかりや科白的表現とするのは順序が逆である。それは結果からの類推であって、歌謡表現の仕組みを説明したことにはならない。人称の混在が発生する仕組みとその意味を歌謡表現そのものから考えてみる必要がある。

その作業は神歌を通して、以下、具体的に進めていく。神歌にみられる叙事表現を検討することで、歌謡の中で人称が変わるいくつかの事例を取り上げ、人称転換の仕組みに対する基本的な見方を立ててみる。そのようにして得た歌謡の人称転換の仕組みから、あらためて八千矛神の歌など『記』『紀』の歌の人称転換とその意味を考察する。

一　タービの表現様式

狩俣集落の神歌群は、祖先神を崇めて豊穣を祈願するタービ(2)とピャーシ(3)の他、神や先祖の歴史に関するフサや(4)ニーラーグ(5)と呼ばれるものを基本とする。ピャーシは男女それぞれが歌唱するが、タービとフサは女性神役、ニーラーグは男性神役が担当する。しかも、神を崇《たか》べるタービは歌唱する神女が厳格に決められていて、誰でも歌唱していいわけではない。神を祭る神女がその神を崇べるタービの歌唱に従事する。体系化された神歌群の中で、タービには三人称と一人称の混在が顕著に表れ、それがタービ特有の叙事表現となっている。

それでは、人称の混在が発生する仕組みはどのようなものか。ここではまず、神の行動や事績に関する叙事部がない「仲屋《なかや》勢頭《しどうとう》鳴響み親《ゆみやー》のタービ」を取り上げる。タービとして成り立つ最小限の要素をみておくためである。

タービの歌詞は、宮古島全体の歌謡を体系的に採録した資料(6)と部分的に記録した地元の資料(7)がある。ここで引用する歌詞・口語訳は基本的に前者のテキストによったが、後者のテキストや筆者の調査に基づいて解釈した箇所もある。なお、詞句の最初の数字はテキストに付された節の番号である。

A1なかやしーどぅ　とぅゆみゃよー
とぅゆんしゅーがなシよー
くんどぅなぎ　とぅゆま〈以下略〉
2んまぬかん　うみゆぷぎ
やぐみかん　うみゅぷぎ
3ゆらさまイ　うみゅぷぎ
ぷがさまイ　うみゅぷぎ
4ばが　にふチ　オコいよー
かんむだま　まコいよー
5たかびふチ　オコいよー
びゅーきふチ　まコいよー
6オともよん　とぅゆまい
オチきよん　みゃがらい
ふーしー　ふーしー〈以下略〉
B7なかやしどぅ　とぅゆみゃよー
とぅゆんしゅーがなシ
8んまぬかん　うみゅふぎ
やぐみかん　うみゅぷぎ
9ゆらさまイ　うみゅふぎ

仲屋勢頭の鳴響《とよ》み親はよ
鳴響む主加那志よ
〈囃子。コンドナギ鳴響《とよ》もう、の意〉
母の神のお蔭で
恐れ多い神のお蔭で
許されるお蔭で
満たされるお蔭で
わが根口のお声で
神の真玉の真声で
タカビ口のお声で
神座口の真声で
（神の）お供も鳴響《とよ》もう
（神の）お付きも名を揚げよう
〈囃子が替わる〉
仲屋勢頭の鳴響み親はよ
鳴響む主加那志
母の神のお蔭で
恐れ多い神のお蔭で
許されるお蔭で

ぷがさまイ　うみゅふぎ
10ばー　にふチ　オコい
かんむだま　まコい
11たーびふチ　オコい
びゅーぎふチ　まコい
12うとぅむゆん　とぅたん
オチきゆん　ゆたん
13んきゃぬたや　とぅたん
にだりまま　ゆたん

満たされるお蔭で
わが根口のお声で
神の真玉の真声で
タービ口のお声で
神座口の真声で
（神の）お供をとった
（神の）お付きを申し上げた
昔の力〈霊力〉をとった
根立てたままを申し上げた

仲屋勢頭鳴響み親は狩俣のユームトゥ（四元）の中心ウタキ（拝所）、大城元の祖先神である。大城元につながる神々を祭るのは最高神女のアブンマ（大母）であるから、このタービを担当するのはアブンマで、旧三月の麦穂祭りと旧六月の夏穂祭りの時に歌唱される。アブンマはブーパニ（麻神衣）と呼ばれる神衣装を広げて頭上にかざし、小刻みに揺らしながらタービをよむ。その様子はあたかも神衣装に神が憑依するかのごとくである。仲屋勢頭鳴響み親という祖先神とその司祭者であるアブンマという関係がここにみられる。狩俣のツカサ（女性神役）たちは神歌をウタウではなく、ヨムというが、その言い方には神歌を聖別する意識がある。

この歌詞はタービの中でもっとも短く、それゆえにタービ特有の、そして必要最小限の表現がみられる。前半のA（1〜6）がカンナーギ（神名揚げ）の部分で、仲屋勢頭鳴響み親の神名をあげてほめ称える表現である。B（7〜13）はやはり神名に始まり、村立てへの回帰を意味する詞句で終わる。カンナーギと村立て回帰の二部から成ることがわかる。なお、Aの6に付随するフーシーフーシーという囃子詞は、神衣装に息を吹きかけるような声であり、タービにのみ出てくる。呪的な声に聞こえるが、内容上の区切りを示す働きがある。

詳しくAをみると、1は神名の三人称で始まる。2の「んまぬかん」は大城元に祭られる母なる太陽神を指し、その司祭者がアブンマであり、アブンマ自身が「んまぬかん」になる。神と神を祭る者との重なりは4「ばがにふチ　オコい」を導き、一人称で神自身の原初の声を現出させる。5の「タカビ口」は神を崇べる意で、11「たーびふチ」とともに、これがタービであることを示す詞句である。

後半のBでは7～11がAのくり返しであるが、12と13においてBの収めとしての働きが明示される。神を祭るお供を称えるAの6はBの12と対応し、それを受けて収め句の13で「根立て」、すなわち村立てという村を創始した神の世を現出させる。原初に回帰する呪的な言葉と言ってよい。これもタービの表現様式である。

もっとも短い「仲屋勢頭鳴響み親のタービ」を通して、三人称の神名提示と一人称で神の声であることを示す句を含みながら、カンナーギと村立て回帰の二部で構成されるタービの表現様式を確かめてきた。フーシーフーシーという呪的な囃子詞もまた、タービ特有の表現様式である。

二　叙事表現と一人称

これまでみてきたのはタービの基本的な表現様式である。次に、神の行動や事績に関する叙事部を持ち、人称の混在が顕著にみられる「根《にー》の世勝《ゆまさ》りのタービ」を取り上げる。世勝りは大城元の祖先神であるから、そのタービを担当するのはアブンマであるが、四元の一つ、仲嶺元の水ヌ主（水の神）によってもよまれる。仲嶺元の祖先神ともみられたのであろう。しかし、叙事部に違いがみられる。ここでは大城元の歌詞で考えていく。冒頭の

「ういかノシかんま」はこの神の別名で、ウイカ主（学問の神）と呼ばれる神女がその祭祀を司る。史歌ニーラーグでは世勝りを大城真玉の七人の子の一人とする。

このタービの冒頭部（1～19）は神名を示して始まる。

1にーぬゆまさイがよー　　根の世勝り〈神名〉はよ
ういかノシ　かんまよー　　ういか主である神は
ういみゃーがり　ゆゆま（以下略）　〈囃子。上名揚がり名高くなろう、の意〉

これは前掲のAと同じく、根の世勝りの神名を挙げて称えるカンナーギの始まりである。これを神の声による「タカビ口」、すなわちタービであることを表明する句（6、18）もある。末尾部（53～60）もBと同様、「にーぬゆまさイよ（根の世勝りは）」で始まり、

60んきゃぬたや　とぅたん　　昔の力〈霊力〉をとった
にだてぃまま　ゆたん　　根立てたままを申し上げた

で終わる。やはりBと同じく、神の世の言葉であることを保証する「にだてぃまま　ゆたん」という収め句をもつ。それは明らかにタービの表現様式を示している。

このタービには神の行動や事績に関する叙事部（20～52）がある。それはフーシーフーシーの次の節から33節分にわたって続き、aからeまでの五段からなる。これがタービの叙事表現である。そのうち最初のaとbを示してみよう。

a 20にーぬ　ゆまさイざよー　　根の世勝りは
ういかなシ　かんま　　ういか主である神は

21びきりゃーがん　やりば
さむりゃがん　やりば
22んまぬかん　とぅゆみゃどぅ
やぐみ　うぷかんどぅ
23かんふみゃイ　とぅらまい
うぃふみゃイ　とぅらまい
24あーイっぞーが　うぃん
っヴぁーらっぞーが　うぃん
25むむゆんま　だきゃい
やシゆんま　だきゃい
26かいしょイ　わんどー
むどぅしょイ　わんどー
b
27シまぬ　うふびじん
ふんぬ　かぎびじん
28あーイなイがにが
わーらなイがにが
29むむゆんま　だきゃい
やシゆんま　だきゃい
30よーっヴぁいーチ　ぐばん

男神であるから
士神であるから
母の神の鳴響《とよ》み親が
恐れ多い大神が
神踏み合い〈集まり〉をとられて
上踏み合いをとられて
東門の上に
上手の門の上に
百弓を抱いて
八十弓を抱いて
（敵を）追い返しているのはわたしだ
追い戻しているのはわたしだ
島〈部落〉の大干瀬〈地名〉に
国の立派な干瀬に
東成金《あがりなりかに》〈神名〉が
上手の成金〈神名〉が
百弓を抱いて
八十弓を抱いて
夜にも御番〈見張り番〉

ひるなな　ぐばん　　　　　　　　　昼にも御番
31ぐばん　とぅりとぅりどぅ　　　御番〈見張り番〉をとって
わび　とぅりとぅりどぅ　　　　　上部をとって
32かいしょイ　わんどー　　　　　追い返しているのはわたしだ
むどぅしょーイ　わんどー　　　　追い戻しているのはわたしだ

ａ20の「根の世勝り」「ういか主」の神名は、このタービの冒頭句と同じであり、叙事部はふた声からなる三人称の神名で始まる。神歌は一句とその言い換え句による二句一連の形式で進行するのを基本とし、それをふた声という。それによって世勝りの神はういか主とも呼ばれたことがわかるわけであるが、ａではその三人称の神名を主語とし、21には男神で士神とある。この神を勇猛な武力神とする句である。22「母の神」のもとに神々が集まって村を守り、入り口の24「東門」で25「弓」を持って外敵を追い返し、村を守っているのは26「わたしだ」と一人称で結ぶ。東門で弓を持って村を防御する勇猛な世勝りの姿が叙事表現を通して浮かび上がるのである。結びの一人称は世勝り自らを指し、三人称と一人称の混在が認められる。

ｂでは27「干瀬」で島を守る28「東成金」の神に変わり、29「弓」を持って30「御番」をし、島を守っているのは32「わたしだ」と結ぶ。三人称の東成金の神で始まり、一人称で終わるのはａの構造と同じである。世勝りと東成金の関係はよくわからないが、ここには村の門で守る近き守護神と干瀬で守る遠き守護神という対比がある。おそらく守護神という類似の関係で連続して出てくるのであろう。従って、ｂの結びの一人称は東成金の神になる。昼夜、干瀬で見張りをしているというのはこの神の属性であり、行動・事績に関する叙事である。その行動の場面で一人称が表れる点は、ａの26と同じく注目される。

このaとbはまったく同じ構造である。世勝り・東成金の神名を三人称で提示し、25・26と29・32の弓を持って追い返すという共通の叙事表現が続く。神の行動を示す叙事において場面が変わるのである。その場面とは神の行動が一人称表現によって眼前の事実として示されることを意味する。つまり、叙事の場面で一人称が表れ、神の行動は一人称で叙述されるという様式である。

三　人称の混在の発生

世勝りの行動と事績の叙事部は、さらに一人称をくり返しながらc～eの三段にわたって続く。その主体が世勝りの神であることは間違いなく、村人を悪霊や外敵から守る行動や事績が並べられて叙事が展開する。やや長いが、次に掲げてみよう。

c
33にーぬシま　ういぬ　　根の島〈部落〉の上の
　むとぅぬシま　ういぬ　　元の島〈部落〉の上の
34ふゃーまがぬ　んみぬ　　子孫の皆が
　むむぱいぬ　んみぬ　　百栄え〈子孫〉の皆が
35あっシゅーちゃんがみゆ　　（年老いて）足が四つになるまで
　ピさゆーちゃんがみよー　　足が四つになるまで
36ゆなーんチ　たたばん　　真夜中の道に立っても
　さなーんチ　たたばん　　どんな時間の道に立っても

37あっシまうぬ　かんま
ぴさまうぬ　かんま
38ばん　たシき　とぅりどぅ
かんだシき　とぅりどぅ
39かいしョイ　わんどー
むどぅしョイ　わんどー
d
40やむとぅうに　うにぬ
ぶりゃーうに　うにぬ
41チキぐとぅが　ういん
まにぐとぅが　ういん
42いんさふさり　やふぬ
シー　ふさり　やふぬ
43んキなーいき　うりばん
ニーなぬーり　うりばん
44むむゆんま　だきゃい
やシゆんま　だきゃい
45かいしょーイ　わんど
むどぅしょーイ　わんど
e
46にーぬシま　ういぬ

足につきまとう神が
足につきまとう神が
わたしの助けをとっているよ
神の助けをうけているよ
追い返しているのはわたしだ
追い戻しているのはわたしだ
大和船が
群れ船船が
月ごとのうえに
月ごとのうえに
海腐れの病気の
潮腐れの病気の
向かっていっているので
乗りに乗っているので〈漂ってくる臭みを〉
百弓を抱いて
八十弓を抱いて
追い返しているのはわたしだ
追い戻しているのはわたしだ
根の島〈部落〉の上の

むとぅぬシま　うぃぬ	元の島〈部落〉の上の
47ふゃーまがぬ　んみぬ	子孫の皆が
むむぱいぬ　んみぬ	百栄えの皆が
48シんぬざーが　うぃがみ	墨の座〈学校〉の上までも
ふでぃぬざーが　うぃがみ	筆の座の上までも
49ゆなーんチ　たたばん	真夜中の道に立っても
さなーんチ　たたばん	どんな時間の道に立っても
50あシまうぬ　かんま	足につきまとう神が
ピさまうぬ　かんま	足につきまとう神が
51ばん　たシき　とぅりどぅ	わたしの助けをとっているよ
かんだシき　とぅりどぅ	神の助けをうけているよ
52たシきうイ　わんど	助けているのはわたしだ
むどぅしょーイ　わんど	戻しているのはわたしだ

c～eには三人称の神名が出てこないが、aの冒頭の20「世勝り」が叙事部全体にかかる文脈とみられる。cでは村の子孫が年老いるまで、36「いつも道に立って（守護している）」というのが世勝りの行動を表すふた声である。その行動に及んだ時、38・39の「わたしが助け守っている」という世勝りを主体とする一人称叙事が発生する。

dもそれは同じで、44「弓を持って（守っている）」という神の行動の叙事から45「わたしだ」という一人称が発生してくる。41は意味が通じないので、「港に着くたび」とする『平良市史』のテキストの方がよい。船から悪霊や病気が43「入り込んでくる」のを、弓を持って追い返しているのは「わたしだ」という一人称叙事である。「弓」のモチーフはａｂｄに共通し、「弓」の場面に応じて一人称でよまれるという構造である。

「弓」に対してｅでは49「道に立つ」というモチーフである。これはｃと同じであるが、ｅには48「墨の座〈学校〉」と出てくる点が異なる。世勝りはういか主とも呼ばれ、ウイカ主は学問の神とみなされているから、ａの20「世勝り」「ういか主」のふた声にそれは対応している。学問の神として祀られる場所で、49「道に立って〈守っている〉」と世勝りの行動の場面に及んだ時に一人称叙事が発生するのである。

ａ～ｅの叙事部をみてくると、そこには整った様式があることに気づく。叙事部全体の始まりとして三人称の神名提示のａがあり、「弓」と「道」のモチーフがｂの後に交互に出てくるという様式である。そこに共通するのは、

かいしょイ　わんどー　　追い返しているのはわたしだ
むどぅしょーイ　わんどー　　追い戻しているのはわたしだ

というそれぞれの段の末尾句である。一人称の末尾句の前には必ず神の行動・事績に関する叙事表現があり、その場面で歌唱者は一人称でよむことになる。

それでは一人称が発生する構造は何か。その場面で神懸かりをするからとは考えられない。確かに神衣装を揺らしながら神にタービを捧げる所作は、神が憑依する姿を暗示するものではある。しかし、この整った表現様式は本人さえ覚えてないようなトランス状態から生まれてくるものではない。

表現そのものから考えれば、神の行動の場面では一人称になるという様式がタービという神歌にはあったとみるのが自然である。その理由は容易に理解できる。前述したように、タービは厳格に歌唱者が決まっている。四

元それぞれの神女が祖先神を祭っているわけであるが、神と神を祭る神女との関係がその神の行動の場面で一人称表現を生み出すのである。狩俣の神女たちは神歌に対して「誰でもはできないよー」という言い方をする。それは、アブンマにしかよめないタービがあり、同様に志立元の祖先神のタービならそれを祭る役目のユーヌヌスという神女にしかよめないことを意味する。アブンマという神女はアブンマが祭る祖先神そのものとみなされ、またそのような立場になることがタービに一人称の表現を生み出す仕組みとしてある。

その仕組みは神懸かりによるのではない。一人称は神を祭りの場に現前させる表現に他ならない。タービが神崇べであることからすれば、一人称は神をほめ称える表現とみるべきである。そして、それを聞く人々も神をありありと思い浮かべる表現として理解する。そこに人称が混在するタービの様式が成立する。神懸かりの一人称は文学の発生に想定される問題であって、文学の様式としての一人称表現とは区別する必要がある。言わずもがなではあるが、神歌タービの成立は聞く人々がその様式を理解しうる段階である。

最後に、このタービの全体から人称の表現を整理しておこう。まず冒頭のカンナーギでは「世勝り」という三人称、叙事部では「わたしだ」という一人称、最後の村立て回帰の結びでは再び53「世勝り」の三人称表現が出てくる。タービの様式である三構造においてそれぞれの場面で人称が変わる。人称が転換するというよりは混在するとみた方がよい。そのような場面人称の仕組みが神歌タービの基本構造であり、人称の混在は神とその神を祭る神女との関係に成り立つ叙事表現の様式なのである。

四　『古事記』八千矛神の歌の人称

神の行動・事績を称え伝える神歌では、冒頭の三人称による神名提示に始まり、叙事部では神の行動の場面で一人称になるという表現様式をみてきた。それは神とその神を祭る者との関係において発生するのであり、一人称叙事は神をほめ称える表現であった。これは歌謡の人称の混在に対する基本的な見方になりうる。そこでこのような視点から、人称転換の問題として論じられてきた『古事記』「神語」の第一歌、八千矛神の歌についてあらためて検討してみたい。

1八千矛《たちほこ》の　神《かみ》の命《みこと》は
2八島国《やしまくに》　妻娶《つまま》きかねて
3遠々《とほとほ》し　高志《こし》の国《くに》に
4賢《さか》し女《め》を　有《あ》りと聞《き》かして
5麗《くは》し女《め》を　有《あ》りと聞《き》こして
6さ婚《よば》ひに　有《あ》り通《かよ》はせ
7大刀《たち》が緒《を》も　いまだ解《と》かずて
8襲衣《おすひ》をも　いまだ解《と》かねば
9嬢子《をとめ》の　寝《な》すや板戸《いたど》を
10押《お》そぶらひ　我《わ》が立《た》たせれば
11引《ひ》こづらひ　我《わ》が立《た》たせれば
12青山《あをやま》に　鵺《ぬえ》は鳴《な》きぬ
13さ野《の》つ鳥《とり》　雉《きぎし》は響《とよ》む
14庭《には》つ鳥《とり》　鶏《かけ》は鳴《な》く
15心痛《うれた》くも　鳴《な》くなる鳥《とり》か

16この鳥《とり》も　打《う》ち止《や》めこせね
17いしたふや　天馳使《あまはせづかひ》
18事《こと》の　語《かた》り言《ごと》も　こをば
（記2）

この歌は1「八千矛の　神の命は」と三人称でうたい出し、10・11「我が立たせれば」という神の行動の場面で一人称になり、最後に八千矛神を称える神聖な歌であることを表明する18の結び句で終わる。従来、これを人称転換とする見方が一般的であった。土橋寛氏によれば、「八千矛の神の歌が天語部によって伝承された物語歌」であって、「宮廷におけるホガイ人的存在」によって独演された「一人称発想の抒情的な歌」とする。(8) つまり、ホガイ人的うたい手が三人称でうたい出し、途中から八千矛神の立場に同化して一人称に転換したというわけである。しかし、一人称を抒情的な歌とするのは近代の抒情詩観からの発想と言うほかなく、そこには古代の叙事表現への視点がない。

この歌詞をみると、1の三人称の神名提示で始まる冒頭部は6「有り通はせ」まで続くと解される。7「大刀が緒も　いまだ解かずて」において、嬢子の家に場面が変わるからである。この7から神の行動の表現になり、10・11の対句に「我が立たせれば」という一人称が出てくる。嬢子の寝屋の戸をいまにも揺さぶり開けようとする高揚した場面である。一人称はそのような神の行動の場面に用いられ、神を現前させる意味をもつ。そこに敬語を伴うのは一人称が神をほめ称える表現としてあることを示す。それはタービの一人称叙事にみたことと共通する。従って、ここでも、三人称と一人称の混在は、場面に応じて人称が表現される、言わば場面人称ととらえることができる。

次の12〜14の、朝鳥が鳴く三連対では、嬢子との共寝が果せなかったことを示し、15・16で鳥に対する恨みをぶっつける。「打ち止めこせね（打ち殺して鳴きやめさせてくれ）」の依頼の相手は、17「天馳使」と解するのがよく、(9)

それは八千矛神と沼河比売のあいだを行き来する「よばひの使」とみることができる。[10] 従って、7~17が叙事部で一人称の文脈になり、18「事の　語り言も　こをば」が最後を収める、独立した結び句になる。

この収めの働きは、前述した神歌タービの結び「にだりままゆたん（根立てたままを申し上げた）」に驚くほど重なり合う。タービの場合は村立ての神の世に回帰することで、神崇べの神聖な詞章であることを表明する意味があった。「事の　語り言も　こをば」にはそれと同じ働きが認められる。私解は「古事《ふること》（言）の語り伝えはこのように（申し上げます）」というものであるが、フルコトは藤井貞和氏が言うように「古伝承、古叙事」[11] と考えられるから、収め句は神々の世の古叙事をそのままうたい上げたという意味になる。タービの場合と同様、原初回帰によって歌の詞章の権威を示す働きをもつのである。

以上、全体が、三人称の神名提示部と一人称の叙事部と原初回帰の収め句の三構造になることを確かめてきた。神歌タービと同じ構造である。『記』『紀』の歌では叙事部の一人称が消失していく傾向にあるが、「神語」第一歌と同じ収め句をもつ歌が六首あることからもわかるように、この三構造は古態の歌謡様式としてあり続けたのである。

結び

人称の混在について、宮古島狩俣の神歌の一つであるタービの叙事表現を通して検証してきた。そこで明らかになったことは、冒頭の神名提示と神の行動の叙事部と末尾の原初回帰から成るタービの様式と構造である。この三構造において三人称と一人称の混在が発生する。つまり、人称は全体の文脈に統括されるのではなく、それぞれの場面に応じて表れるのであって、それを場面人称と呼んでみた。このような人称の混在は、叙事表現をもつ歌謡において普遍的に起こりうる現象であることが神歌の叙事表現から確かめられるのである。

神歌から導かれた人称の混在の仕組みは、『記』『紀』の歌の人称転換に新たな視点を与える。人称が混在する八千矛神の「神語」第一歌もタービと同様の三構造であった。その叙事部に一人称が表れるのをみてきたが、これも八千矛神の行動をうたう叙事において表れる、場面に応じた一人称表現である。神の行動が一人称になるのは、祭りの場に神をありありと現前させるためであり、そのことが神をほめる表現にもなるのである。

『記』『紀』の歌では、雄略紀の蜻蛉野遊猟歌（紀75）も天皇の行動を表す叙事部に「我がいませば」「我が立たせば」の一人称句が表れる例である。ただこの歌の場合、冒頭が奏言形式であり、末尾に「汝が形は」という二人称句があることから、三構造とは別の様式として扱わなければならないが、人称が混在する理由は、例えば演劇での役者の科白というような外部条件に求めるのではなく、叙事表現では人物を現前させる方法として一人称の表現を用いる、とみるべきなのである。

注

（1）「八千矛神の婚歌――〈あまはせづかひ〉をめぐって」（『古代の歌と叙事文芸史』笠間書院、二〇〇三年。初出、一九八七年一二月）

（2）外間守善「宮古の歌謡」『南島文学論』（角川書店、一九九五年。初出、一九七八年六月）は、その語義を「神を尊とび崇《たか》べるという意味の「崇《たか》べ」で」あるとする。

（3）外間氏はその語義を「拍子」であろうとする（注2同書）。男女の集団が別々に手拍子でうたう点が、一人でうたうタービと異なる。

（4）外間氏はフサを「宮古の祖先神の歩んだ歴史的源初の姿を謡いこんだもの」（注2同書）と規定する。冬の祖先祭の時にだけ歌唱されるという特色をもつ。

(5)「祖神のニーリ」(稲村賢敷『宮古島旧記並史歌集解』至言社、一九七七年)と呼ばれるが、男性神役はニーラーグとか、単にニーリと言い慣わしている。狩俣集落の神話と歴史をうたった一大叙事歌である。
(6)外間守善・新里幸昭『南島歌謡大成Ⅲ宮古篇』(角川書店、一九七八年)
(7)『平良市史　第七巻・資料編5(民俗・歌謡)』(平良市教育委員会、一九八七年。歌謡編の担当は本永清氏)
(8)『古代歌謡論』(三一書房、一九六〇年。初出、一九五六年四月)
(9)青木紀元『日本神話の基礎的研究』(風間書房、一九七〇年)
(10)注(1)同書
(11)『物語理論講義』(東京大学出版会、二〇〇四年)

第三章

『古事記』『日本書紀』『風土記』の歌と散文叙述

1 『古事記』『日本書紀』の［歌と散文］
――基礎的考察――

はじめに

『古事記』『日本書紀』にはそれぞれ百首を超す歌が収められ、それらは散文とともに記載されている。『万葉集』のように歌集の形ではなく、歌説話や歌物語のような［歌と散文］形式の歴史叙述として歌は記されるのである。それは『記』『紀』両書の記述方法として自覚的に選ばれたもので、歌によって歴史を叙述することの意味を問うことが、両書の成立と主題の解明につながると言ってよい。

従来、これらの歌の多くは本体が古代歌謡であって、本来無関係の説話・物語に結びつけられ、散文叙述にはめこまれたと考えられてきた。歌が散文とかみあわない事例はしばしばみられるが、そのずれは独立の歌謡を説話・物語に転用し、散文に連結したときに生じたものとされ、そのずれが独立の古代歌謡であることの判断基準とされてきたのである。それを代表するのが土橋寛氏の研究(1)である。しかし、近年、このような古代歌謡転用論に対してとらえ直しが行われている。

歌の叙事による散文叙述という筆者の主張[2]もその一つで、『記』『紀』の歌を散文から切り離して古代歌謡に還元する前に、基本的に『記』『紀』の文脈の中で歌をとらえるべきだとする立場である。すなわち、歌の前後の散文は歌の叙事に対する『記』『紀』編者の理解ないしは解釈として叙述されるとみるのである。このように歌の叙事から散文が生み出されていく状況が想定される。『紀』の場合は正格漢文によって散文が書かれるので、歌の理解が漢語・漢文という枠組みにおいて叙述される。おそらくそこには、和語の歌に対する解釈や理解を中国語文で記述するという違和があったはずである。また、『記』の散文の場合は、近年「倭文体」[3]という言い方が提唱されているが、それは日本語文を目指しながらまだ十分に定着していなかった文体である。［歌と散文］のあいだのずれとみられるもの、あるいはわかりにくさは、『記』『紀』両書が抱える、いま述べたような文体の問題が介在することは疑いない。従って、ずれと断定する前に［歌と散文］が創り出す表現空間を分析してみる必要がある。

以上の観点から、『記』『紀』両書における歌の叙事と散文の関係を、その一致する度合いと様態において分類し、『記』『紀』の歌の性格、［歌と散文］の表現空間や文体についてその前提となる基礎的な作業と考察をしておきたいと思う。

一　『記』『紀』における［歌と散文］の関係

『記』の文体はその序文に、

是以、今、或一句之中、交用音訓。或一事之内、全以訓録。

とあるように、訓中心の音訓交用表記をとっている。その理由は、訓字だけで文章を構成すると、「詞不逮心」

すなわち書記された文が表現しようとする意図と離れてしまって必ずしも一致しないというのである。これは前述した、和語を漢語・漢文に置き換えた時に生ずる違和を指している。また一字一音表記を用いると、「事趣更長」すなわち文が長くなって意味がとりにくいという。そこで、『記』は音訓交用表記を主体としながら、部分的には全訓表記を用いるという使い分けを選んだ。しかし、全音表記を用いる部分もある。それが歌の表記で、そのために訓字表記の散文とのあいだで明確に区別することが可能になる。

しかし、『記』の場合、散文は完全な全訓表記ではない。例えば、歌詞の一部が散文の訓字主体表記の中に一字一音表記として用いられる。つまり、［歌と散文］の音訓交用表記ではなく、散文の中で音訓交用がみられるのである。このような場合を考慮して『記』における歌詞と散文のあいだの様態を分類し表示すると、次のようになる。

A歌詞の一部が散文の訓字表記と一致する。Aｉ神・人名、Aⅱ地名、Aⅲ事柄。
B歌詞の一部が散文の一字一音表記と一致する。Bｉ神・人名、Bⅱ地名、Bⅲ事柄。
C歌詞と散文の一部が意味的に重なる。
D歌詞と直接関わる散文叙述がない。

最初のAは、歌詞の一部が散文の中に訓字表記でくり返される場合である。それは歌の説明ないし解釈として当然起こりうることで、具体的にはｉ神・人名、ⅱ地名、ⅲ事柄において一字一音表記の歌詞が訓字で言い換えられる形をとる。例えば、記1（数字は歌番号）の歌詞「八雲立つ（夜久毛多都）」が散文の中で、ⅲ事柄として「雲立騰」と叙述されることを指す。

Bは、歌詞の一部が散文の中に一字一音表記でくり返される場合である。それは歌の説明ないし解釈としての散文に、歌詞の一部がそのまま組み込まれる形をとる。それはAと同様にｉ神・人名、ⅱ地名、ⅲ事柄において引用される。例えば、記6の歌詞「阿治志貴　多迦日古泥能　迦微曾」が散文の中で、i神・人名として「阿治志貴高日子根神」と出てくることを指す。

Cは歌詞の一部が散文でくり返されることはないが、意味的に説明ないし解釈を含むことを指す。逆に散文に歌の説明ないし解釈がみられないものをDとする。

以上のA〜Dの基準で『記』の全歌とその散文に当たってみると、次に示すような結果が得られる。なお、歌番号は允恭記の「夷振之上歌」を一首と数え、全体を一一一首とする数え方による。傍線部は歌詞と散文の一致する語句を指す。

1夜久毛多都　伊豆毛　Aiii初作須賀宮之時、自其地雲立騰

2夜知富許能　迦微能美許登波　夜斯麻久爾　都麻々岐迦泥弖　**3**夜知富許能　迦微能美許登　Ai八千矛神、将婚高志国之沼河比売

4奴婆多麻能　久路岐美祁斯遠　麻都夫佐爾　登理与曾比　Aiii束装立時

5登与美岐　多弖麻都良世　C其后、取大御酒坏、立依指挙而

6阿治志貴　多迦日古泥能　迦微曾　Bi阿治志貴高日子根神

7・**8**　D

9宇陀能　多加紀爾　Bii宇陀之血原

10意佐加能　意富牟盧夜爾　Aii忍坂大室

11・**12**・**13**宇知弖志夜麻牟　Aiii将撃登美毘古

14　C

15夜麻登能　多加佐士怒袁　那々由久　袁登賣杼母　Aiii・Bii七媛女、遊行於高佐士野、佐士二字以音。

16 加都賀都母　伊夜佐岐陀弓流　Aⅲ御心知伊須気余理比売立於最前

17 那杼佐祁流斗米　18 和加佐祁流斗米　Aⅲ見其大久米命黥利目而、思奇

19 和賀布多理泥斯　Aⅲ一宿御寝坐也

20・21・22　C

23 夜都米佐須　伊豆毛多祁流賀　波祁流多知　都豆良佐波麻岐　佐味那志爾阿波礼　Aⅰ・Aⅲ窃以赤檮作詐刀、為御佩～出雲建、不得抜詐刀

24 佐泥佐斯　佐賀牟能袁怒邇　毛由流肥能　Aⅱ・Aⅲ到相武国之時～其国造、火著其野。～故、於今謂焼遺也

25・26　D

27 意須比能須蘇爾　都紀多知邇祁理　28 意須比能須蘇爾　都紀多々那牟余　Aⅲ・Bⅲ入坐先日所期美夜受比売之許。～於意須比之襴、意須比三字以音。著月経。故、見其月経

29 袁波理邇　多陀邇牟迦弊流　袁都能佐岐那流　比登都麻都～比登邇阿理勢婆　多知波気麻斯袁　Aⅱ・Aⅲ到坐尾津前一松之許、先御食之時、所忘其地御刀、不失猶有

30・31・32　C

33　D

34 那豆岐能多能　伊那賀良邇～波比母登富呂布　Aⅲ・Bⅲ匍匐廻其地之那豆岐田自那下三字以音。

35 阿佐士怒波良　許斯那豆牟　蘇良波由賀受　阿斯用由久那　Aⅲ於其小竹之刈杙、雖足跳破～哭追

36 宇美賀由気婆　許斯那豆牟　Aⅲ・Bⅲ入其海塩而、那豆美此三字以音。行時

37 波麻都知登理　波麻用波由迦受　伊蘇豆多布　Aⅲ化八尋白智鳥、翔天而、向浜飛行。智字以音。～居

其磯之時

38伊奢阿芸　布流玖麻賀　Ａｉ難波根子建振熊命

39許能美岐波～麻都理許斯美岐叙　40許能美岐袁　迦美祁牟比登波　Ａⅲ醸待酒以献～献大御酒

41知婆能　加豆怒袁美礼婆　Ａⅱ・Ａⅲ望葛野

42　Ｃ

43・44　Ｄ

45美知能斯理　古波陀袁登売袁　46美知能斯理　古波陀袁登売波　Ａⅲ被賜其嬢子

47意富佐耶岐　意富佐耶岐　波加勢流多知　母登都流芸　Ａｉ・Ａⅲ瞻大雀命之所佩御刀

48加志能布邇　余久須袁都久理　余久須邇　迦美斯意富美岐　Ａⅲ於吉野之白檮上、作横臼而、於其横臼
醸大御酒、献其大御酒

49須々許理賀　迦美斯美岐邇　Ｂｉ・Ａⅲ須々許理、醸大御酒以献。於是、天皇、宇羅宜是所献之大御酒

50・51　Ｄ

52淤岐弊邇波　袁夫泥都羅々玖　久漏耶夜能　摩佐豆古和芸毛　Ａｉ・Ａⅲ望瞻其黒日売之船出浮海

53和賀久邇美礼婆　阿波志麻　Ａⅱ・Ａⅲ欲見淡道島而、行幸之時、坐淡道島、遙望

54夜麻賀多邇　麻祁流阿袁那母　岐備比登々　等母邇斯都米婆　Ａⅱ・Ａⅲ幸行吉備国。爾、黒日売、令
大坐其国之山方地而、献大御飯。於是、為煮大御羹、採其地之菘菜時、天皇、到坐其嬢子之採菘処

55・56　Ｃ

57都芸泥布夜　々麻志呂賀波袁　迦波能煩理　和賀能煩礼婆　Ａⅱ・Ａⅲ引避其御船、泝於堀江、随河而
上幸山代

58都芸泥布夜　々麻斯呂賀波袁～阿袁邇余志　那良袁須疑　袁陀弖　夜麻登袁須疑　Aii・Bii　自山代
廻、到坐那良山口

59夜麻斯呂邇　伊斯祁　登理夜麻　Ai・Aii天皇、聞看其大后自山代上幸而、使舎人、名謂鳥山人

60　D

61都芸泥布　夜麻斯呂売能　Aii天皇、聞看其大后自山代上幸

62夜麻志呂能　都々紀能美夜邇～阿賀勢能岐美波　Aii・Aiii天皇、聞看其大后自山代上幸／口子臣之妹、
口日売、仕奉大后

63都芸泥布　夜麻斯呂売能　Aii天皇、聞看其大后自山代上幸

64夜多能　比登母登須宜波　古母多受　65夜多能　比登母登須宜波　比登理袁理登母　Ai・Aiii天皇、
恋八田若郎女～故、為八田若郎女之御名代、定八田部也

66売杼理能　和賀意富岐美能　於呂須波多　他賀多泥呂迦母　67多迦由久夜　波夜夫佐和気能　美淤須比賀
泥　Ai・Aiii天皇、以其弟速総別王為媒而、乞庶妹女鳥王／女鳥王、坐機而織服

68多迦由玖夜　波夜夫佐和気　佐耶岐登良佐泥　Ai其夫速総別王到来

69波斯多弖能　久良波斯夜麻袁　佐賀志美登　70波斯多弖能　久良波斯夜麻波　佐賀斯祁杼　伊毛登能煩礼
婆　Aii・Aiii速総別王・女鳥王、共逃而、騰于倉椅山

71蘇良美都　夜麻登能久邇爾　加理古牟登岐久夜　72加理古牟登　伊麻陀岐加受　73加理波古牟良斯　A
iii以歌、問鴈生卵之状

74加良怒袁　志本爾夜岐　斯賀阿麻理　許登爾都久理　加岐比久夜～佐夜佐夜　Aiii枯野～茲船、破壊以、
焼塩、取其焼遺木、作琴、其音、響七里

75 多遅比怒弥　泥牟登斯理勢婆　Bⅱ・Aⅲ到于多遅比野而、寤詔

76 波邇布耶迦　和賀多知美礼婆　迦芸漏肥能　毛由流伊弊牟良　Bⅱ・Aⅲ到於波邇賦坂、望見難波宮、其火、猶炳

77 淤富佐迦邇　阿布夜袁登売袁～当岐麻知袁能流　Aⅱ・Aⅲ・Bⅱ到幸大坂山口之時、遇一女人。其女人白之～自当岐麻道廻、応越幸

78・79 C

80 意富麻弊　袁麻弊須久泥賀　加那斗加宜～阿米多知夜米牟　Aⅰ・Aⅲ大前小前宿禰大臣之家。爾、到其門時、零大氷雨

81 D

82 阿麻陀牟　加流乃袁登売　83 阿麻陀牟　加流袁登売～加流袁登売杼母　Aⅰ軽大郎女

84・85・86 C

87 岐美賀由岐～牟加閉袁由加牟　Aⅲ追往

88 淤母比豆麻阿波礼～意母比豆麻阿波礼　89 阿賀母布伊毛～阿賀母布都麻　Aⅲ追到之時、待懐

90 久佐加弁能　Aⅰ・Aⅱ初大后坐日下之時、自日下之直越道、幸行河内～若日下部王

91 美母呂能　Aⅱ美和河

92 比気多能　Aⅱ引田部赤猪子

93 美母呂爾　Aⅱ美和河

94 久佐迦延能　伊理延能波知須　Aⅰ・Aⅱ初大后坐日下之時、自日下之直越道～若日下部王

95 阿具良韋能　加微能美弖母知　比久許登爾　麻比須流袁美那　Aⅲ留其童女之所遇於其処、立大御呉床

而、坐其御呉床、弾御琴、令為儛其嬢子。爾、因其嬢子之好儛

96 阿具良爾伊麻志～多古牟良爾　阿牟加岐都岐　曾能阿牟袁　阿岐豆波夜具比～阿岐豆志麻登布　Aⅲ・Bⅱ幸阿岐豆野而、御猟之時、天皇、坐御呉床。爾、蝈、咋御腕、即蜻蛉、来、咋其蝈而飛。訓蜻蛉云阿岐豆也。～故、自其時、号其野謂阿岐豆野也

97 志斯能　夜美斯志能　宇多岐加斯古美　和賀爾宜能煩理斯　阿理袁能　波理能紀能延陀　Aⅲ・Bⅲ天皇、登幸葛城之山上。爾、大猪、出。即天皇以鳴鏑射其猪之時、其猪、怒而、宇多岐依来。宇多岐三字以音也。故、天皇、畏其宇多岐、登坐榛上

98 袁登売能　伊加久流袁加袁　加那須岐母　Aⅲ媛女、逢道。即見幸行而、逃隠岡辺。～故、号其岡謂金鉏岡也。

99 毛々陀流　都紀賀延波～延能宇良婆波～淤知布良婆閉～阿理岐奴能　美弊能古賀　佐々賀世流　美豆多麻宇岐爾～淤知那豆佐比　Aⅰ・Aⅲ天皇、坐長谷之百枝槻下～伊勢国之三重婇、指挙大御盞以献。爾、其百枝槻葉、落浮於大御盞～於此豊楽、誉其三重婇

100 登余美岐　多弖麻都良勢　Aⅲ献大御酒

101 D

102 美那曾々久　淤美能袁登売　本陀理登良須母～本陀理斗良須古　Aⅲ丸邇之佐都紀臣之女～袁杼比売、献大御酒

103・104・105 D

106 淤美能古能　夜弊能斯婆加岐　107 志毘賀波多伝爾　Aⅰ・Bⅰ平群臣之祖、名志毘臣

108 意富岐美能　美古能志婆加岐　Aⅰ王子

109 意富袁余志　斯毘都久阿麻余〜志毘都久志毘　Ａⅰ・Ｂⅰ平群臣之祖、名志毘臣〜其娘子者、菟田首等之女、名大魚也

110 毛々豆多布　奴弖由良久母　淤岐米久良斯母　Ａⅰ・Ａⅲ賜名号置目老媼〜鐸懸大殿戸、欲召其老媼之時、必引鳴其鐸

111 意岐米母夜　阿布美能淤岐米〜美延受加母阿良牟　Ａⅰ・Ａⅲ置目老媼白〜欲退本国。故、随白退時、天皇見送

このＡ〜Ｄの基準は『紀』にも適応できるが、『紀』は散文部が正格漢文で書かれるため、訓注でない限り、散文に一字一音表記が用いられることはない。従って、

Ｂ歌詞の一部が散文の一字一音表記と一致する。

という条項に該当する［歌と散文］は一箇所もない。しかし、正格漢文であるがゆえに歌詞の一部が漢語に置き換えられ、散文の中で歌の主題を表す語として機能する場合がある。それは『記』のＡの訓字表記とも異なる、『紀』特有の［歌と散文］の文体を創出することになるのである。

二　散文の音仮名表記と歌詞

最初に『記』のＢの例について、［歌と散文］のあいだの様態、その文体の成立をみていくことにする。ただ、一字一音表記だけで散文が構成される例はなく、ＢはＡと複合して文脈を構成している。ここではアヂシ（ス）キタカヒコネノ神に関する記６と紀２・３を取り上げ、歌の前後の散文に共通する一字一音表記について検討する。合わせて『紀』と比較しながら、『記』『紀』両書の文体の相違とその成立背景にも言及したい。まず記６を

取り上げる。

此時、阿遅志貴高日子根神自阿下四字以音。到而、……於是、阿遅志貴高日子根神、大怒曰、我者有愛友故弔来耳。何吾比穢死人云而、抜所御佩之十掬釼、切伏其喪屋、以足蹶離遣。此者、在美濃国藍見河之河上喪山之者也。其、持所切大刀名、謂大量。亦名謂神度釼。度字以レ音。

故、阿治志貴高日子根神者、忿而飛去之時、其伊呂妹高比売命、思顕其御名。故、歌曰、

阿米那流夜　淤登多那婆多能　宇那賀世流　多麻能美須麻流　美須麻流邇　阿那陀麻波夜　美多邇　布
多和多良須　阿治志貴　多迦比古泥能　迦微曽也　（記6）

此歌者、夷振也。

この例では歌詞の「阿治志貴　多迦比古泥能　迦微」という一字一音表記の神名が、散文の「阿治志貴高日子根神」と一致する。厳密に言えば、「阿治志貴」の音仮名が［歌と散文］のあいだで一致し、歌詞の「多迦比古泥能　迦微」が散文では「高日子根神」と訓字表記になっているので、AとBが複合する形である。ここで注目したいのは、大国主神の系譜で「阿遅鉏高日子神」、散文において最初に「阿遅志貴高日子根神」と二度書かれるのに、歌の前の散文で「阿治志貴」の音仮名がそのまま用いられることである。これは明らかに歌詞の一字一音表記が散文に取り入れられたのであって、歌の前の「故」以下は歌の理解に基づく散文叙述と言える。

それは内容でも照応する関係が認められる。歌をみると、棚機つ女の付ける玉の首飾りが輝き渡る様子を序として、「阿治志貴高日子根神」の「み谷　二渡らす」姿を讃美している。そのような歌の理解に立って、散文では目の前の神の姿が兄神であることを、同母妹高比売が神名で顕わそうとしたと叙述する。内容上の照応関係からも、歌詞から散文叙述が生み出される状況が見て取れるのである。

この歌は『紀』にも対応する歌がみられるが、そこではさらに一首加わることで［歌と散文］の関係も『記』

と違ってわかりにくいとされ、本文にずれがあると指摘されている。(4) また、『紀』の場合、前述したように漢語への言い換えという問題がある。

時、味耜高彦根神、光儀華艶、映于二丘二谷之間。故、喪會者歌之曰、或云、味耜高彦根神之妹下照媛、欲令衆人知映丘谷者、是味耜高彦根神。故歌之曰、

阿妹奈屢夜　乙登多奈婆多廼　汗奈餓勢屢　多磨廼彌素磨屢廼　阿奈陀磨波夜　彌多爾　輔柁和柁羅須
阿泥素企多伽避顧禰　（紀2）

又歌之曰、

阿磨佐箇屢　避奈莵謎廼　以和多邏素西渡　以嗣箇播箇柁輔智　箇多輔智爾　阿彌播利和柁嗣　妹慮予
嗣爾　予嗣予利拠禰　以嗣箇播箇柁輔智　（紀3）

此両首歌辞、今号夷曲。

『紀』では紀2・3の二首の歌がセットで「夷曲」と名づけられ、天稚彦の喪に集った者が二丘二谷に照り輝く「味耜高彦根神」の姿をみて二首の歌をうたったと散文で説明する。また「或云」として、妹の下照媛が、丘谷に照り輝く者は味耜高彦根神であると衆人に知らせた歌という異伝を記す。

この散文には問題があり、紀3と散文の関係が一致していないとみられている。そのため特に紀3には早くから誤入説(5)が提示されてきた。しかし、『紀』の文脈には『紀』なりの理解があったとみるべきで、［歌と散文］のあいだがすぐには説明できないからと言って、矛盾とかずれと決めつけるのは慎重でなければならない。

それでは、『紀』としての理解はどのように考えられるのか。紀3には紀2と共通する「天」「渡らす」の語があり、「す」の敬語表現がみられる。それは、「味耜高彦根神」が丘谷に照り輝くという散文叙述と対応し、「味耜高彦根神」の姿を讃美する表現と考えてよい。少なくとも散文ではそのように理解したことを示している。ま

た「目ろ寄しに　寄し寄り来ね」の句は、下照媛が衆人に「味耜高彦根神」を知らしめるために「目を寄せてよく見よ」[6]、あるいは「寄り集まって来い」の意をそこに汲み取ることができ、『紀』編者はこの歌に、「味耜高彦根神」が丘谷を輝き渡っていく姿を集まってきてよく見よという叙事を読み取ったことになる。

紀2はアヂスキタカヒコネという神名を音仮名で記す叙事の歌である。紀3も、［歌と散文］の関係をずれとしてとらえられてきたが、やはりアヂスキタカヒコネノ神が丘谷を輝き渡っていく姿をよく見よと呼びかけた叙事の歌とみれば、二首には「味耜高彦根神」の姿を讃美するという共通の理解があったと言える。そこには、歌そのものが叙事を表し、あるいはそれを内在する歌のありようを確かめうるのである。

土橋寛氏によれば、紀3は「水辺の歌垣の誘い歌」と推定されるものであり、「既存の民謡または歌謡を物語の中に取り入れ」た例とした上で、『記』『紀』において所伝と歌詞の関係がわかりにくいのは伝承過程での恣意的な改作によるとされる[7]。しかし、歌垣の民謡が『紀』の「味耜高彦根神」神話に転用される理由は説明されていない。民衆の生活でうたわれる歌謡が国家神話に転用されたとする論理を立てるのは困難であると考えられる。

記6や紀2・3は敬語表現からみても、アヂスキタカヒコネノ神を讃美する妹神あるは人々の歌として宮廷圏で成立した宮廷歌曲である。それらはアヂスキタカヒコネノ神が丘谷を輝き渡っていくという歌の叙事によって理解されてきたのであろう。神話や歴史は歌によって伝えられるという考え方が『記』『紀』の歌の背景にはあったのである。以上、『記』『紀』の歌とともにある散文は、このような歌の叙事あるいは歌に内在する叙事の理解や解釈によって生成されていく状況をみてきた。

三　散文の訓字表記と歌詞

順序は逆になるが、いま述べたBを踏まえて『記』のAを取り上げる。Bの場合と同様に、訓字表記のAでは歌詞と散文叙述のあいだで用語がどのように共通するかという点を確かめておくためである。ここではAの中から五例を取り上げる。

次に示すのは神武記の例である。

　爾、伊須気余理比売者、立其媛女等之前。乃天皇、見其媛女等而、御心知伊須気余理比売立於最前、以歌答曰、

　　賀都賀都母　伊夜佐岐陀弖流　延袁斯麻加牟　（記16）

歌詞の「伊夜佐岐」が散文の「最前」と共通する。ここには「最前」の訓を歌詞と一致させるか否かで二つの立場がある。諸本を見ると、兼永筆本がミマヘとし、ほとんどがそれに従う中で、延佳本はイヤサキの訓を提示する。本居宣長『古事記伝』は、

　御歌に依《ル》に、伊夜佐岐《イヤサキ》と訓べし。師は麻佐伎《マサキ》と訓れつれども、いかゞ、近世《キ》には眞先《マツサキ》と云る言多けれども、古言にはいまだ見あたらず

と述べ、賀茂真淵のマサキを排して歌詞のイヤサキに拠るべきことを説く。近代の『記』テキストもイヤサキの訓をとるが、新編古典全集『古事記』[8]はモトモサキニと訓読する。しかし、前述のBにみてきたように、『記』『紀』両書には歌詞と散文を一致あるいは整合させる意図が明らかなので、無理に歌詞と別訓にする必要はなく、『記』は歌詞に基づいてイヤサキとする訓字表記を用いたとみるべきである。

　爾、大久米命、以天皇之命、詔其伊須気余理比売之時、見其大久米命黥利目而、思奇歌曰、

　　阿米都々　知杼理麻斯登々　那杼佐祁流斗米　（記17）

この例は前歌の記16に続く神武天皇の求婚譚であるが、仲立ちとなった大久米命の目を「黥利目」と記してい

る。これは、兼永筆本以下諸本が「黥」を音仮名とみてケリメの訓をとるが、やはり『古事記伝』が歌詞によってサケルトメと訓読して以来、これが定訓となっている。サクは入れ墨をする意で、『記』は散文において歌詞の「佐祁流斗米」を「黥利目」という訓字表記で記述したのである。

　　於吉野之白檮上、作横臼而、於其横臼醸大御酒、献其大御酒之時、撃口鼓、為伎而、歌曰、

　　　加志能布邇　余久須袁都久理　余久須邇　加美斯意富美岐　宇麻良爾　岐許志母知袁勢　麻呂賀知　（記48）

　　此歌者、国主等献大贄之時々、恒至于今詠之歌者也。

この応神記の歌は、御贄貢献の宮廷儀礼で奏上する吉野の国主の歌で、いまもうたっていることが、後文の説明からわかる。その大贄献上は国主らが白檮の林で横臼に醸造した酒を献ることであったことが歌の叙事によって知られるのであるが、その叙事に基づいて散文が叙述されるのである。それは「加志能布」と「白檮上」、「余久須袁都久理」と「作横臼」、「加美斯意富美岐」と「醸大御酒」の関係から明らかである。

和文としての「余久須袁都久理」は、散文で「作横臼」という倒置文として記述している。毛利正守氏はこの倒置文に「倭文体」としての習熟の過程を見ている(9)。和文を訓字表記で記述する時、倒置文を基本とすることは自然な書記方法であったであろう。それは「加美斯意富美岐」において、ヲ格の目的語ではない場合でも「醸大御酒」と倒置文にしていることからも理解できる。いずれにしてもこの二つの倒置文は、歌詞の和文を散文において訓字表記にしたとみて間違いない。

問題は「加志能布」と「白檮上」の関係である。「白檮上」は延佳本がカシノヘとし、『古事記伝』がカシフと訓んで歌詞と対応させている。ただ、『古事記伝』が「上」をフと訓む例はないとし、「上ノ字は歌に依ルに、生を誤れるなるべし」としたように、「上」をフとは訓みにくい。しかし、白檮の樹林地を指す「生《ふ》」をほとりの意の

「上《へ》」と解し、訓字表記として「白檮上」と書記したことは十分考えられる。従って、この場合も歌詞と一致させてカシノフと訓むことが可能であって、『記』は歌詞を散文の訓字表記に意識的に移していると言ってよいのである。

これと同じ歌は『紀』にも見えるが、散文に大きな違いが認められる。応神紀十九年の記述を次に示してみよう。

十九年冬十月戊戌朔、幸吉野宮。時国樔人来朝之。因以醴酒、献于天皇、而歌之曰、

伽辞能輔珥　予区周塢菟区利　予区周珥　伽綿芦淤朋瀰枳　宇摩羅珥　枳虚之茂知塢勢　摩呂餓智　（紀39）

歌之既訖、則打口以仰咲。今国樔献土毛之日、歌訖即撃口仰咲者、蓋上古之遺則也。

紀39は記48とほぼ同一歌で、異同は「醸みし」が「醸める」になっているだけである。散文も両書でほぼ同内容である。『紀』としては珍しく簡略な前文で、「醴酒」を天皇に献上したと書いているにすぎない。もちろん『記』のような音仮名による歌詞との対応語はない。

「醴酒」は歌詞の「淤朋瀰枳」を漢語に当てて記述したもので、歌の主題に関わる語である。「醴酒」は『藝文類聚』巻九十八・祥瑞部上に、「白虎通」所引「醴泉者。美泉也。状如醴酒。可以養老」とある。「醴泉」は瑞祥であり、それは「醴酒」のようなもので、「養老」の効能があるとする。確かに「養老」は元号にも採用されている。『紀』には、吉野の国樔人が来朝し、醴酒を献上したことを応神朝の瑞祥記事として叙述する意図があったのでないかと考えられる。『記』にはこのような漢語による散文の構成はみられないし、そこに自ずから両書の意図の違いが表れるのである。

自其島伝而、幸行吉備国。爾、黒日売、令大坐其国之山方地而、献大御飯。於是、為煮大御羹、採其地之菘

菜時、天皇、到坐其嬢子之採菘処、歌曰、

夜麻賀多邇　麻祁流阿袁那母　岐備比登々　等母邇斯都米婆　多奴斯久母阿流迦　（記54）

これは仁徳記の例で、「夜麻賀多」を「山方」、「都米」を「採」とする訓字表記、「岐備」を「吉備」とする通行の地名表記がみられる。問題は「採其地之菘菜」「採菘」の箇所を歌詞に即してアヲナヲツムと訓めるかどうかである。兼永筆本以下諸本は「菘菜」「菘」をアヲナと訓読するが、新編古典全集『古事記』は『本草和名』の「菘　和名多加奈」によってここにタカナの訓を当てる。しかし、ここも散文にあえて歌詞の別訓を用意する必要はなく、歌詞の「阿袁那」「都米」をそのまま訓字表記にした部分とみておいてよい。

　このような歌詞と散文のあいだの共通表現に対して山口佳紀氏は、ここに取り上げた「最前」をモトモサキニ、「白檮上」をカシノウヘニ、「菘菜」「菘」をタカナとする訓など多くの例を挙げ、「散文部は散文部なりの、歌謡部は歌謡部なりの論理によって表現が行われており、散文部の訓読に安易に歌詞を参照すると、却って訓読を誤ることがある[9]」と指摘している。ただ、散文に歌詞が対応している例、すなわち散文に合わせて歌が創作されるという状況は見出せないので、あくまでも散文が歌詞に対応する関係である。山口氏が記48の「フ（生）」と「上」の関係で述べるように、「歌謡部の特殊な語詞に対して、散文部では一般的な語詞を以て対応させたものという見方も可能であろう[10]」と考えれば、散文の書き手は歌詞の説明を一般的な用語で記述したということになる。

　これまでみてきた例からすると、『記』において歌詞を散文に訓字表記する時の方法はそれほど自由ではなかったとも言える。漢語・漢文に翻訳すれば、紀39の場合のように、「淤朋瀰枳」が「醴酒」になり、そこには大きな違和感を生む結果になる場合もある。『記』が目指したのは『紀』のような散文ではなく、歌詞の意味に近い散文であることは容易に見て取れる。和文表記の初期段階を考慮すれば、自由に散文で叙述できる状況ではなかった。Bのような散文にみられる歌詞の一字一音表記は、和文を目指す『記』からすれば必然的なものであった。少なくとも『記』には、歌詞の和文を散文の訓字表記に実現する意図が強く働いたのである。

そのような例を雄略記から示してみよう。

天皇、幸行吉野宮之時、吉野川之浜、有童女。其形姿美麗。故、婚是童女而、還坐於宮。後更亦幸行吉野之時、留其童女之所遇於其処、立大御呉床而、坐其御呉床、弾御琴、令為儛其嬢子。爾、因其嬢子之好儛、作御歌。其歌曰、

阿具良韋能　加微能美弖母知　比久許登爾　麻比須流袁美那　登許余爾母加母　（記95）

歌詞の「阿具良韋」が「立大御呉床」「坐其御呉床」と訓字表記されたことは疑いをいれない。「比久許登」も散文で「弾御琴」と表記されている。「麻比須流袁美那」が「其嬢子之好儛」に当たることは言うまでもないが、ここに「嬢子」の訓字が用いられるのは注目される。「童女」から「嬢子」へと変わるからである。『記』はこの変化に時間的な経過を示そうとしたとも考えられるし、神として弾く天皇の前では「童女」よりは「嬢子」がふさわしいと意図したのかもしれない。いずれにしても歌によって散文が構成されたことを示す例である。このような例からも、『記』において［歌と散文］のあいだの表現空間が両者の相互作用によって創り出されることを確かめることができる。

四　歌の場面の漢語表記

最後に、『紀』の散文叙述に歌の主題の言い換えとしての漢語が記されることを取り上げる。すでに紀39の散文で『藝文類聚』の「醴酒」を例として触れたが、それは『紀』の、歌を起点とした散文叙述の意図に関わる問題である。

『紀』の述作者が中国史書などから直接引用したのはなく、初唐成立の類書『藝文類聚』所引の記述に依拠して述作したことは小島憲之氏の証明したところで、小島氏は「述作者はこの類書を座右に置き、その文辭を抽出し、潤色をほどこした」(11)と述べている。歌によって散文叙述を構成する際にも『藝文類聚』に依拠したことは十分考えられる。そこで、『紀』の［歌と散文］の共通表現から歌の主題を表す漢語を提示し、それが『藝文類聚』にどのように出てくるかを検討しておきたい。

まず取り上げるのは、前に触れた味耜高彦根神の姿を讃美する歌の散文に出てくる「光儀華艶」の漢語である。「光儀」は『紀』に孤例で、「光儀華艶」にテリウルハシク・テリカカヤクなどの古訓がある。この「光儀」は『文選』「鸚鵡賦」などにみえる語で、『万葉集』の十余首に用例がみられることも知られている。『藝文類聚』にも、

晉左思白髮賦曰。星星白髮。生於鬢垂。雖非青蠅。穢我光儀。（第十七巻・人部・髮）

梁江淹翡翠賦曰。彼一鳥之奇麗。生金洲與炎山。映銅陵之素氣。灌碧磴之紅泉。斂慧性及馴心。騫禎翼與青羽。終絶命於虞人。充南羆於内府。備寶帳之光儀。（第九十一巻・鳥部下・翡翠）

などと引かれ、容姿の形容としてよく用いられる漢語である。『紀』の古訓にもあるように、「光儀」は照りの意で光り輝く姿を表し、「華艶」もその姿を讃美する語として選ばれたことは疑いない。その場合、歌詞の「玉」「み谷　二渡らす」が光り輝く、あるいは輝き渡るという理解を引き出したとみられる。『紀』には「光儀」の漢語によって味耜高彦根神の光り輝く姿を讃美する意図があったのである。

次に仁徳記と応神紀の「枯野の船」を取り上げ、両書の散文を比較してみる。まず『記』では、

茲船、破壊以焼塩、取其焼遺木作琴、其音、響七里。爾、歌曰、

加良怒袁　志本爾夜岐　斯賀阿麻理　許登爾都久理　加岐比久夜　由良能斗能　斗那加能伊久理爾　布礼多都　那豆能紀能　佐夜佐夜（記74）

此者、志都歌之歌返也。

とあり、歌をみると、五句ずつの二段構成で、前半が琴作り、後半が琴の音響をうたっている。その歌詞と散文の関係では「志本爾夜岐」と「焼塩」、「斯賀阿麻理」と「其焼遺木」、「許登爾都久理」と「作琴」が対応し、歌詞を訓字表記にした例とみることができる。歌の前半と散文はくり返しと言えるほどで、この一致は散文から歌が創作されたのではなく、歌詞から散文が叙述された結果であることを示している。

『紀』の散文は、

初枯野船、為塩薪焼之日、有余燼。則奇其不焼而献之。天皇異以令作琴。其音鏗鏘而遠聆。是時、天皇歌之曰、

訶羅怒烏　之褒珥椰枳　之餓阿摩離　虚等珥茹句離　訶枳譬句椰　由羅能斗能　斗那訶能異句離珥　敷例多菟　那豆能紀能　佐椰佐椰　（紀41）

となっており、『記』と同一歌である。仁徳記ではうたい手を明確にしなかったのが、ここでは応神天皇の歌と明記される。『記』の場合、うたい手は明記しないが、仁徳天皇と読み取れる。霊琴の出現によって天皇の御世を言祝ぐ意識は両書に共通すると言ってよい。歌の後半部「門中の海石に　振れ立つ　なづの木の　さやさや」は、『記』の散文ではその霊妙なる琴の音が七里に響くと具体的なイメージで示されるのに対して、『紀』ではその音が「鏗鏘」にして遠くまで聞こえるとやや観念的な叙述になっている。つまり、この歌の主題を「鏗鏘」という漢語で理解しているのである。

「鏗鏘」は『日本書紀私記』丙本などの古訓に「サヤカニ」とあり、歌詞の「さやさや」を琴の音を表す漢語で示したものである。焼け残りの木で琴を作るところには、『書紀集解』以来、『後漢書』蔡邕伝の焦尾琴説話との類似が指摘されてきた。しかし、『藝文類聚』に、

捜神記曰。呉人有焼桐以爨者。蔡邕聞其爆聲曰。此良桐也。因請之。削以為琴。而焼不盡。因名焦尾琴。有殊聲焉。 （第四十四巻・楽部・琴）

とあり、『捜神記』所載の焦尾琴説話が引用されていることは注目すべきである。また、同・箏の条には「鏗鏘」の語が出てくる。

晉賈彬箏賦曰。温顔既授。和志向悦。賓主交歡。聲鐸品列。鍾子授箏。伯牙同節。唱葛天之高韻。讃幽蘭與白雪。其始奏也。蹇澄疏雅。若將暢而未越。其漸成也。抑按鏗鏘。猶沉鬱之舒徹。何以盡美。請徵其喩。剖状同形。兩象著也。設弦十二。太蔟數也。

琴と箏は類似の楽器であるから、「鏗鏘」を琴の音の形容に用いることはあり得たであろう。『紀』はこの『藝文類聚』の記述を参照したことが推測できる。このような例から、『紀』では中国説話や漢語の知識をもとにして歌の叙事が理解され、『紀』の合理的な散文叙述が構成されたと考えられる。『紀』の散文は、言わば漢語的知の枠組みからとらえ直す視点が必要となってくる。

次の例にもいま述べたような視点が求められる。それは『紀』にみられる歌の引用形式の多様性である。『記』ではそれがほとんど「歌曰」となるのに対して、『紀』では「歌曰」「歌之曰」以外にも、「為御謡之曰」「口号曰」「横琴弾曰」「口唱曰」「有童謡曰」などと一様ではない。歌の場面をより具体化して示そうとする意識があったことが知られる。『紀』では散文から歌へとつなぐ表現にも漢語が用いられ、そこに『紀』の特色がみられるのである。ここでは「口号曰」の例を取り上げてみる。

「口号」は『紀』に三例出てくる。

①（雄略四年）秋八月辛卯朔戊申、行幸吉野宮。庚戌、幸于河上小野。命虞人駈獣。欲躬射而待。虻疾飛来、噆天皇臂。於是、蜻蛉忽然飛来、囓虻将去。天皇嘉厥有心、詔群臣曰、為朕讃蜻蛉歌賦之。群臣莫能敢賦

者。天皇乃口号曰、（紀75の歌）

②（斉明四年）冬十月庚戌朔甲子、幸紀温湯。天皇憶皇孫建王、愴爾悲泣。乃口号曰、（紀119〜121の歌）

③（斉明七年）冬十月癸亥朔己巳、天皇之喪、帰就于海。於是、皇太子泊於一所、哀慕天皇。乃口号曰、（紀123の歌）

①は雄略天皇が吉野の河上小野で猟をする場面の散文である。天皇の臂に噛みついた虻を蜻蛉が食い去った出来事に対して、天皇が群臣に歌で誉めよと命じたが、歌を詠む者がなく、天皇自らが歌を詠んだとする。その歌が「口号曰」と叙述されるのである。猟の場での即興的な歌とみなされたのであろう。

②は斉明天皇が孫建王を亡くした後、紀温湯に行幸した時の歌で、紀119に「山越えて　海渡る」、紀120に「水門の　潮くだり　海くだり」とあるので、海を渡っていく船中での詠と解されたことが知られる。また、③も筑紫から大和に斉明天皇の遺骸を移す時の船旅で詠まれたと叙述する。その旅中詠とみなされた歌と言ってよい。

「口号」は古訓に「くちつうた」とあり、口ずさむ歌の意であるが、『紀』の「口号」の例は遊猟か行幸の船旅に限られる。いずれの歌の場面も、文字に書かずに心に浮かぶまま吟詠するという漢語としての「口号」の意に適うものである。

「口号」は『藝文類聚』第二十八巻・人部・遊覧に「口號詩」と出てくる。

梁簡文帝仰和衛尉新渝侯巡城口號詩曰。帝景風雨中。層闕煙霞浮。玉署清餘熱。金城含暮秋。水光凌却敵。槐影帶重樓。

又和衛尉新渝侯巡城口號詩曰。維城寄右戚。巡警屬勤王。南瞻通灞岸。北眺指横芒。入漢飛延閣。臨雲出建章。歩逐天津遠。城隨秋夜長。露槐落金氣。風竂上壍涼。

そもそも「口號詩」の詩題は梁の簡文帝に始まるとされ、その詩が「遊覧」に分類されていることは注目される。『紀』の三例の「口号」は遊猟と船旅の時の詠歌に用いられていたが、それらは「遊覧」に分類される「口號詩」に重なるものとされた可能性がある。『紀』は歌の場やうたわれる状況を、漢語を用いてより多様に叙述し、歌の場面の具体化を意図しているのである。

結び

『記』と『紀』の［歌と散文］の関係を通して、『記』『紀』両書の文体の問題を考えてきた。その上であらためて『記』『紀』の歌とはなにか、という問いかけが必要となろう。いま、その問いに答えるとすれば、天皇に関わる出来事や由来・由縁、つまり歴史的な叙事を担っている歌ということになる。そのような歌の叙事を媒介することではじめて物語人物の心情を表現し得たという点に、『記』『紀』の歌の位相をみるべきであろう。それが『記』『紀』両書の文脈における歌のありようである。

このようにとらえてくると、それ以前に古代歌謡という姿があったはずだという議論が起こってくるにちがいない。しかし、その議論は短絡的との批判をまぬがれない。『記』『紀』の歌は歴史叙述として書かれているのであるから、歴史的な出来事や由縁を負う歌とみなければならない。つまり、民謡などの独立歌謡そのものではありえない。従って、散文に既存の歌をはめこんだという考え方は克服していかなければならない。

本論では、『記』『紀』の文脈において［歌と散文］の関係をとらえてきた。その結果、歌の叙事の解釈ないしは説明として散文が生成してくることが確かめられた。［歌と散文］のあいだに『記』『紀』それぞれが表現空間を創り出していることにも言及してきた。その表現空間をどう読み解いていくか。それが今後の課題である。

注

（1）『古代歌謡論』（三一書房、一九六〇年）、『古代歌謡と儀礼の研究』（岩波書店、一九六五年）、『古代歌謡の世界』（塙書房、一九六八年）など。
（2）『古代の歌と叙事文芸史』（笠間書院、二〇〇三年）
（3）毛利正守「和文体以前の「倭文体」をめぐって」（『萬葉』二〇〇三年九月）
（4）土橋寛『古代歌謡全注釈・日本書紀編』（角川書店、一九七六年）
（5）本居宣長『古事記伝』（『本居宣長全集』10、筑摩書房、一九六八年）
（6）注（4）同書
（7）注（4）同書
（8）山口佳紀・神野志隆光校注・訳『古事記』（新編古典全集・小学館、一九九七年）
（9）「『古事記』の文体——散文部と歌謡部」（神野志隆光編『古事記の現在』笠間書院、一九九九年一〇月）
（10）注（9）同論文
（11）『上代日本文學と中國文學・上』（塙書房、一九六二年）

2 『古事記』の歌と宮廷史
――歴史叙述としての歌――

はじめに

『古事記』はなぜ百首を超える多くの歌を記したのか。それらの歌はどのような役割や意味をもつのか。序文に書くように、太安万侶が撰録したのならば、歌にどのように関わったのか、あるいは関わらなかったのか。『古事記』を読む人は、おそらくこのような疑問を抱くであろう。『記』が成立して一三〇〇年経ったいまも、歌の謎はベールの奥に隠されたままである。これから『記』の歌の謎に迫ってみたいと思う。

一 歌の情報をどうみるか

『記』所載の歌は、上巻八首・中巻四三首・下巻六〇首、合計一一一首である。歌が中・下巻に多く集中するのは、神武天皇以降の人間の時代にこそ歌はふさわしいと考えたからであろう。上巻（神話）の歌が一首を除いてすべて恋愛の場面にあるのも、基本的に歌は人間の感情をうたうという考え方に立つからである。

これは『日本書紀』も同じ態度である。神代が六首、『記』の中巻に当たる神武天皇から応神天皇までが三五首、同じく下巻の歌に重なる仁徳天皇から武烈天皇までが五四首、『記』の歌と対応しない継体天皇以降では三三首で、合計一二八首となる。両書の歌が対応する部分で比較すると、一一一首対九五首で『記』の方が一六首多い。

その関係は歌の情報量の違いにも表れる。例えば、「此歌者、夷振也」（記6）のように、歌曲の呼称を注記する場合がある。『記』にはそれが一七ヶ所にみられる。数え方にもよるが、同名が一種類あるので、全部で一六種類になる。ただし、上巻に「此謂之神語也」とあるのは、歌によって伝えられる八千矛神の恋の神話を指すので、歌曲の名称には入れない。『記』の一七ヶ所にのぼる歌曲名注記は、『紀』にわずか四種しかないことを考えると、そこに何らかの意図があったことを示唆する。

歌曲名は宮廷の歌曲、つまり宮廷儀礼などで楽器の伴奏でうたわれたことを示す。宮廷の歌舞楽曲を管理する機関に保存されていたことは容易に推測できる。しかし、それがどのように歌唱されたかという点は不明である。後の資料であるが、天元四（九八一）年に大歌師多安樹の写本から書き写したとされる楽書『琴歌譜』には、『記』と同じ歌や歌曲名が歌唱譜とともに四種類記録され、そこに「引」などの記号があることから、琴の伴奏で長く声を引いてうたう唱謡法だったことがわかる。なお、『琴歌譜』原本の成立は弘仁年間（八一〇〜八二四年）と言われている。(1) それが正しいとすれば、『記』成立後、まだ約一〇〇年であり、『記』の歌の唱謡法や伝来を知る有力な手がかりになる。とりわけ大歌師の多氏が宮廷の大歌や琴歌を管掌していたことは、太安万侶との関連において注目される。(2)

二　『古事記』の歌は宮廷歌曲か

『記』には一ヶ所だけ唱謡法の注記がある。神武記の「宇陀の高城に」の歌（記9）の最後に、

亜々音引。しやごしや　此は、いのごふぞ
阿々音引。しやごしや　此は、嘲咲《あざわら》ふぞ

とある。「音引」はエー、アーと声を延引せよという歌唱の指示である。「此は」以下もそれぞれ所作の注記である。いずれも歌詞の意味内容とは直接関わらない。当時の久米歌の「音引」という唱謡法が『記』の本文にひょっこり顔を出している。うっかり紛れ込んだとみた方がよいのかもしれない。いずれにせよ、唱謡の現場に密着した注記である。その注記を付けうる人物としては、太安万侶を考えるのが妥当であろう。

『紀』では同じ歌の後に、

是謂来目歌。今、楽府奏此歌者、猶有手量大小、及音声巨細。此古之遺式也。（神武即位前紀）

と記す。来目歌は楽府で教習されたのである。楽府は雅楽寮の異称で、[3]中国風に表記したものらしい。「音声」と「手量」は歌と舞に対する注記のようであるが、歌唱に密着した記述というよりも、歌に関する説明資料を示す態度である。このような態度は、「飫哀磨陛儞麻嗚須　一本、以飫哀磨陛儞麼嗚須、易飫哀枳彌儞麻嗚須」（紀75）のような異伝注記にも通じる。『紀』は歌の記載において文字資料による異伝併記主義をとるのである。神代の一書にもつながる『紀』の一貫した態度である。

『記』の場合、歌曲名や音声注記にみたように、『紀』に比べてはるかに歌に関する情報量が多い。その違いは『記』筆録者の太安万侶に関わるであろう。安万侶が宮廷歌曲の情報あるいは現場を知りうる立場にいたことは

想定してよい。その結果として、宮廷歌曲を重視する態度が『記』の歌に反映されたことになる。『記』序文に「聞歌伏仇」「聞夢歌而纂業」とあるのも、歌の力を重視する態度とみることができる。

三　なぜ反乱に関わる歌が多いのか

『記』の歌は宮廷歌曲を含むが、すべてそうだとは言えない。歌曲名をもつ歌はせいぜい三二首にとどまるからである。しかし、例えば応神記の吉野の国主らがうたう御贄貢献の歌（記48）のように、宮廷儀礼でうたわれる歌は他にも認められる。それらの歌は『記』というテキストに閉じられているのではなく、同時代に歴史を背負って伝えられる宮廷歌謡として存在したのである。その意味で、折口信夫氏が歌曲名をもつ歌について「それらがすべて、宮廷に伝誦せられた宮廷詩――大歌――であると言って間違ひのない事である」とし、允恭記の歌を例として「其歌及び歌の底にひそんだ事実の力が考へられる」[4]と述べたのは正鵠を射ている。『記』『紀』の歌は宮廷史を伝える歌であるがゆえに、「大歌」（宮廷歌謡）として宮廷の歌舞機関に保存されていたとみられるのである。

宮廷史の中心は皇位継承にある。『記』が重視したのはその「日継」である。序文に、稗田阿礼が「帝皇日継」と「先代旧辞」を誦習したとあるのがそれを示す。皇位継承の際にしばしば反乱が起こるが、そこに敗者がうたい、敗者をうたう歌が記される。例えば、宇遅能和紀郎子との争いに敗れ死ぬ大山守命に対しては、哀惜の情さえうたわれる。また軽太子と軽大郎女が兄妹相姦の末に共に死ぬ場面にも悲恋の歌がある。それは日本文学における最初の心中物語で、兄妹が愛を貫いて死にゆく美しい悲劇は歌によって展開される。その歌は一二首に及び、そのうち九首が歌曲名をもつ。それらは「日継」という宮廷史を背負う宮廷歌曲であった。

このような反乱に関わる歌は『記』に三〇首以上記される。しかし、謀反や反乱は一度も成功したことはない。そのことが重要なのである。つまり、正統なる皇位継承者が間違いなく天皇に即位することを叙述するのである。逆説的な言い方になるが、反乱者への思い入れや哀惜は、「日継」の権威と正統性を語ることにほかならない。歌はそのような日継物語の方法に深く関わっている。

なぜ、歌は宮廷史を伝えるのかということに触れておかなければならない。『記』『紀』において、歌は一字一音の音仮名で表記され、散文とは明確に区別される。歌は歴史的人物の声そのものとして位置づけられる。その歌によって歴史は疑いようのない事実として現前する。歌は当事者の声によって伝える宮廷史だったのである。

四 『古事記』は歌で何を表したか

『記』の主題は「日継」の権威を叙述することにあるが、それと関連する歌の言葉に「高光る　日の御子」がある。その歌は『紀』と比較すると、きわめて興味深い事実が判明する。用例歌を次に挙げてみよう。(人名は「日の御子」「大君」とうたわれた人物、数字は歌の番号)

高光る　日の御子
　倭建命(記28)　仁徳天皇(記72)　雄略天皇(記99)　雄略天皇(記100)

やすみしし　我が大君
　倭建命(記28)　仁徳天皇(紀63)　雄略天皇(記96)　雄略天皇(記97・紀76の対応歌)
　雄略天皇(記103)　勾大兄皇子(紀97)　推古天皇(紀102)

このように『紀』には「高光る　日の御子」の称句がなく、その代わりに「やすみしし　我が大君」が用いられるという際立った違いがみられる。天皇を讃美する二つの称句が最初に倭建命に用いられるのは、西征東征によって国家統治を確定したという歴史認識によるのであろう。「やすみしし」の八隅を治めるという意はそれと対応する。もう一つの「日の御子」は日神である天照大御神の子孫の意で、天皇の権威を示す語である。倭建命には天皇に準ずる始祖的な位置が認められていたと考えられる。

仁徳天皇の場合は下巻最初の天皇であるから、特に「高光る　日の御子」の称句が用いられているとみてよい。それは仁徳天皇が日女島に行幸した時の雁の産卵をめぐる歌である。雁の卵の瑞祥が仁徳治世を称え、「日の御子」として天皇の権威がうたわれるのである。このような天皇＝日の御子観は仁徳天皇に対して確立する。

雄略天皇を画期的な天皇とする歴史認識は、天語歌という歌曲名をもつ長大な歌に表れている。それは「纏向の　日代の宮」（景行天皇の宮）という荘重な詞句で始まり、槻の巨樹が天・東・夷を覆うとうたい、「水こをろこをろに　是しも　あやに畏し　高光る　日の御子」と神話的詞章を用いて天皇を称える、もっとも整った宮廷寿歌と言われている。雄略天皇治世が景行天皇の世を継承するものであることをうたっている。「高光る　日の御子」の歌は、そのような宮廷史を背負って『記』に位置づけられているのである。

「高光る　日の御子」が『記』のほかに『万葉集』の宮廷讃歌に用いられることはよく知られている。『万葉集』では「高光る（照らす）　日の皇子」が持統三（六八九）～四（六九〇）年の作とみられる日並皇子挽歌において、柿本人麻呂（2・一六七）や舎人たち（2・一七一、一七三）によってはじめて用いられる。それは天武・持統朝に天皇＝「日の御子」思想があったことを明示するものであり、この思想は『記』の主題とも重なると言ってよい。『記』は「高光る　日の御子」の歌によって、天皇の権威の根拠が「日の御子」にあることを明示する。「日の御子」と称えられた倭建命・仁徳天皇・雄略天皇には、画期的な治世を実現した始祖的な皇子・天皇という歴史認識があったことを歌によって表しているのである。

結び

歌は宮廷史であったということをあらためて確認しておく。『記』に歌が記される理由はすべてそこにつながっていくからである。『記』は［歌と散文］を主要な文体の一つとしている。それは、登場人物の声としての歌を軸として宮廷史を叙述するためである。しかし、散文が短く、必ずしも説明的でないために、［歌と散文］の関係が明確にわからない場合がある。読み手には［歌と散文］のあいだの表現空間を読み解く思考がつねに求められる。一三〇〇年という時空を超えて、古代の表現としての『記』の歌に迫るにはどうしても必要な視点である。その読み解きは『記』の歌の謎を実感する瞬間でもある。

注

（1）『古楽古歌謡集』（思文閣、一九七八年。土橋寛氏の『琴歌譜』解説）

（2）武田祐吉「『古事記』における歌謡の伝来」が早くに、『記』の歌との関係において太安万侶が宮廷歌曲を司る家柄であったことを指摘している（『武田祐吉著作集3古事記篇Ⅱ』（角川書店、一九七三年。初出、一九五六年七月）。

（3）林屋辰三郎『中世藝能史の研究』（岩波書店、一九六〇年）

（4）「日本文学の戸籍」（『折口信夫全集』16、中央公論社、一九九六年。初出、一九四八年一二月）

3　蜻蛉野遊猟歌と雄略神話
――紀75に「口号」と記す意味――

はじめに

課題は「神話と歌」である。本稿は、『古事記』『日本書紀』の〔歌と散文〕の関係から神話叙述の仕組みを探ってみるという、従来の研究とはやや異なった視点に立つことになる。なぜなら、大きな枠組みとして言えば、『記』『紀』研究では散文に既存の、あるいは創作・改作の歌を結合させたとする立場が通説として支持されてきたからである(1)。しかし、『記』『紀』の文脈をとらえようとする時、このようなステレオタイプの論が破綻していることはすでに明らかであり、歌から散文が叙述されるというような局面をこそみなければならない(2)。すなわち、『記』『紀』の歌が基点となって散文叙述が成立するという視点である。

このような視点から雄略天皇の叙述をみていくと、葛城の一言主の大神(『紀』、一事主神)と交歓する天皇として位置づけられることが注目される。神と同列に扱われる天皇というのは『記』『紀』において異例である。雄略記の歌には「神の御手もち」(記95)や「高光る　日の御子」(記99・100)の表現などにみられるように、〈雄略天皇＝神〉という雄略神話の叙述が明確な意図としてあった。

一方、雄略紀の［歌と散文］に〈雄略天皇＝神〉の意識が明示されているとは言えない。しかし、蜻蛉野遊猟歌には「蜻蛉島日本」（紀75）の詞句があり、そこに「大日本豊秋津洲」の国生み神話や神武天皇による国号起源記事が呼び起こされる。雄略天皇は「蜻蛉島日本」の命名神話を自らの遊猟において確認するのであり、国生みや国号起源につながる歌のうたい手として雄略神話が位置づけられているとみることができる。その紀75をうたう場面に、散文において「口号」の語が記されることに注目したい。「口号」の初出例である。雄略天皇の歌に初めて「口号」を用いる『紀』テキストの意図は何か。以下、雄略神話との関連から論じていくことにする。

一　〈雄略天皇＝神〉意識による雄略神話の表象

雄略記において、天皇を神とする意識は次の歌に明示される。

呉床居《あぐらゐ》の　神《かみ》の御手《みて》もち　弾《ひ》く琴《こと》に　儛《まひ》する嬢子《をみな》　常世《とこよ》にもがも　（記94）

この歌の散文には「坐其御呉床、弾御琴、令為儛其嬢子。爾、因其嬢子之好儛、作御歌」とあり、歌詞とほぼ内容が一致し、用語が重複する書き方である。すでに述べたことであるが、[3]［歌と散文］の一致は散文から歌が創作されたのではなく、歌詞に合わせて散文が叙述されたことを示している。従って散文叙述の前提として、「呉床居の神」の歌には、雄略天皇が吉野行幸の時に嬢子と出会い、その美しい舞を見てうたったという叙事があったことになる。「呉床居の神」の［歌と散文］は神としての雄略天皇の姿を自らうたったと理解する文脈である。この神について、本居宣長『古事記伝』が、「嬢子」を仙女に結びつける契沖の説を否定し、「呉床居の神」を「天皇は御自《ラ》のうへをも尊みて」うたったと解したように、『記』の文脈に神仙思想の表出を見出すことはできない。

「琴頭《ことがみ》に来居《きゐ》る影媛《かげひめ》」（紀92）とあるように、琴は神霊の依代であり、天皇に専有される楽器とも考えられたのである[4]。記94は琴の弾き手である天皇自身を崇高な神とみなし、その「呉床居の神」の弾琴によって舞する嬢子の永遠性を願う歌とみるべきであろう。雄略天皇が自らを神として「尊みて」うたった歌に、雄略記における最初の〈雄略天皇＝神〉意識が示される。

次の天語歌の例も〈雄略天皇＝神〉意識と結びついている。

……蚕衣《ありぎぬ》の　三重《みへ》の子が　捧《ささ》がせる　瑞玉盞《みづたまうき》に　浮《う》きし脂《あぶら》　落《お》ちなづさひ　水《みな》こをろこをろに　是《こ》しも　あやに畏《かしこ》し　高光《たかひか》る　日《ひ》の御子《みこ》　事《こと》の　語《かた》り言《ごと》も　こをば　（記99）

……葉広《はびろ》　斎《ゆ》つ真椿《まつばき》　其《そ》が葉《は》の　広《ひろ》り坐《いま》し　其《そ》の花《はな》の　照《て》り坐《いま》す　高光《たかひか》る　日《ひ》の御子《みこ》に　豊御酒《とよみき》　献《たてまつ》らせ　事《こと》の　語《かた》り言《ごと》も　こをば　（記100）

記99の「水こをろこをろに」は、伊耶那岐・伊耶那美が天の沼矛を指し下ろして淤能碁呂島を固成する時の「塩こをろこをろに画き鳴して」に通じる。三重の子の捧げる盞に浮かんだ槻の葉を「浮きし脂」に見立て、そこに島生みの始源が現出するという表現である。それは雄略天皇の霊威によって出現するものであり、瑞祥として「あやに畏し」と称えられる。記100にも同様に神話的な発想がうたわれ、「広り坐し」「照り坐す」は神聖な椿の生命力をもつ天皇の霊威を讃美し、その超越性を示す称句である[5]。天皇の霊威に対する「高光る　日の御子」の呼称は、天皇が太陽神としての天照大御神の子孫であり、直接には葦原中国に降臨した邇々藝命の末裔を意味する、天孫降臨神話に由来する称句であることは言うまでもない。『記』において〈雄略天皇＝神〉意識による雄略神話は、まずはこのように歌において表象されるのである。

ところが、右の二首を含む天語歌三首は『紀』にない。『紀』において〈雄略天皇＝神〉を明示するのは葛城の一事主神の条である。もっとも、この散文で書かれた話は『記』『紀』に共通してみられ、『記』に「我大神」、『紀』

に「現人之神」と記している。ただ、『紀』では「有若逢仙」とあるように、『記』とは違って明らかに神仙思想による叙述が見られ、「有徳天皇」という称辞には雄略天皇の神話性が表れているとする菅野雅雄氏の指摘がある。(6)『紀』に叙述する雄略天皇の超越性や神話性は、即位前紀冒頭の「天皇産而、神光満殿。長而伉健過人」にすでに提示されているのであって、例えばそれは、『記』では怒り猪を見て木に逃げ登る天皇を描くのに対し、『紀』は「嗔猪」を踏み殺す勇猛な天皇として記述するところに一貫してみられる。「神光満殿」の典拠が『後漢書』安帝紀の「有神光照室」にあることはつとに知られているが、(7)それは雄略紀において、漢籍を利用しつつ〈雄略天皇＝神〉意識によって神話叙述がなされたことを明瞭に示すものである。

二　蜻蛉野遊猟歌と「蜻蛉島日本」

雄略紀の蜻蛉野遊猟歌（紀75）とその散文は、四年二月の一事主神の条に続いて同年八月に記載され、その後の五年二月に「嗔猪」の話がある。この連続する三話は雄略天皇の超越性を意図する一連の神話叙述とみられる。それではどこが神話叙述と言えるのか。次に蜻蛉野遊猟歌とその散文を掲げてみる。

秋八月辛卯朔戊申、行幸吉野宮。庚戌、幸于河上小野。命虞人駈獣。欲躬射而待。虻疾飛来、噆天皇臂。於是、蜻蛉忽然飛来、嚙虻将去。天皇嘉厥有心、詔群臣曰、為朕讃蜻蛉歌賦之。群臣莫能敢賦者。天皇乃口号曰、

倭《やまと》の　鳴武羅《をむら》の岳《たけ》に　獣伏《ししふ》すと　誰《たれ》かこの事《こと》　大前《おほまへ》に奏《まを》す　一本《あるふみ》、大前《おほまへ》に奏《まを》すといふを以て、大君《おほきみ》に奏《まを》すといふに易《か》へたり。

大君《おほきみ》は　そこを聞《き》かして　玉纏《たままき》の　胡床《あごら》に立《た》たし　一本、立《た》たしといふを以て、坐《い》ましといふに易へたり。倭文纏《しつまき》

の　胡床《あごら》に立《た》たし　獣待《ししま》つと　我《わ》が坐《いま》せば　さ猪待《ゐま》つと　我《わ》が立《た》たせば　手腓《たくふら》に　虻《あむ》掻《か》き着《つ》きつ　その虻《あむ》
を　蜻蛉《あきづ》はや囓《く》ひ　昆《は》ふ虫《むし》も　大君《おほきみ》にまつらふ
汝《な》が形《かた》は　置《お》かむ　蜻蛉島日本《あきづしまやまと》　一本、昆《は》ふ虫《むし》もといふより以下を以て、斯《か》くの如《ごと》　名《な》に負《お》はむと　そらみつ　倭《やまと》の
国《くに》を　蜻蛉島《あきづしま》といふ、といふに易へたり。（紀75）

因讃蜻蛉、名此地為蜻蛉野。

初句の「倭」は吉野を含む五畿内の大和国の範囲を指すと考えてよかろう。日本国の総称である結句の「蜻蛉島日本」とは範囲が異なる。蜻蛉の故事によって一地方名の「倭」から国名の「日本」へと意味が転換するのである。『紀』では国名に「日本」を用いるので、結句のヤマトは「日本」と表記する方がよい。

この歌は大きく三段に分かれる。最初の五句が猟の場所、次の十六句が大君の猟の様子と蜻蛉の故事、最後の三句が蜻蛉島日本の由来という内容である。しかし、第三段を蜻蛉の故事と一体とみて七句でもよい。すなわち、第二段は猟の猪待ちから虻の掻き着きへ、蜻蛉のはや囓ひから蜻蛉島日本へと場面の連続的な推移がある。流動的でさえある。土橋寛氏が対応歌の記96で「時間的・漸層的な段落[8]」と言う通りである。

第二段に出てくる「大君」から「我が」への人称転換は、この場面の推移と関係している。この点について「演劇の言葉が、平面的に記憶されて書きとめられたからであろう[9]」と言われているが、歌の外側に古代演劇を想定して解釈するのは正当ではない。歌の表現において説明する必要がある。ここでは三人称から一人称へ、というだけでなく、第三段では「汝」という二人称も出てくるのであり、この点については駒木敏氏が「対象の把握の視点が自在に変化してゆく[10]」うたい方であることを指摘している。うたい手はある出来事や事件を、対象化したり当事者になったりしながら、場面に応じて立場を移動させて叙事していくのである。それは神話・物語をうたう表現方法であって、古代の歌自体がもつ叙事の構造であったとみられる。

第二段を「虻掻き着きつ」までとする見方はこの句で終止するからである。「虻掻き着きつ」の「つ」は図書寮本などの諸本にないが、兼右本・穂久邇文庫本に「阿武柯枳都枳都」とあるので、「つ」のある句形を尊重すべきであろう。「つ」で叙事が一旦切れて、這う虫も大君に奉仕するという蜻蛉の故事が導かれるのである。その故事によって雄略天皇の超越性が強調され、雄略治世への讃美と祝福が提示される。蜻蛉の故事は天皇の超越性という点で雄略神話の叙事として展開していくもので、それを明示するのが最後の三句である。その三句は、蜻蛉の名を形見として残そう、蜻蛉島日本、の意。一本の「斯くの如」以下は記96と一致するが、この異伝においても、蜻蛉の名にふさわしいとして倭の国を蜻蛉島というのだ、の意で、この故事が倭の国号である蜻蛉島の起源になったとは言っていない。蜻蛉島と呼ばれることを納得する歌とみるべきである(11)。功績のあった蜻蛉の名を国号に残そうというのだから、再意味づけということになる。

そもそも国号蜻蛉島の起源は大八島国生み神話にあり、『記』では「大倭豊秋津島」、『紀』では「大日本豊秋津洲」と記される。秋の豊穣の国という理解である。それが神武紀では、

卅有一年夏四月乙酉朔、皇輿巡幸。因登腋上嗛間丘、而廻望国状曰、妍哉乎国之獲矣。妍哉、此云鞅奈珥夜。雖内木綿之真迮国、猶如蜻蛉之臀呫焉。由是、始有秋津洲之号也。

とあって、秋津洲の名は神武天皇が国見の際に発した呪詞「猶如蜻蛉之臀呫」に起源があるとする。秋津島の国号が蜻蛉の臀呫（交尾）の姿から説明されたのである。『万葉集』の訓字表記によれば、「蜻島八間跡能国」（1・二）「蜻島倭之国」（13・三二五〇）「蜻島山跡国」（19・四二五四）「秋津嶋倭」（13・三三三三）、「蜻野」（7・一四〇五）「秋津野」（4・六九三、7・一三四五、7・一四〇六）「秋津乃野」（1・三六）など「蜻」「秋」の二系統の用字がみられ、アキヅシマには蜻蛉と秋津の両方の理解があったのである。これは神武紀の「蜻蛉」と「秋津洲」の関係にもみられる。

紀75では「昆ふ虫も　大君にまつらふ」とうたうことで、絶対的な統治者雄略天皇の神話が歌によって創り出される。それは柿本人麻呂の吉野讃歌「山川も　依りて仕ふる　神の御代かも」(1・三八)にうたわれた持統神話にも通じる。紀75の場合はさらに、大八島国生み神話と神武天皇の国見に由来する国号秋津洲の起源を、雄略天皇において呼び起こす歌となっている。そこでは蜻蛉の故事による秋津島の再解釈に基づいて、国号蜻蛉島の意味づけがなされる。蜻蛉野遊猟歌では国生み神話や神武天皇の国号起源に連なる雄略神話が創出されているのである。

三　蜻蛉野遊猟歌の散文と「口号」

蜻蛉野遊猟歌の雄略神話は、散文ではどのように叙述されているのか。『記』の散文が歌詞のくり返しになっているのと同様に、『紀』の散文も歌詞とほぼ重なる内容である。雄略紀の場合は漢籍を利用して散文を構成している。文選語の「虞人」は雄略紀に二箇所あり、その一つが二年十月条の御馬瀬遊猟であるが、その「命虞人縦猟」以下の出典については、小島憲之氏が『文選』張平子「西京賦」の「虞人掌焉」以下を指摘し、「直接西京賦によるものと断定すべき」[12]と述べている。もう一つが四年八月条の、いま問題にしている散文に出てくる。「虞人」の語は『文選』張平子「東京賦」の狩猟の場面にもみえ、「虞人掌焉、先期戒事」「獣之所同、是謂告備」「澤浸昆蟲、威振八寓」とあることが注目される。山林の役人が猟の準備をし、整ったことを申し上げるのである。天猟をする天子の威徳は天地の隅々に及び、小虫までうるおすという。紀75の散文に「命虞人駈獣。欲躬射而待」「天皇嘉厥有心」とあるのに類似する。文選語の「虞人」から考えて、この散文叙述は「東京賦」の影響が考えられる。特に「澤浸昆蟲」は紀75の「昆ふ虫も　大君にまつらふ」と通じ合うものであり、散文叙述にみえる蜻蛉の

「有心」は『文選』による歌詞の解釈と潤色が見て取れるのである。

散文の「虵疾飛来、嚼天皇臂。於是、蜻蛉忽然飛来、囓虻将去」は、歌詞と重なる部分である。この散文に歌をはめこんだのではなく、もちろんこの散文に合わせて歌を創作したのでもない。『文選』を参考にして歌詞を漢文に置き換えたのである。『記』の場合は散文が一字一音表記の歌詞の語句を訓字表記しているすぎないのであって、歌の情報以上の事実を示しているわけではない。『記』『紀』ともに歌の叙事を散文に忠実に再現しようとしながら、『紀』の場合は「歌賦」に展開する。あるいは漢籍に出典があるのかもしれない。

『記』『紀』の［歌と散文］の関係には、歌詞をそのまま散文に引き写す場合と歌の叙事を解釈することで散文を叙述する場合とがある。天皇が群臣に献歌を命じたが詠む者がなく、天皇自ら歌を詠むというのは『記』にみられず、『紀』だけの設定であるが、それは後者とみることができる。「天皇嘉厥有心」以下は、群臣が蜻蛉の功績をうたって天皇に献歌すべきところ、天皇自らの歌（事実、『記』では天皇の歌となっている）という解釈が求められ、そのための散文が構成された。「群臣莫能敢賦者。天皇乃口号曰」の意図は、群臣が歌を詠めずに天皇がうたうという、雄略天皇の超越性を示すところにあったのである。

そこに「口号」の語が用いられるのは看過できない。この語の初出例というだけでなく、歌の引用形式としても「口号曰」は異例である。『記』では「歌曰」から歌に続く例が圧倒的に多く、きわめて形式的であり、『紀』の場合も「歌之曰」「歌曰」「作歌曰」と記すことが多い。ただ『紀』では「為御謡之曰」「高唱之歌曰」「口唱曰」「童謡曰」など歌のあり方やそのうたい方を示す例がみられる。「口号曰」もその一つで、雄略紀の他に斉明紀に二例みられ、兼右本ではクチツウタ、北野本ではクツウタ・クチウタと訓読されている。クチツウタは文字に書かずに口ずさむ歌の意である。

漢語としての「口號」は唐代に盛んに行われた詩題の一つで、文字に書かず、心に思い浮かぶままに吟ずることである。「口號詩」は梁の簡文帝「仰和衛尉新渝候巡城口號詩」に始まるとされ、『藝文類聚』巻二十八・人部・遊覧には簡文帝の詩の他、梁の庾肩吾「和衛尉新渝候巡城口號詩」も載っている。「口號詩」が『藝文類聚』の「遊覧」に分類されていることには注意を払うべきであろう。小島氏は『紀』が直接『藝文類聚』を利用した巻として雄略紀を挙げており、(13)『紀』の「口号」が『藝文類聚』の「口號詩」に典拠が求められるとすれば、それは「遊覧」において「口號詩」が作られるという知識に基づくことが考えられる。

ここで斉明紀の「口号曰」の例をみてみよう。

①（四年）冬十月庚戌朔甲子、幸紀温湯。天皇憶皇孫建王、愴爾悲泣。乃口号曰、

山《やま》越《こ》えて　海渡《うみわた》るとも　おもしろき　今城《いまき》の内《うち》は　忘《わす》らゆましじ　其一。　（紀119）

水門《みなと》の　潮《うしほ》のくだり　海《うな》くだり　後《うしろ》もくれに　置《お》きてか行《ゆ》かむ　其二。　（紀120）

愛《うつく》しき　吾《あ》が若《わか》き子《こ》を　置《お》きてか行《ゆ》かむ。　其三。　（紀121）

②（七年）冬十月癸亥朔己巳、天皇之喪、帰就于海。於是、皇太子泊於一所、哀慕天皇。乃口号曰、

君《きみ》が目《め》の　恋《こほ》しきからに　泊《は》てて居《ゐ》て　かくや恋《こ》ひむも　君《きみ》が目《め》を欲《ほ》り　（紀123）

①は「海渡るとも」「海くだり」とあるから、海路を紀温湯に向かう船中詠という設定である。その船旅において斉明天皇が薨去した建王を回想して詠んだ歌。②は中大兄皇子が崩御した母斉明天皇の棺を大和に運ぶ船旅の途中、停泊した港で詠んだ歌で、「泊てて居て」と詠まれている。いずれも船旅の途中、亡くなった近親者を思い起こして口ずさんだ歌である。『万葉集』の「口号」が「道中馬上」（18・四〇四四）や「行幸」（20・四二九三）の歌に用いられるのも①②と合致する。

このようにみてくると、紀75は遊猟という行幸において口ずさんだ「口号」の歌として理解されたことになる。群臣に歌を詠む者がなく、雄略天皇が蜻蛉を讃める歌をとっさにうたったという場面に「口号」がふさわしい語

として記述されたとみてよい。それは『藝文類聚』など漢籍に基づく知識であろう。しかしそれだけではなく、「口號詩」が簡文帝に始まるように、雄略紀の「口号」には遊猟の場でとっさに歌を詠んだ最初の天皇という意味が与えられている。「群臣莫能敢賦者。天皇乃口号曰」は、うたう天皇としての雄略神話を意図する散文叙述と言えるであろう。『記』ではそれが明確でなかったが、歌（言語）によって統治する最初の天皇像として、『紀』においてとらえ直されるのである。それが『万葉集』巻一巻頭の雄略御製歌と共通の基盤にあることは言うまでもない。

結び

以上、『紀』の蜻蛉野遊猟歌とその散文に雄略神話をみてきた。それは歌において大八洲国生み神話や国号起源神話を呼び起こすのであり、「口号」という散文叙述に、超越したうたう天皇として位置づけられていた。「口号」は国号蜻蛉島を即興的にうたうという雄略神話にふさわしい歌のあり方やその行為を象徴的に表現する語であった。それはまた、登場人物の声として（みなされる）歌を記述する『紀』の歴史叙述の方法でもあったのである。

注

（1）土橋寛『古代歌謡と儀礼の研究』（岩波書店、一九六五年）『古代歌謡の世界』（塙書房、一九六八年）などで展開した立場であり、さらにそれは西宮一民氏の「太安萬侶が、（中略）古事記の説話の叙述に従って歌を挿入していった」（「古事記の仮名表記」『古事記年報』一九八八年一月）という発言に明瞭に示される。

（2）私見は『古代の歌と叙事文芸史』（笠間書院、二〇〇三年）に具体的に述べた。

（3）「古事記の歌と散文のあいだ――歌の叙事の視点から――」（『古事記年報』二〇〇八年一月。本書所収、第四章1）

（4）「古事記の歌と琴歌譜」（注2同書。初出、一九九四年二月）

（5）記57にこれとほぼ同句、紀53にも類句が見られるが、「大君」（仁徳天皇）への讃美表現に留まっており、〈天皇＝神〉意識による神話性は認め難い。

（6）「雄略天皇の神性素描」（『上代文学』一九七六年一一月）

（7）河村秀根・益根『書紀集解』（天明五〈一七八五〉年）

（8）『古代歌謡全注釈・古事記編』（角川書店、一九七二年）

（9）日本古典文学大系『日本書紀・下』（岩波書店、一九六七年）

（10）「『記』『紀』の物語歌の方法――人名呼称と人称転換――」（『和歌の生成と機構』和泉書院、一九九九年。初出、一九九五年一一月）

（11）新編古典全集『古事記』（小学館、一九九七年）

（12）『上代日本文學と中國文學・上』（塙書房、一九六二年）

（13）注（12）同書

4 『日本書紀』の歌と歴史叙述

——顕宗即位前紀の「室寿」「歌」「誥」——

はじめに

『日本書紀』はなぜ歌を記すのかという問いに、答えはまだ出ていない。『古事記』ではこの課題について小考を重ねてきたが[1]、あらためて『紀』において考察する。『紀』の三〇巻中二一巻に一二八首の歌が記載されるから、歌重視の編纂方針が『紀』にあったことは明らかであるが、歌の記載は個々の記事で事情が異なる。したがって、この問いは個別の事例から全体に及ぶべきで、ここでは顕宗即位前紀の「歌」を前後の記述とともに取り上げる。

それは播磨国赤石郡に身を隠す億計・弘計(以下、オケ・ヲケ)の兄弟二王が伊予来目部小楯によって発見される場面である。新室の祝宴でヲケ王が「室寿」を奏上し、「歌」を詠む。歌は一字一音表記である。続いて、自分は市辺押磐皇子の子孫だと「誥」びて告げる。「室寿」と二つの「誥」は和文で訓ませるための訓字中心の表記となっている。漢文で記述する『紀』の中にあって、訓字中心の和文が続くのは極めて異例である。この異例にこそ『紀』の「歌」観と歴史叙述の方法が示されているはずである。顕宗即位前紀を取り上げる理由はそこにある。

一　顕宗即位前紀の構成

顕宗紀の即位前紀はかなり長い。歴代天皇とは大きく異なる、即位をめぐる特別な経緯があったためである。その前後の事柄も含めて、『紀』の関連記事を掲げてみる。

雄略紀

即位前紀

安康三年十月　雄略天皇が市辺押磐皇子を近江の来田綿の蚊屋野で殺害。

清寧紀

清寧二年十一月　伊予来目部小楯が縮見屯倉首忍海部造細目の新室で二王を発見。

顕宗紀

即位前紀

安康三年十月　市辺押磐皇子が雄略天皇に殺害される。二王は播磨国赤石郡に遁れ、丹波小子と称して縮見屯倉首に仕える。

二年十一月　来目部小楯が縮見屯倉首の新室祝いで秉燭をしていた二王を発見。

（ヲケ王の「室寿」、「歌」紀83、「詰」）

同　三年正月　二王を宮中に迎え入れる。

同　四月　オケ王を皇太子、ヲケ王を皇子とする。

同　五年正月　清寧天皇崩御。二王、皇位を譲り合う。二王の姉飯豊青皇女、忍海角刺宮で臨朝秉政し、忍海飯豊青尊と称す。

（当世詞人の歌「倭辺に」紀84）

同　十一月　飯豊青尊崩。

同　十二月　二王、皇位を譲り合う。

顕宗元年正月　ヲケ王即位。

同　二月　置目老嫗、市辺押磐皇子の骨の所在を教える。

二王の父市辺押磐皇子は安康天皇が「後事」を託した皇位継承者ゆえに、雄略天皇に殺害されたと雄略紀は証言する。清寧紀では二王が逃避先の播磨国で発見されたことを記述する。それを受けて顕宗即位前紀が始まる。『紀』の巻十五は清寧・顕宗・仁賢の三代の天皇紀を収めるが、兼右本の行数では清寧紀七四、顕宗紀二〇七、仁賢紀七四となっており、顕宗紀のうち一〇六行が即位前紀で、三代ではもっとも分量が多い。ヲケ天皇の即位がいかに重点的に書かれたかを物語る。

上記の安康三年十月から清寧五年十二月までの記述が顕宗即位前紀であるが、最初にヲケ天皇が大兄去来穂別天皇（履中）の孫で、市辺押磐皇子の子、母は荑媛とする系譜を載せる。細注で「譜第」(2)を付し、「飯豊女王、亦名忍海部女王」をオケ・ヲケ二王の妹とし、譜第の一本では「飯豊女王」を姉とする。(3)この系譜は「青海皇女一曰、飯豊皇女」を市辺押磐皇子の妹とする履中紀の系譜と異なる。履中記や清寧記の系譜も履中紀と同じである。

顕宗即位前紀において、オケ・ヲケ二王と飯豊女王が兄妹、あるいは姉弟とする異伝を示すのはなぜか。それは飯豊女王・オケ・ヲケの王朝が父市辺押磐皇子から始まることを強調する意図としか考えられない。清寧記に

よれば、

天皇崩後、無可治天下之王也。於是、問日継所知之王、市辺忍歯別王之妹、忍海郎女、亦名飯豊王、坐葛城忍海之高木角刺宮也。

とあり、崩御後に皇位継承者がなく、「日継」の問題が起こった時、忍海郎女（飯豊王）を高木角刺宮に迎えたという。これはオケ・ヲケ二王子の発見から顕宗・仁賢天皇即位へのつなぎとして飯豊王が皇位にあったと読み取れる文脈である。市辺忍歯別王を始祖として、飯豊王からオケ・ヲケ二王へ続く王朝は、『記』においても認識されていたのではないか。「日継」の語がそれを示唆している。

それは『紀』も共有するところである。オケ・ヲケ二王が天皇位を譲り合った期間のつなぎとする点に『記』との違いはあるが、顕宗即位前紀の清寧五年正月条には、

是月、皇太子億計王与天皇譲位。久而不処。由是、天皇姉飯豊青皇女、於忍海角刺宮、臨朝秉政。自称忍海飯豊青尊。

と、即位には触れないが、明確に天下を治めたことが記述される。ここで注目されるのは、『記』が飯豊王をオケ・ヲケ二王の「姨」とするのに対して『紀』の正伝は飯豊青皇女を顕宗天皇の「姉」とする点である。

譜第の一本は『紀』が正伝とした「天皇姉飯豊青皇女」の根拠となるもので、『紀』編纂者には顕宗紀以下において市辺押磐皇子の御子たちが朝政を担うとする認識とともに、名告りの「於市辺宮治天下、天万国万押磐尊」につながる、市辺押磐皇子を「先王」（先代の天皇、顕宗紀元年二月条）とする認識が明確にあったのである。諸家の系譜ともみられる異伝の譜第を持ち出したのは、市辺押磐皇子を神聖化する作業の一環であったに違いない。

しかし、譜第と一本のあいだに飯豊女王が二王の妹か姉かで混乱があるように、おそらくそのこととも関連しているのであるが、顕宗即位前紀では二王の記述に変化がみられる。清寧二年十一月に二王を「秉燭者」と記す

点である。二王発見の時、すでに父の死から二十六年が経過し、「丹波小子」は「秉燭者」と書かれる。編年体の『紀』では壮年の「秉燭者」になり、ヲケ王の言葉に「避乱於斯、年踰数紀」とあるのはこの紀年に見合っている。

ところが、清寧紀二年十一月条では、二王発見の際に「畏敬兼抱、思奉為君、奉養甚謹」、「両児」とあって、明らかに小子として書かれている。これは清寧記に「焼火少子二口」、『播磨国風土記』も「二子等令燭」とするのと同じである。『古事記伝』は早くにこの矛盾を指摘しており[4]、小子とする清寧記・紀や『播磨国風土記』の意図はオケ・ヲケ説話の根幹に関わるはずである[5]。

顕宗即位前紀は明らかに清寧紀と異なる紀年で書かれている。説話の枠組みも一部変えて新たな歴史的視点を導入している。それは、これまでみてきたところから言えば、市辺押磐皇子を始祖とするオケ・ヲケ王朝の歴史叙述を目指したということになる。その核心部分にヲケ王の「室寿」「歌」「誥」が出てくることは、踏まえておくべき必須の前提となる。

二 「室寿」「歌」「誥」の詞章と表記

顕宗即位前紀の清寧二年十一月条にヲケ王の「室寿」「歌」「誥」が記されるのであるが、父市辺押磐皇子に始まるオケ・ヲケ王朝という新たな歴史的視点は「室寿」以下の記載と深く関係しているはずである。まず、前後の記述とともに、それらの詞章の本文表記を掲げる。

屯倉首語小楯曰、僕見此秉燭者、貴人而賤己、先人而後己。恭敬撙節。退讓以明礼。撙者猶趍也。相従也。止也。可謂君子。於是、小楯撫絃、命秉燭者曰、起儛。於是、兄弟相譲、久而不起。小楯嘖之曰、何為太遅。速起

儛之。億計王起儛既了。天皇次起、自整衣帯、為室寿曰、

①築立稚室葛根、築立柱者、此家長御心之鎮也。取挙棟梁者、此家長御心之林也。取置椽橑者、此家長御心之斉也。取置蘆萑者、此家長御心之平也。蘆萑、此云哀都利。萑音之潤反。取結縄葛者、此家長御寿之堅也。取葺草葉者、此家長御富之余也。出雲者新墾、々々之十握稲之穂、於浅甕醸酒、美飲喫哉。美飲喫哉、此云于魔羅儞烏野羅甫屢柯佞也。吾子等。子者、男子之通称也。脚日木此傍山、牡鹿之角 牡鹿、此云左烏子加。挙而吾儛者、旨酒餌香市不以直買、手掌憀亮 手掌摎亮、此云陀那則挙謀耶羅々儞。拍上賜、吾常世等。

寿畢乃赴節歌曰、

②伊儺武斯盧　呵簸泝比野儺擬　寐逗喩凱麼　儺弭企於己陀智　曾能泥播宇世儒

小楯謂之曰、可怜。願復聞之。天皇遂作殊儛。殊儛、古謂之立出儛。立出、此云陀豆々。儛状者乍起乍居而儛之。誥之曰、

③倭者彼々茅原、浅茅原弟日、僕是也。

小楯由是、深奇異焉。更使唱之。天皇誥之曰、

④石上振之神椙、椙、此云須擬。伐本截末、伐本截末、此云謨登岐利須衛於茲波羅比。於市辺宮治天下、天万国万押磐尊御裔、僕是也。

小楯大驚、離席悵然再拝、承事供給、率属欽伏。於是、悉発郡民造宮。不日権奉安置。乃詣京都、求迎二王。白髪天皇聞、憙咨歎曰、朕無子也。可以爲嗣、与大臣大連、定策禁中。仍使播磨国司来目部小楯、持節、将左右舎人、至赤石奉迎。

①が「室寿」、②が「歌」、③④が「誥」である。これらの表記が前後の漢文体とどのように違うのか、それを具体的にみておこう。

①は表記上、「築立」から「余也」までの前半部と「出雲」から最後の「吾常世等」までの後半部の二つに分

かれる。前半部は冒頭に「築立　稚室葛根」の句を置いて、以下「A者、此家長B之C也」の形式で六回くり返される。一回目のA1「築立　柱」が「ツキタツル　ハシラ」と訓読されることは、A4の「蘆萑」に「哀都利」の訓注があることによって明らかである。(6) Bはすべて「家長」で、図書寮本『釈日本紀』の傍訓にイヘキミとあることから古訓と認められる。C1の「鎮」は図書寮本『釈紀』の傍訓にシツマリの古訓があり、以下C6「余」のアマリまで和語で訓読すべき本文である。後半部にも三箇所に訓注がある。「新墾、々々之十握稲之穂」にみられる「〜之〜之〜」は和語の表記としてよくみられ、「脚日木」には一字一音表記も用いている。①は和文として書かれた表記で、それらは「室寿」の口誦詞章として訓まれるための工夫であったと言える。

②はすべて一字一音表記で、『記』『紀』に共通する「歌」の表記法である。『記』『紀』が歌になぜ一字一音表記を採用したのかという点については後に考察するとして、『記』『紀』が成立した和銅から養老の時代に『万葉集』にみられる音訓交用表記があるにもかかわらず、両書はあえて一字一音表記を採用したことになる。この事実は、『記』『紀』に「歌」に対する明確な認定基準があったことを意味する。それは音数律であろう。②の場合は短歌体である。行分けせずに追い込みで漢字が羅列するにもかかわらず、歌として読めたのは五・七音の音数律によるところが大きい。同時に、歌は一字一音表記をとることで、漢文体や①のような訓字中心の日本語文、すなわち和文表記から明確に区別できたのである。

③④も和文の表記となっている。③の「彼彼」は図書寮本にソソの傍訓があり、『時代別国語大辞典・上代編』に表意文字と訓仮名の二説を挙げるが、草の葉がそよそよと鳴る擬音語を表す乙類の正訓字とするのが正当である。(7)「茅原／浅茅原／弟日／僕」につなぎの助詞がなく、「〜チハラ〜チハラ」には口誦性とともに呪的な響きが読み取れる。

④には二箇所に訓注がある。「石上振之神榲」は『万葉集』に「石上振乃神杉」（10・一九二七）の表記例があり、

「檼」に訓注があるのは和語のスギとして訓み難いと判断したためであろうか。「伐本截末」に付した訓注も特に「截」をオシハラヒと訓ませるための施注とみられる。「天万国万」は美称で、「天万」は孝徳天皇の和風謚号に「天万豊日」とあるように、アメヨロヅの用字として定着していたことが考えられる。③④は口誦の和文として訓読されることを優先した表記である。

以上、「室寿」「歌」「誥」の表記を見てきたが、一字一音表記の②はもとより、①③④も前後の正格の漢文体とは明らかに区別される文字列と認識されるものであった。基本的に和文の語順で書かれ、漢文体の倒置の語順は二箇所しかない。①「不以直買」と④「伐本截末」であるが、いま触れたように後者には訓注があった。①③④は口誦の和文として読めるように書かれた和文体の表記と確認される。(8)

これまで述べてきたように、「室寿」「誥」は歌ではないにしても、韻文的な口誦詞章の形態をもつ。そのような原形を留める記載資料が①～④のもとになったと想定されてもいる。(9) ①～④の韻文詞章は、和文体の表記によってそれぞれ「室寿」「歌」「誥」として二王発見の場面に記述されたことになる。

三　『日本書紀』の韻文詞章

正格の漢文体で書かれた『紀』の中で、歌以外に韻文詞章は存在するのであろうか。『紀』では和語や和文は基本的に漢文に翻訳して記述されるので、和文の表記をとる韻文詞章は記載されないと思ってしまうが、いくつか拾い上げることができる。それらの例と比較しながら、①③④の詞章と表記についてさらに検討してみる。

ⅰ神代紀下、第十段

貧窮之本、飢饉之始、困苦之根（一書第一）

貧鉤、滅鉤、落薄鉤（一書第二）
大鉤、踉䠙鉤、貧鉤、癡騃鉤／踉䠙鉤、此云須須美膩。癡騃鉤、此云于樓該膩。（一書第三）
汝生子八十連属之裔、貧鉤、狭狭貧鉤（一書第四）

ii崇神紀六十年七月
玉萎鎮石。出雲人祭、真種之甘美鏡。押羽振、甘美御神、底宝御宝主。山河之水泳御魂。静挂甘美御神、
底宝御宝主也。萎、此云毛。

iii垂仁紀二十五年三月
是神風伊勢国、則常世之浪重浪帰国也。傍国可怜国也。

iv神功摂政前紀・仲哀九年三月
神風伊勢国之百伝度逢県之拆鈴五十鈴宮所居神、名撞賢木厳之御魂天疎向津媛命焉。
幡荻穂出吾也、於尾田吾田節之淡郡所居神之有也。
於天事代於虚事代玉籤入彦厳之事代神有之也。
於日向国橘小門之水底所居、而水葉稚之出居神、名表筒男・中筒男・底筒男神之有也。

v履中紀五年九月
剣刀太子王也。
鳥往来羽田之汝妹者、羽狭丹葬立往。汝妹、此云儺邇毛。
狭名来田蔣津之命、羽狭丹葬立往也。

vi仁賢紀六年是秋
於母亦兄、於吾亦兄。弱草吾夫何怜矣。言於母亦兄、於吾亦兄、此云於慕尼慕是、阿例尼慕是。言吾夫何怜矣、此

云阿我図摩播耶。言弱草、謂古者以弱草喩夫婦。故以弱草為夫。

iは弟の彦火火出見尊が兄の火酢芹命に釣鉤を返す時のトゴヒ（詛言）である。トゴヒは相手を呪う言葉で呪詛とも言い、呪言の一種と見なされていた。「貧鉤」「滅鉤」などの呪言には相手を辛苦させる霊力があり、その根源的な力は「本」「始」「根」と言い表される。これらの呪言が和語であることは「踉踦鉤」「凝騃鉤」への訓注によって知られる。「〜ヂ〜ヂ〜ヂ」の列挙には呪文のような響きがある。

iiは丹波の氷上の人、氷香戸辺の子が「自然言之」とする言葉である。後文では小児の言葉らしくないので、神の「託言」（託宣）ではないかと疑っている。出雲臣が神宝を貢上し、出雲の大神を祭らなくなったとあることから、それに対する出雲の大神の託宣と解される。「甘美《うまし》」という称辞が重出するので、出雲の神宝を寿ぐ呪詞であり、その神宝を出雲に戻して祭るように託宣する内容であろう。iiの表記は漢文体とはまったく異質で、正訓字の和語を列挙する和文体と言うべき表記法がみられる。和語の列挙という点ではiに通じるところもあるが、「押《お》し羽《は》振《ふ》る」「静《しづ》挂《か》かる」という、ご神体である鏡を形容する枕詞的称辞を伴って、「甘美御神、底宝御宝主」を対句的にくり返すところは修辞を備えた韻文詞章と言ってよい[10]。この表記は「託言」として訓まれることに対応するものである。

iiiとivはいずれも神託である。iiiは天照大神が倭姫命に依り憑いて言わせた言葉で、伊勢国の国讃め詞章である。「神風《かむかぜ》の」は伊勢の枕詞、「常世《とこよ》の浪《なみ》の重浪《しきなみ》帰する国」は「伊勢国風土記」逸文にも類句がみられ、固定的な称辞である。訓字からなる和語の表記と言える。ivは神功皇后が神降ろしをして得た神の言葉である。ここにも「神風《かむかぜ》の」「百伝《ももづた》ふ」「拆鈴《さくすず》」「幡荻《はたすすき》」の枕詞がみられ、称辞を重ねる神名や「水葉《みなは》も稚《わかや》けく出《い》で居《ま》す」などの祝詞（例えば出雲国造神賀詞の「いや若えに御若え坐し」）に通じる神の形容には韻律的な詞章が認められる。それらは正訓字を用いて和語の語順で表記される。

ⅴは風の音のように「大虚《おほそら》に呼《よば》ふ」とあるので、天上からの神の言葉である。「剣刀《つるぎたち》」は「身」「磨ぐ」「名・汝」などにかかる枕詞として万葉歌に多用される。「太子王」への続き方は不明で、枕詞の未分化な状態を留める皇太子の呼称として異例の表現である。(11) 次の「鳥往来《かよ》ふ」は「羽田」にかかる枕詞で、「汝妹」にはナニモの訓注があり、和語で訓むように書かれている。羽田矢代宿禰の女黒媛が葬送されたと、大声で言うのが聞こえ、また黒媛の別称らしき名で葬送のことがくり返される。行幸先の淡路島にいた天皇に、神の祟りによる皇女の死を神が伝える言葉であった。「羽狭丹葬立往」の助詞ニに「丹」の仮名表記を用い、枕詞や対句的な詞句をもつところは口誦の韻文詞章に近い。神の言葉に対応するために異質な表記をとったものであろう。

ⅵは高麗に派遣された夫を思い、妻が泣いて言った言葉である。訓注があり、また「弱草」が「夫《つま》」を意味するという語注も付いている。妻にかかる枕詞「若草の」を含むところは、韻律的な要素をもつ詞章を和文の表記で書いたものと言える。

『紀』の中に非漢文体の表記を見てきたが、神の言葉である呪言や呪詞とみなされる詞章には日本語の語順で和文として訓まれる表記を採用していることが確認される。この種の言葉は漢文に翻訳することが困難であるだけでなく、むしろ口誦の言葉を書き示すところに意味があったのである。それらは和語の語順で訓字表記をとり、訓注を施した。それらの和語・和文の表記には枕詞、対句(語)、称辞などの修辞、音数律や音の重なりという韻律性が認められた。それらの要素は呪言、呪詞がもつ未分化な韻文詞章の特徴とみられる。

ⅰ〜ⅵに見てきた特徴は①③④の表記や表現法と重なり合う。つまり、『紀』は非漢文体のⅰ〜ⅵと同じような表記法で①③④を記載しているのである。「室寿」「誥」という口誦の韻文詞章として書くことが求められたからであろう。あるいは①③④の訓字表記が、②の一字一音表記とともに先行資料としてあったとも考えられる。①③④の「室寿」「誥」はⅰ〜ⅵの韻律性や修辞性に類似または共通する韻文詞章とみなされ、和文体という異質の表記で記載されるに至ったことがこれまでの検証から確認できる。

四　「室寿」「歌」と散文

次に①～④について韻文詞章の表現内容を検討するとともに、散文叙述との関係を見ていくことにする。まず、①「室寿」と②「歌」を取り上げる。

前述のように、①は表記上、二段に分かれる。前半部は新室とその家長を寿ぐ呪詞で、「柱」は「家長《いへきみ》の御《み》心《こころ》の鎮《しづまり》」という言い方には柱と家長の心の鎮まりを結びつける「融即的認識[12]」が指摘されている。すなわち生命的な関係による呪的な表現を意味する。次の「棟梁《むねうつはり》」と「心の林《はやし》」は、棟と梁が家長の心の繁栄・活力を表す。『出雲国風土記』意宇郡拝志郷に「此処樹林茂盛。尓時詔、「吾御心之波夜志」詔。故云林。」とあるように、「樹林」と「御心」の繁栄を同一とみる古代的思考法があった。棟梁と心の林は呪的な関係でつながるのである。以下、「椽橑《はへき》」と「心の斉《ととのほり》」、「蘆萑《えつり》」と「心の平《たひらぎ》」、「縄葛《つなかづら》」と「寿《いのち》の堅《かため》」、「草葉《かや》」と「富《とみ》の余《あまり》」も同様の呪的な同一関係でつながっている。六回のくり返しも呪的な表現法で、呪言のくり返しによって言葉の霊力が蓄積され、寿祝が増大すると考えられた。雄略記の天語歌に槻の葉が上の枝から中の枝、下の枝へと落ち触れていき、最後に盞に浮かぶというくり返しによって日の御子を最大限に称えるのと同じである[13]。くり返しは「室寿」の呪詞の基本的な構造で、この構造が韻文詞章にしていると言ってよい。

その新室と家長の寿祝から酒宴の場に転換する。後半部になると、内容だけでなく、表記法も変わることは前に述べた。ここでは「出雲は……吾《あ》が子等《こども》」と「脚日木《あしひき》……吾《あ》が常世等《とこよたち》」の二連が対句的に進行し、饗宴の酒やそこに集う若者と長老たちを祝福するのである。「新墾《にひはり》」のくり返しや「脚日木」の枕詞、歌語の「牡鹿《さをしか》」などは、後半部が歌に近い詞章であることを示す。「牡鹿《さをしか》の角《つの》　挙《ささ》げて　吾《あ》が儛《ま》へば」は新室の主を寿ぐ庭の芸能としての鹿踊りを指すが、散文に「小楯撫絃、命秉燭者曰、起儛」とあるのと呼応する。小楯が琴を弾いて舞ったというのは、次の歌の散文「赴節歌」につながることが注目される。

室寿が終ってヲケ王が歌を披露する。その初句が「伊儺武斯盧」である。万葉歌にも「伊奈牟之呂　川に向き立ち」（8・一五二〇）、「道行き疲れ　伊奈武思侶　敷《し》きても君を」（11・二六四三）の二例がみられ、イナムシロは稲莚の意である。②の場合、一五二〇番歌と同様、「川」の枕詞とみてよいが、そのかかり方は不明である。ただ、②が「稲莚」で始まるところには意味がある。①「室寿」の「醸《か》める酒《おほみき》　美《うまら》にを　飲喫《やら》ふるがね」「手掌《たなそこ》も　憀亮《やらら》に　拍《う》ち上げ賜《たま》へ」という、美酒を楽しむ饗宴の場を受け、「吾が子等」「吾が常世等」が座っている「稲莚」とうたい始める句であることは明らかである。①から②へと連続し、②の「靡《なび》き起《お》き立ち　その根は失《う》せず」に二王が皇孫であることを含意させつつうたう。この歌には二王復権の叙事が内在すると言ってよかろう。

この歌で特に重視すべきは散文の「赴節歌」という語である。ヲケ王が小楯の弾く琴の節に合わせてうたったことを意味するが、これは前述したように①の散文「小楯撫絃」を受けている。この語の出典については『書紀集解』が早くに『文選』の「文賦」を指摘している。それも含めて『文選』の出典とみられる例を次に示す。

或覧之而必察、或研之而後精、譬猶舞者赴節以投袂、歌者応絃而遣声、是蓋輪扁所不得言、故亦非華説之所能精。　（陸士衡「文賦」）

冀東平之樹、望咸陽而西靡、蓋山之泉、聞絃歌而赴節。　（劉孝標「重答劉秣陵沼書」）

これらは琴の調子や演奏に合わせて舞い、うたうという例であり、琴歌の調子に泉が感応する意でも用いられている。兄のオケ王が小楯の琴の演奏に合わせて舞い、弟のヲケ王が①の後、②で琴の演奏にのせて歌をうたったという記述に『文選』の語が出てくるのである。『文選』の語の引用は文飾的な利用というだけではなかろう。

「赴節」の語の背景にある琴の調べの不思議な力をも含めて引用されているとみなければならない。

②の散文の「赴節歌」にはヲケ王の歌に対して特別な意味を与える意図が読み取れる。琴が天皇の儀礼に用いられ、『記』『紀』では天皇に専有される楽器として記述されることからみても、秉燭者の歌らしくないことは明らかである。琴の弾き手の小楯は播磨国司であって、天皇の御言持ちとして統治の代行をする立場であるから、ここでは天皇儀礼の歌として書かれているとみてよい。(14)

①②の散文に「小楯撫絃」「赴節歌」とあるのは、この部分だけでなく、顕宗即位前紀全体に関わっているはずである。①の散文には兄弟二王が名告りを譲り合う場面に「相譲再三」「恭敬撙節。退譲以明礼。可謂君子」とあり、「譲」という主題が『芸文類聚』人部「譲」条を利用して書かれていることはすでに指摘されている。(15)その「譲」とともにもう一つの主題が「絃」「節」に見られる「礼楽」である。

礼楽思想の導入は『続日本紀』天平十五年五月条に天武天皇の意向とする記述によって明らかであるが、「礼と楽と二つ並べてし平けく」が「天下を治め賜ひ平らげ賜ひて」と同じ文脈にあることに注意する必要がある。『礼記』「楽記」の「到礼楽之道、挙而錯之天下無難矣」にあるような、礼楽の徳による統治が『紀』に理念としてあったことは、雄略紀五年二月の歌や十二年十月の琴歌などから窺い知ることができる。(16)

顕宗即位前紀は「譲」と「礼楽」の思想をもとに散文叙述が構成され、琴の節に合わせてうたうヲケ王の歌詞「その根は失せず」によって、来たるべき兄弟二王の即位とその統治が暗示的に予告されるのである。

五　二つの「誥」と散文

③の前の散文には「天皇遂作殊儛。誥之曰」とあるから、舞いながら③を「誥」びて言ったと解される。「殊舞」

は古くは「立出舞《たつづのまひ》」と言い、立ったり坐ったりして舞うとの語注がある。『書紀集解』は語注を養老私記からの竄入とするが、『日本書紀私記』（甲本）に「起儛　立出舞。乍坐乍立舞也。東舞多舞豆舞也。養老云東舞多舞豆舞也。舞状乍居乍起而舞也」とあるのは、小楯が秉燭者に命じた「起《た》ちて舞《ま》へ」の注としたか、あるいは「殊舞」と「起舞」を同一の舞とみたとも考えられ、「養老云」が「東舞」の注になっている点など、竄入説には疑問が残る。新編古典全集『日本書紀』頭注はタツヅが「立チ出ヅ（立ち現れる）の意」で、②の第四句「靡き起き立ち」を踏まえた、立ったり坐ったりする舞にちなむ命名か」とする。そのように考えれば、②の歌詞を基点としてヲケ王登場の舞が叙述され、また「起ちて舞へ」の叙述にもなったとみることができる。

③と④の「誥」は神代紀上と神武即位前紀の「雄誥」にヲタケビの訓注があるので、タケビと訓んで問題はない。『記』には「建」にタケブの訓注があり、「誥」の用字をみない。『紀』の「誥」字を検討してみると、一五例中八例が「雄誥」「躡誥」の形で勇猛な行動を示す意を表し、③④を含む五例が「曰」を伴う形で言葉を強く発する意で用いられる。

次に③④を除く三例を挙げてみる。

a時五瀬命矢瘡痛甚。乃撫剣而雄誥之曰、撫剣、此云都盧耆能多伽彌屠利辞魔屢。慨哉、大丈夫、慨哉、此云宇黎多棄伽夜。被傷於虜手、将不報而死耶。（神武即位前紀戊午年五月）

b時道臣命、審知有賊害之心、而大怒誥嘖之曰、虜爾所造屋、爾自居之。爾、此云飫例。（同八月）

c日本武尊、雄誥之曰、熊襲既平、未経幾年、今更東夷叛之。（景行紀四十年七月）

acの「雄誥」はヲタケビシテと訓読し、aは五瀬命が虜に対する憤激の言葉を強く告げ、cは日本武尊が東夷の平定を勇ましく告げる意である。bの「誥嘖」はタケビコロヒテと訓読し、道臣命が罵倒する言葉を虜に激しく告げる意を表す。「誥」は『篆隷万象名義』に「誥　告也、謹也、語也」、『類聚名義抄』に「誥　ツク　カム

カフ　ツ、シム　ツカフ　アラハス　謹也　語也」とある。a〜cの「誥」は上から下に告げる、申し渡す意で通る。『紀』では特に「虜」「夷」など平定すべき下位の者を対象とする用字意識が見られる。

以上のことから、③④の「誥之曰」には上から下に向かって告げる意と解される。これまでは下僕であったオケ王が、王の身分に立って小楯に宣言する意を表すと土橋寛『古代歌謡全注釈・日本書紀編』は述べている。この指摘は「誥」をコトアゲシテと訓むことに向かうのであるが、その訓みの可否は別にして、この場面に「誥」を用いる『紀』の意図を的確にとらえている。すなわち①②では秉燭者であった立場が③で王に転換し、下位者の小楯に天皇の「御裔」であることを告げるというのが「誥」の用字に示す『紀』の意図である。このようにみてくると、「誥」に「アラハス」の訓を記す『類聚名義抄』の語義が注目される。「誥」は身分を隠してきたヲケ王がついに王の姿を現わすという意をもつことになるからである。これは前に引いたタツヅの「立チ出ヅ（立ち現れる）の意」にも結びつく。

③の散文には②の歌を聞いて小楯が「可怜」と緩慢な態度しか示さず、それに対して「天皇遂作殊儛」とあるが、これはついに王の姿を現わすという文脈なのである。「殊儛」はヲケ王登場の舞と前に述べたが、文脈上の意味としては王族しか舞うことのできない宮廷の秘舞として書かれていることになる。それを受けて「誥之曰」の記述があることはもはや明らかである。即位前の神武天皇と天皇の代行者たる日本武尊にしか出てこない異例の「誥之曰」も含めて③の前の散文は、名告りの韻文詞章、特に③の「弟日、僕」、④の「天万国万押磐尊御裔、僕」の詞句に基づいて記述されたと言ってよい。

③④の訓読文は次のようになる。

③倭《やまと》は　そそ茅原《ちはら》　浅茅原《あさぢはら》　弟日《おとひ》　僕《やつこ》らま　是《これ》なり

④石上《いそのかみ》　振《ふる》の神椙《かむすぎ》　本伐《もとき》り　末截《すゑおしはら》ひ　市辺宮《いちのへのみや》に　天下《あめのした》治《をさ》めたまひし　天万国万押磐尊《あめよろづくによろづおしはのみこと》の　御裔僕《みあなすゑやつこ》らま　是《これ》

なり

「そそ茅原　浅茅原」は「出雲は　新墾」、「淡海は　水渟む国　倭は　青垣」（『播磨国風土記』美嚢郡）などと同様、国讃めの詞章である。(17)「彼彼」は茅の葉がすれあう擬音語で、「さやさや」（記47、記74・紀41）と同じように充足する状態を表す。倭の国を讃める呪詞系統の詞章で、「豊葦原」に通じる始原の風景によって称辞となっている。(18)

「弟日」について『書紀集解』は「日古日賣日」で「弟彦」とする。ヲケ王は倭の国の弟王であると告げているのである。「僕らま」の接尾語ラマは表記にはないが、図書寮本や『日本書紀私記（甲本）』に古訓としてあり、『播磨国風土記』美嚢郡の名告りの詠にある「奴僕良麻」の音仮名表記によって根拠づけられる。このラマは下僕たる者という抽象化された意味の語を構成するとされ、(19)「大命良麻止」（「宣命」第一詔、『続日本紀』文武元年八月）など詔の語句に用いられることが注意される。告げ渡す時の口誦語と「誥」は照応するのであろう。

「石上　振の神榲」がここに出てくる理由は何か。「本伐り　末截ひ」を起こす序としての修辞的役割は当然あるが、それに加えて、履中即位前紀に「太子、便居於石上振神宮」、仁賢紀元年正月に「皇太子於石上広高宮即天皇位」とあり、履中皇統のゆかりの地という意味も考えられる。「伐本　截末」について土橋氏は「杉の枝を切り払うように、天下を平定した押磐尊……と続く文脈」(20)と解し、出典としては『文選』「長笛賦」が指摘され、「根元と先の方を切り払う意」とされている。(21)

膺陗阤、腹陘阻。逮乎其上、匍匐伐取。挑截本末、規摹彠矩。夔襄比律、子壄協呂。（馬季長「長笛賦」）

「伐」「截」は竹を切り調える意であるから、椙の根本や枝葉を伐り払うことを天下統治の意に用いた比喩的な措辞とみてよい。『篆隷万象名義』に「截　裁也　治也　断也」、『類聚名義抄』の「截」の訓に「キル　タツヲサム　ト、ノフ」があることから、「伐り払う」と「統治する」は比喩的というより同義的である。それは『万葉集』に「天《あめ》の下《した》　治賜（をさめたまひ）　一に云ふ、掃賜而（はらひたまひて）」「ちはやぶる　人を和《やは》せと　まつろは

ぬ　国を治跡（をさめと）　一に云ふ、掃部等（はらへと）」（1・一九九）とあり、「治め」の異伝に「払ひ」があることからも確かめられる。「末截ひ」は「治めたまひし」に同義的関係でかかっていくのである。

「市辺宮に　天下治めたまひし　天万国万押磐尊の」は明らかに押磐皇子の即位を伝えている。事実、『播磨国風土記』にはヲケ王の詠に「山投坐　市辺之天皇」と出てくる。『古事記伝』は教え子の青柳種麻呂の説として、安康崩御後に押磐皇子が市辺宮で即位し、雄略に殺害されるまで天皇位にあったとする見解を紹介している。しかし、『記』『紀』に押磐皇子の即位の記述はなく、それを正史とはとらえていなかった。(22) 系譜で述べたように、顕宗即位前紀にはそれ以前の天皇紀と異なる記述があり、この「押磐尊」の詞章も押磐皇子を神聖化する作業の一環とみることができる。

ただ、この神聖化は『紀』の潤色とばかりは言えない。基づくべき根拠があったはずである。その一つが「譜第」という系譜資料であった。顕宗即位前紀が「詰」で意図しているのは、次に示すように「押磐尊」天皇に始まる履中系の皇統であって、雄略天皇の允恭系に対してもう一つの皇統として存在するという主張である。

履中天皇――市辺押磐皇子――忍海飯豊青尊――顕宗天皇――仁賢天皇
允恭天皇――雄略天皇――清寧天皇

「御裔」の訓はミアナスヱで、清寧記に「末」、『播磨国風土記』に「御足末」とある。「裔」は景行紀四年二月に「当今時、謂諸国之別者、即其別王之苗裔焉」とあるように、子孫の意味であって子に限定できない。あえて「御裔」としたのは「押磐尊」天皇に始まる皇統を表明する名告りであったからに他ならない。これは履中天皇から始まる清寧記の名告りと大きく異なるところで、顕宗即位前紀の名告りには「押磐尊」天皇に始まるオケ・ヲケ王朝という歴史叙述の意図が明確に表れている。

六　「室寿」「歌」「誥」と「嗣」の歴史叙述

「室寿」「歌」「誥」の韻文詞章はそれぞれ表記が異なるところから、一見すると、別々の資料の寄せ集めと言えなくもない。しかし、これまで詞章内容を検討し、散文との関係を読み解いてきた結果、韻文詞章のあいだに緊密な関係が認められた。それは「歌」を軸とするつながりである。ここにあらためて図示する。

「室寿」［醸める酒……吾が子等／旨酒……吾が常世等］
↓
「歌」［稲蓆］……［靡き起き立ち　その根は失せず］
↓
「誥」［倭は……弟日　僕らま］
↓
「誥」［市辺宮に　天下治めたまひし　天万国万押磐尊の　御裔僕らま］

酒宴の座から「稲蓆」を起こし、「靡き起き立ち　その根は失せず」の下の句から「押磐尊」天皇の子孫とする名告りへのつながりが明らかに見て取れる。吉田修作氏は「室寿きの中に名告りの位相が内包されていて」、「歌」によって「ヲケノ命の正式な名告りを誘導した」と、その関連性に言及している。[23] 四詞章が「歌」を中心にあたかも連作的構成の如き一体性をもって記載されていることは明らかである。この現象は四詞章がそれだけで成り立つ構造体としてあったことを示す。散文はそのあいだを説明したにすぎない。

この四詞章を一つの構造体とみた時、「歌」と「室寿」「誥」の韻文詞章としての違いが問題となる。前述したように、それらは呪詞性や韻律性をもつことでは共通している。「室寿」「誥」の表記も訓字中心の和文体であった。訓注には五音句や七音句も目に付く。つまり、「歌」と、歌ではないけれども歌に近い韻文詞章の構造体となっている。

『紀』には歌だけでなく、歌に近い韻文詞章も混在している。その一端はi～viの詞章にみた通りである。藤井貞和氏が「儀礼以前の歌謡状態」あるいは「うたの未開状態」[24]ととらえた歌の未分化とはまだつながっているのである。『紀』が「室寿」にホキヲハリテ（寿畢）、「歌」にコトノフシニアハセテミウタヨミシテ（赴節歌）、「誥」にウタハシム（使唱之）と記述したのは、歌状態の詞章に対する分節化の試みに他ならない。ムロホク、ウタヨム、タケビテウタフはこの構造体がヲケ王による一連の口頭詞章であることを明示するとともに、声の言葉に呪的な力を認め、『紀』はそこに政治的な権威を与えているのである。

それでは、この構造体は『紀』が創り出したものであろうか。前に、四詞章だけで成り立つ構造体と、既存のもののような言い方をしたが、それを確かめる資料に恵まれていない。ただ、『記』には一つの名告りの「詠」、『播磨国風土記』には六句と九句の「詠辞」しかないのに対して、『紀』では「歌」を中心に四詞章で構成する。名告りの詞句に類似性があることから、三書には共通の原資料があったという想定も可能であるが、他の部分に大きな相違があり、それぞれに資料的根拠があったとみた方がよい。特に『紀』の場合、ヲケ王の「歌」を中心に構成される点に注目しなければならない。「歌」を記すのは『紀』だけであって、琴の節に合わせてうたうという記述は、この「歌」の来歴を示唆する。雄略紀の礼楽思想に関わる琴歌は宮廷歌曲に属するとみられるし、建内宿禰が天皇から琴を賜ってうたった仁徳記の歌には「本岐歌の片歌」という宮廷歌曲名が付いている。この「歌」について土橋氏は「述作者の立場からする批評的な歌で、時人の歌的というべきである」[25]とするが、「述作者」の実体が明らかでなく、それが『紀』の編纂者とすれば『紀』の創作ということになり、『紀』の歌全体に関わって疑問が残る。『記』『紀』において創作歌を散文にはめ込むという状況は考えにくいからである。山路平四郎氏が「民衆の謡物からは縁が遠い」として宮廷歌曲と推定する点は首肯できるのであって、この「歌」は宮廷歌舞の中に伝来した、二王の歴史に関わる宮廷の琴歌と推定されるのである。(26)(27)

この「歌」は、なぜヲケ王登場の「室寿」と名告りの「誥」の中心にあって顕宗即位前紀に記述されるところとなったのか。最後に、この問いが残されている。その理由は「歌」がもつ叙事にあるとみてよい。「靡き起き立ち」の句は雄略天皇による父殺害のために播磨に潜伏することになった二王の発見と再起を伝え、「その根は失せず」は二王の即位と履中皇統の復活を物語っていて、「歌」の叙事は顕宗天皇即位の経緯に合致する。「室寿」との関係で言えば、秉燭者から皇位継承者に立場が変わり、名告りの「誥」によって二王の復権という「歌」の叙事が明確になるのである。このような「歌」の叙事からも四詞章が二王の即位と履中皇統の復活を語る構造体であることを確かめうる。

「歌」を記す顕宗即位前紀が分量の多さにおいて異例であることは前に触れた。また、履中紀系譜との違いを譜第で補う修正についても述べた。すべては二王の信憑性と正統性に関わることである。名告りの韻文詞章は皇位継承者の正統性を証明する手段に他ならない。名告りは『記』『紀』『風土記』に共通して存在することからも明らかである。しかも、「押磐尊」天皇に始まる皇孫という名告りは、来たるオケ・ヲケ王朝への強い予言の呪詞になっている。

その名告りは「歌」によって信憑性と正統性が与えられると言える。「歌」は一字一音表記で示す完全な和語である。訓字主体の「室寿」「誥」よりも、うたい手の言葉として直接的である。一字一音表記の「歌」は声の言葉としての身体性をもつがゆえに、「歌」の言葉は事実とみなされる。つまり、ヲケ王の言葉としての信憑性と正統性が「歌」によって保証される仕組みがここにある。この仕組みは『記』『紀』に歌があることの基本的な理由として考えられるのである。『紀』にはうたい手の声という事実性を歌に認める「歌」観があったことになる。それは『紀』の「歌」よる歴史叙述を成り立たせている考え方である。声による事実性の保証はこの構造体のホク、タケブにも及んでいるとみるべきであろう。

清寧紀二年二月条は天皇に御子がいないことを記述し、十一月条の最後に二王発見の報を聞いた天皇が「朕無子也。可以為嗣」と宣言し、二王の皇位継承を記載する。四詞章を中心とする顕宗即位前紀はこのヒツギ（「嗣」）のために書かれたということになる。「嗣」は皇極紀元年十二月に「奉誄日嗣」、持統紀二年十一月に「奉誄皇祖等之騰極次第。禮也。古云日嗣也」と記す。「騰極次第」は皇統譜とみられ、「日嗣」は『記』序文に「帝皇日継」とも記す。日の御子として天皇位を嗣ぐ意と考えられる。清寧天皇後の皇位不在は「嗣」の危機であった。顕宗即位前紀の最大の目的はヲケ王の「嗣」すなわち皇位継承を正統なものとする「嗣」の歴史叙述が求められたのである。「室寿」「歌」「誥」という四詞章の構造体は、二王の信憑性と正統性を示すために『紀』が意図した「嗣」の歴史叙述に他ならない。

結び

顕宗即位前紀の「室寿」「歌」「誥」という構造体は、『紀』において異例の形態である。二王の「舞」の順番で「譲」の主題を、漢籍の文飾を鏤めた正格の漢文で劇的に記述した『紀』が、「名告り」の場面では対照的に四詞章の構造体と散文による説明で記述する。そこにある『紀』の意図が、「嗣」を主題とする歴史叙述にあったことを小論では述べてきた。「歌」を中心に和文体で書記された構造体とその散文叙述は、『紀』が示した新たな表現形態としてとらえうる。それがどのように継承され、展開したかという課題は、今後さらに考えてみなければならない。少なくともこの「歌」にまつわる落魄の貴種の話は、『俊頼髄脳』を経て『慈元抄』にまでみられるように、中世的ヴァリアントさえ生み出して伝えられていくのである。(28)

注

（1）「蟹の歌――応神記・日継物語の方法」（『文学』二〇一二年一月。本書所収、第四章2）、「歌謡をめぐる謎――なぜ、たくさんの歌が収められたのか――」（『歴史読本』二〇一二年四月。本書所収、第三章2）、「置目来らしも――『古事記』の最終歌二首と日継物語――」（『国語と国文学』二〇一三年五月。本書所収、第四章5）など。

（2）新編古典全集『日本書紀』2（小学館、一九九六年）頭注に、『晋書』杜預伝の「衆家譜第」を引いて帝紀の類かとし、記序に「諸家之所賷帝紀及本辞、既違正実、多加虚偽」とあるように、異本が生じていたと想定する。青木周平「風土記と記紀の関係――播磨国風土記オケ・ヲケ説話を中心に――」（『上代文学』二〇〇七年四月）は「家々の系譜の類」とする。

（3）西條勉「イヒトヨとオケ・ヲケの物語」（『古事記と王家の系譜学』笠間書院、二〇〇五年。初出、一九九六年三月）は、「譜第」を顕宗紀系譜の原資料とし、その姉弟関係に、イヒトヨをシャーマン的女王、オケ・ヲケ二王を補佐的な弟男というヒメヒコ制の原像をみている。

（4）『古事記伝』は「其後雄略・清寧《ノ》二御代を経《ヘ》て、今なほ童なるべきに非ず」とする。しかし、「此《ノ》二柱《ノ》王は、実は忍歯《ノ》王の御子にはあらで、御孫にや坐けむ」と、誤伝とするのには従えない。

（5）三浦佑之「話型の伝承性――オケ王とヲケ王」（『古代叙事伝承の研究』勉誠社、一九九二年。初出、一九八五年四月）は、「シンデレラ物語」の話型からオケ・ヲケに継子という伝承性を指摘している。

（6）この訓注は『釈紀』の巻二十三和歌に見えないが、『紀』巻一五の古い写本である図書寮本には確認できるので、養老四年成立の原文に遡りうる本文とみておく。なお、『紀』の原本は存在しないので、厳密にはここで言う原文とは「校異によって再建が期待されるオリジナルの本文（ほんもん）」（中村啓信「古写本の研究と現状」『歴史読本』二〇〇七年一一月）ということになる。

(7) 土橋寛『古代歌謡全注釈・日本書紀編』(角川書店、一九七六年)

(8) 毛利正守「和文体以前の「倭文体」をめぐって」(『萬葉』二〇〇三年九月)は、日本語文の意味で和文体と称されてきた上代の文体に対して、「倭文体」の呼称を提唱している。ここでは一般的呼称に配慮して和文体を用いるが、小論で取り上げる『紀』の韻文詞章の書記という問題にとって貴重な指摘である。

(9) 亀井孝「古事記はよめるか」(『古事記大成3言語文字篇』一九五七年)は清寧記の名告りの詠に対して、「室壽の詞」の「資料が、原形のおもかげをとゞめたかたちで、古事記のなかに挿入されたいちじるしい例なのではなからうか」と推測している。それは『紀』の①~④にも同様に考えられるのであって、和文を表記した多様な資料も『紀』の編纂に用いられたであろう。

(10) 多田一臣『古代文学表現史論』(東京大学出版会、一九九八年)はこの託宣の言葉に「称辞が多用されるなど表現が韻律をも」つことを指摘している。

(11) 注(2)同書・頭注は「履中天皇の皇太子時代の呼称」で、「皇位継承上の呪器たるツルギタチ(剣刀)を身に添え持っている皇太子去来穂別皇子よ」の意とする。とすれば、皇位継承に関わる予兆(喩的)の呪言ということになる。

(12) 注(7)同書

(13) 土橋寛「宮廷寿歌とその社会的背景——「天語歌」を中心として——」(『古代歌謡論』三一書房、一九六〇年。初出、一九五六年六月)は、「漸層的対句」について「木の葉の呪力が蓄積され」、「酒はマナに満ちた飲物となる」という表現効果を指摘している。

(14) 居駒永幸「古事記の歌と琴歌譜」(『古代の歌と叙事文芸史』笠間書院、二〇〇三年。初出、一九九四年二月)

(15) 小島憲之『上代日本文學と中國文學・上』(塙書房、一九六二年)

(16) 『記』の方にも天皇儀礼と琴(歌)との関係が記される。仁徳記の雁の卵問答歌や雄略記の吉野の童女の歌である。これらは礼楽思想との直接的な関係というよりも、宮廷儀礼に組み込まれた琴(歌)を記すものであって、琴(歌)を含む宮廷儀礼の歌舞が礼楽思想の受け皿になったと考えるべきであろう。ただし、清寧記の名告りの詠に「如調八絃琴　所治賜天下」とあるのは、礼楽思想に影響された詞句とみなければならないであろう(西本香子『古代日本の王権と音楽』高志書院、二〇一八年)。
(17) 注(7)同書
(18) 大久間喜一郎・居駒永幸編『日本書紀〔歌〕全注釈』(笠間書院、二〇〇八年)の居駒担当「顕宗紀①弘計王の室寿」。
(19) 『時代別国語大辞典・上代編』(三省堂、一九六七年)
(20) 注(7)同書
(21) 注(2)同書・頭注
(22) 注(7)同書は「天万国万」が孝徳天皇の諡号に類似し、この条しか見えないことから、「かなり新しい時代の述作」としている。
(23) 「「詠」論――ヲケノ命の名告りと乞食者詠――」(『ことばの呪性と生成』おうふう、一九九六年。初出、一九九四年二月)
(24) 『古日本文学発生論』(思潮社、一九七八年)
(25) 注(7)同書
(26) 『記紀歌謡評釈』(東京堂出版、一九七三年)
(27) 注(18)同書
(28) 注(18)同書

5　養老の文芸

――「丹後国風土記」逸文の浦島子説話と和歌――

はじめに

浦島子説話を記す上代文献は、『日本書紀』雄略二十二年七月条、『万葉集』巻九「水江浦島子を詠む一首并せて短歌」、そして『釈日本紀』所引「丹後国風土記」逸文の「浦嶼（島）子」条（以下、「逸文」）である。しかし、そのあいだには少なからず相違もみられる。『紀』は丹波国余社郡筒川の水江浦島子の話を略記して、完本は別にあるとし、『万葉集』は高橋虫麻呂歌集の水江浦島子をうたう長歌と反歌（9・一七四〇、一七四一）を載せるが、歌詠の地は墨吉である。もっとも詳しいのは「逸文」で、日下部首らの先祖である筒川の嶼子の話になっている。特に「逸文」で注目されるのは、伊預部連馬養が所記する内容に違わないとしつつ、末尾に嶼子と神女の贈答、および後時の人による追加の歌を載せている点である。地方氏族の祖先伝承がきわめて整った漢文体の文章を駆使し、和歌をも付記していること自体、そこには『風土記』という作品の文学的諸課題が存在し、同時に八世紀初頭の文化史的な問題にもつながっていることは明らかである。

ここでは末尾五首の和歌の表現や形式を検討し、浦島子説話とその歌群の成立や当時の文学的環境について小見を述べることにしたい。

一　「丹後国風土記」逸文の浦島子説話

まず、雄略紀二十二年七月条を挙げてみる。

丹波国余社郡管川人水江浦嶋子、乗舟而釣。遂得大亀。便化為女。於是、浦嶋子感以為婦。相逐入海。到蓬莱山、歴覩仙衆。語在別巻。

これをみると、余社郡筒川（現在の京都府与謝郡伊根町）の住人、水江の浦嶋の子が、亀が化身した妻とともに蓬莱山を訪れ、仙界の人と会うところでこの記事は終わっている。話の詳しい次第は「別巻」に記されているという。この「別巻」は、「逸文」に筒川・亀・蓬山が共通して出てくることから、「逸文」に先行する伊預部連馬養が記すところの浦島子説話が想定されている。「逸文」の書き出しは次の通りである。

（丹後国風土記曰）与謝郡。日置里。此里有筒川村。此人夫、日下部首等先祖、名云筒川嶼子。為人、姿容秀美、風流無類。斯、所謂水江浦嶼子者也。是、旧宰伊預部馬養連、所記無相乖。故、略陳所由之旨。

馬養所記の浦島子説話がすでにあり、「逸文」とは内容に大きな違いはないという。この馬養の作品について、三浦佑之氏は「あくまでもフィクションであり、共同体の伝承を脚色したものではない」とし、知識人や官人たちに支持された「当時唯一の国産神仙小説のベストセラーであった」と述べている。[1]「浦島子伝」が中国神仙譚に取材した馬養の創作であったことは首肯できる。ただ、「旧聞異事」として語られていた「共同体の伝承」の存在を完全に否定しうるかという点にはいささか疑問が残る。丹後国余社（与謝）郡筒川の地名が雄略紀と「逸文」

に共通し、「逸文」の方では筒川の嶼子が日下部首の先祖という具体的な人物として位置づけられているからである。

多田一臣氏が指摘するように、そこには「何らかの核になるような伝承」があったはずである。[2]『古事記』『紀』の海宮遊行神話との類似性は古くから指摘されてきたが、[3]垂仁記にみえる多遅摩毛理の常世国派遣のような異郷訪問譚もその一つと考えられる。多遅摩毛理の話は三宅連等の祖先伝承であり、常世国を往来する浦島子説話と同類であるだけでなく、丹後国と但馬国は地理的にも近い。丹後国の海岸周辺に常世国を往来する祖先伝承が存在し、馬養はそのような伝承を核として浦島子の神仙譚を構想した可能性が高い。それは馬養が丹波国の「宰」となった時期、おそらく持統三〈六八九〉年六月の「撰善言司」の任が終わった後、『律令』撰定の一員となる文武四（七〇〇）年六月までのあいだであろう。

雄略紀二十二年に記す「別巻」は、馬養の浦島子説話とみてほぼ間違いないと考えられている。三浦氏によれば、『紀』ははじめ、中国史書と同様に〈紀〉〈志〉〈列伝〉の三部構成を構想し、この浦島子説話は雄略紀の編纂段階〈和銅六〈七一三〉年以前〉において、「日本書」〈列伝〉の編纂資料として集められていたもので、「別巻」とは〈列伝〉として用意された「浦島子伝」とする。[4]筋道の通った推論で説得力がある。馬養作の「浦島子伝」は少なくとも『紀』成立の頃には広く知られていたのである。

問題は「別巻」の「浦島子伝」が和銅六年以前に遡るのかということである。三浦氏は、『続日本紀』和銅六年四月条の丹後国新設記事を根拠として、雄略紀二十二年の「丹波国余社郡」以下の記事を和銅六年以前とみている。しかし、『紀』成立の養老四（七二〇）年五月から数えて七年も前に、この記事だけがすでに書かれていたとは考えにくい。この記事は「丹波国」の時代のこととして書いているのであって、「雄略紀が和銅六年以前に成立していたという想定」[5]の根拠にはならない。『紀』の成立に近い段階、少なくとも養老に入ってから書かれたとみるのが自然であろう。

そのことと関連するのが、「逸文」の冒頭部である。「斯、所謂水江浦嶼子者也」は「逸文」が書かれた当時、「浦嶼子」の話が世間に広まっていたことを示す。続く「是」は、「以下の話」という意で「逸文」所載の浦島子の話を指すと考えられるが、それは丹後国与謝郡に伝えられている浦島子説話を前提とする。「逸文」が依拠する浦島子説話は口承か記載のものか、不明である。しかしそれは、馬養所記の「浦島子伝」と相違しないとは言え、同一のものではない。その相違点について、馬養の没年（大宝三〈七〇三〉年以前）は『遊仙窟』の伝来時期としてもっとも有力な慶雲元（七〇四）年以前なので、『遊仙窟』を利用した「逸文」とは表現上に多少の差があったとする小島憲之氏の指摘がある。[6]

しかし、「是」「無相乖」は馬養所記本以後に、ということは『遊仙窟』伝来後に書かれた「浦島子伝」の存在を否定するものではなく、むしろ「逸文」は『遊仙窟』による潤色を加えた「浦島子伝」に依拠したと考えるべきではないか。「略陳所由之旨」というのは、馬養所記本より後の、『遊仙窟』の影響を受けて書かれた「浦島子伝」を省略したのが「逸文」であることを意味するからである。

「逸文」の筆録者が馬養所記本とは別の浦島子説話に依拠した背景に、どのような状況が考えられるであろうか。「逸文」を注意深く読むと、丹後国与謝郡の「筒川嶼子」と世間に知られている「水江浦嶼子」とを区別している。つまりそれは、浦島子説話が一地方の祖先伝承から創作神仙譚として多くの人々に知られるようになったことを示唆している。「水江浦嶼子」の神仙譚を創作したのは丹波国の国守伊預部連馬養であるが、「所謂水江浦嶼子」は馬養所記の浦島子説話がその後広く流布したことを示しているのである。

浦島子説話が広まったのは雄略紀二十二年条が書かれた頃と重なるであろう。養老四年の少し前の時期に、馬養所記本を原形として「浦島子伝」が流布していたと考えられる。雄略紀に記す「別巻」は当時流布していた漢文体「浦島子伝」とみることができる。つまりそれは、馬養所記を原本とする第二次本という体裁であろう。少なくとも養老四年頃の朝廷において、漢文体「浦島子伝」が『紀』編纂の一資料として集積されていたことは間違いない。

七世紀末に馬養が書いた漢文体「浦島子伝」が八世紀初頭に人気を博して再生産され、第二次本「浦島子伝」を生み出すような状況が「丹後国風土記」撰録以前にあったことは認めてよい。そこで、もう一つ問題となるのは「丹後国風土記」がいつ書かれたかである。その点については郡里制の表記をとることから、それが施行された霊亀元（七一五）年以前の成立とみられている。しかし、『常陸国風土記』の編纂が養老年間まで続けられたとされているので、「丹後国風土記」も霊亀元年までに編纂が完了していたかどうかについては検討の余地を残している。(7) 雄略紀二十二年条の「別巻」は養老年間に編纂資料としての「浦島子伝」が存在したことを明示するものであるが、それは「逸文」が示唆する「浦島子伝」の流布の状況とも一致することから、「逸文」自体も養老年間に成立したとみてよいのではないかと考えられる。『紀』成立の前後、「丹後国風土記」の編纂の一環として「浦島子伝」の省略本が書かれたことになる。

二　漢文体の浦島子説話と和歌

「逸文」が『遊仙窟』の影響下に成った作品であることは、古くから指摘がある通り疑いないが、和歌五首が最初から浦島子説話にあったかどうかは検討を要する。前出の小島氏は、『遊仙窟』の別離の詩、

人去悠々隔両天
未審迢々度幾年

縦使身遊万里外
終帰意在十娘辺

に暗示を得て、

倭方《やまとへ》に　西風《にし》吹《ふ》き上《あ》げて　雲離《くもばな》れ　退《そ》き居《を》りとも　我忘《われわす》れめや　（記55）

という仁徳記の黒日売が詠んだ「倭べ振り」（倭曲）の類歌、「倭辺に　風吹き上げて」の歌を浦島伝説に結びつけたとし、「この傳説の原型は、歌をもたないものであった」と述べている。[8] 浦島伝説にこの歌を結びつけたのは、創作ではなかったかとみるのである。

五首の和歌を後の補入とする見方は、『風土記』の比較的新しい注釈書にも採用され、植垣節也氏校注の新編古典全集『風土記』（小学館、一九九七年）は「物語伝承の古型ではなく、風土記編纂時の後補」とする頭注を付している。その理由の一つとして挙げているのが、本文では一貫して「嶼子」なのに、歌詞には「宇良志麻能古（浦島の子）」となっている点である。つまり、漢文体の散文とは異なる呼称で歌が詠まれている。散文と歌のあいだの差異は、浦島子歌群が「逸文」の漢文体「浦島子伝」とは別の機会で詠まれたことを示唆するものである。

次に新編古典全集『風土記』の訓読によって和歌五首を示し、両者の関係をみてみよう。

于斯、拭涙歌曰、

A常世辺《とこよべ》に　雲立《くもた》ち渡《わた》る　水江《みづのえ》の　浦嶋《うらしま》の子が　言《こと》もち渡る　（風12）

神女遥飛、芳音歌曰、

B倭辺《やまとべ》に　風吹き上げて　雲離《くもはな》れ　退《そ》きをりともよ　我《わ》を忘らすな　（風13）

嶼子更、不勝恋望、歌曰、

C子等《こら》に恋ひ　朝戸《あさと》を開き　我が居れば　常世《とこよ》の浜の　波の音《と》聞こゆ　（風14）

後時人、追加歌曰、

D水江《みづのえ》の　浦嶋の子が　玉匣《たまくしげ》　開《あ》けずありせば　またも会はましを　（風15）

E常世辺《とこよべ》に　雲立ち渡る　多由女　雲《くも》は継《つ》がめど　我《われ》そかなしき　（風16）

まず嶼子のAであるが、「常世」というのは、散文に「蓬山」「海中博大之嶋」「仙都」「神仙之堺」などと記す神仙境のことである。散文では「蓬山」や「海中」あるいは「天上仙家」というようにやや漠然としたイメージであるが、贈答歌では「常世の浜の　波の音」とあるように、より明確に海の彼方の異境として詠んでいる。「常世辺に　雲立ち渡る」も散文では「芳蘭之体、率于風雲、翩飛蒼天」と、雲は天界に飛び去ることになっており、歌世界と重ならない。その雲が「言もち渡る」とあって「浦嶋の子」の言葉（歌）を持ち伝えることがうたわれるのに、そのことは散文に書かれていない。

神女の返歌Bは「倭辺に」といううたい出しである。散文の方には「還本俗、奉拝二親」「郷里」「到本土筒川郷」とあって、浦島子は郷里筒川に帰ることが強調されており、大和国を指す「倭辺に」の歌表現はそれとかみあわない。その理由は、仁徳記に黒日売歌とする「倭辺に　西風吹き上げて」の歌をほぼそのまま用いたためである。黒日売歌では仁徳天皇が吉備国から難波高津宮に還幸する際に詠んだとされるので、「倭辺」は難波を含む畿内として読み取られるが、Bでは大和国全体に転換されるゆえに不整合が起こる。歌の側から見れば、贈答歌群は散文脈とは若干の距離を置きつつ独自の歌世界を創り上げていると言える。

なお、黒日売歌との関係について付言すれば、Bをその類歌とする従来の見方は妥当でない。両者は同歌とみられるからである。「西風」と「風」、「をりとも」と「をりともよ」、「忘れめや」と「忘らすな」の違いは、原表記が正訓字主体の書式の場合、その訓読において起こりうる範囲である[9]。つまり、原表記がニシともカゼとも訓めたか、ニシに限定できないためにカゼと訓んだかのどちらかである。また「忘る」の否定表記を訓読する時、反語と禁止の両方に訓める可能性があったということであろう。従って、共通の訓字主体原表記から、一方で黒日売の歌として載録され、また他方で神女の返歌としても記載されたことになる。一つは黒日売が仁徳天皇に贈った宮廷歌謡として保存され、それとは別に地方の女が詠んだ悲別の規範的な恋歌としても伝誦されたのである。恋歌の規範性という意味では『万葉集』巻二冒頭の磐姫皇后歌を想起させるが、仁徳天皇に関わる歌謡が奈良朝において恋歌の規範として享受されたことは留意しておくべきであろう。

次のCは嶼子がBに応じた歌で、神女と暮らした「仙都」を想起し、神女への思慕がうたわれる。Cでは帰郷した嶼子の生活を「朝戸を開き　我が居れば」とうたっているが、散文の側にそのような暮らしぶりを叙述する箇所はない。「朝戸を開き」はむしろ歌独自の表現世界である。常世の浜の波の音が聞こえるというのも、散文叙述の「仙都」をうたったものではなく、前歌のBの「退きをりともよ　我を忘らすな」とうたう神女との交情とみられる。この歌においても、散文との緊密な連続性というよりも、贈答歌のつながりの中で浦島子と神女の悲別という歌世界を創り上げていることが確認できる。

DとEは三首の贈答歌を受けて後人が追和した歌である。追和歌の問題は後述するとして、ここではこの二首と散文の関連性についてみておきたい。Dの「玉匣　開けずありせば」が禁忌の侵犯になるという、浦島子説話特有のモチーフを叙述する「嶼子、忘前日期、忽開玉匣」と対応することは明らかである。同様に結句「またも会はましを」も、永遠の別れという結末を記す散文の「乖違期様、還知復難会」を反実仮想の表現でとらえ直したもの、と一応は解しうる。しかしそれは、Dが「浦嶋の子が」と三人称で発想し、第一歌のAと共通するところから、Aの「言もち渡る」という悲別に至った状況を受けて、「玉匣　開けずありせば」の仮定を示して説明しているとみるべきであろう。

Eは『釈日本紀』の本文に誤写・脱字があり、第三句と第四句の訓読が定まらない。最初の二句はAとまったく同じで、この点からもDと同様、EもAを受けるものとみてよい。結句の「我そかなしき」は後人が嶼子の立場で詠んでいるのであって、「我」は嶼子である。それは散文の末尾「咽涙徘徊」という嶼子の心情を表現しているともみられるが、雲は常世の方に流れていくけれども逢うことが叶わないというような内容から結句に続くと考えられるので、散文叙述との関係において成り立つ表現ではなく、A以下の贈答歌を受けて全体を結ぶ役割をここにみるのが正しい。

以上をまとめれば、散文に歌が効果的に対応しているというよりは、贈答歌三首と追和歌二首の和歌世界で完結する構造である。これらの和歌はもともと漢文体の浦島子説話に組み込まれていたのではなく、「逸文」の省略本が書かれる際に、ひとまとまりとしてあった五首の和歌を結びつけたものとみられる。漢文体の散文叙述に挿入する形ではなく、五首が最後に一括して置かれる点に、それは端的に表れている。

三　浦島子歌群の表現とその類句・類歌

これまで「歌と散文」の関係をみてきたが、和歌としての五首にはいくつかの特徴的な表現がある。次にその表現を取り上げ、万葉歌などにみえる類句・類歌と比較しながら、古代和歌史における五首の位置や時代背景を探っていくことにする。

まずAEの「雲立ち渡る」の詞句には次のような類歌が見出せる。

a 今城《いまき》なる　小山《をむれ》が上《うへ》に　雲《くも》だにも　著《しる》くし立《た》たば　何《なに》か嘆《なげ》かむ　（紀116）

b 痛足川《あなしがは》　川波《かはなみ》立ちぬ　巻向《まきむく》の　弓月《ゆつき》が岳《たけ》に　雲居《くもゐ》立てるらし　（7・一〇八七）

c あしひきの　山川《やまがは》の瀬の　鳴《な》るなへに　弓月が岳に　雲立ち渡る　（7・一〇八八）

d雲だにも　著《しる》くし立たば　心遣《や》り　見つつも居《を》らむ　直《ただ》に逢ふまでに　（11・二四五二）

e春楊《はるやなぎ》　葛城山《かづらきやま》に　立つ雲の　立ちても居《ゐ》ても　妹《いも》をしそ思ふ　（11・二四五三）

雲が立つという発想は、雲を霊力や霊魂が発現し活動する姿とする古代的観念に基づく(10)。年代的にはaの斉明天皇歌が特に早く、この場合、八歳の若さで夭折した建王の魂を雲にみようとしている。bcの叙景歌の場合は、弓月が岳の山気、山霊を感じとっている歌。deは雲に寄せる恋として詠まれた六首のうちの二首。dは来ぬ男を、eは逢えない「妹」を偲ぶ歌で、やはりここでも雲に人の魂の姿をみる観念が働いている。このような古代的観念において、AEの和歌も嶼子の霊魂が神女のいる常世辺に引き寄せられることをうたったものと解される。

この類歌で注目されるのは、b〜eの万葉歌がすべて柿本人麻呂歌集の歌ということである。伊藤博氏によれば、人麻呂歌集歌は白鳳期の歌で、その歌集は人麻呂が活躍した時期（六八七〜七〇三年）の後半に編まれたとされる。特にcdを含む巻十一の第一次本は神亀年間に風流侍従や笠金村・山部赤人らによって編集されたという(11)。『藤氏家伝』「武智麻呂伝」の神亀六（七二九）年条に出てくる「風流侍従」たちは、『続日本紀』養老五（七二一）年正月条に「退朝之後、令侍東宮焉」とある、いわゆる東宮侍講や「優遊学業、堪為師範」とされた人物と多くが重なる。東宮侍講の一人として、養老から天平期に作歌活動をする山上憶良がいたこともよく知られている。

Aの「言もち渡る」は雲が嶼子の言葉を常世に住む神女に運び届けるという意で、雲を擬人化した表現であるが、万葉歌に次のような類想の歌がある。

f国遠《くにとほ》み　思ひなわびそ　風のむた　雲の行《ゆ》くごと　言《こと》は通《かよ》はむ　（12・三一七八）

雲に寄せる恋をうたう「羈旅発思」の歌である。「言は通はむ」は言葉が雲に乗って通うという意で、地方に赴任してきた奈良の中下級官人を慰める遊行女婦の宴席の歌と解されている(12)。雲が言葉を運ぶという発想は遠く離れた男女の恋歌に用いられ、作者未詳歌巻である巻十二のfのような歌には官人周辺の担い手が想定される。

Ａの「言もち渡る」も官人に関わる恋歌に通じる詞句とみられる。

Ｂの「我を忘らすな」も万葉歌から拾うことができる。

ｇ紅《くれなゐ》の　浅葉《あさは》の野らに　刈《か》る草《かや》の　束《つか》の間《あひだ》も　我《あ》を忘らすな　（11・二七六三）

ｈ我妹子《わぎもこ》や　我《あ》を忘らすな　石上《いそのかみ》　袖布留川《そでふるかは》の　絶えむと思へや　（12・三〇一三）

ｉうちひさす　宮の我《わ》が背《せ》は　大和女《やまとめ》の膝《ひざ》まくごとに　我《あ》を忘らすな　（14・三四五七）

ｇとｉのうたい手は女、ｈは男の歌である。これらの歌をみると、恋歌に「我を忘らすな」の詞句で終わる形式があったことがわかる。ｇｈは平城京の周辺で流布したと推定される作者未詳歌である。ｉは相聞の東歌で、遠く宮仕えに行く夫に妻が、大和女の膝枕をすることが重なっても私を忘れないでくださいと、ずばり釘を刺す歌とみてよい。この詞句は恋の相手に対する殺し文句のようなおもしろさがあるゆえに、実際の恋の場面というより、ｉなどは宴席の場でうたわれた歌に違いない。Ｂはそのような類型の中にあり、「雲たち渡る」と「雲離れ」というモチーフのつながりにおいてＡと結びついたものと推定される。

Ｃの「朝戸を開き」の表現は万葉歌に五首みられるが、相聞は次の二首である。

ｊ朝戸《あさと》を　早くな開《あ》けそ　あぢさはふ　目の乏《とも》しかる君　今夜来《こよひき》ませり　（11・二五五五）

ｋ我妹子《わぎもこ》に　恋ひすべながり　胸を熱《あつ》み　朝戸開《あさとあ》くれば　見ゆる霧かも　（12・三〇三四）

ｊは昨夜から男が来ていて、朝、帰るのをとどめておきたいとする女の気持ちが、「朝戸を早く開けないで」との懇願になっている。万葉歌の用例から察するに、朝戸を開けて外をみるというのは神意を知る呪的行為で、それが歌による恋愛生活の中にも入り込んでいたと考えられる。次のｋなどにもそれは見出せるように思われる。ｋは女に恋い焦がれて一夜を過ごした男が、朝戸を開けると霧が立ちこめているとうたう。それは恋の嘆きが霧となって見えたということでもある。朝戸を開けて恋人の不在を嘆くというのは、Ｃの心情に通じる。「朝戸を開き」の詞句は恋歌表現の一形式になっており、巻十一・十二の作者未詳歌に広く用いられているのである。Ｃの「朝戸を開き」はそのような作者未詳歌群の広がりの中に用意されていたと言える。

最後に、Ｄの「玉匣　開け」の詞句を取り上げる。「玉匣」は『万葉集』巻二の藤原鎌足と鏡王女の贈答歌に詠まれ、初期万葉では「覆ふ」「みもろの山」にかかる枕詞として用いられる。その他「蓋」「奥」などにもかかる。「開き」「開け」の枕詞としては次に挙げる巻十一・十二の用例歌や巻四の笠女郎の大伴家持に贈る歌の他、巻九・十五・十八の中にもみられる。巻九の高橋虫麻呂の水江浦島子を詠む長歌には、「玉櫛笥《たまくしげ》　少し開《ひら》くに白雲《しらくも》の　箱より出でて」（9・一七四〇）とある。

ｌはしきやし　吹かぬ風故《かぜゆゑ》　玉櫛笥《たまくしげ》　開《あ》けてさ寝《ね》にし　我《われ》そ悔《くや》しき　（11・二六七八）

ｍ恋《こ》ひつつも　今日《けふ》はあらめど　玉櫛笥《たまくしげ》　明《あ》けなむ明日《あす》を　いかに暮らさむ　（12・二八八四）

ｎ我《あ》が思ひを　人に知るれや　玉櫛笥《たまくしげ》　開《ひら》き明《あ》けつと　夢《いめ》にし見ゆる　（4・五九一）

ｌの場合、「玉櫛笥」は蓋を開けることから、戸を開けるの「開け」の枕詞として用いる。ｍは同音を利用して夜が明けるの「明け」の枕詞となったもの。玉櫛笥は前期万葉で「（蓋を）覆ふ」の枕詞だったのが、後期万葉になると「（蓋を）開き」「（夜が）明け」の枕詞として用いられるようになる。ｎは「玉櫛笥」の蓋を開けた夢をみるという意であるが、「開き明けつ」の重複には夜が明ける意をも含めているとみられる。早朝、「玉櫛笥」の蓋を開ける行為が女性にとって特別な意味をもっていたことは、倭迹迹日百襲姫が禁を破って、朝、櫛笥を開けたところ、中に小蛇がいるのをみて驚き、箸で陰を突いて薨去するという崇神紀の箸墓伝説に明らかである。櫛笥は呪器であり、それを開けるのは呪的行為と言ってよい。このような神話的観念が「玉櫛笥」の枕詞を支えているのであるが、(13)朝、「玉櫛笥」を開けた夢をみるというｎにもそれはまだ生きている。Ｄの「玉匣　開けずありせば」という反実仮想は、万葉歌にみられる「玉櫛笥」の神秘性やそれを開ける呪的行為と響き合う関係にあることがわかる。櫛笥には本来このような神秘性や神話的観念がまとわりついているゆえに、浦島子説話のモチーフにもなったと考えられる。

以上、A~Eの特徴的な表現とその類句・類歌をみてくると、巻七・十一・十二の作者未詳歌ときわめて近い関係にあることが指摘できる。特に巻十一・十二は「古今相聞往来歌類」として編集された歌群であり、大きな枠組みとしては大宝年間頃までの人麻呂歌集やその他の歌集の古歌と、それを受け継ぐ出典不明の新しい歌によって成り立つ。新しい歌の本体は奈良朝以降に都の官人層を中心として宴席など様々な機会で詠まれ、流布した歌々とみてよい。その原本は神亀から天平の初めにかけて編まれたと考えられているが、前述したように、編集の担い手には養老から神亀にかけて名をみせる風流侍従や東宮侍講の存在が想定されることも、ここに注目しておく必要がある。

四　浦島子説話の享受と贈答・追和歌

浦島子歌群は嶼子と神女の贈答歌三首と、それを受けて嶼子の行為を批評する「後時人、追加歌」二首から成る。後半の二首は『万葉集』に出てくる後人追和歌と同じであり、小島氏は「萬葉集巻五の梅花歌の後追和梅歌の手法と同じく述作者の加へたものと思はれ、この方法は上代人の文學技法の一つ」で、「これは机上の創作であり、「動かない」傳承の部分ではない」と指摘している。(14) 植垣氏校注の『風土記』も頭注で「「更」とか「後時人」という形で歌を続けて行くのは編集上の一形式で、風土記編纂時のもの」とし、類例として『万葉集』巻五・八六一~三の題詞にある「後人追和」を挙げている。

「逸文」の「後時人、追加歌」が『万葉集』の後人追和形式と同様の文学技法であるならば、両者の後人追和歌は同じ時期に、同じ文学的環境のもとに可能であったとみることができる。その年代はどのように考えられるか。それと同時に、「逸文」の後人追和歌が風土記編集上の創作か否かについても検証してみる必要がある。

まず、『万葉集』の追和（追同も含む）歌とその作者・年代を次に掲出する。

①2・一四五「追和歌」（山上憶良、持統四〈六九〇〉年頃・慶雲元〈七〇四〉年以後・養老五〈七二一〉年などの説がある[15]）
②4・五二〇「後人追同歌」（大伴家持か、成立年代不明）
③5・八四九〜五二「後追和」（大伴旅人、天平二〈七三〇〉年）
④5・八六一〜三「後人追和之詩」（旅人、天平二年）
⑤5・八七二「後人追和」（旅人周辺、天平二年）
⑥5・八七三「最後人追和」（旅人周辺、天平二年）
⑦5・八七四、八七五「最最後人追和」（憶良か、天平二年）
⑧5・八八三「後追和」（三島王、天平二年十二月以降）
⑨6・一〇一五「後追和歌」（榎井王、天平九〈七三七〉年）
⑩17・三九〇一〜六「追和」（大伴書持、天平十二〈七四〇〉年十二月）
⑪17・三九九三、三九九四「追和」（大伴池主、天平十九〈七四七〉年四月）
⑫18・四〇六三、四〇六四「後追和」（家持、天平二十〈七四八〉年）
⑬19・四一六四、四一六五「追和」（家持、天平勝宝二〈七五〇〉年）
⑭19・四一七四「追和」（家持、天平勝宝二年三月）
⑮19・四二一一、四二一二「追同」（家持、天平勝宝二年五月）

⑯20・四四七四「追和」（家持、天平勝宝八〈七五六〉年十一月）

以上の追和歌一覧をみると、③〜⑧の大伴旅人・山上憶良関係と⑩〜⑯の大伴家持周辺に偏在することがわかる。その点はすでに注目されていて、村瀬憲夫氏は旅人・憶良を中心とする「筑紫歌壇において「追和」というひとつの創作的文学形式」が盛行したとする稲岡耕二氏の見解を受けて[16]、「追和歌というものが、単に時間を異にした贈答歌なのではなく、一種の文学形式であり、特に憶良の場合には、追和という形式に則りながら一種の物語を創作しようとしていた」ことを指摘した[17]。また大久保廣行氏は追和を「憶良を嚆矢として、旅人を初め大伴氏一族を中心とするいわば大伴歌圏で、意識的・実験的にとりわけ愛用された文学作法であった」[18]とした上で、①の作歌年次について、憶良が東宮侍講になった養老五年説を提示した菅野雅雄氏の見解を支持し[19]、それは憶良が唐から帰朝後に明確に記載される養老八年七月七日（実際には養老五〜七年かという）の作に接近し、巻二原形の形成時期の下限を養老五年と認定する伊藤博氏の見解とも抵触しないと述べている[20]。両論は追和歌の詠歌方法を明らかにするとともに、①に新しい創作意識をみようとしたのである。

追和歌の研究の進展によって、その出現を養老年間に求めることは十分に説得力をもつ。それは前節で触れた『続日本紀』養老五年正月条の東宮侍講や学業師範の存在とも深く関わることは言うまでもない。日本国家最初の正史である『紀』が編まれた養老年間は、即位を目前にした皇太子首皇子のもと、政治史や文化史において画期をなす時期であった。文雅を貴び、学術技芸を称える時代を迎えたのである。追和の詠歌方法はそのような養老の文学的環境において考えることができる。

それを証する事例の一つが『紀』にみられる。欽明紀二十三年七月条に記す調吉士伊企儺の奮闘と二首の歌である。伊企儺は新羅の闘将に捕虜にされても降服せず、「わが尻をくらえ」と叫んで殺され、その妻大葉子も捕虜になるのだが、その歴史叙述の最後に大葉子と或人の歌が記載される。

其妻大葉子、亦並見禽。蒼然而歌曰、

韓国《からくに》の　城《き》の上《へ》に立《た》ちて　大葉子《おほばこ》は　領巾《ひれ》振《ふ》らすも　日本《やまと》へ向《む》きて　（紀100）

或有和曰、

韓国《からくに》の　城《き》の上《へ》に立《た》たし　大葉子《おほばこ》は　領巾《ひれ》振《ふ》らす見《み》ゆ　難波《なには》へ向《む》きて　（紀101）

前の歌は大葉子の歌としながら、三人称で「振らす」と敬語を用いてうたう叙事の歌である。捕虜になった大葉子が夫の死を悲しみ、自らも死を決意して日本に向かって別れの領巾を振ったということであろう。それは結局、第三者による同情と讃美であるはずのものが、「大葉子である私は領巾をお振りになるよ」と、大葉子自身の言葉（歌）で説明したと理解するしかない。『記』『紀』の歌は当事者の言葉であり、声そのものと考えられた。それゆえ、歌は疑いようのない事実として歴史を現前させる力をもつ。(21) この場合、やはり大葉子自身の歌でなければならなかったのである。

次の歌は或人が唱和した歌とするが、「立ちて」が「立たし」、「も」が「見ゆ」、「日本」が「難波」に変わっただけで、ほとんどくり返しになっている。前の歌を受けて「大葉子は領巾をお振りになるのが見える」と、第三者による現場報告、あるいは歴史の証言という意味をもつ歌なのである。それはきわめて単純な形式ではあるけれども、散文の物語を享受しつつ元歌と追和歌によって、物語をベースにした和歌世界を創造していく追和の方法と同じである。

このような或人の追和形式は、『紀』のこの一例だけである。『記』にはもちろんみられない。それは養老四年五月に完成した『紀』において示した、［歌と散文］のもっとも新しい叙述方法であることを示唆する。追和という新しい方法を『紀』の編纂において可能にしたのが、和歌史における追和の詠歌方法の創出という養老の文学的環境にあったことはもはや疑いない。

この大葉子と或人の歌を「物語歌の連作的方法の一種」とし、そこに「逸文」の追和歌や「遊於松浦河序」の後人追和歌と同じ趣向を見たのは土橋寛氏である。土橋氏は調吉士伊企儺と妻大葉子の最期を描いた述作者を調氏と推定し、調氏が学問・記録に関与したことを示唆するものとして、『続日本紀』養老五年正月条にその名をみせる第二博士調忌寸古麻呂の存在を挙げている。[22] 養老五年正月の学業師範者の褒賞は、前年の『紀』の完成に対する報労という意味があったのではないかと考えられることからも、調古麻呂が調一族の歴史叙述、すなわち調吉士伊企儺をめぐる大葉子の歌と或人の追和歌に関わったことはあり得るであろう。

これまで追和形式の創出時期が養老年間であることを述べてきたが、「逸文」に記載された浦島子歌群の贈答・追和歌が、養老の文学的環境において創作されたことはほぼ認められる。しかし、その創作という意味は「逸文」の編纂時の作業ということではない。それは他の追和歌の例と同じく、浦島子説話を享受しつつそこからある程度離れて、贈答・追和という和歌独自の世界において創作されたという意味である。前掲④「遊於松浦河序」の後人追和歌、⑤⑥⑦領巾麾説話の「後人」「最後人」「最最後人」追和歌といった天平二年の達成には及ばないが、追和歌の嚆矢とされる①の憶良の追和歌には有間皇子の「結び松」に「松は知る」と和して全体を統括する方法がみられ、「逸文」の後人追和歌はそれに近い。

「逸文」の贈答歌と追和歌の構造は、第一歌のAを起点としてBCへと展開する。Aは「水江の　浦嶋の子が」と三人称でうたうもので、B以下の四首の説明という役割を果たす。それは単純な形式であるが、大葉子歌と或人の追和歌と同じである。そしてEFの追和歌ではAを受けて、「浦嶋の子」の禁忌の侵犯という行為を批評し、「浦嶋の子」の立場になって「我そかなしき」と永遠の別れを悲しむのである。この五首の歌の場では最初にAで三人称を用いて叙事的に「浦嶋の子」の話題を提示し、神女と嶼子に仮託して贈答歌を詠む。それを受けて、第三者の立場から嶼子を批評し、再び嶼子に仮託して歌が詠まれたのである。「後時人、追加歌」とあるが、五首全体の一体的構成を考えると、浦島子説話を享受する場で五首同時に詠歌されたとみられる。

結び

養老から神亀にかけて、年代で言えば、七一七年から七二九年の十三年間は、文化史的にみて高揚した時期であったと思われる。養老五年の当代一流の学業師範者や東宮侍講者、神亀六年の名だたる風流侍従たちをみれば、それは容易に理解できよう。その時期には万葉歌人として著名な山上憶良や吉田宜らもいて、万葉和歌史の画期をも示していた。そこでは高度な文学的環境が醸成され、追和歌という新しい詠歌方法が生み出されたことを確かめてきた。この追和歌の創出なくして、「逸文」の浦島子歌群は成立し得なかったのである。

もう一方で、中国詩文の導入と展開がある。導入という意味では『遊仙窟』の影響はきわめて大きく、本論で取り上げた「逸文」の漢文体浦島子説話はその恩恵を多く受けている。浦島子説話のみならず、説話伝説の漢文体作品が流布するようになった。つまり、漢文体の説話伝説の享受は新たな和歌世界を創り出す原動力になったわけである。それは養老年間に始まった画期的な文学的営為であった。「逸文」の漢文体浦島子説話と贈答・追和歌は、そのような養老の文学的環境の所産であった。それはまさに、養老の文芸と呼ぶにふさわしい。

注

（1）『浦島太郎の文学史』（五柳書院、一九八九年）

（2）「水江浦島子を詠める歌」（『額田王論』若草書房、二〇〇一年。初出、一九九九年三月）

（3）高木敏雄『日本神話伝説の研究』（一九二五年）など。また、荻原千鶴氏は海宮遊行神話の一部と浦島子伝承の原形が海人集団によって伝承されたと推定している（「浦島子伝承の成立と海宮遊行神話」『日本古代の神話と文学』塙書房、一九九八年。初出、一九七五年七月）。
（4）注（1）同書
（5）注（1）同書
（6）『上代日本文學と中國文學・中』（塙書房、一九六四年）
（7）荊木美行「『丹後国風土記』逸文とその残缺」（『国文学』二〇〇九年五月）
（8）注（6）同書
（9）最近、瀬間正之氏は記紀歌謡の異同を取り上げ、訓字主体の推定原表記を示している（「歌謡記載の思想と方法」『國學院大學創立一三〇周年記念事業　文学部企画学術講演会・シンポジウム報告書』二〇一三年三月）。
（10）土橋寛『古代歌謡と儀礼の研究』（岩波書店、一九六五年）
（11）『萬葉集釋注』11別巻（集英社、一九九九年）
（12）伊藤博『萬葉集釋注』６（集英社、一九九七年）
（13）居駒永幸「へその紡麻と櫛笥――三輪山神話のことばと神話体験――」（『古代文学』二〇〇五年三月）
（14）注（6）同書
（15）橋本達雄「有間皇子自傷歌とその挽歌群」（『万葉集の時空』笠間書院、二〇〇〇年。初出、一九九九年五月）が諸説を検討している。
（16）「大伴旅人・山上憶良」（『講座日本文学上代編Ⅱ』一九六八年一一月）
（17）「岩代の追和歌――山上憶良、悲劇性の志向――」（『紀伊万葉の研究』和泉書院、一九九五年。初出、一九七六年三月）
（18）「筑紫文学圏の一方法――追和歌をめぐって――」（『筑紫文学圏論　大伴旅人・筑紫文学圏』笠間書院、一九九八年。初出、一九九三年十一月）
（19）「磐代歌考再論」（『びぞん』一九九一年三月）
（20）「追和歌二題」（注17同書。初出、一九九四年三月）

(21) このような『記』『紀』の歌のもつ意味について、『古代の歌と叙事文芸史』(笠間書院、二〇〇三年)などで論述してきたが、最近では「蟹の歌——応神記・日継物語の方法」(『文学』二〇一二年一月。本書所収、第四章2)で再論した。

(22) 『古代歌謡全注釈・日本書紀編』(角川書店、一九七六年)

第四章　『古事記』［歌と散文］の表現空間

1 『古事記』の［歌と散文］

——歌の叙事の視点から——

はじめに

『古事記』には、［歌と散文］によって構成される文脈がある。むろん『日本書紀』にもそれはみられ、そこに両書の歴史叙述の工夫ないしはその方法が見て取れる。それは、単に時系列に沿って出来事だけを伝えるのではなく、編者が記述する散文とは異質の表現である歌を記載することで、それが疑いようもない歴史的事実であることを示したということなのである。歌は『記』『紀』に記述される人物の声（とみなされるもの）にほかならないからである。

歌は基本的に一人称発想の心情表現であるが、両書にあっては歴史的な出来事の場面としてある。歴史的な場面における登場人物の心情表出であると同時に、歴史的な場面の説明になっている。例えば、歌詞に神・人名をもつ歌などは出来事をうたうという叙事を前提として心情が吐露される。三人称の叙事形式をとらなくとも、出来事の中で抒情されるのであるから、そこにおいて歌は抒情とともに叙事を担うことになる。言い換えれば、歌自体が歴史叙述の機能をもつということである。個人の抒情表現として自立している『万葉集』の歌とは、当然のことながら、その点で歌の性格と位置づけが異なる。従って『記』『紀』の歌は、歌の叙事において歴史叙述なのであると、その存在の様態を規定することができる。

このような歌の叙事は、散文を構成する上で決定的な方向性を与える。［歌と散文］の関係は、歌の叙事の理解ないしは解釈の上に成り立つと考えざるを得ないからである。その理解や解釈のしかたによって、『記』『紀』の［歌と散文］の構成や叙述に当然違いをもたらすことになる。『紀』の場合、詳しくは別稿を用意しなければならないが、歌に対する散文が漢語・漢文の知の枠組みにおいて叙述され、全体として［歌と散文］とのあいだが論理的かつ整合的である。一方、『記』は歌を重視する傾向がみられるものの、散文が簡略なために歌とのつながりに具体性を欠き、齟齬があるとみなされる場合も少なくない。

従来、齟齬とする前提には、独立の歌謡が『記』『紀』の説話・物語に転用され、その散文に結びつけられたというとらえ方がある。(1) しかし、この古代歌謡転用論には、［歌と散文］の齟齬を根拠に、それらの歌が古代歌謡であることを認定しようとする意図が働いていなかったであろうか。もしそうであるならば、問題の立て方が違うと言わなければならない。『記』『紀』の文脈レベルでは、それが歌謡か否かは問題にならないからである。『記』では、一首を除けば、特定の個人あるいは人々の歌として記されるのであって、ある出来事の中の、ある登場人物の歌なのである。［歌と散文］の関係に齟齬が見出されたとしても、それはあくまでも『記』の文脈レベルの問題としてとらえなければならない。そこに転用論を持ち込むのは転倒した議論になるであろう。いま求められるのは、『記』の［歌と散文］のあいだをどう読み解くかという課題の解明である。

『記』において、［歌と散文］のあいだの表現空間がどのように創り出されているか。本稿では、歌の叙事という視点からいくつかの例を取り上げ、この課題について前提となる論点を提示することになる。

なお、タイトルに用いた「歌と散文」について、最初に触れておく。本稿では「歌謡物語」の語は用いない。確かに「記紀歌謡」「歌謡物語」などは文学史用語として定着している。しかし、『記』『紀』の歌は、その文脈に歌謡として位置づけられているわけではない。それにもかかわらず、これまで「歌謡物語」という語を研究用語として無前提に定着させてきたことが、『記』『紀』の文脈をとらえる態度に曖昧さをもたらしてきたのではないか。この曖昧さを避けるために、ここでは括弧付きで［歌と散文］の語を用いる。いまのところそれが『記』『紀』の文脈をもっとも正確に言い表すものと考えられるからである。

一　こは誰よめりともなし

『記』の文脈では、うたい手は天皇や皇子・皇女とその周辺の人々であり、個人名でない不特定のうたい手は、「少女」（崇神記）一首、「后等及御子等」（景行記）四首、「吉野之国主等」（応神記）二首の三箇所七首しかない。それらは道で出会った神意の伝達者や倭建命の死を悼む近親者、さらに大雀命を称える儀礼的な場での奏上者であることを考えると、歌とその場面を叙述する散文との関係の中に、不特定のうたい手とする必然性があったことになる。この不特定のうたい手は、『紀』ではさらに広がりをみせ、例えば「時人」「当世詞人」「或有」という世評の代弁者のような存在まで登場するが、その点、『記』では不特定のうたい手に関して、より限定的な態度がみられると言ってよい。

　そのような中で、『記』に無記名歌が一箇所みられるのはきわめて異例というほかない。その異例とは仁徳記末尾の「枯野の歌」である。このうたい手について、『古事記伝』は「こは誰《タガ》よめりともなし、書紀にては、應神天皇の大御歌なり」と態度を留保している。最近では、西宮一民校注『古事記』（日本古典集成・新潮社、一九七九年）と山口佳紀・神野志隆光校注・訳『古事記』（新編古典全集・小学館、一九九七年）が「人」、荻原浅男・鴻巣隼雄校注・訳『古事記・上代歌謡』（日本古典全集・小学館、一九七三年）が「ある人」とし、三浦佑之訳・注釈『口語訳古事記』（文藝春秋、二〇〇二年）は「大君」と訳している。それにしても、なぜこのような異例が生じたのか。最初に、この問題から『記』の［歌と散文］のあいだを読み解いていくことにする。

「枯野の船」の［歌と散文］は次のような構成である。

A此之御世、兎寸河之西、有一高樹。（中略）故、切是樹以作船、甚捷行之船也。時、号其船謂枯野。（中略）

B茲船、破壊以焼塩、取其焼遺木作琴、其音、響七里。爾、歌曰、

C枯野《からの》を　塩《しほ》に焼《や》き　其《し》が余《あま》り　琴《こと》に作《つく》り　搔《か》き弾《ひ》くや　由良《ゆら》の門《と》の　門中《となか》の海石《いくり》に　振《ふ》れ立《た》つ　なづの木《き》
の　さやさや　（記74）

D此者、志都歌之歌返也

「此之御世」の書き出しは、枯野という船が『記』において仁徳治世全体に関わる出来事として位置づけられていることを示している。そしてこの説話には二つの要素がある。それは枯野という船の由来譚であるAとその船材で作った琴に関するBCDである。Aでは河内国の兎寸河の西にあった大樹で船を造ったことになっている。他方、『紀』では応神紀三年十月に、伊豆国が献上した船を枯野と名付けたとする。同三十一年八月に、枯野の船が朽ちたので、その船材で焼いた塩を諸国に下賜し、造船させた話が続く。献上された船は武庫水門に集められたが、新羅調使の失火で焼失したので、新羅王は驚いて工匠を貢上したという。その工匠が猪名部等の始祖であるとする起源伝承が付記される。これに続いて『記』と同様の「枯野の船」の［歌と散文］がある。このような枯野船由来譚は天皇に奉仕した高速の官船を顕彰する内容であって、それは少なくとも場所を伊豆と河内、御世を応神天皇と仁徳天皇とする二通りの伝承があったことがわかる。

『記』ではAの枯野船由来譚に対して、B以下は連続しつつ内容において分離している。この部分は歌を中心とした、霊妙な音を発する琴の出現譚になっているからである。B以下は［歌と散文］の一まとまりの叙述となっている。『記』ではBの散文が「茲」の指示語でAに連続する形であるが、『紀』ではBに当たる部分が、

曰、

初枯野船、為塩薪焼之日、有余燼。則奇其不焼而献之。天皇異以令作琴。其音鏗鏘而遠聆。是時、天皇歌之

と、話を前に戻す書き方であり、明らかに枯野船由来譚とは分離した叙述になっている。「枯野の船」の［歌と散文］は枯野船由来譚を前提としながらも、霊琴出現という独立した主題をもつのである。

その散文にある「鏗鏘」の語に注目したい。『日本書紀私記』丙本など、古訓に「サヤカニ」とある。「鏗鏘」は玉や楽器の音のことで、歌の「さやさや」を琴の音を表す漢語で示したものである。焼け残りの木で琴を作るところには、『書紀集解』以来、『後漢書』蔡邕伝の焦尾琴説話との類似が指摘されてきたが、『藝文類聚』巻四十四・楽部・琴の条に『捜神記』所載の焦尾琴説話が引用され、同・箏の条には「鏗鏘」の語もみえる。『紀』はこれを参照した可能性がある。このような中国説話や漢語的知をもとにして歌の叙事が理解され、『紀』の合理的な散文叙述が構成されたと考えられる。前に、『紀』の散文における漢語・漢文の知の枠組みに言及したのは、具体的にはこのような点を指してのことである。なお、『紀』では琴を作らせるのも、またその琴をうたうのも応神天皇と位置づける点で一貫し整合的である。

それでは、『記』のB以下の［歌と散文］はどのような叙述になっているのか。まず歌をみると、五句ずつの二段構成で、前半が琴作り、後半が琴の音響をうたっている。前半が古橋信孝氏の提示する生産叙事の様式をもつことはかつて述べたところに譲るが、(2) 琴作りの叙事から成る前半の歌表現とBの散文の重なりは注目される。それは「枯野」と「茲船」、「塩に焼き」と「焼塩」、「其が余り」と「其焼遺木」、「琴に作り」と「作琴」である。

『記』『紀』で対応する枯野の歌がそれぞれ散文から創作されたとは考えられず、この一致は歌詞から散文が叙述された結果であることを示している。

Cの後半の「由良の門」は由良の地の海峡を指し、万葉歌に「神の門《と》渡る」(16・三八八八)とあるように、そこから先は海峡の神が支配する異境であった。「門中の海石」は「辛《から》の崎なる　いくりにそ　深海松《ふかみる》生《お》ふる」(万2・一三五)、「海《わた》の底《そこ》　沖《おき》ついくりに」(6・九三三)の例に照らして海峡の海底にある岩礁とみられ、「振れ立つなづの木」はその岩礁に海水に浸って枝を揺らせて立っている木である。それは応神記の歌「本つるぎ　末ふゆ冬木の　すからが下木の　さやさや」(記47)の「末ふゆ　冬木の」とも通じる。全体を承けて結ぶ「さやさや」は、「琴の音と海藻の揺らぎとは、統一的にとらえられる」[3]、あるいは「藻のゆらめきがそのまま琴の音と重ねられる」[4]と説かれるが、「なづの木」は海藻であろうか。擬声語サヤから出た動詞「さやぐ」(『時代別国語大辞典・上代編』三省堂、一九六七年)の、「畝傍山《うねびやま》　木《こ》の葉《は》さやぎぬ」(記20)、「笹《ささ》の葉は　み山もさやに　さやげども」(万2・一三三)、「葦辺《あしへ》なる　荻《おぎ》の葉さやぎ」(万10・二一三四)などの用法から推して、「さやさや」は木や小竹の葉擦れの音を表している。それは人里離れた山や葦辺での霊威の表れをうたっていると言ってよかろう。

このようにみてくると、「なづの木」を海藻などと解釈するのは、実体にとらわれて呪的な表現をとらえていないと言わざるを得ない。これは霊木が葉擦れの音をさせて立つ海底の風景として表現されているとみるべきであろう。そのような異境から聞こえてくる葉擦れの音と琴の霊妙な音の重なりが「さやさや」である。Cの表現には琴の音の叙事を読み取ることができるが、その歌の理解によってBの「其音、響七里」という、琴の呪的な音響が叙述される。霊琴出現による仁徳の御世の絶対的至尊性が歌の叙事から導かれるのである。

Cの歌は琴作りの叙事から琴の霊妙な音へと展開し、仁徳天皇の御世への言祝ぎと讃美を表現するものであった。前半の琴を作らせた主体は仁徳天皇であり得たはずであるが、後半の仁徳の御世への言祝ぎは世評あるいは外部からの称讃という理解であって、前半と後半で主体は分かれる。その点、『紀』の対応歌では前半の琴作りの主体を応神天皇と明記し、それでうたい手までを一貫させた。『記』は琴の霊妙な音による仁徳天皇の御世への讃美という、後半の叙事に対する理解によってうたい手を仁徳天皇にし得なかったと考えられる。天皇は言祝ぎを受ける側なのである。従って、『記』はうたい手に仁徳天皇という含みを残しつつ、あえて明確にしないという異例の散文叙述を構成したと推察されるのである。宣長の「こは誰よめりともなし」が『記』のこのような意図を指摘するものであるとすれば、鋭いと言うほかない。

以上、Cの無記名の事情について、歌の叙事からBの散文が叙述される状況において読み解いてきた。その上で、Dの歌曲名注記について付言すれば、仁徳の御世の出来事が宮廷歌曲としてうたわれて今に伝わるという、『記』が成立した時点での現在の事実を示すものである。その意味でCの歌はもとより、Bの散文が叙述する歴史事実を保証する一文でもある。Dには単に注記というだけでなく、本文の一部として位置づける視点が求められる。

二　「呉床」から「猪」へ

『記』には歌語のつながりによって展開する物語群がある。その顕著な例は雄略記の構成の中に見出せるのだが、それも『記』の［歌と散文］の関係から生まれてくると言ってよい。雄略記の物語群は次のように構成されている。なお、ａｂｃは『紀』の対応記事、括弧内は歌番号と歌曲名である。

①河内の若日下部王（記90）

②美和の引田部赤猪子（記91〜94志都歌）

③吉野の童女（記95）
④吉野の阿岐豆野での遊猟（記96）――a四年八月、吉野の蜻蛉野での遊猟（紀75）
⑤葛城山の大猪（記97）――b五年二月、葛城山の嗔猪（紀76）
⑥葛城山の一言主大神――c四年二月、葛城山の一事主神
⑦春日の媛女（記98）
⑧長谷の豊楽での三重采女と袁杼比売（記99〜101天語歌、記102宇岐歌、記103志都歌）

雄略記の物語群は、一見求婚と狩猟のモチーフで統一がとれているようであるが、②⑤⑥の「亦、一時」、⑦⑧「又」の書き出しは、個々の物語が遊離独立する側面をみせており、⑥以外は宮廷歌曲内外に歌ごとにあった話を一箇所に集めたかのごとき趣である。雄略紀の対応記事では記載順序がcabで雄略記と異なることも、その見通しの裏付けとなる。それゆえに雄略記としてつながりをもつ構成は、一方で強く求められたであろう。

そこには一見して地名と歌への強い意識が認められる。地名について言えば、「幸行」（①③⑦）、「到」（②）、「幸」（④）、「登幸」（⑤⑥）に地名が接続し、⑧を除いて行幸先での出来事が並ぶ。雄略天皇が④（記96）・⑤（記97）・⑧（記103）の歌に「やすみしし我が大君」とうたわれ、万葉歌では「やすみしし」に「八隅知之」の表記があるように、大和国の「八隅」まで統べ治める雄略天皇像がこれらの行幸物語群を通して叙述されるのである。また、⑥を除けばすべて歌を軸とした散文叙述になっており、これも雄略記を構成する上で意識的であったとみてよい。

研究史としては、雄略記がいかにして『記』に定着したかという問題に対して中村啓信氏の論[5]があり、それを承けて、歌の表現を重視しながら、雄略記の雄略天皇像について青木周平氏の論[6]がある。また、「歌謡中の一語句が機能して説話との融合がなされ、それが歌語りの形態をとって天皇像の形成へと連なっていくことを、雄略記を通して検証」した上田設夫氏の論[7]は、「歌語り」という『記』の方法を指摘するものである。このような先

行研究において雄略記は多角的に考察されてきたが、［歌と散文］のあいだがどのように叙述されているかという点については、まだ検討すべき余地が残されている。そこで、歌によって散文を構成する③④⑤を取り上げ、雄略記の方法をみていくことにする。

雄略記ではいずれも歌詞と散文の一致度は高い。それを③にみれば、「呉床居《あぐらゐ》の（阿具良韋能）」から「坐其御呉床」、「弾《ひ》く琴《こと》に（比久許登爾）」から「弾御琴」、「儛《まひ》する嬢子《をみな》（麻比須流袁美那）」から「令為儛其嬢子」「其嬢子之好儛」の散文が叙述され、全体の散文脈が構成されている。③には二回の吉野行幸が記述され、一回目の童女との結婚と二回目の舞する嬢子をうたう話は別々の話を一つにした格好である。

歌詞と散文が重複するのは「後、更亦、幸行吉野之時」以下の二回目の行幸であるが、そこで「童女」から「嬢子」へと表記が変わるのはなぜか。『万葉集』では「女」をヲミナと訓み、「女郎花」のヲミナに「佳人」「美人」「娘子」などの用字がみられるが、『新撰字鏡』（天治本）には「嬢 女良反 婦人美也 美女也 良女也 肥大也 乎美奈」とある。「嬢」「嬢子」は訓字として十分あり得たであろう。そこで、②から③へと用いてきたヲトメの「童女」を、歌詞の「儛する袁美那」によってヲミナの「嬢子」に表記を変えたとみてよい。歌詞から散文が叙述されるのである。その嬢子を「常世にもがも」とうたうことが、弾琴する雄略天皇の永遠性への讃美と重なることは言うまでもない。

物語の展開に深く関わるのは「阿具良」の歌語である。『和名類聚抄』は「胡床 風俗通云霊帝好胡服京皆作胡床此間名阿久良」とし、「胡床」をアグラと訓んでいる。そこに形状の説明はないが、中国では椅子風の座席を指す。『藝文類聚』巻七十・服飾部に、「胡床」で琵琶を弾く例がみえるので、琴を弾くこともあり得たのであろう。アグラは足座の意で、③と④の散文ではそれを「呉床」と表記する。紀75の対応歌では「阿娯羅に立たし」の句は出てくるが、その散文にアゴラに相当する漢語はない。『紀』に「呉床」の用例はなく、「胡床」の漢語が用いられる。『記』が漢語にない「呉床」を用いた理由について、中村氏は「通音を用いて呉の床の意を付会して文字化した(8)」と指摘している。また、辺境の国を含意する「胡」を避け、中国の「呉」にその起源を結びつける意識があったことも考えられる。

「呉床」は、『記』ではもう一箇所、応神記の大山守命の反乱物語に出てくる。山の上に呉床を用意し、そこに幕を張って弟王がいるかのように偽装する場面である。この三例に共通するのは、「呉床」が野外での臨時の御座所に用いられ、「呉床」に座ることが天皇や皇子の権威を表すという点である。しかし、漢語の胡床にそのような意味や機能は見出せない。「呉床」に座る姿が天皇の威容を表し、天皇の権威を象徴する意味づけをしたのは、あくまでも『記』の文脈においてであることを確認しておく必要がある。つまり、それは歌詞の「阿具良韋」から散文の「立大御呉床而、坐其御呉床」への叙述の中で実現されたものとみるべきである。

その歌は、雄略天皇が「呉床」に坐す神として琴を弾くという自らの姿をうたうものである。散文との関係からは、天皇が自らを神に見立ててうたったと解するしかない。歌詞の「呉床居の神」は神ならざる天皇が神に転位する表現として機能するのである。天皇は自らを「呉床居の神」と見なし、三人称的に対象化してうたったことになる。すなわち、呉床居の神として天皇自ら琴を弾き、嬢子が美しく舞うという叙事がそこにある。『記』は歌詞の「阿具良」から、漢語の「胡床」とは異なる、神としての天皇の威容と権威を示す「大御呉床」を創り出し、歌の叙事に沿って散文叙述を構成したのである。

④の［歌と散文］の場合も、「阿岐豆」から「阿岐豆野」、「やすみしし　我《わ》が大君《おほきみ》の　猪鹿《しし》（斯志）待《ま》つと　呉床《あぐら》（阿具良）に坐《いま》し」から「御獦之時、天皇、坐御呉床」、「手腓《たこむら》に　蝈《あむ》掻《か》きつき　その蝈《あむ》を　蜻蛉《あきづ》（阿岐豆）早《はや》咋《ぐ》ひ」から「蝈、咋御腕、即蜻蛉、来、咋其蝈」が叙述されたことを跡づけうるのであって、散文はほとんど歌詞の表現に依拠している。しかも③の「阿具良」と「呉床」の関係が、④にも連続してみられるのである。

雄略天皇をうたい手とする④の記96は、ⅰ吉野での猟、ⅱ猟の場、ⅲ蜻蛉の功績、ⅳ蜻蛉島の命名という内容である。ⅰでは「吉野の小牟漏が嶽」の地名を提示し、「大前」に猪鹿がいることの報告がなされ、ⅱはそれを聞いて「大君」が「呉床に坐し」と、猪鹿を待つ猟の場面をうたう。当然、主語は一人称でなければならないが、天皇が報告者と自身を対象化してうたうのであって、叙事の歌として矛盾とは言えない。『紀』の対応歌では記96と同様にうたい手が天皇で、「大前《おほまへ》に奏《まを》す」という報告を聞き、「大君《おほきみ》は　そこを聞《き》かして　玉纏《たままき》の　胡床《あごら》（阿娯羅）に立《た》たし　倭文纏《しつまき》の　胡床《あごら》（阿娯羅）に立《た》たし」と対句で大君の様子を表現し、「獣待《ししま》つと　我《わ》がいませば　さ猪《い》待《ま》つと　我《わ》が立《た》たせば」と一人称の対句で承ける。このような人称転換は「立体的な演劇表現を、平面的な物語表現としたため(9)」と説かれるが、演劇という外部条件を持ち出すことは適切でなく、駒木敏氏が「口誦性にも関わりながら、歌謡の叙事が物語的に展開しようとするとき、対象の把握の視点が自在に変化していく(10)」と指摘する通りであろう。この歌では、自身も含む遊猟の場に参加する人物を、主体を移動させながら、場面によって人称を変えてうたうのである。それは、うたわれる場面・出来事ごとに主体を移動させながら、全体としては一首の歌として展開していく叙事の歌の方法とみられる。歌の側から言えば、雄略天皇の歌として矛盾なく理解されたのであろう。『記』や『紀』ではそのような理解に立って、雄略天皇の歌として散文を構成している。

ただ、『紀』の、

天皇嘉厥有心、詔群臣曰、為朕讃蜻蛉歌賦之。群臣莫能敢賦者。天皇乃口号曰

という散文叙述は、漢語・漢文の知の枠組みによって歌とのあいだを合理化しようとする『紀』編者の歌の解釈から出てくるものと言ってよい。「群臣」などは天皇以外の第三者を登場させ、歌における主体の移動に対応させる叙述とみられる。また「口号」は『藝文類聚』巻二十八・人部・遊覧の条に梁の簡文帝の「口號詩」がみられ、雄略天皇の遊猟の歌は遊覧の「口號詩」のあり方に重ねてとらえられたことが考えられる。『記』の散文では「群

臣」を介在させることはなく、ここに両書の散文叙述の違いが明示される。
iiiの四句は『記』『紀』のあいだで一致している[11]。その散文は「手腓に　蜩掻き着きつ」を「蜩咋御腕」、「その蜩を　蜻蛉早咋ひ」を「蜻蛉来、咋其蜩」のように、四句の歌詞を漢文的な倒置方式[12]に変換しているにすぎない。「幸阿岐豆野」のような歌詞の音仮名を含む散文なのである。蜻蛉の故事を「斯くの如」と承けて、ivでは蜻蛉の「名に負はむと」して大和国を「蜻蛉（阿岐豆）島とふ」と結ぶ。これは「大和の枕詞または別名アキヅシマの起源[13]」と説かれるが、「蜻蛉島」という名の起源を語るものではなく、大和国がそのように呼ばれることを「もっともであると納得する歌[14]」とする解釈が説得力をもつ。

　この歌の中心にあるのは天皇を守り、天皇に奉仕する蜻蛉のめでたい出来事である。「蜻蛉の功績によって、大和国はその名の通り「蜻蛉島」であったことを説く叙事の歌と言ってよい。「蜻蛉島」は国生み神話の「大倭豊秋津島」に通じ、舒明天皇歌に「蜻蛉島（蜻島）　大和の国は」（万1・2）とあるように、「秋津島」は「蜻蛉島」として意味づけられた。そこには「蜻蛉」を秋の実りをもたらす穀霊とみる観念があったと考えられる。その意味づけが神武紀三十一年の天皇の国見にみえる「蜻蛉之臀呫」であり、雄略歌の「蜻蛉早咋ひ」ということになる[15]。雄略天皇は大和国が「蜻蛉島」であることを新たに意味づけた天皇であり、その国号由来の歌によって大和国の偉大な統治者像を獲得したと言える。それは『万葉集』巻一巻頭歌にみられる始祖的な雄略像に直接つながっている。

　『記』『紀』の雄略天皇条では、この「蜻蛉」の歌によって「阿岐豆野」の地名起源としている。「秋津の野」（万1・三六など）を「阿岐豆（蜻蛉）野」として意味づけたことなる。このように④の散文は、「阿岐豆」が歌詞と一致することからも、歌の叙事によって構成された叙述であることが確かめられる。

　次に⑤であるが、④の「猪（志斯）」の語が共通して続く。歌詞の「我《わ》が大君《おほきみ》の　遊《あそ》ばしし　猪《しし》（志斯）の」が「天皇、以鳴鏑射其猪」、「病《や》み猪《しし》の　うたき（宇多岐）畏《かしこ》み」が「其猪怒而、宇多岐依来。宇多岐三字以音也。故、天皇、畏其宇多岐」、「我《わ》が逃《に》げ登《のぼ》りし　在《あ》り丘《を》の　榛《はり》の木《き》の枝《えだ》」が「登坐榛上」として散文に叙述される。歌の全体が漢文的な倒置方式の文字列に変換されるのである。漢文的であるが、漢文そのままでないことは、④の散文と同様、歌詞と一致する「宇多岐」を含むことから一見して知られる。

『記』において、「宇多岐」のように歌詞が一字一音表記でそのまま散文に取り入れられる例は他にもみられる。倭建命の大御葬歌「海処行けば　腰なづむ（那豆牟）」（記36）が、その散文で「入其海塩而、那豆美此三字以音行時」と記述されるところである。両方とも和語の語感に適合する漢字がなかったことが考えられるが、同時に散文において強調すべき語であったことをこの二例は示しているのではないか。「那豆美行」は「白ち鳥」（倭建命の魂）が他界へ去る時、近親者が境界を追い行く行為[16]こそ、白鳥翔天物語の主題であるし、「畏其宇多岐」は猪のウタキを畏む雄略天皇の行為がそこでは特に強調すべき事柄であったとみられるのである。

内田氏は紀76の散文にある「嗔」について、「嗔盛声也」（『天隷萬象名義』）などの検討を通して「ウタクは擬音語系の和語であろう[17]」と述べている。雄略天皇は唸り声をあげて怒る猪を畏んだのである。天皇のこの態度は、猪を踏み殺し、恐れて逃げた舎人を斬ろうとする『紀』の記述と大きく異なる。この記述には、小島憲之氏によって『藝文類聚』巻六十六・産業部・田獵による潤色が指摘されている[18]が、うたい手を舎人とすることで、「畏む」主体を舎人と位置づけ、剛勇なる天皇を叙述し得た。それに対して『記』の猪を畏む行為は何を意味するのか。中村氏は大猪が神か神使かを明らかにしないまま、天皇は激しい抵抗を受けたと説く[19]ように、雄略天皇が出会った「大猪」は葛城之山の神か神使の化身とみられる。怒れる猪を畏み、樹上に逃れることで、天皇は葛城之山の神と敵対せず、畏敬する態度を示したと読み取れる文脈である。次の⑥でも一言主大神を「惶畏」する天皇を叙述するが、『記』では神を畏むのが雄略天皇の姿である。神を畏み、虫や木が奉仕する天皇、『記』とってそれは

「やすみしし　我が大君」と称えられる偉大な天皇像であったことになる。

このような天皇の姿は歌の叙事表現としてある。その歌の叙事によって散文が叙述されたことをみてきたが、吉野から葛城山の［歌と散文］は、中心となる歌語によって関連しながら展開していく。散文と歌詞には、③「呉床」と「阿具良」↓④「呉床」と「阿具良」／「志斯」↓⑤「猪」と「志斯」というつながりがみられるのである。特に④と⑤の歌には「やすみしし　我が大君」の天皇称句が共通してうたわれる。そこには共通歌語のつながりによって物語群を構成し、雄略天皇像を叙述する意識があったことを示している。

『記』の編述者が「やすみしし　我が大君」の頌辞によって、雄略天皇の首長的性格の形象化を意図したことは、すでに上田氏が論じたところである。[20] また、青木氏は吉野から葛城へと展開する物語の主題が「倭国」の「王」としての雄略天皇像の確立にあったとし、「呉床居の神」「やすみしし　我が大君」の検討を通して、その天皇像は「神と天皇、天皇と臣下の親和の理想的なあり方を主従関係の中で確認しつつ造形された」と結論づけた。[21] 雄略記の主題や意図として、それは正当なものと受け止められる。

しかし、上田氏が④⑤について、「歌謡中の一語句あるいは連句が機縁となって独立歌謡と説話の融合がはかられ」たと述べる時、[22] これまで見てきた［歌と散文］の関係とは合致しない見解と言わざるを得ない。独立歌謡と説話の融合という方法の有効性が問われるのである。［歌と散文］という『記』の文体は、これまでの例で言えば、歌の叙事から散文が生成し叙述されるものとしてとらえられるのである。

三　歌の中のもう一つの物語

最後に、歌によって物語が構成されるもう一つの例に注目してみたい。景行記の倭建命の東征、相武国での火難物語である。この物語には相武国の話に駿河国の地名「焼遺」が出てくることが問題とされ、その難問はいまだに解決をみていない。

それは「到相武国之時」で始まる。国造が野に火を放って倭建命を殺そうとするが、「向ひ火」をつけて難を逃れ、その国造等を切り滅ぼして焼く。最後に「故、於今謂焼遺也」という地名起源を説明して結ぶ話である。一方、『紀』では「至駿河」で始まり、最後に「故号其処曰焼津」と結び、「亦進相模」と続くので矛盾はない。「焼遺」は真福寺本以下、諸本に異同がない。従って、現在の写本から「焼遺」以外の原形を想定することは難しい。そうするとやはり、『記』に地名の錯誤があったのか。あるいは「焼遺」をヤキツではなく、別訓を考えなければならないのか。西宮一民氏は、『記』の中で「地理的矛盾の唯一の例」とし、「焼遺」を「やきつ」と訓《よ》むのは、「遺」に「棄つ《う》」の意があり、「焼き棄つ《やう》」が「やきつ」となるのである。「焼津」と書くべきを、文脈上「焼き棄てる」なので、「焼遺」と書いたもの。

とした上で、地理的矛盾は「地名説話の興味にまかせた筆のすさびであろう」と述べている。[23]「焼遺」をヤキツと訓むために、「棄つ」を介在させなければならないところに訓みの不安がある。西宮氏はまた、「説話上の興味から、その説話によって想起される地名をそこにもってきただけのことと理解すべき」とする。[24]「筆のすさび」や「説話上の興味」による地名とするのも苦しい説明である。『古事記伝』は倭建命の時は焼津まで相武国だったとするが、その根拠はない。解決の糸口が見出せない中で、福島秋穂氏は「焼潰」の誤写説を提示し、ヤケツヒユもしくはヤケツヒエと訓まれたと推定する。[25]

諸写本に異同がないことは誤写説に不利であるが、地名としない訓みは新しい方向性を示すものである。それは「故、於今謂焼遺也」が地名起源としては異例であることとも関連する。「故、今謂……」は次のような用例がある。

故、号其地謂楯津。於今者云日下之蓼津也。（神武記）
故、号其地謂伊杼美。今謂伊豆美也。（崇神記）
故、号其地謂屎褌。今者謂久須婆。（崇神記）
故、号其地謂懸木。今云相楽。（垂仁記）
故、号其地謂堕国。今云弟国也。（垂仁記）
故、号其浦謂血浦。今謂都奴賀也。（仲哀記）

これをみると、地名起源の形式は「故、号其地謂……。今謂（云）……」となる。すなわち、旧地名と現地名の対比である。「焼遺」の場合は後半の現地名を示す「今謂……」だけがあって、前半の旧地名がない異例の形式である。そこで、地名としない訓みもあり得るが、やはり現地名のみを示す書き方とみるほかない。その場合、地名起源の理由は直前の「著火焼」にある。これは単純に「火ヲ著ケテ焼キツ」と訓読するところではないか。その「焼キツ」が「焼遺」の地名の起源になったと読み取れるのであって、「遺」はツと訓ませる字なのであろう。それが『紀』のように「焼津」でないのは、記24の歌詞に「相武の小野」、散文に「火著其野」とあるからで、海や川と親近性をもつ「津」はふさわしくないと判断したのであろう。なお、『紀』に記24の対応歌はない。いずれにしても、『記』は相武国の「焼遺」での出来事として書いている。

それではなぜ、『記』は「焼遺」を駿河国ではなく、相武国としたのか。その理由は、少しにおわせてきたが、「焼遺」の話の後に出てくる、弟橘比売が入水の際にうたった歌、

さねさし　相武《さがむ》の小野《をの》に　燃《も》ゆる火の　火中《ほなか》に立《た》ちて　問《と》ひし君《きみ》はも　（記24）

によって散文が叙述されたからである。この歌によって[26]『記』は「焼遺」を「相武の小野」の地名としたのである。もし、土橋氏の言うように、この歌が物語歌で、個人的創作歌であったならば、「駿河の小野」と詠むこと

も容易にできたはずである。そうなっていないのは、『記』はこの歌によって散文を構成したからに他ならない。

この歌の結句「問ひし君はも」は万葉歌にもみられ、類句の歌も多い。

①焼津辺《やきづへ》に　我《わ》が行《ゆ》きしかば　駿河《するが》なる　阿倍《あへ》の市道《いちぢ》に　逢《あ》ひし児《こ》らはも　（3・二八四、春日蔵首老）
②かくのみに　ありけるものを　萩《はぎ》の花　咲きてありやと　問ひし君はも　（3・四五五、余明軍）
③泊瀬川《はつせがは》　速《はや》み早瀬を　むすび上げて　飽《あ》かずや妹《いも》と　問ひし君はも　（11・二七〇六、作者未詳）
④大君《おほきみ》の　命恐《みことかしこ》み　出《い》で来《く》れば　我《わぬ》取り付きて　言ひし児《こ》なはも　（20・四三五八、物部竜）
⑤闇《やみ》の夜《よ》の　行《ゆ》く先知らず　行《ゆ》く我《われ》を　何時《いつ》来《き》まさむと　問ひし児《こ》らはも　（20・四四三六、作者未詳）

「問ひし君はも」は②③の二首、「問ひし児らはも」は⑤の他二首（11・二四八九、17・三八九七）、「言ひし君はも」が一首（12・三〇四二）、「言ひし児なはも」は④の他一首（14・三五一三）みられる。①は駿河の焼津に行った時に市で出逢った娘を思い出す歌で、焼津が駿河の地であることを明記する例である。「問ひし君はも」およびその類句には「と」が上接し、「君」「児」の言葉が示される。②は「萩の花　咲きてありや」、③は「飽かずや妹」が「君」の言葉である。②は生前に大伴旅人が残した言葉を作者が思い起こしている歌、③は飲み水を手で汲んで「妹」に十分かと気遣う歌、⑤は防人の「我」に何時帰ってくるのかと問う女の歌である。「はも」は「極限的な状況における、愛惜のこもった詠歎」[27]を表すので、離れている相手のことを、問いかけた言葉とともに思い出すのがこの結句の表現ということになる。しかし、当面の記24と④には問いかけの言葉がない。④は防人として旅に出る「我」に取りすがって、妻が引き止める言葉を発したのであろうか。⑤のように帰還の時期を尋ねたとも考えられる。

記24の場合は「火中に立ちて」とあるから、倭建命が火中にあって弟橘比売の名を呼び、無事かどうか気遣ってくれたことを、波に浮かべた畳の上で思い出してうたったと解される。極限状況での夫への愛惜である。弟橘比売の歌には、相武国造の征討の際、倭建命が火攻めに遭いながらも、火の中から自分に安否を問いかけてくれたという恋の叙事がある。むろん、この恋物語は相武国造の征討に記されていない。弟橘比売の入水の際に、その歌によって恋の叙事が回想という形で明らかにされるのである。その歌が「さねさし　相武の小野に」とうたっているのであるから、火難の野は相武であり、「焼遺」もその相武でなければならない。この点について、中島悦次氏が記24の歌から「相模とされたのであらう(28)」とし、西郷信綱氏も、この歌に引かれて焼津が「いきなり相武の話になったのではないかと思う(29)」とするのは注目してよい。『記』はこの歌によって相武国造の征討物語に「焼遺」を位置づけているのである。

その入水物語の後に、弟橘比売が倭建命を回想するのと対照的に、倭建命による弟橘比売の回想が記される。それが足柄坂の神の征討物語である。そこで倭建命は坂に登って「あづまはや」と三嘆する。弟橘比売を回想し、激しく哀惜するのである。これも恋物語の一つであり、歌の「問ひし君はも」を受けて構成されるものであった。歌を起点とする物語構成を示せば次のようになる。

1相武国造の征討	散文	「相武国」	「焼遺」	（恋物語）
		↑	↑	↑
2弟橘比売の走水海入水	歌・散文	「佐賀牟の小野」	「問ひし君はも」	（記24）
		↓		↓
3足柄坂の神の征討	散文	「足柄の坂本」	「あづまはや」	（恋物語）

『記』では記24の歌を中心として東征の三物語が構成される。その歌によって、焼遺の火難に、倭建命による弟橘比売への問いかけというもう一つの恋物語が伴っていたことを知るという仕組みである。また歌の「問ひし君はも」に対応する形で「あづまはや」の恋物語が位置づけられる。記24の歌の叙事はこの三物語に征討物語と

恋物語の二重構造を生み出しているのである。

結び

『記』の歌とはどのような歌なのか。『記』の文脈の中で言えば、それは天皇に関わる出来事、つまり歴史的な叙事を担っている歌である。そのような歌の叙事を媒介することではじめて物語人物の心情を表現し得たという点に、『記』の歌の位置をみることができる。歌とともにある散文は歌の叙事の解釈ないしは説明として叙述される。散文は歌から生成してくる側面をこれまでみてきた。［歌と散文］の関係をとらえていくためには、散文に既存の歌をはめこんだという立場ではなく、［歌と散文］が創り出す表現空間という視点が必要になる。『記』においてその表現空間をどう読み解いていくか。それが今後の『記』研究の大きな課題である。

注

（1）土橋寛『古代歌謡論』（三一書房、一九六〇年）、『古代歌謡と儀礼の研究』（岩波書店、一九六五年）、『古代歌謡の世界』（塙書房、一九六八年）など。
（2）古橋信孝「生産叙事」（『古代和歌の発生』東京大学出版会、一九八八年。初出、一九八三年五月）を引いて、居駒永幸「仁徳記・枯野の歌――琴の起源神話」（『古代の歌と叙事文芸史』笠間書院、二〇〇三年。初出、一九九四年三月）で論じた。
（3）土橋寛『古代歌謡全注釈・古事記編』（角川書店、一九七二年）
（4）山口佳紀・神野志隆光校注前掲書の頭注
（5）「雄略記の定着」（『古事記の本性』おうふう、二〇〇〇年。初出、一九八四年六月）
（6）「雄略天皇」（『古代文学の歌と説話』若草書房、二〇〇〇年。初出、一九九七年四月）

（7）「古代説話と歌謡」（『古代説話の論』和泉書院、一九九四年。初出、一九七六年一一月）
（8）注（5）同論文
（9）山路平四郎『記紀歌謡評釈』（東京堂出版、一九七三年）
（10）「記紀の物語歌に関する覚書――人名呼称と人称転換――」（『和歌の生成と機構』和泉書院、一九九九年。初出、一九九四年一一月）
（11）前田本・宮内庁本は「阿武柯枳都枳」で『記』と同じく連用形の句であるが、兼右本には「阿武柯枳都枳都」とあり、それによれば、この句で切れる。
（12）毛利正守氏は、「日本において、倒置方式が「日本のこと」を記すのに永い歴史の中で既に定着していること」を指摘している（「和文体以前の「倭文体」をめぐって」『萬葉』二〇〇三年九月）。
（13）注（9）同書
（14）注（4）同書
（15）內田賢德氏は、雄略天皇の「蜻蛉」の歌に「雄略と穀霊の同盟という古い記憶」を指摘している（『万葉の知』塙書房、一九九二年）。
（16）居駒永幸「ヤマトタケル葬歌の表現――境界の場所の様式」（『古代の歌と叙事文芸史』笠間書院、二〇〇三年。初出、一九九一年三月）
（17）「古事記歌謡と訓字」（『上代日本語表現と訓詁』塙書房、二〇〇五年。初出、一九九五年四月）
（18）『上代日本文學と中國文學・上』（塙書房、一九六二年）
（19）「雄略天皇と葛城の神」（『古事記の本性』おうふう、二〇〇〇年。初出、一九八九年九月）
（20）注（7）同論文
（21）注（6）同論文
（22）注（7）同論文
（23）西宮一民校注前掲書の頭注

(24)「倭建命の東征地理の所謂「矛盾」」(『古事記の研究』おうふう、一九九三年。初出、一九九三年一月)
(25)「景行記の「焼遺」・「焼遺」を「焼潰」の誤写とする説」(『古代研究』二〇〇一年一月)
(26)注(3)同書
(27)『時代別国語大辞典・上代編』(三省堂、一九六七年)
(28)『古事記評釈』(山海堂、一九三〇年)
(29)『古事記注釈』3(平凡社、一九八八年)

2　蟹の歌

――応神記・日継物語の方法――

はじめに

『古事記』は皇位継承の次第を伝える日継の系譜と物語を主軸にしている。稗田阿礼が「帝皇日継」と「先代旧辞」を誦習したと序文にあるのがそれを示す。天皇即位の経緯や反乱は日継の物語とみるべきであって、日継の権威のもとに「天の下」の統治を語るのが『記』の主題に他ならない。それではどのように日継物語が書かれたのか。その方法が求められたはずである。

日継物語には歌が深く関係しているというのが本稿の見通しなのであるが、歌からみた時、一つの特異な例が目にとまる。応神天皇の蟹の歌である。蟹をうたう歌は『記』『日本書紀』に他に例がなく、歌の後に御子の誕生を記すのも『記』に例をみない。日継を託された宇遲能和紀郎子は早世して即位できなかったが、異例の書き方の中にこの御子の、『記』における特別な位置が読み取れる。

蟹の歌は難解な詞句を含み、解釈が分かれている。「この蟹や　何処の蟹」から「我がいませばや」への人称転換、美麗な嬢子の形容とは思えない「後姿は小楯」「歯並は椎菱」などはその最たるものであろう。しかし嬢子の形容は、神女に対する表現とみれば、矛盾なく読み解けるのではないか。日継の御子としての宇遅能和紀郎子の誕生を、歌によって称えるのである。このような応神記の一連の日継物語が、中巻から下巻への移行という『記』の構造にいかに関与しているかという点について、以下述べていくことにする。

一　応神記と「天津日継」

『記』中巻は「神と人の物語」[1]、「英雄の時代」[2]などと説かれるが、その最後の応神記は下巻の「人の時代」へとつなぐ役割を担っている。応神天皇と矢河枝比売の結婚をうたう蟹の歌は、その中にどのように位置づけられているのか。応神記の構成と内容を『紀』と比較しながらみておこう。上段は新編古典全集『古事記』（小学館、一九九七年）による項目、下段はそれに対応する『紀』応神天皇条やその他の記事である。括弧内の数字は歌番号を示す。

応神記	応神紀
①后妃と御子	二年三月
②三皇子の分担	四十年正月
③矢河枝比売（41・42）	六年二月（34）
④髪長比売（43・44・45・46）	十三年九月（35・36・37・38）
⑤吉野の国主の歌（47・48）	十九年十月（39）
⑥百済の朝貢（49）	五年八月、七年九月、十一年十月、十五年八月、十六年二月、

	三十七年二月
⑦大山守命の反乱（50・51）	仁徳即位前紀（42・43）
⑧宇遅能和紀郎子の死	仁徳即位前紀
⑨天之日矛	垂仁紀二年是歳、同三年三月、同八十八年七月
⑩秋山の神と春山の神	なし
⑪応神天皇の子孫	なし

これをみると、応神記は天皇の存在が希薄であることがわかる。②の三御子に対する任務の詔り別け、③の国見と結婚、④の大雀命への嬢子の下賜、⑥の酒に酔う話に登場するが、⑦の冒頭で崩御が書かれ、それ以降は⑦⑧の仁徳天皇即位の経緯と、母の神功皇后に関連する⑨⑩が長く続く。事実、『紀』では⑦以降を応神紀以外に記載する。加えて⑪の系譜も本来①に載せるべきものである。吉井巖氏が応神記の「不整正な様態」を指摘した上で、その理由が「宇遅能和紀郎子の顯彰と大雀命の卽位を語ると言ふ二つの意圖」[3]にあったとする通りである。同時に、天皇にならなかった宇遅能和紀郎子の顕彰の意味が問われることになろう。

一見「不整正」な応神記を歌の側からみると、『記』『紀』の間で物語と歌の関係がほぼ一致する。そこで逆に、応神記にしかない③⑤⑥の歌が問題になるが、ここでは特に③と⑤を取り上げることにする。③を詳しく見てみよう。

③ア宇遅野の国見の歌（記41）	六年二月（紀34）
イ矢河枝比売と蟹の歌（記42）	なし

このように③ではアの歌が『記』『紀』で一致するけれども、イの物語と歌は応神紀にない。内容上は二話だが、「一時に」の冒頭句のもとにひと続きに構成されているとみてよい。応神天皇の近江行幸の途次、アの宇遅野と

イの木幡村での出来事として連続する物語になっているわけである。因みに物語の始まりの「一時」は、『記』ではすべて天皇の行幸の話に用いられる。前後とは時間的連続性をもたない独立した物語という意識である。イではその行幸の際に出会った矢河枝比売との結婚と蟹の歌を記した後、宇遅能和紀郎子の誕生を叙述する。宇遅能和紀郎子誕生にこそ、③の意味があったことは明らかである。

次に⑤を見てみよう。

⑤ア吉野の国主等、大刀を見る歌（記47）　――なし

イ同、大御酒を献る歌（記48）　――十九年十月（紀39）

アとイはそれぞれ冒頭に「又」とあるから、連続する一話ではなく、二話として扱われている。アには大雀命の佩刀をほめる歌があり、「ほむたの　日の御子　大雀」（記47）とうたわれる。ところが、アは応神紀にない。イの方は大贄を献上する話である。イが宮廷儀礼の「今」を説明することは、最後に記す「国主等献大贄之時々、恒至于今詠之歌者也」に明らかであって、大贄献上の部民制度の確立を示す⑥「此之御世、定賜海部・山部・山守部・伊勢部也」に連続し、さらに大雀命と宇遅能和紀郎子の皇位互譲にある⑧「海人、貢大贄」ともつながる。大贄関連の記述は、②にある応神天皇の詔り別けと深く関連する。

即詔別者、大山守命、為山海之政。大雀命、執食国之政以白賜。宇遅能和紀郎子、所知天津日継也。

これは天皇統治の根幹を言うものであり、『記』序文に記す「邦家之経緯」「王化之鴻基」の具体的提示の一つとみることができる。統治のあり方としては三者一体なのであるが、応神記では三皇子による統治分掌の物語として構成されたことになる。「山海之政」と「食国之政」は「対になっている語」[4]とされるが、天皇の世界の秩序を「食国之政」に加えて、非農耕的世界におよぶ「山海之政」を取り出して並べたものとする神野志隆光氏の見解[5]が妥当であろう。⑤イは、⑥や⑧とともに②の「食国之政」「山海之政」の具体的例示として構成されるの

である。③イの歌に「角鹿の蟹」が出てくるが、それは角鹿からの御贄として知られていたらしく、[6] それも②の「山海之政」と関わるのかもしれない。

以上、②の三皇子分掌物語がその後の展開の起点になっていることを確かめてきた。③イと⑤アが歌とともになぜ『記』にだけ記されるのかという問題は、『記』独自の構造において読み解かなければならない。宇遅能和紀郎子の誕生を叙述する③イは、②の「天津日継」の展開として考えられるし、さらに⑤アの歌に「ほむたの日の御子　大雀」とあることとも関連する。③の蟹の歌を読み解くことを通して、応神記における日継物語の意味を考えていくことにする。

二　この蟹や何処の蟹

ここであらためて③のイの矢河枝比売と蟹の歌をみてみよう。

故、到坐木幡村之時、麗美嬢子、遇其道衢。爾、天皇、問其嬢子曰、汝者誰子。答白、丸邇之比布礼能意富美之女、名宮主矢河枝比売。天皇即詔其嬢子、吾、明日還幸之時、入坐汝家。故、矢河枝比売、委曲語其父。於是、父答曰、是者天皇坐那理。此二字以音。恐之。我子仕奉、云而、厳餝其家候待者、明日入坐。故、献大御饗之時、其女矢河枝比売命、令取大御酒盞而献。於是、天皇、任令取其大御酒盞而御歌曰、

Aa1この蟹《かに》や　何処《いづく》の蟹《かに》
2百伝《ももづた》ふ　角鹿《つぬが》の蟹《かに》
3横去《よこさ》らふ　何処《いづく》に至《いた》る
4伊知遅島《いちぢしま》　美島《みしま》に著《と》き

5鳰鳥《みほどり》の　潜《かづ》き息《いき》づき
6しなだゆふ　ささなみ道《ぢ》を
7すくすくと　我《わ》がいませばや
8木幡《こはた》の道《みち》に　遇《あ》はしし嬢子《をとめ》
b
9後姿《うしろで》は　小楯《をだて》ろかも
10歯並《はなみ》は　椎菱如《しひひしな》す
11櫟井《いちひゐ》の　丸邇坂《わにさ》の土《に》を
12端《は》つ土《に》は　肌赤《はだあか》らけみ
13下土《しはに》は　丹黒《にぐろ》き故《ゆゑ》
14三《み》つ栗《ぐり》の　その中《なか》つ土《に》を
15かぶつく　真火《まひ》には当《あ》てず
16眉画《まよが》き　此《こ》に画《か》き垂《た》れ
17遇《あ》はしし女《をみな》
c
18斯《か》もがと　我《わ》が見《み》し子《こ》ら
19斯《か》くもがと　我《あ》が見《み》し子《こ》に
20転《うた》た蓋《けだ》に　向《むか》ひ居《を》るかも　い添《そ》ひ居《を》るかも　（記42）

如此御合、生御子、宇遅能和紀 自宇字下五字以音 郎子也。

この歌はa〜cの三段で構成される。第一段では1〜3の問答で角鹿の蟹を提示し、4〜8で角鹿からささなみ道を経て木幡に至る蟹の道行きがうたわれる。その途中の7で突然蟹が「我がいませばや」と一人称になり、

8で木幡の道で嬢子に出会ったとうたう。他方、散文では応神天皇が近江へ行幸する途中に木幡村の道で矢河枝比売に出会い、翌日にその家を訪れて比売から盃を受けながら歌をうたったと叙述する。

そうすると、角鹿から南下する蟹の道行きと大和から北上する応神天皇の行幸は、方向がまったく逆になる。この矛盾について武田祐吉『記紀歌謡集全講』（明治書院、一九五六年）は、6について次のように説く。

蟹のことは、上のかづき息づきまでで、そのあとは、大和から楽浪へ行く途中、木幡の道で嬢子に出あったという別の歌があって、それに蟹の歌の一部が結びついて歌われて来たのだろう。

5と6のあいだの継ぎ目については土橋寛『古代歌謡全注釈・古事記編』（角川書店、一九七二年）も賛成し、蟹についての叙述は5で一応終わり、67は「我」、つまり応神天皇のことだと解釈する。そこから蟹の歌の原形を想定し、最初の五行十句は、越前の丸邇部の海人が蟹の御贄を携えて大和の丸邇氏の祝いの場で奏したホカヒ歌で、丸邇氏の語部がその詞章を取り入れて応神天皇と矢河枝比売の婚姻譚をうたったのがこの物語歌であるとした。(7)

しかし、別々の歌の結合という前段階を推測しても、この歌の表現を読み解いたことにはならない。『記』の歌の表現そのものが何を意味しているかを問題にしなければならない。そこで考えられるのは、蟹の歌の場合、南下と北上の二つの方向性を合流させるような文脈になっているのではないかということである。つまり、2の「角鹿の蟹」の道行きが4「伊知遅島　美島」（比定地未詳）を経て琵琶湖西岸の6「ささなみ道」まで進み、7の「すくすくと　我がいませばや」で近江へ行幸する応神天皇と重なり合うという文脈の関係である。5から6への息づきながらの歩行が、人称が変わる7で「ずんずん歩いて私がお出でになると」(8)と、歩く様子も変わる。そこで蟹の位置に応神天皇が立つと解される。蟹から応神天皇へと移行した時、6までの道行き表現は7の応神天皇の道行きにとって序の働きをし、7から応神天皇が主体になっていくという、二つの主体の行動が交差し合流する文脈として読み取れる。

この道行きと人称転換の表現が「乞食者の詠」と題する『万葉集』の蟹の歌にもみえることはよく知られている。訓読文は最新の注釈、多田一臣『万葉集全解』（花鳥社、二〇一〇年）による。

B押《お》し照《て》るや　難波《なには》の小江《をえ》に　廬《いほ》作り　隠《なま》りて居《を》る　葦蟹《あしがに》を　大君《おほきみ》召《め》すと　何《なに》せむに　我《わ》を召すらめや　明《あき》らけく　我《わ》が知ることを　歌人《うたびと》と　我《わ》を召すらめや　笛吹《ふえふ》きと　我《わ》を召すらめや　琴弾《ことひ》きと　我《わ》を召すらめや　かもかくも　命《みこと》受けむと　今日今日《けふけふ》と　飛鳥《あすか》に至《いた》り　立てれども　置勿《おくな》に至り　突《つ》かねども　都《つ》久野《くの》に至り　東《ひむがし》の　中《なか》の御門《みかど》ゆ　参《まゐ》り来《き》て　命《みこと》受くれば　馬にこそ　絆《ふもだし》懸《か》くもの　牛にこそ　鼻縄《はななは》着《は》くれ　あしひきの　この片山《かたやま》の　揉《も》む楡《にれ》を　五百枝《いほえ》剥《は》ぎ垂《た》れ　天照《あまて》るや　日の異《け》に干《ほ》し　さひづるや　唐臼《からうす》に舂《つ》き　庭に立つ　手臼《てうす》に舂き　押し照るや　難波の小江の　初垂《はつた》りを　辛《から》く垂れ来《き》て　陶人《すゑひと》の　作れる瓶《かめ》を　今日《けふ》行《ゆ》き　明日《あす》取り持ち来《き》　我《あ》が目らに　塩塗《ぬ》りたまひ　腊賞《きたひはや》すも　腊賞すも（16・三八八六）

右歌一首、為蟹述痛作之也。

難波の葦蟹を提示しつつ「我を召すらめや」と一人称になり、「飛鳥」「置勿」「都久野」を経て、宮都の「中の御門」に至る道行きがうたわれる。辛塩をすり込んで大君に供される御贄としての蟹の姿は戯画化され、滑稽味さえ伴っている点にホカヒ人の言祝ぎ芸が指摘されてきた。それをAにも重ね合わせ、両者に芸能や演劇を想定する論は多い。Aに「蟹に扮した一人の俳優」を早くに指摘したのは田辺幸雄氏であり[9]、相磯貞三『記紀歌謡全註解』（有精堂、一九六二年）の「蟹の述懐歌として、劇的舞踊さえ伴った」や西郷信綱『古事記注釈』4（平凡社、一九八九年）の「蟹に扮したものの演戯」とか、山路平四郎『記紀歌謡評釈』（東京堂出版、一九七三年）の「歌謡全体に演技的要素の残留がみられる」などの注釈をみると、Aの古代芸謡説は広く定着している感さえ受ける。

しかし、歌の表現そのものからみれば、AとBが人称転換と道行きという共通のうたい方をもつことは、それが歌を成り立たせる仕組みとして原型的なものと考えることができる。この点について、歌の発生を神謡から説明する古橋信孝氏は、三人称から一人称への表現を神謡の構造ととらえる。(10) AやBの一人称表現は神の自叙の様式に基づくものであり、(11) 道行き表現も「巡行叙事」という様式で、神の巡行において見出された女を讃美する表現であったと説く。(12) 芸能や演劇という歌の外部要素からではなく、A・Bの表現そのものを読み解けば、道行きの表現は「矢河枝比売」や「大君」の讃美表現として理解できるのである。

このような始源的な表現様式をもつA・Bは、どのような場で成立したのだろうか。道行きの地名の広域性や枕詞の存在は、角鹿のような地方ではなく、宮廷周辺において可能な表現と言える。従ってAは、応神天皇と矢河枝比売の祝婚歌として伝えられた宮廷歌謡とみてほぼ間違いない。だから『記』に記載されるのである。またBも、そこにうたわれる「歌人」「笛吹き」「琴弾き」は天武朝以降の宮廷儀礼に奉仕する楽人であって、宮廷歌謡とのつながりをもつ。A・B両者の成立には宮廷の歌ひとが関わっていると考えられるが、いずれにしても宮廷あるいは都で成立した歌であることは認められよう。(13)

三　神女としての矢河枝比売

それにしても、Aの蟹の歌はいったい何をうたっているのか。それはbの第二段にうたわれる嬢子の描写に示されているはずである。歌の表現はbで嬢子の素性を明かすことに向かうと言ってよい。しかし、「後姿」「歯並」「眉」の具体的描写が何を意味するのかという点は、まだ説明がついていない。

嬢子の後ろ姿をうたう9は、明らかに美麗の容姿とはかけ離れている。そこには古代的な理解があったはずで、「後ろ」は呪的な行為と結びつく。『記』上巻の黄泉国神話に、伊耶那岐命が黄泉軍から剣を「後手にふきつつ」

逃げたとある。また海神国訪問神話で火遠理命が兄に鉤を渡す時、綿津見大神から「後手に賜へ」と教えられたことについて、西郷氏は「人を呪う行為」[14]とする。「後ろ」のもつ呪的な意味を示す例である。「後姿」はそのような呪的な行為者という像を呼び起こす。

「小楯ろかも」については、契沖『厚顔抄』に「ウシロスカタノ・スナホニヨキヲ、小楯ヲ立タルカ如シトヨソヘタマヘル歟」とある。「ろかも」は感動を表す助詞で比喩の意はないにもかかわらず、「如シ」とする解釈は最近の注釈書まで続いている。10の「如す」と同様に取りなして「小さな楯のようだ」と口語訳し、美しさの比喩と解するのである。これは不思議なことで、歌詞に即した解釈をすれば「後ろ姿は小さな楯であることよ」となるしかない。嬢子の後ろ姿を楯そのものとみる古代的感覚である。

そこで「小楯」が問題になる。これも本居宣長『古事記伝』の「平《タヒラ》かに直きを見送坐《ミオクリマシ》て賞美《メデ》賜へる」を踏襲して「まっすぐすらりと伸びている」（土橋氏、前掲『全注釈』）など、ほとんどが女性美を表す意とし、他に「この比喩は蟹の甲羅との繋りで最大限に生きてくる」[15]とする説をみるくらいである。しかし、これは楯そのものなのである。武具としての楯は邪霊を寄せ付けない呪具でもある。後ろ姿が楯だという呪的な女性は、祭祀を執り行う神女であろう。散文では応神が木幡村の道衢で嬢子に遇うと叙述されるが、それは嬢子が道衢の神に楯を捧げて祭る神女とみなされたことを示唆する。[16]木幡は大和・近江・難波を結ぶ交通の要衝地で、崇神記に宇陀の墨坂神や大坂神に楯・矛を祭るとあるように、要衝の地には楯を祭ったことがわかる。おそらく「小楯」は祭祀用であって、そのような楯を祭る神女が「後姿は小楯」と表現されたのである。[17]

次の10の歯並の詞章も通常の美麗表現ではない。椎菱について、『記紀歌謡集全講』が「どちらも白く、歯の形容にはふさわしい」とするが、白く美しい歯を言うのではなく、『古事記伝』が「菱」についてすでに「歯の鋭《ト》きを譬へ給へる」と述べた通りである。椎菱のように歯が鋭く並んでいるとは何を意味するのか。これも類例がなく難解であるが、歯の特徴で市辺忍歯王の骨を特定した顕宗記の置目老媼の話は参考になる。王の歯を「三枝の如く押歯」とするのである。それは三つ叉のように多く生えた歯の意で、考古学で報告されている「叉状研歯」と関連するであろう。

「叉状研歯」とは歯牙をフォーク状に加工・変形する縄文・弥生期の習俗で、春成秀爾氏は諸例の出土分析を通して、叉状研歯の人々が「聖なる血統に属することを標示」し、「部族の会議や祭儀がもたれる時には、叉状研歯人物がそれぞれの集団の代表として中心的な役割を果たす[18]」と推定している。こうした歯の加工が、選ばれた巫女や神女の特徴を示す容姿の一つであった可能性は高い。10の椎菱の比喩が「叉状研歯」に類するものかどうかは明確でないが、「歯の鋭き」という異形の尖歯によって嬢子を神聖化し、木幡の最高神女としての権威を称える表現と言える。

「後姿」「歯並」を検討してきた私たちは、11～16でうたう「眉画き」の描写も同様に神女の形容ではないかという見通しをもつ。11の「丸邇坂の土」は12～14の三連対を経て「中つ土」が選ばれる。これは「神語」の衣選び（記4）や応神天皇の歌の乙女選び（記43）にも類例があり、最良のものを選ぶ表現方法である。三連対は「発達した典型的な宮廷寿歌」（土橋氏、前掲『全注釈』）と言われる「天語歌」（記99）にもみえ、この表現の存在は蟹の歌が宮廷歌謡として成立したことの証左となろう。

古橋氏は、土選びから15の眉墨作りまでの製作過程を「生産叙事」という神謡の表現様式とし、それは「最高にすばらしい眉墨であることの表現であり、そのすばらしい眉墨をつけるに適わしい女（つまり神女）の美しさをいう[19]」と述べている。文学の始源に想定される神謡から神女の美しさの表現であることを明らかにしたのである。それに対して、三浦佑之氏は眉墨の「此に画き垂れ」を「濃くて太い眉が眉尻のところでだらんと下にぶら下がっている」と読み取り、蟹男と醜い容貌をした小楯女の滑稽さが対になって表現された、もどき的な性格をもつ歌謡とした。[20] もどき芸説は蟹の歌の解釈として新しい可能性を示す。それを理解した上で、歌の表現そのものに即して解釈してみる。

「此に」以下の句は「このように下がり眉を画き」という意[21]であるから、滑稽で醜い容貌と受け取れるかもしれない。だが、それは「画き垂れ」の語が与える解釈の幅とも言える。確かにaの蟹の道行きには滑稽さも伴うが、bの嬢子の描写はもどき的な滑稽さというよりも神女の特異な容姿を強調していると言ってよかろう。もっとも、神女としての嬢子はその異形さゆえに聖と俗の両義性を抱え込むのであって、俗なる滑稽さがみえたとしても不思議ではない。ただ、『記』の書き手は歌の中の嬢子を醜い容貌とは読み取らなかった。散文叙述にその片鱗すらないのである。

bの第二段は神女としての嬢子が表現されている。これまでみてきたように、神女の形容は『記』に記載された蟹の歌という次元で確かめられる。それは歌の表現だけでなく、散文叙述に宮主矢河枝比売とあるところからも明らかである（なお後述）。嬢子の容姿は通常の女性美とはおよそ異なっていた。蟹の歌では神女の霊威を表すことが求められているからである。16の眉の描写が「眉引き」という一般的な眉の美しさではなく、「画き垂れ」としているのも神女の異形の容姿に他ならない。

最後の第三段のcで蟹の歌の主題がうたわれる。それは20の「向ひ居るかも　い添ひ居るかも」に示されるが、嬢子と向かい合っているというだけでなく、神女としての嬢子を妻にした喜びをうたっている。つまり、蟹の歌の叙事は応神天皇が木幡村の道衢という要衝の地に君臨する神女と結婚したという点にある。それは同時に、応神天皇が要衝の地の祭祀権を掌握したことになるのである。

四　蟹の歌と散文の表現空間

それでは、右のような歌の叙事と散文とはどのような関係になっているのか。土橋寛氏は、記紀歌謡には独立歌謡と物語歌があるとし、独立歌謡は物語に転用され、物語歌は物語に合わせて創作あるいは改作された歌と規定した。(22) これによれば、独立歌謡は物語の散文に結合されたことになるし、物語歌も創作、改作されて散文の中に置かれたことになる。〔歌と散文〕の関係はきわめて硬直化したものと言わざるを得ない。とは言え、土橋氏は前掲『全注釈』で丸邇氏の語部が矢河枝比売の物語と蟹の歌を述作したと述べているので、それが事実であれば丸邇氏の語部の文学的営為と言えるのかもしれない。しかし、それは確かめようがなく、『記』の〔歌と散文〕の問題にはなりえない。

そこで『記』の本文において、〔歌と散文〕が創り出す表現空間をみていく。まず、歌の8・17の詞句は、散文の「到坐木幡村之時、麗美嬢子、遇其道衢」と対応する。基本的に歌には歌独自の表現の仕組みがあり、それに基づいて『記』の〔歌と散文〕の関係が成立している。従って、歌から散文が叙述されると考えられる。8「遇はしし」の前の「し」は敬語であるから、応神は道で遇った嬢子を敬っていることになる。『全注釈』は「物語歌述作者の比売に対する敬語」とするが、それでは『記』本文の読みにならない。敬語は道衢で突然遇った嬢子の特異性を伝えるのである。応神天皇の、嬢子に対する畏敬と言ってもよい。

散文では、嬢子が道衢に遇うという文脈である。突然、応神天皇から嬢子に主語が変わる。森朝男氏は、相手を主語に立てる「……が逢ふ」に「逢魔的・偶然的な〈逢ふ〉」を見出し、「人間ならぬものと出逢う、特殊な出逢い」(23) とする。また、中川ゆかり氏も『記』の「相手がアフ」例は、相手を神か神に準ずる女性とする場合が多いとし、応神記の嬢子は「神を待ち迎えて結婚する巫女」と指摘する。[24] 敬語に潜む嬢子の特異性は、「～が遇ふ」という散文において神女という素性を明かしているのである。

「～が遇ふ」ではないが、よく引き合いに出されてきた、邇々藝命が笠沙の御前で神阿多都比売に遇う話をみておかなければならない。これは天つ神御子と国つ神の女との一宿婚を語る神話で、王の即位儀礼における国つ神の女との聖婚という儀礼的婚姻が背景にある。[25] 応神記の③矢河枝比売では、天皇の即位儀礼を構成する国見・聖婚・饗宴が物語の枠組みとなっているが、[26] それが国見歌と蟹の歌（祝婚歌）を軸として展開されることは注目してよい。

このような物語の枠組みを作り出す歌の役割は、物語に歌がはめ込まれたというような硬直化した見方ではとらえられない。この場合、西郷氏が前掲『注釈』4で述べた「物語はむしろ歌から導き出された」という視点は有効であろう。歌から散文が生成されるのである。『記』の書き手の側から言えば、歌の叙事の読みから散文が書かれるのであり、そこに［歌と散文］の表現空間が創り出されることになる。それは、歌詞の「遇はしし嬢子」から「麗美嬢子、遇其道衢」という散文が書かれ、応神天皇と神女（矢河枝比売）の出会いの物語（神話）が叙述されるところに具体的にみることができる。

散文において丸邇氏の女、宮主矢河枝比売の名が明かされ、后妃を多く出している丸邇氏の類型的な婚姻譚になっているのは、西郷氏の『注釈』4が示唆するように、歌の詞句「丸邇坂の土を」とつながりをもつはずである。蟹の歌は応神天皇と矢河枝比売の聖婚という叙事を担って宮廷歌謡として伝えられたと考えられる。つまり、蟹の歌自体が宮廷史を背負っているのである。歌の叙事の読みから散文が叙述されるというのは、そのような意味においてである。

このような［歌と散文］の関係から、『記』がどのように歌を理解しているかを読み取ることができる。例えば歌の道行きの解釈で、『全講』『全注釈』が6の「ささなみ道」から応神天皇のこととしたのに対し、7・8の「木幡の道」を応神天皇の道行きとする私見を述べたが、それは散文からも確かめられる。散文では、応神天皇は近江への行幸途中に木幡で嬢子と出会い、「吾、明日還幸之時、入坐汝家」と約束する。すなわち、近江から木幡へ応神天皇が還幸するのは嬢子との出会いの翌日と散文では叙述する。

そうすると、「ささなみ道」から「木幡の道」に来て嬢子に出会ったという応神天皇の道行きはあり得ないことになる。歌の理解の上に成り立つ散文叙述によって、『記』には歌の中の応神天皇の道行きを7・8の「木幡の道」とする了解があったことを確認できるのである。また、歌の最後の部分、Cの18〜20が散文の「明日入坐。故、献大御饗之時」以下に対応することは明らかである。

以上みてきたように、歌から散文叙述が生成してくるという関係の中に、『記』における［歌と散文］の表現空間が創り出される。歌は一字一音で表記されるのだが、『記』の本文の中では人物の声として現前する装置なのではないかと思われる。つまり、歴史が歌によって疑いようのない事実として現前することになる。『記』『紀』の歌は宮廷史でもあったのである。［歌と散文］の表現空間とは歌によって現前する歴史の場面と言える。『記』の文学性は、このような［歌と散文］の仕組みからも明らかにされなければならない。

五　宇遅能和紀郎子と日継物語

最後に、宮主矢河枝比売と宇遅能和紀郎子の誕生に言及しておこう。③の蟹の歌とその散文は二人の登場をうたい語るものに他ならないからである。

応神天皇が木幡で出会った嬢子は、「丸邇之比布礼能意富美之女、名宮主矢河枝比売」という名告りによって丸邇氏の女であることが明かされる。神話的に言えば、天つ神を迎える国つ神の女である。その矢河枝比売が「宮主」であることは注目される。『記』の出雲神話にもう一例、「稲田宮主須賀之八耳命」とある。櫛名田比売の父で、須佐之男命によって須賀の宮の首に任ぜられたゆえの名であった。稲田の宮殿を司る祭祀者とみてよい。同様に、矢河枝比売も「天の下」の東西に通じる要衝の地、木幡の祭祀者であった。宮主は矢河枝比売が祭祀を司る最高神女であることを示唆するものであり、前に述べたように、応神天皇が矢河枝比売を妻にすることは最高神女が担う祭祀権の掌握を意味した。

③イには聖婚・饗宴という儀礼的枠組みによる物語構成がみられたが、そこで語られるのは矢河枝比売の登場と聖婚による宇遅能和紀郎子の誕生である。その誕生は、蟹の歌の後の「如此御合、生御子、宇遅能和紀 自宇下五字以音 郎子也」という一文に示される。しかし、歌によって御子の誕生が記された例は、『記』ではここだけである。それは宇遅能和紀郎子の特別な位置を伝えるものであろう。

倉塚曄子氏は矢河枝比売について「聖婚における一夜妻」の姿を指摘している(27)。③イが邇々藝命神話に重なることから、蟹の歌の後の「如此御合して」には、天つ神御子と国つ神の女との一宿婚という神話的構造をみることができる。宮主と呼ばれる最高神女としての矢河枝比売は一夜妻にふさわしいし、「如此御合、生御子」には一宿婚による聖なる御子の誕生が読み取れる。

蟹の歌の最後の20では嬢子を得た応神天皇の歓喜をうたう。歓喜の情がそのまま「如此御合、生御子」に続くことで、応神天皇の後継者としての宇遅能和紀郎子が歌によって確定される。②で「所知天津日継也」と位置づけられた宇遅能和紀郎子は、③イの応神天皇の［歌と散文］において聖なる日継の御子の誕生として叙述されるのである。物語構成に生じるこうした時間の逆行も、②を起点とする応神記の日継物語の方法と言える。

ところが、前に応神記の構成で述べたように、宇遅能和紀郎子から④の大雀命主体の叙述へと交代していく。

次の⑤アの「ほむたの　日の御子《ひみこ》　大雀《おほさざき》」によって、「天津日継」が大雀命に移ることを物語展開の中に暗示している。実際には⑧の宇遅能和紀郎子の死によって大雀命の即位が可能になるのだから、時間が逆行する。これも応神記の日継物語の方法とみることができる。つまり、②を起点とする天津日継は、③イの宇遅能和紀郎子から⑤アの大雀命へと、歌を中心とする物語展開の中で移行する仕組みなのである。

応神記の日継物語では、なぜ応神天皇から直接大雀命へと日継を継承する形をとらなかったのか。大きな疑問が残る。そこで、③イ以後の宇遅能和紀郎子に注目してみよう。まず、⑦の大山守命の反乱において、宇遅能和紀郎子は身代わりを立てて相手を油断させ、かじ取りに変装して滑りやすく細工をした船に乗り、大山守命が船に乗ったところを船を傾けて河に落として殺すという、知略を用いる人物として描かれる。

次の⑧は宇遅能和紀郎子が大雀命と「天の下」を譲り合い、大贄を固辞したため海人を嘆かせる話で、兄弟互譲の姿はこれまでにない兄弟像である。吉井巌氏が「勝利をえた太子がなほ儒教的倫理を守り、大雀命に皇位をゆづりつつ夭折することが語られる」[28]と述べるように、『紀』の長幼の序を重んずる儒教思想ほど明確ではないにしても、ここでは宇遅能和紀郎子を通して新しい道徳観が示される。

もう一つ見逃せないのが、⑦の弟王の歌である。弟の宇遅能和紀郎子が兄大山守命を殺した後、「悲《かな》しけく　ここに思《おも》ひ出《で》　い伐《き》らずそ来《く》る　梓弓檀《あづさゆみまゆみ》」（記51）とうたい、敵にもかかわらず兄への情愛をみせるのは、やはりこれも『記』にはみられなかった人物像である。坂本勝氏が指摘するように、「応神とワキイラツコの物語はそうした「情」を機軸に成り立っている」[29]とみてよい。

このようにみてくると、宇遅能和紀郎子は『記』ではまったく新しい知・情・徳をもつ人物として叙述されていることがわかる。これは②を起点とする応神記の日継物語の方法による人物描写と考えざるを得ない。応神記の日継物語が②を起点とすることはすでに述べたが、時間を逆行させて②を受ける③イは、蟹の歌を中心とする、特異かつ異例の宇遅能和紀郎子誕生の物語であった。聖なる日継の御子の誕生を語るこの話の特異性あるいは神秘性は、「胎中天皇」[30]と呼ばれる応神天皇の誕生譚につながるところがあろう。つまり、『記』中巻がもつ神話的枠組みの残存である。

しかし同時に、下巻を前にして「人の時代」の新たな天皇像が求められた。それが⑦⑧の、大雀命との交流の中で語られる宇遅能和紀郎子の知・情・徳の人物像だったわけである。下巻の「人の時代」にふさわしい天皇像として、宇遅能和紀郎子の知・情・徳は大雀命に受け継がれ、下巻の初代の仁徳天皇が誕生するという次第である。『記』の日継物語では、応神記で応神から宇遅能和紀郎子、さらに大雀命へという継承を叙述した。応神から直接大雀命への移行ではなく、宇遅能和紀郎子を介して継承する方法を選んだのは、下巻の天皇像に宇遅能和紀郎子の人物像が重ねられる必要があったからであろう。

応神記の日継物語は、②を起点にして③イから⑦⑧で日継の御子としての宇遅能和紀郎子を語り、それと並行して④（「太子大雀命」）、⑤（「ほむたの　日の御子　大雀」）で宇遅能和紀郎子から大雀命への「天津日継」の継承を叙述するという仕組みになっているのである。そのような日継物語の方法において、聖なる日継の御子、宇遅能和紀郎子の誕生を叙述する③イの蟹の歌の位置と役割を、ここにあらためて確認することができる。

結びにかえて――再び『記』の日継物語

蟹の歌は応神記・日継物語の中で、聖なる日継の御子、宇遅能和紀郎子の誕生をうたう役割を果たしている。歌が『記』の日継物語の方法に深く関わっていることは、この蟹の歌に確かめてきたことからも明らかである。中巻の応神天皇から下巻の仁徳への橋渡しは、宇遅能和紀郎子から大雀命への日継の継承という形で叙述されることをみてきた。それは『記』が求める下巻の天皇像への移行として必要とされたのである。

『記』における日継の用例は、①帝皇日継（序）、②天津日継（上巻・大国主神の国譲り）、③天津日継（中巻・応神記、三皇子の分担）、④天津日継・日継・日継・日継（下巻・允恭記、皇位継承）、⑤日継（清寧記、皇位継承）、⑥天津日続（顕宗記）、⑦日続（下巻・武烈記）という興味深い分布を示す。つまり、これまで述べてきた応神記の③が下巻の④〜⑦の先蹤という位置にある。[31] あるいは規範と言ってもよい。

中巻③の日継では、これまでみてきたように、下巻の規範となる日継の権威を示すべく、「天津日継」や「日の御子」（記47）の表現を用いて日継物語を展開していた。下巻の仁徳記や雄略記で「高光る　日の御子」が高らかにうたわれるのは、応神記の「日の御子」を引き継ぐ意識と考えられる。ところが、下巻では反乱物語が多く記され、日継の危機がたびたび起こる。ただ、そこで日継が廃絶するというものではなく、矢嶋泉氏が指摘するように、反乱物語は「あるべき天皇像を語る『古事記』の方法のひとつ」[32] ととらえるべきであろう。

本稿では、反乱物語も含めて、応神記に日継物語の方法をみてきた。反乱物語には歌が多く記されるが、それも歌が深く関わる日継物語の方法として理解すべきことは言うまでもない。

注

（1）日本古典大系『古事記祝詞』倉野憲司「解説」（岩波書店、一九五八年）

（2）西郷信綱「ヤマトタケルの物語」（『古事記研究』未来社、一九七三年。初出、一九六九年一一月）

（3）「應神天皇の周邊」（『天皇の系譜と神話』塙書房、一九六七年）

（4）岡田精司『古代王権の祭祀と神話』（塙書房、一九七〇年）

（5）「応神天皇の物語」（古事記研究大系6『古事記の天皇』一九九四年八月）

（6）土橋寛「氏族傳承の形成――「この蟹や何處の蟹」をめぐって――」（『日本古代の呪禱と説話』塙書房、一九八九年。初出、一九六六年七月）
（7）この見解はすでに注（6）同論文に示されている。
（8）土橋寛・池田弥三郎編『鑑賞日本古典文学4・歌謡Ⅰ』（角川書店、一九七五年）の現代語訳。土橋氏は、日本古典大系『古代歌謡集』（岩波書店、一九五七年）の頭注でこの句から天皇自身に転ずるとしたが、前掲『古代歌謡全注釈・古事記編』でそれを修正する。
（9）「この蟹や　いづくの蟹」（『古事記大成』2、一九五五年四月）
（10）『古代歌謡論』（冬樹社、一九八二年）
（11）長歌謡の人称転換は、『記』の八千矛神の「神語」や雄略紀の蜻蛉の歌などに出てくる。歌の場面に合わせて主体を変えるうたい方とみてよい。これに関連する口承歌謡の生態として、宮古島狩俣の神歌において一人称でうたわれることは参考になる。例えば「んまぬかん　わんな（母の神である私は）」のように、神女が始祖神を称えるタービ（神を崇べる歌）に一人称表現が出てくる場合がある。神女は神に仕える立場と神の立場を歌の場面によって移動する（居駒永幸「歌謡の人称の仕組み――神歌の叙事表現から」（古橋信孝・居駒永幸編『古代歌謡とはなにか』笠間書院、二〇一五年二月。本書所収、第二章6）。
（12）「巡行叙事」（『古代和歌の発生』東京大学出版会、一九八八年。初出、一九八四年五月）
（13）近年、都の官人の宴席歌とする説が出されており（内田賢德「乞食者の歌」（『セミナー万葉の歌人と作品』11、二〇〇五年五月）、従来のホカヒ人の芸謡説とは見方が大きく異なる。今後深められるべき課題である。
（14）『古事記注釈』2（平凡社、一九七六年）。「後手にふきつつ」の語釈（同書1、一九七五年）では、自然な所作で呪的な意味をみるには及ばないとするが、あえて「後手」とするのだから、やはりこれも邪霊を追い払う呪的行為とみるべきである。
（15）深沢忠孝「角鹿の蟹（応神記）」（山路平四郎・窪田章一郎編『記紀歌謡』一九七六年四月）
（16）土橋氏（前掲『全注釈』）は、「矢河枝比売も「宮主」と呼んでいるのは、丸邇氏の最高巫女の意かもしれない」としている。しかし、この文脈では神懸かりする巫女 shaman よりも、祭祀を司る神女 priest の方がふさわしい。木幡という要衝の地で祭祀を主宰する最高神女の意である。巫女と神女の語はかなり曖昧に使われているように思う。
（17）『おもろさうし』には「あけのこしらいや……牛綾楯《うしあやたて》 取《と》り遣《や》り」（巻二十一・五三）と、祭祀の場で楯を取る神女がうたわれるが、池宮正治氏は武装する神女について「武器のもつ霊妙不可思議な力を信じていた」（『おもろさうし精華抄』ひるぎ社、一九八七年）と指摘している。「小楯」も神女の霊威を表す言葉と言える。
（18）「叉状研歯」（『国立歴史民俗博物館研究報告』一九八九年三月）
（19）「生産叙事」（注12同書。初出、一九八三年五月）
（20）「語りとしてのウタ」（『古代叙事伝承の研究』勉誠社、一九九二年。初出、一九八四年二月）
（21）「許」の仮名が「濃」の意ではなく、現場指示の「此」としたのは木下正俊「〈濃〉の仮名遣其他」（『萬葉』一九五八年四月）で、「眉の形に沿って指先を動かす仕草」と指摘する。
（22）『古代歌謡論』（三一書房、一九六〇年）、『古代歌謡と儀礼の研究』（岩波書店、一九六五年）、『古代歌謡の世界』（塙書房、一九六八年）など。
（23）「逢ふ」（『古代和歌と祝祭』有精堂、一九八八年。初出、一九八二年九月）
（24）「出会いの表現」（『上代散文 その表現の試み』塙書房、二〇〇九年。初出、一九八四年一〇月）
（25）倉塚曄子「胎中天皇の神話」（『古代の女』平凡社、一九八六年。初出、一九八二年）
（26）西宮一民氏は国見・聖婚を天皇の一連の行為とする（新潮古典集成『古事記』一九七九年）。
（27）注（25）同論文
（28）注（3）同書
（29）「応神記の構想」（古事記研究大系3『古事記の構想』一九九四年一二月）
（30）注（25）同論文
（31）下巻の「日継」については、居駒永幸「読歌と「待懐」「共自死」——『古事記』下巻の日継物語と歌——」（『國學院雑誌』二〇一一年一一月。本書所収、第四章4）で論じた。
（32）「『古事記』中・下巻の反乱物語」（稲岡耕二先生還暦記念『日本上代文学論集』一九九〇年四月）

3　仁徳記の「高光る　日の御子」

――「日継」と「日の御子」――

はじめに

［歌と散文］の関係が『古事記』説話群の構成をいかに成り立たせ、そこにいかなる構造を作り出しているかという点につき、仁徳記を例として具体的に論じる。その意図は『古事記』『日本書紀』における「歌謡研究の現在」という所与の課題（『解釈と鑑賞』二〇一一年四月）を考えるためであるが、むしろ小論に課したいことは［歌と散文］のあいだに創り出される表現空間を解明することである。その視点と方法は『記』の表現論をいかに切り開くか。今後の「歌謡研究」を展望してみたいと思う。

一　仁徳記説話群の構成

まず、仁徳記説話群と歌番号・歌曲名を上段に、それと対応する『紀』の記事と歌番号を下段に掲げる。＊は

『記』『紀』の対応歌を示す。

仁徳記	仁徳紀
①聖帝の世	四年二月・三月、七年四月・九月、十年十月
②吉備の黒日売（52・53・54・55・56）	なし
③石之日売の山代下向（＊57・＊58・＊59・60・＊61・＊62・＊63志都歌之歌返）	三十年九月（51・＊52・＊53・＊54）、十月（＊55）、十一月（56・＊57・＊58）
④八田若郎女と八田部（64・65）	三十八年正月
⑤女鳥王と速総別王の反逆（＊66・＊67・＊68・＊69・＊70）	四十年二月（＊59・＊60・＊61）
⑥雁の卵の瑞祥（＊71・＊72・73本岐歌之片歌）	五十年三月（＊62・＊63）
⑦枯野の船（＊74志都歌之歌返）	応神紀五年十月、同三十一年八月（＊41）

右のように、仁徳記の説話群は①聖帝の世に始まり、石之日売皇后の嫉妬をモチーフとする②から⑤、最後に仁徳治世を称える⑥⑦を配置する構成である。ただ①の前に、天皇即位・后妃・皇子女、皇子のうち履中・反正の即位を記し、また御名代として葛城部・壬生部・蝮部・大日下部・若日下部の設置、秦人による茨田堤造営、池や堀江などの治水事業を記述する。天皇の系譜や治水記事は、『記』序文に記す「帝紀」とされる資料にあったものとみるのが妥当であって、内容的には説話と一線を画するが、この「帝紀」的記載は①以下の説話群との対応関係が認められる。

例えば②黒日売、④八田若郎女、⑤女鳥王は后妃に関わり、③と④は八田若郎女立后の有無という点で「帝紀」とされる資料の后妃記事を説明するものである。『紀』三十八年正月条は磐之媛皇后薨去後に八田皇女が立后する記事であるが、『記』にその記述はない。『記』は八田若郎女が立后することなく妃の身分を通し、そのため名代部として八田部を設置したことを説明する。その根拠が「八田《やた》の　一本菅《ひともとすげ》は　一人居《ひとりを》りとも」（記65）の歌である。⑤も速総別王が謀反によって即位できなかったことの説明になっており、やはり天皇の即位という「帝紀」的記事と対応する。⑤では当事者の歌が説話の事実性を保証し、より説得力を高めている。

⑥では仁徳治世の瑞祥が歌（記71・72）によって示され、反逆から徳治へと話題が転換される。同時に、歌（記73）によって仁徳天皇の皇子たちの皇位継承と繁栄を予祝するのも、三人の皇子の即位という「帝紀」的記事を説話群において説明する意味がある。仁徳治世への称讃は⑦へとつながり、琴の音をうたう歌（記74）が聖帝の世を称えている。①の聖帝の世は、后妃との恋と謀反鎮圧を経て、⑥⑦の仁徳治世の瑞祥と称讃に呼応し、理想的治世の実現が仁徳記説話群を貫く構造として了解されるのである。⑦の説話が応神紀に配置される『紀』には『記』のような緊密なつながりがない。仁徳記説話群のかかる構造は［歌と散文］の表現空間において作り出されると言ってよい。そこで、さらに⑥と⑦において、具体的に［歌と散文］の関係をみていくことにする。

二　「ほむたの　日の御子」から「高光る　日の御子」へ

⑥の雁の卵説話の散文では、仁徳天皇が豊楽のために日女島に行幸した時、雁が産卵したという事実を記述する。冬の渡り鳥の雁が日本で産卵することはないから、まさに前代未聞の珍事であって、仁徳天皇は長寿の建内宿禰にそれを下問し、歌問答に及ぶ。その三首を次に掲げる。

A たまきはる　内《うち》の朝臣《あそ》　汝《な》こそは　世《よ》の長人《ながひと》　そらみつ　倭《やまと》の国《くに》に　鴈卵生《かりこむ》と聞《き》くや　（記71）

B 高光《たかひか》る　日《ひ》の御子《みこ》　諾《うべ》しこそ　問《と》ひ給《たま》へ　真《ま》こそに　問《と》ひ給《たま》へ　吾《あれ》こそは　世《よ》の長人《ながひと》　そらみつ　倭《やまと》の国《くに》
に　鴈卵生《かりこむ》と　未《いま》だ聞《き》かず　（記72）

C汝《な》が御子《みこ》や　つびに知《し》らむと　鴈《かり》は卵生《こむ》らし　（記73）

『紀』は二首だけでCの歌がなく、従ってCの歌曲名「本岐歌の片歌」もない。特に大きな相違は、Bの「高光る　日の御子」の歌い出しが「やすみしし　我が大君」の句になっている点である。次に示すように、『紀』の歌には「高光る　日の御子」の称句がみられない。なお、人名は「日の御子」「大君」に当たる人物、＊は「高光る　日の御子」と「やすみしし　わが大君」が『記』『紀』ともに用いられる歌を示す。

高光る　日の御子　　倭建命（＊記28）仁徳（記72）雄略（記100）雄略（記101）

やすみしし　わが大君　倭建命（＊記28）仁徳（紀63）雄略（記97）雄略（記98・紀76対応歌）雄略（記104）

　　　　　　　　　　勾大兄皇子（紀97）推古（紀102）

「高光る　日の御子」は『記』の他に『万葉集』『続日本紀』の歌に用いられている。『万葉集』では「高光る（照らす）　日の皇子」が持統三（六八九）～四（六九〇）年の作とみられる日並皇子挽歌において柿本人麻呂（2・一六七）と舎人たち（一七一、一七三）によってはじめて用いられ、以後「やすみしし　わが（ご）大君」の称句は宮廷讃歌の様式となっていく。それは天武・持統朝に天皇＝「日の御子」思想があったことを明示するものであり、この思想は『記』の主題と言ってもよい。

『記』では、天照大御神に命じられた邇々藝命が葦原中国に降臨し、その子孫の初代神武天皇は「吾者、為日神之御子」と宣言する。その後、天皇＝「日の御子」思想を表現する「高光る　日の御子」の称句は、中巻の倭建命、下巻の仁徳天皇と雄略天皇に対して用いられる。三者それぞれに用いられる理由が考えられるが、なぜ仁徳天皇かと言えば、やはり下巻最初の天皇であり、英雄的側面を振り捨てた聖帝像として語られる[1]、人代の天皇の画期に立つ始祖的存在という認識があったからに違いない。

仁徳天皇を「日の御子」とする位置づけは、Bに唐突に出てくるのではない。すでに中巻末の応神記にあった。

吉野之国主等、瞻大雀命之所佩御刀、歌曰、

ほむたの　日《ひ》の御子《みこ》　大雀《おほさざき》　大雀《おほさざき》　佩《は》かせる大刀《たち》　本《もと》つるぎ　末《すゑ》ふゆ　冬木《ふゆき》の　すからが下木《したき》の　さや
さや　（記47）

「ほむた」は本居宣長『古事記伝』以来、品陀天皇（応神）と解されている。「ほむた」が応神天皇の呼称であったかどうかは不明であるが、地名としての「誉田」が「品陀和気命」や応神陵の「誉田陵」（雄略紀九年七月にその説話伝承がある）から応神天皇を連想させたことは事実であろう。雄略記で引田部赤猪子を「引田《ひけた》の　若栗栖原《わかくるすばら》」（記93）とうたうように、地名は歌において人名の暗喩になる。「ほむたの　日の御子　大雀」とうたう意味は、当初、宇遅能和紀郎子の「天津日継」（皇位継承）が約束されていたので、応神天皇の後継者たる大雀命の立場を強調するところにあった[2]とみてよい。中巻末に、応神天皇の日継の御子として大雀命が歌によって位置づけられ、大雀命は下巻初めのBにおいて「高光る　日の御子」たる仁徳天皇として称えられる。中巻と下巻をつなぐ構造として、邇々藝命や神武天皇に神話的に回帰する装置、すなわち天皇＝「日の御子」思想があったのである。

三　雁の卵説話の日女島と「高光る　日の御子」

このように「高光る　日の御子」の歌表現をみてくると、仁徳天皇を「日の御子」と称えるBの歌の場が、『記』の散文で日女島とするのは特に注目される。『紀』には天皇の行幸がなく、「於茨田堤、鴈産之」と河内人の奏言記事になっており、雁の産卵場所を茨田堤とするからである。

『記』の日女島と『紀』の茨田堤はまったく異なる伝承のようにみえるが、位置関係からするとそれほど離れていない。日女島は淀川河口の大阪市西淀川区姫島町のあたりとされ、茨田堤は仁徳紀十一年十月に「北の河」

（淀川）に造った堤防とあるから、難波高津宮の西と北の近接する位置関係になる。従ってほぼ同地域であって、日女島と茨田堤の両様に言い得たのであるが、地名としては仁徳記の「帝紀」的記事に秦人による茨田堤造営があり、仁徳紀に河内人茨田連衫子らの茨田堤造営記事があるから、茨田堤の方が通りやすい。加えて、茨田堤造営という大事業を成し遂げた仁徳天皇への称讃がそこに意図されていると考えられるゆえに、おそらく『紀』が正規の歴史叙述であったのであろう。

　それではなぜ『記』において日女島への行幸の話になっているのかという点が問題になる。日女島の神話的側面については、かつて『記』の島生み神話に登場する「女島《おみなしま》」に重ねて、日女島と雁の卵の間に物を産み出す共通項があるとする見解(3)が出されたが、日女島と「女島」は安易に同一視できない。なぜなら「日女」は異例の表記で、『記』では「比売」ないしは「日売」となるからである。近年、応神天皇代に新羅国から女神が移り住んだという「摂津国風土記」逸文の「比売嶋」に注目し、応神記の天之日矛伝説にみえる「難波《なには》の比売碁曾社《ひめごそのやしろ》」も日女島にあったとした上で、『記』は応神記の新羅の日女神が渡来する話と仁徳記の日女島の寿歌を関連させて書いているとする渡瀬昌忠氏の見解が出された。さらに、雁の卵説話の「豊楽」を宮廷的祭祀に伴う饗宴とし、新羅の「日女」神の祭祀が日女島で行われたことをも暗示するという(4)。新羅国に限定されるかどうかは別として、日女は日神の女の意で、日女島が日神祭祀を行う神話的な島であることはほぼ認められよう。

　日女が『記』では異例の表記であることは前に述べたが、『万葉集』には一例だけみられる。前掲の日並皇子挽歌（2・一六七）である。その歌では、天照大御神を「天照《あまで》らす　日女《ひるめ》の尊《みこと》　一に云ふ、さしあがる日女の尊」とうたい、「神下《かむくだ》し　いませまつりし　高照《たかて》らす　日《ひ》の皇子《みこ》は」と、日神の子孫として「天の下」に降臨する天武天皇を登場させる。「日女」はヒルメと訓読し、『紀』に「天照大日孁尊《あまてらすおほひるめのみこと》」とあるように、太陽の女神の意で天照大御神を指す。「日女」という異例の表記は、日女島が日神祭祀を行う島であり、『記』の雁の卵説話では仁徳天皇がその島に行幸することで、日神の子孫である天皇の権威を示す意味があったことを示している。

このような日女島とBの「高光る　日の御子」が深く関連することはもはや明らかであろう。散文はほとんど歌の内容の域を出ていないが、日女島だけは歌からわからない。しかしよくみると、応神記の「ほむたの　日の御子」が仁徳記では「高光る　日の御子」として称えられ、「日の御子」の根拠が散文の「日女島」によって与えられたことになる。歌の「日の御子」によって「日女島」が散文に引き出されてくる相互関係をここに認めうるのである。

『記』は［歌と散文］の関係において、そこに、天皇＝「日の御子」思想を背景に置くところの日神祭祀と饗宴という文脈を構成したことになる。日神祭祀の島において、仁徳天皇は日神の子孫として位置づけられるのである。

四　雁の卵説話から枯野説話へ

歌問答の話題とされる雁の産卵は、『紀』では単なる瑞祥で終わっているが、『記』はCの歌を置くことで下巻全体に関わる仁徳の始祖性を提示している。その［歌と散文］を再掲してみよう。

如此白而、被給御琴、歌曰、

C汝《な》が御子《みこ》や　つびに知《し》らむと　鴈《かり》は卵生《こむ》らし　（記73）

此者、本岐歌之片歌也。

Cの歌は琴を賜ってうたったとある。琴が神託を聞くために神下ろしをする楽器であることは仲哀記に詳しい。従来の注釈では臣下が仁徳を「汝」とうたう点を疑問としてきたが、金井清一氏は琴歌が「神降ろしの作法から出たもの」とし、「武内宿禰に占はせたら「汝が御子や…」の答が出た」とする中島悦次『古事記評釈』（一九三〇年）の説に注目し、Cは託宣する神の立場からのものであり、仁徳の皇子たち、その皇統の繁栄を予祝した歌と解する。[5] そのように考えれば、建内宿禰が「汝が御子や」とうたっても不思議ではないわけで、仁徳天皇から下賜された琴によって、御子が「天の下」を「知らむ」すなわち統治するとの神託があり、Cはその神託をうたうことで仁徳治世を称えたことになる。事実、仁徳天皇の御子、履中・反正・允恭が次々に皇位を継承するのであり、Cは仁徳天皇を始祖とする『記』の下巻の構想と深く結びついているのである。

散文の中で「琴」ではなく、「御琴」とするのは仁徳天皇から与えられたからである。琴は神意を聞くという宮廷祭祀の根幹に関わるために、天皇の専有するものと考えられたらしい。おそらく大歌師が伝える『琴歌譜』の存在もそれと関係する。歌曲名の「本岐歌」は寿き歌であるが、「片歌」は最後をうたい収める歌曲的様式[6]という指摘がある。つまり、雁の卵問答は宮廷歌曲として伝えられていたことになる。しかも散文内容のほとんどは歌問答にうたわれている。歌が歴史伝承なのである。天皇の歴史を伝えるからこそ、宮廷歌曲として保存、伝承されたと言ってもよい。

「御琴」が次の⑦枯野説話の「前触れ」になっているとする見方は、西郷信綱『古事記注釈』4（一九八九年）にあるが、単なる前触れではなかろう。

茲船、破壊以焼塩、取其焼遺木、作琴、其音、響七里。爾、歌曰、

枯野《からの》を　塩《しほ》に焼《や》き　其《し》が余《あま》り　琴《こと》に作《つく》り　掻《か》き弾《ひ》くや　由良《ゆら》の門《と》の　門中《となか》の海石《いくり》に　触《ふ》れ立《た》つ　なづの木《き》
の　さやさや　（記74）

此者、志都歌之歌返也。

歌の前半は船材で塩焼きをした後の焦木による琴作りをうたう。琴作りの叙事はこの琴が神授のもので、天皇

が専有する神聖な琴であることの表現として機能する。その音は七里に鳴り響む霊異の琴であったという。「さやさや」のオノマトペは霊妙な音を表すものであり、大雀の太刀をほめた吉野国主の歌（記47）にもうたわれていた。霊妙な太刀は大雀の権威をほめる表現とみなければならない。つまり、ここでも大雀命から仁徳天皇への歌による展開が意図されているのである。このように考えると、建内宿禰が仁徳天皇から賜った「御琴」の、言わば起源神話として枯野説話があるという見方に導かれる。仁徳天皇の世に霊威に満ちた琴が出現したという、その琴の起源をうたう歌（神話）によって、仁徳記冒頭の①「聖帝の世」が説明されることになる。[7] それは⑥から⑦への連続の中で、「日の御子」によって実現された「聖帝の世」として叙述され、下巻の「天の下」は仁徳天皇の子孫が「知らす」ものとして記し定められるのである。

結びにかえて——［歌と散文］の表現空間

これまで⑥⑦を中心に取り上げてきたが、そこには、例えば天皇＝「日の御子」思想が構造としてあり、その構造によって［歌と散文］の表現空間が創り出されることをみてきた。仁徳記の場合、①を除く②から⑦までが歌によって叙述される。歌曲名のところで述べた通り、それは歴史伝承と言えるであろう。歌の叙事が天皇に関わる歴史ということになる。それは歌が一字一音表記で書かれることとも関係してくる。つまり、その表記はうたい手の言葉そのものであり、肉声に還元されるものとして理解されていたと考えられる。その時ごとの出来事が歌によって現出してくるのである。『記』『紀』の歌には歴史的場面を再現し、事実として叙述するという確かな存在意義があったのである。

最後に「歌謡研究の現在」という課題に触れておきたい。『記』の場合、歌の前後の散文は分量が多くない。

そのあいだに矛盾や齟齬が指摘され、従来の研究では、それを散文の説話に独立歌謡を結びつけたためとする立場をとってきた。しかし、［歌と散文］は固定的に、対立的に存在するのではない。仁徳記にみてきたように、歌から散文が引き出されることが多々あると考えざるを得ない。つまり、歌から散文が書かれていくような叙述のあり方、その結果としての［歌と散文］が創り上げた表現空間を明らかにしていくことこそ、『記』あるいは『紀』の表現論として求められるのではないか。

小論では「歌謡研究の現在」という課題を与えられたにもかかわらず、意識的に「歌謡」というタームを用いなかった。なぜなら、「歌謡」と言った瞬間に、『記』『紀』の歌は『記』『紀』の文脈とは本来別のものということになってしまうからである。従来の「記紀歌謡」の研究では常に『記』『紀』の文脈から離れた「歌謡」の本体探しが前提になっていたように思う。しかし、『記』『紀』が［歌と散文］の文体によって何を書こうとしたかをまず明らかにしなければならない。小論が提起したかったのはその点である。

誤解のないように言い添えるが、『記』『紀』の歌が「歌謡」でないとは毛頭考えていない。『記』『紀』の文脈では、神・人物が詠んだ歌として書かれているのだから、そのような［歌と散文］の関係において、まず『記』『紀』の表現を解明すべきであると述べてきた。「記紀歌謡」から「古代歌謡」の研究へと進むためには、『記』『紀』の歌がいかなる存在であるのかという検討を慎重に重ねなければならず、さらに古代の民謡が『記』『紀』に直接取り込まれるという状況はあり得たのかなど、まだ多くの論証を必要としている。

注

（1）三浦佑之「聖帝への道——大雀から仁徳へ」（『神話と歴史叙述』若草書房、一九九八年。初出、一九七六年一二月）

（2）青木周平「仁徳天皇」（『古代文学の歌と説話』（若草書房、二〇〇〇年。初出、一九九四年八月）

（3）菅野雅雄「雁卵生の祥瑞説話」（『古事記成立の研究』（桜楓社、一九八五年。初出、一九七四年一〇月）

（4）渡瀬昌忠「日本古代の島と水鳥——巣山古墳と記紀の雁産卵——」（『萬葉』二〇〇四年六月）

（5）「那《な》賀《か》美《み》古《こ》夜《や》都《つ》毗《び》尒《に》斯《し》良《ら》牟《む》登《と》——琴の聖性——」（『論集上代文学』16、一九八八年六月）

（6）神野志隆光「旋頭歌をめぐって」（『柿本人麻呂研究』（塙書房、一九九二年。初出、一九八一年三月）

（7）居駒永幸「仁徳記・枯野の歌——琴の起源神話」（『古代の歌と叙事文芸史』（笠間書院、二〇〇三年。初出、一九九四年三月）

4　読歌と「待懐」「共自死」
――『古事記』下巻の日継物語と歌――

はじめに

『古事記』は何を書こうとしたのか。

それは序から知られるが、同時に本文の文脈において検証する作業が必要である。『古事記』をどう読むかという私たちの視点は、本文の細部にわたるこの作業から導かれる。しかしそれは、『記』がテキストに閉じられることを意味しない。なぜなら、『記』は七世紀後半から八世紀初めにかけての国家思想を体現し、その意図は当時の社会に強く向けられていたからである。『記』をどう読むかとはその時代に書かれた意味を明らかにすることであり、『記』が一三〇〇年間存在し、いまなお読まれることの価値を問うことでもある。

ここに取り上げるのは、允恭記の読歌二首とその散文である。それは軽太子悲恋物語の結末部に当たり、「太子の絶唱」(1)として評価が高く、それゆえ全体が「至上の愛の物語」(2)と評されもする。そのような文芸的評価の根拠は『記』の意図と表現から明らかにされなければならない。本稿では読歌二首と散文の「待懐」「共自死」のあいだにいかなる表現空間が創り出されているか、そしてそれが『記』の意図とどう関わるかという点の解明を課題とする。この課題設定は『記』成立後一三〇〇年に当たり、本号の特集テーマ「古事記研究の現在」(『國學院雑誌』二〇一一年一一月)から軽太子物語の現代的評価をどのように提示できるかという問いかけでもある。(3)

一　允恭記と「日継」

『記』下巻の允恭記は、天皇の事績が異例の書き出しで始まる。

天皇、初為将所知天津日継之時、天皇辞而詔之、我者有一長病。不得所知日継。然、大后始而諸卿等、因堅奏而、乃治天下。此時、新良国王、貢進御調八十一艘。爾、御調之大使、名云金波鎮漢紀武、此人深知薬方。故、治差帝皇之御病。

病気とは言え、即位の辞退は長い皇統の歴史の中で初めてである。新羅の薬によって何とか回避されたが、日継は一時危機的な状況に陥った。続く軽太子事件の書き出しにも日継が出てくる。

天皇崩之後、定木梨之軽太子所知日継、未即位之間、奸其伊呂妹、軽大郎女而、歌曰……

即位直前に軽太子の兄妹相姦が露見する。天皇崩御から新天皇へすんなりと記述が続かないきわめて稀なケースである。異常にして異例の叙述の中に、日継の語が三回も記され、允恭記には日継の経緯を書く明確な意図があった。ここで『記』の用例をみておこう。

①勅語阿礼、令誦習帝皇日継及先代旧辞。(序)

②唯僕住所者、如天神御子之天津日継所知之登陀流天之御巣(上巻・大国主神の国譲り)

③宇遅能和紀郎子、所知天津日継也。(中巻・応神記、三皇子の分治)

④天皇崩後、無可治天下之王也。於是、問日継所知之王　（下巻・清寧記、皇位継承）

⑤天皇崩、即意富祁命、知天津日続也。　（下巻・顕宗記）

⑥天皇既崩、無可知日続之王。　（下巻・武烈記）

このように日継は「天津日継」とも言い、神話的な権威を背景とする皇統の絶対性と正統性を意味する語であり、「日の御子としてその位置を次々についでゆく意」[4]で用いられる。その用例をみると、上巻の②は国譲り神話の中で「天神御子」こそ「天津日継」を知らす存在とし、それが中巻の③に皇位継承の語としてつながってゆく。③は応神天皇が大山守命に「山海の政」、大雀命に「食国の政」、宇遅能和紀郎子に「天津日継」を命じる、三皇子の分治の言葉である。応神紀四十年正月条に、

立菟道稚郎子為嗣。即日、任大山守命、令掌山川林野、以大鷦鷯尊、為太子輔之令知国事。

とあることから、山海・食国の政が国土の政治的統治を意味するのに対して、天津日継は日の御子として君臨する皇位そのものを指すことがわかる。大山守命の反乱、宇遅能和紀郎子の早逝を経て、大雀命が皇位に即くのであるが、『記』中巻の応神天皇から下巻の仁徳天皇への「日の御子」像の継承は、「ほむたの　日の御子」（記40）と「高光る　日の御子」（記72）の歌において明瞭である。[5]仁徳記には天皇＝日の御子思想が構造としてあり、それによって「歌と散文」が創り出されるのである。[6]

『記』下巻では仁徳皇統において天皇＝日の御子思想のもとに日継が記される。仁徳天皇以後は兄弟相承となるが、允恭記の上記三例は最後の允恭天皇代に日継の危機があったことを記しているのである。これは皇統末期の乱れという認識に他ならない。さらに清寧天皇以後の空白を示す④、二王子発見による皇位回復の⑤、武烈天皇の子の不在という⑥と頻出し、下巻の半ばに日継の正統性がきわめて深刻な事態に陥ったことを『記』は伝えている。

もちろん、その時ごとに皇位継承者は現れるのだが、そのつど日継の正統性の根拠が求められた。④⑤に関わる二王子の発見では、その根拠が次の「詠」であった。

物部之　我夫子之　取佩　於大刀之手上　丹画著　其緒者　載赤幡　立赤幡見者　五十隠　山三尾之　竹矣訶岐 二字以音　苅　末押縻魚簀　如調八絃琴　所治賜天下　伊耶本和気　天皇之御子　市辺之　押歯王之奴末

後半部に、履中天皇の子市辺之押歯王からその子顕宗天皇・仁賢天皇へと続く系譜がある。これがなぜ皇位継承者であることの根拠になり得たのか。三代と短いけれども、これが仁徳天皇を祖とする履中皇統の日継とみられたからであると考えるしかない。日継の権威である。日継を考える上で、「詠」は示唆的である。歌でなく語りでもないが、韻律的であるから「詠」と呼ばれたのであろう。「詠」の韻律性は音仮名を含む訓字表記から十分うかがわれる。口承詞章を示す表記である。日継は口承の韻律的詞章として皇位継承の根拠となるものであった[7]。①にある阿礼誦習の帝皇日継とはそのことを伝えている。そして先代旧辞は帝皇日継を説明するものとして対応関係にあると考えられる。

仁徳皇統末期に起こった日継の危機を概観し、允恭記の上記三例に日継の経緯を記述する意図を確かめてきた。そのことと関連して、ここに「帝皇」の語が出てくることは注意される。「帝皇」は允恭天皇を指すのであるが、『古事記』では序文の①を除けば唯一の例である。『紀』に当たっても、允恭天皇四年九月の氏姓改正条に一例をみるのみである。

群卿百寮及諸国造等皆各言、或帝皇之裔、或異之天降。

「帝皇之裔」は天皇の末裔氏族を言い、天皇の系譜に連なるという意味で日継に関わる。とにかく用例の少ない語で、允恭記にのみ用いられる理由を単に「天皇」の言い換えとするのでは説明がつかない。直前に「新良国王」とあるから、その「国王」に対応させるべく「帝皇」を用いたともみられる。だが、「天津日継」「日継」が重出する文脈を考えると、『記』序文にある「帝皇日継」の語が意識された可能性を否定できない。

このようにみてくると、允恭記は日継の揺るぎない正統性が求められ、その根拠を記述する意図のもとに構成されたと考えてよい。軽太子と軽大郎女の姦通は日継の権威にとって深刻な事態であり、軽太子物語の冒頭に日継の語が書かれるのは、まさにそのことを示している。

二　衣通王以後の構成

允恭記において、軽太子と軽大郎女の姦通が日継を揺るがす大罪にもかかわらず、十二首の歌を中心に悲恋物語へと展開していくのはなぜだろうか。最後に読歌二首を置く構成には、姦通から悲劇的結末へと転換する意図がみられる。それを確かめるために、次に歌の冒頭部を掲げ、うたい手と歌曲名を示してみる。なお、数字は歌番号である。

允恭記

Aあしひきの……（太子、志良宜歌、記78）

B小竹葉に……（太子、夷振之上歌、記79）

C大前……（穴穂、記80）

D宮人の……（宿禰、宮人振、記81）

允恭紀二十三年三月

aあしひきの……（太子、紀69）

安康即位前紀

c大前……（穴穂、紀72）

d宮人の……（宿禰、紀73）

允恭紀二十四年六月

E天だむ　軽の……　（太子、天田振、記82）　e天だむ　軽の……　（太子、紀71）
F天だむ　軽嬢子……　（太子、天田振、記83）
G天飛ぶ　鳥も……　（太子、天田振、記84）
H大君を……　（太子、夷振の片下、記85）　h大君を……　（太子、紀70）
I夏草の……　（衣通王、記86）
J君が行き……　（衣通王、記87）
Kこもりくの　泊瀬の山の……（太子、読歌、記88）
Lこもりくの　泊瀬の川の……（太子、読歌、記89）

Aの前の散文に、軽太子が同母妹の軽大郎女に「奸く」と短く叙述される。「奸」は『新撰字鏡』（享和本）に「奸姦同　反乱也犯婬也誰也比須加和佐又太波久」とタハクの訓があり、「反乱」「犯婬」の意をもつ。允恭紀二十四年六月に「内乱」とあるのと通じる。その訓タハクは「上通下婚《おやこたはけ》」（仲哀記、そこに兄妹婚はないが同類の禁忌）などの例にみられるように、「国の大祓」という国家祭祀（「六月晦大祓の祝詞」）に設定される異常性と同時に、「日継」の語と呼応して国家統治の根幹に関わる異変を表す。(8) A「我《わ》が泣《な》く妻《つま》を　此夜《こぞ》こそは　安《やす》く肌触《はだふ》れ」（記78）、B「率寝《ゐね》てむ後《のち》は　人《ひと》は離《か》ゆとも……乱《みだ》れば乱《みだ》れ　さ寝《ね》しさ寝《ね》てば」（記79）の歌詞はその散文と緊密に連携し、祭政の崩壊と宮廷の内乱を読み取らせる表現となっている。

CDの散文は臣下大前小前宿禰の家に逃げ込んだ軽太子と穴穂御子との戦乱を記述する。だが、兵器を示す「軽箭」「穴穂箭」の注文にすでに勝敗は暗示されているという。(9) 調停役の宿禰は太子を捕らえて穴穂御子に差し出し、太子は伊余の湯に流される。(10) その時の歌がEFとGHIである。後半の三首には「天田振」の歌曲名があり、「軽嬢子」との別れと太子の配流が歌の叙事によって理解できるように進行していく。ここまでの歌は、C

を除けばすべて歌曲名をもち、それらは折口信夫氏が言うように「宮廷に伝誦せられた宮廷詩——大歌——」とみてよい。折口氏はこれら歌曲名の歌に「歌及び歌の底にひそんだ事実の力が考へられる」とも述べている。[11]「事実」とは歌が伝える「伝誦史伝」としているが、いまそれを歌の叙事と呼んだのである。それらは宮廷史を伝える歌であるがゆえに、「大歌」（宮廷歌謡）として宮廷の歌舞機関に保存されたことになる。[12]もちろん、それは歌曲名をもつ歌だけでなく、基本的に『記』『紀』の歌全体に広げて考えるべきであろう。

ところが、IJに歌曲名はなく、しかもこれまでなかった軽大郎女の歌が、突然、衣通王の名のもとに記される。

軽大郎女、亦名、衣通郎女。御名所以負衣通王者、其身之光、自衣通出也。

允恭記冒頭の系譜に、亦名として衣通郎女（王）の名を用意周到に出してはいるが、IJの散文「其衣通王、献歌」には木に竹を接いだような唐突さがある。小野田光雄氏は、独立した衣通王説話を軽大郎女に結びつけるために『記』は「亦名」で処理したとし、「亦名」以下の衣通郎女と小字の注記は太安万侶が挿入したとさえ述べている。[13]歌の配列からみて、確かに衣通王のところで切り接ぎが露呈している。その場合、允恭紀の衣通郎姫が誤って結びつけられたのではなく、衣通王の名をもつ美貌の皇女は複数あり得たとみるべきであろう。[14]これまで歌のない軽大郎女は衣通王の名のもとに「追ひ往く」歌をうたい、太子の「待懐」歌とのうたい交わしが可能になった。衣通王は美貌ゆえに恋歌のうたい手という存在であった。『記』は衣通王を登場させることで、太子の伊余配流で終わらない構成を採用したのである。

それは、『紀』に記す三通りの結末と比較すればよくわかる。

①太子是為儲君、不得加刑。則移大娘皇女於伊豫。（允恭紀二十四年六月）

②太子自死于大前宿禰之家。（安康即位前紀）

③一云、流伊豫国。　（同）

①はｅｈの歌を伴い、軽大娘皇女だけが伊予に流されたとする。②はｃｄの後に、太子が宿禰の家で自死したと叙述する。③は②の異伝であるが、太子は自死せずに、伊予国に流されたとするものである。『紀』では軽太子事件が三カ所に分記され、太子の処遇が様々にあったことを並記する。そこに［歌と散文］による物語の統一性はまったくみられず、異伝の並記も『紀』の一貫した態度である。①は太子を不問に付したということであろう。②③の安康紀ではさすがに廃太子の理由を示さなければならず、自死と配流とを記す。この中で③が『記』に近いが、しかし「共自死」という結末とは異なる。

『記』はＩＪの衣通王以後に、配流地伊余で二人が再会する構成を採用し、兄妹相姦に端を発する内乱・配流から悲恋の末の死という結末へと転換させたことになる。その転換点が唐突に見える衣通王のＪの歌に他ならない。[15] Ｊは太子を伊余に追い往き再会するという叙事として理解されたのである。それは次のＫＬへの繋ぎの意味をもつ。この読歌二首こそ、流罪になった太子の結末として、日継と深く関わるところで『記』の意図を体現する歌と考えられる。

三　読歌二首の表現と「待懐」「共自死」

次に、ＫＬの表現を検討し、なぜ「共自死」の歌になりうるのかという問題を考えていきたい。その歌と前後の散文を掲げてみよう。

故、追到之時、待懐而歌曰、

Ｋ　隠《こも》りくの　泊瀬《はつせ》の山《やま》の　大峰《おほを》には　幡張《はたは》り立《だ》て　さ小峰《をを》には　幡張《はたは》り立《だ》て　大小《おほを》よし　仲定《なかさだ》める　思《おも》ひ

妻《づま》あはれ　槻弓《つくゆみ》の　臥《こ》やる臥《こ》やりも　梓弓《あづさゆみ》　立《た》てり立《た》てりも　後《のち》も取《と》り見《み》る　思《おも》ひ妻《づま》あはれ　（記88）

又、歌曰、

L隠《こも》りくの　泊瀬《はつせ》の河《かは》の　上《かみ》つ瀬《せ》に　斎杙《いくひ》を打《う》ち　下《しも》つ瀬《せ》に　真杙《まくひ》を打《う》ち　斎杙《いくひ》には　鏡《かがみ》を懸《か》け　真杙《まくひ》には　真玉《またま》を懸《か》け　真玉《またま》なす　我《あ》が思《も》ふ妹《いも》　鏡《かがみ》なす　我《あ》が思《も》ふ妻《つま》　ありと　言《い》はばこそよ　家《いへ》にも行《ゆ》かめ　国《くに》をも偲《しの》はめ　（記89）

如此歌、即共自死。故、此二歌者、読歌也。

これは二首一対あるいは一体の宮廷歌曲とみてよい。表現においても「山」と「河」をうたって対になっていることは一目瞭然である。Kは峰の幡、弓から「思ひ妻」、Lは瀬の杙に懸けた玉・鏡から「我が思ふ妻」への恋情をうたう、景と心からなる同時連作的な形式と言える。古橋信孝氏は、『万葉集』に載るLの小異歌（13・三二六三）を引き、「真玉を懸け」までの一〇句を「祭祀の叙事」とし、この表現は最高にすばらしい女をあらわすように働いていると指摘する。[16]

それは同様に、Kの「さ小峰には　幡張り立て」までの六句にも言える。泊瀬山の峰に張られた幡と初瀬河の瀬の杙に懸けられた玉・鏡は、別々の地ではなく、泊瀬の同じ場所に設けられた祭祀の景なのであろう。[17] それは禊祓の祭祀とみられる。

天香山之五百津真賢木矣、根許士爾許士而、自許下五字以音。於上枝取著八尺勾璁之五百津之御須麻流之玉、於中枝取繋八尺鏡、訓八尺云八阿多。於下枝取垂白丹寸手青丹寸手而、訓垂云志殿。（『記』上巻・天の石屋）

これは天の石屋の前に設けられた祭場である。枝に下げる玉・鏡・ニキテ（布）は祭具であり、魂ふりの呪具である。それぞれ一体となって呪力を発すると考えられたのであろう。KとLも幡・玉・鏡で一体とみられ、「山」と「河」で二首一対なのである。

それは指摘されてきたように、柿本人麻呂の吉野離宮讃歌（万葉集巻1・三六〜三九）に類例があり、天武・持統朝の宮廷讃歌がもつ表現意識との重なりは否定できない。[18] ＫＬの表現は人麻呂宮廷讃歌の様式を共有する時代と環境において可能であった。「宮廷歌謡集[19]」と言われる『万葉集』巻十三に、Ｌの小異歌（13・三二六三）が相聞に分類されて、

　検古事記曰、件歌者、木梨之軽太子自死之時所作者也。

の左注を伴って記されるのは、Ｋの位置を明確に物語っている。すなわち、軽太子事件という宮廷史を伝える宮廷歌なのである。しかし、「古事記を検するに」としながら、「共」がないのは注意される（なお後述）。軽太子中心の『万葉集』の伝え方と言うべきであろう。やはり『記』とは違うのである。

　ＫＬの読歌二首が宮廷歌曲として形式も表現も一体の関係にあることを確かめてきた。しかし、ＫとＬは「歌と散文」の関係において場面と機能が異なると言わざるを得ない。Ｋは太子が大郎女（衣通王）を「待懐」歌で、Ｌは太子が大郎女と「共自死」の決意をする歌である。Ｋの「幡張り立て」を「喪葬の幡とぞおぼしき」（橘守部『稜威言別』）と解し、また「挽歌的イメージが鮮明[20]」とする見方があるが、いま検討したように、この歌の「泊瀬」は送葬の地として表現されてはいない。万葉歌に「泊瀬少女」（3・四二四）「泊瀬女」（6・九一二）「泊瀬の　弓月が下に　我が隠せる妻」（11・二三五三）などとあるように、「隠りくの泊瀬」には妻の隠る地という幻想があり、この歌の「思ひ妻」はＡＥの「下泣き」とも関連しつつ「隠り妻」の意味が与えられる。序詞の祭祀表現は、恋歌のレベルにおいて歌の主体の男（この位置に軽太子が立つ）が神祭りをして逢うことを願う妻と受け取られたかもしれない。

　そこで「後も取り見る」が問題になる。この句を「亡き後までも」（『古事記大成』本文篇）とするのは挽歌とみる立場であろう。塚本澄子氏は「後も」を「死後を意味する」とし、「「後」が既に現実であるから、「取り見る」

の確定表現になった」と解釈しているが[21]、死が「既に現実」と読み取れるのはLの後の「共自死」からであって、歌の表現に明示されているわけではない。この句は、これから後も世話をする妻という意味以上のことは言っていない。これはまだ再会の場面であり、妻を待ち慕ってきた恋情がうたわれるのである。従って「取り見る」は再会が実現した時点をうたっていることになる。「見む」ではなく、「見る」になる理由はそこにあると解される。

散文の「懐」は、オモヒの訓字としては『記』で唯一の例である。歌詞の「淤（意）母比」と対応するものであるが、內田賢德氏は歌謡の倭語の意味を訓字で説明する関係とする[22]。『紀』の古訓にオモヒ・ウダキ・イダキなどがあり、新編古典全集『古事記』（小学館、一九九七年）は『記』にオモフに用いた例はないとしてムダキと訓読するが、オモヒの訓が可能性としてあれば、內田氏の言うように「懐」は歌詞の「意母比豆麻」と対応させてオモヒと訓むべきである。

『記』は歌の前後の散文に歌詞の一部をそのまま音仮名で用いたり、この例のように歌詞と同じ語を訓字で表記することが多い。動詞で言えば「匍匐廻」（記34）「焼塩」「作琴」（記74）「弾御琴」「為儛」（記95）などがそれに該当する。「待懐」も同様に「歌と散文」を構成する『記』の原則に基づいている。このような散文は歌から生成してくる。それは短く説明的ではないが、再会の高揚する場面を「待懐」の語で表し、歌とのあいだに相互補完的な表現空間を創り出している[23]。その表現空間とは再会の状況を読み手に想像させることで成り立つ『記』の方法であった。この点が説明的かつ合理的な漢文体の散文になっている『紀』との根本的な違いである。

Kの再会時に対して、Lは再会後の場面と機能を担っている。「隠りくの泊瀬」と「思ふ妻」の関係はLと同じだが、末尾三句はLと違って挽歌的表現に通じるところがある。「有りと言はば」は妻がいると言うのならばの意だが、これは柿本人麻呂の泣血哀慟歌に「妹はいますと 人の言へば」（2・二一〇）とうたうのと重なる。故人の所在を近親者に教える習俗を踏まえた表現とみれば、妻との悲別あるいは死別をうたっていることになり、妻のいない家への帰郷を拒絶する男の心情吐露と解しうる。

内田氏は「国偲ひ」に注目し、大伴家持の「本郷思都追」（19・四一四四）を引きながら「殆ど帰還の叶わぬほどに遥かな思い」と述べ、「『記』の中で国偲ひを語られる二人、倭建命とこの軽太子が共に異郷に果てるのは偶然ではない」と指摘する。[24] これは後述する重要な視点で、太子の立場で即位できなかったのは倭建命・菟道稚郎子と軽太子の三人である点に留意しておく必要がある。[25] ここでの「国偲ひ」は大郎女不在の故郷への思いである。「家にも行かめ」から「国をも偲はめ」へと畳みかける詞句は、軽太子が大郎女との再会によって帰郷を拒絶し、故郷を放棄する強い言葉と言ってよい。そこに「共自死」の決意を読み取らせるのである。

最後の三句はなぜ死をうたっていると言えるのか。それは妻のもとに、そして家や国に帰ることなく旅に斃れる行路死人の歌の様式があるからではないか。

草枕《くさまくら》　旅の宿りに　誰《た》が夫《つま》か　国忘れたる　家《いへ》待たまくに　（3・四二六）

……今だにも　国に罷《まか》りて　父母《ちちはは》も　妻をも見むと　思ひつつ　行《ゆ》きけむ君は……　国問へど　国をも告《の》らず　家《いへ》問へど　家をも言はず　ますらをの　行《ゆ》きのまにまに　ここに臥《こ》やせる　（9・一八〇〇）

行路死人歌は、妻が待っているだろうに家や国を聞いても応えないとうたう。つまり、行路死者を家・国を失った存在としてうたう様式がここにある。Lの「吾が思ふ妹」以下は自ら家と国を放棄するのであり、この様式を反転させつつそこに重なっていく表現である。古橋氏は行路死人歌において家・国が不明だとうたうことを鎮魂の表現とする。[26] 妻不在ゆえに家・国を放棄するLのうたい手は、自ら行路死者の位置に立ってうたっていると言ってよい。それが、軽太子の死の決意を読み取らせる構造となっている。同時にそれは軽太子と大郎女への鎮魂という働きもするのである。

前に、KとLが「歌と散文」の関係において場面と機能を異にすると述べた。Lは二人が再会した後の場面であり、軽太子が大郎女不在の家・国を放棄することが死の決意の表出として機能する。太子と再会した大郎女もまた家・国の喪失者である。「共自死」という散文はこの歌の叙事から生成してくるとみてよい。「共自死」という結末は『記』独自のものである。『紀』や『万葉集』のように、軽太子のみの自死でもよかったはずである。事実、それが正伝とみなされていたことが考えられる。『記』には軽太子の姦通という大罪を悲恋物語へと転換する意図があったことは明らかである。それはIの衣通王歌以下の構成によって果たされる。軽太子のみの自死はLの歌の叙事によって「共」が加えられ、そこに劇的な鎮魂の結末がもたらされたのではないか。

『記』は「共自死」の後に、「故、此二歌者、読歌也」と歌曲名注記を付す。二歌は軽太子と軽大郎女の「共自死」という事績を伝えているゆえ、読歌という歌曲としていまもうたわれていると叙述している。つまり、允恭時代と現在をつなぐ歌曲ということである。このような宮廷史を伝える歌は宮廷の歌舞機関に集積され、一部は歌曲として伝習されたと推定される。

読歌については『古事記伝』に次のように述べる。

楽府《ウタマヒノツカサ》にて他《ホカ》の歌曲《ウタ》の如く、声を詠《ナガ》めあやなしては歌《ウタ》はずして、直誦《タダヨミ》に読挙《ヨミアグ》る如唱《ゴト》へたる故の名なるべし、凡て余牟《ヨム》と云は、物を数《カツ》ふる如くにつぶ〳〵と唱ふることなり

楽府すなわち宮廷の歌舞機関で、抑揚をつけずに読み上げるように唱謡したとする宣長説はおおむね承認できよう。対句の多い長歌謡の場合、このような平坦な調子になることは十分推測できる。

土橋氏は与論島のユミウタや沖縄八重山のユンタを古代のヨミウタに該当する語とし、「朗読調の歌い方」とみている。(27)「読」が曲調を表すことは間違いないが、形式で言えば二歌とも対句に特徴がある。前句を言い換えながらつながっていく単調な唱謡法を指すのであろう。(28)『琴歌譜』の「余美歌」も対句の歌である。この二首一連の読歌という歌曲が、物語においては「待懐」から「共自死」へと、場面と機能を異にしながら連続する点に、

[歌と散文]を構成する『記』の方法をみることができる。

四　日継物語と「共自死」

最後に、軽太子物語はなぜ「共自死」で終わるのかという点に言及しなければならない。允恭記は『記』の中で異例である。それはこの「共自死」と関わっている。本文に即して具体的に見てみよう。

①天皇御年、漆拾捌歳。甲午年正月十五日崩。御陵、在河内之恵賀長枝也。

②天皇崩之後、定木梨之軽太子所知日継、未即位之間、姧其伊呂妹軽大郎女而歌曰、

（中略）

如此歌、即共自死。故、此二歌者、読歌也。

③御子、穴穂御子、坐石上之穴穂宮、治天下也。

『記』には宝算・御陵から新天皇の即位・治天下に続くという方針がある。しかし、それが徹底されるのは反正記までで、允恭記ではこの方針が崩れる。本来、允恭天皇の①から安康天皇の③へと続くべきなのに、①は②の軽太子物語の後には書かれない。もちろん、天皇崩御後の事件という理由はつく。しかし、崩御後に当芸志美々の反乱が起こる神武記、天皇の急死後に神功三韓親征・忍熊王反乱が続く仲哀記でもこの方針は守られる。允恭記の異例は際立つのである。もっとも次の安康天皇、さらに武烈・宣化・欽明天皇にも異例はみられるのであるから、『記』下巻はこの方針に拠らないとも言える。だが、武烈天皇以下の三例は物語叙述がないので除くとしても、やはり允恭記と安康記の場合はそれぞれに『記』の意図が働いたと考えざるを得ない。

安康記はいま措くとして、允恭記では廃太子という前例のない事態への対処が考えられる。つまり、安康天皇

の即位は軽太子の薨去か、廃太子という前例なき異常事態でしか実現しない。都倉氏が安康天皇の正当化という「例外的な逆転を納得させるべき条件が近親相姦」[29]と述べるのも理解できる。③の安康天皇即位・治天下は①の允恭崩御に続くのではなく、②の廃太子、それも軽太子・軽大郎女の「共自死」によって実現したという日継の経緯を示すのが、允恭記②から③への異例の叙述であった。軽太子悲恋物語は日継物語なのである。

即位しない太子として倭建命と菟道稚郎子、さらに軽太子が挙げられることはすでに述べた。倭建命に望郷の思国歌と白鳥翔天の死の物語があり、菟道稚郎子に兄大山守命の反乱鎮圧と皇位互譲の末に早世する話（『紀』では自死）がある。いずれも太子の死は感動を与えるほどに劇的である。日の御子としての太子の権威、正統性は絶大である。従って、即位が果たせない太子は必ず劇的な死の物語をもたなければならない。新天皇即位への日継物語が要請されるからである。

日継に関しては、「日継の次第を釈明するのが、応神以降の物語（日継の物語）の本質といえよう」[30]という川口勝康氏の見解が、かつて歴史学の立場から出されたことがある。応神・仁徳系譜に原帝紀の存在を認め、その正統化として日継の物語があるというのである。応神・仁徳系譜が原帝紀かどうかという点は議論があるところと思われるし、系譜＝帝紀も神野志隆光氏が言うように「「帝紀」は系譜に限らず広く考えうる」のであって、『記』から「帝紀」と「旧辞」を考えることは困難とするのがいまのところ妥当である。[31]従って、単純に原帝紀論が成り立つとは考えられないが、応神・仁徳天皇系譜の正統化として日継の物語を構想する点は、以上みてきた通り首肯される。

日継物語の方法が軽太子物語をどのように『記』に定着させたかという課題の解明は、すぐれて文学的な問題に属する。本稿ではそれを［歌と散文］による表現空間の創出にみてきたつもりである。具体的には読歌二首から「待懐」「共自死」の散文が生成されてくる状況を、［歌と散文］の関係においてみていくべきではないかということである。歌は決して固定的に統御されてはいないのであって、歌から散文がしばしば増殖していく局面さえ『記』は抱え込んでいたものと思われる。もはや、散文に歌がはめ込まれたという類の議論からは脱却すべきである。大きな物語の枠組みの中で、歌の心情や叙事が散文表現として生み出されていくというあり方に、『記』は表現方法を委ねたということであろう。

「共自死」の「共」などはその増殖と考えられるものである。日継物語としては軽太子だけの自死でよかったし、前述したようにそれが正伝のようにみえる。それにもかかわらず、「共」が加わったのは読歌のLからと考えるのが自然である。その結果、単なる流刑物語ではなく、悲恋物語でもなく、冒頭の守屋氏の評言に加えて言えば『記』は至上の愛と死の物語を示したことになる。

共に死ぬ兄妹は、『記』中巻に沙本毘古と沙本毘売の先例がある。下巻では異母兄妹であるけれども、速総別王と女鳥王も仁徳天皇よって共に殺される。同母兄妹の軽太子と軽大郎女の場合は「共自死」である。この場合、至上の死が意味するものは、軽太子と軽大郎女が共に自ら死ぬことによって、永遠の愛とともに死のちからを示したということである。つまり、皇位とも宮廷とも関係を断ち切ることで、二人は至上の死と鎮魂を実現したと言える。その場が伊余の湯だったことは死の浄化と鎮魂にふさわしい。『記』上巻を神、中巻を神と人、下巻を人の物語とするのに従えば(32)、下巻の物語を貫くのは、身﨑壽氏が述べるように「人間の論理」(33)であろう。人の物語の下巻で、人間としての愛と死の究極の形が「共自死」に見出されたのである。

それではなぜ「共自死」が共通理解、あるいは共感を得られたのか。それがなければ、『記』は叙述できなかったであろう。それは古橋氏の言う「時代の関心」に支えられていたと考えることができる。古橋氏は文学作品を歴史的に読む方法として「時代の関心」を立てており、文学作品にはこの「時代の関心」があらわれるとする(34)。

前に泊瀬の「山」と「河」の対表現のところで、七世紀後半の宮廷讃歌がもつ表現意識との重なりをみた。七世紀後半と言えば、天武天皇崩御後、謀反の罪で処刑された大津皇子と、あとを追って「殉《ともにし》」んだ妻山辺皇女のことが『紀』朱鳥元（六八六）年十月に記述されている。

　妃皇女山辺、被髪徒跣、奔赴殉焉。見者皆歔欷。

髪を振り乱し、裸足で後を追って死んだとはいかにも傷ましい。見る者みな嘆くとあるのも、この時代に「共自死」への関心と共感があったことを示すであろう。ただこの感動的な表現は、『書紀集解』によれば『後漢書』に出典があり、中国史書による潤飾であることは疑いない。従って、その関心は七世紀後半から八世紀初めの『紀』成立の頃まで広げてみておく必要がある。大津皇子は『万葉集』に臨死歌（3・四一六）や姉大伯皇女の歌（2・一〇五～六）、石川郎女との贈答歌（2・一〇七～九）などがあり、その背景に大津皇子物語が想定されているが[35]、山辺皇女の悲話もそのような中で享受されたと考えられる。

　女の「自死」への関心としてもう一つ注目されるのは『万葉集』巻十六である。いわゆる第一部とされる歌群には、複数の男に求婚されて自死する桜児（三七八六～七）や縵児（三七八八～九〇）の歌語りがある。その名からして広く流布したらしい美女の悲話のパターンであるが、これが高橋虫麻呂歌集にある真間手児奈の入水死（9・一八〇七～八）や女の入水死を知って男が共に死ぬ菟原処女の歌（9・一八〇九～一一）などの伝説歌とも地続きであることは間違いない。巻十六の第一部をまとめた人々として想定されているのは、漢文にも長じていた神亀年間（七二四～九年）の奈良朝風流侍従たちである[36]。七世紀後半から八世紀初めにかけての『記』『紀』成立の頃、美女の恋と自死や男女の愛と「共自死」が時代の関心としてあり、歌や散文の作品に取り上げられ、人々の共感を得ていたのである。軽太子物語の読歌と「共自死」の散文も、この時代のいま述べたような関心と無関係ではなく、軽太子関係歌群はあったにしても、最終的に「歌と散文」の文体で書かれたのは、『記』の撰録作業という、かなり新しい段階であったのではないかと考えられる。

結びにかえて——死のちから

本居宣長が『古事記伝』の中で、

此共《ノトモニ》自死《ラシセ》給へるは、今俗《ノヨ》に心中《シンヂウ》と云事の始《メ》とやいはまし

と述べたように、軽太子物語は読歌と「共自死」の散文によって日本文学で初めての心中物語となった。心中は自らすべてを終わらせる死のちからをもっている。兄妹の禁断の恋は心中によって至上の愛と死の物語という、時代を超えて存在し続ける普遍性をもつことになった。劇的な死の完成である。宣長が「今俗に心中と云」と、現代につながる行為としてとらえた言葉がそれを示している。

注

（1）石田千尋「古代歌謡と物語——『古事記』軽太子の歌の場合」（『国文学』二〇〇〇年四月）

（2）守屋俊彦「軽太子と軽大郎女」（『古事記研究』三弥井書店、一九八〇年。初出、一九七六年六月）

（3）『國學院雜誌』二〇一一年一一月号の「編集後記」（谷口雅博氏執筆）に、「今のこの状況下において、何故『古事記』なのかということを、常に問い続けなければならない」とある

（4）『時代別国語大辞典・上代編』（三省堂、一九六七年）

（5）青木周平「仁徳天皇」（『古代文学の歌と説話』若草書房、二〇〇〇年。初出、一九九四年八月）

（6）居駒「歌と散文の表現空間——仁徳記の「高光る　日の御子」を中心に——」（『解釈と鑑賞』二〇一一年五月。本書所収、第四章3）

（7）日継詞章の韻律性は、次のように殯宮の場で誄として奏上されることからも推測できる。

息長山田公、奉誄日嗣。（皇極紀元年十二月）

当麻真人智徳、奉誄皇祖等之騰極次第。礼也。古云日嗣也。（持統紀二年十二月）

（8）仲哀記や大祓の祝詞の国津罪に「兄妹相姦」が見えないことは、それを超える禁忌として特別視されているのではないかと考えられる。聖と穢れのアンビヴァレントな関係である。

（9）西宮一民「允恭記「軽太子捕はれる」条の注文の解釈」（『古事記の研究』おうふう、一九九三年。初出、一九八〇年一月）

（10）流刑地の伊余の湯は、『紀』では伊豫・伊豫国とあるから、ここにも『記』の意図が働いているはずで、「祓いと復活再生の表象としての伊余の湯への流刑」を王権の仕掛けとみる説がある（都倉義孝「軽太子物語論」（『古事記 古代王権の語りの仕組み』有精堂、一九九五年。初出、一九八四年六月）。ただ伊余の湯には、復活再生よりも浄化鎮魂の意味が託されているのではないかと思われる。

（11）『国文学』「上代歌謡」（『折口信夫全集』16、中央公論社、一九九六年。初出、一九四八年五月）

（12）律令制では雅楽寮だが、折口氏（注11同書）はその日本音楽部を「歌舞所」（『万葉集』巻六・一〇一一題詞）とし、それが平安朝の「大歌所」に移行するとみている。事実、『琴歌譜』には大歌所琴歌として『記』の歌が縁起ともに五首載っている。その中に軽太子の志良宜歌（記78）も含まれるが、そこには衣通王と共寝した時の允恭天皇の歌という異伝も記す。記紀歌謡や『万葉集』巻一・二の歌なども含む宮廷歌謡の管理・伝習機関が宮廷の中に存在したことが想定される。

（13）「允恭天皇記」（『古事記年報』一九五九年一〇月）

（14）内田賢徳『万葉の知』（塙書房、一九九二年）は、「歌の上手であった伝説の美女は、衣通王（記）衣通郎姫（紀）のいずれかに決すべき一人ではなかっただろう（傍点、内田氏）」とする。

（15）居駒永幸「衣通王の歌と物語」（『古代の歌と叙事文芸史』笠間書院、二〇〇三年。初出、一九八六年一〇月）

（16）古橋信孝「歌の叙事」（『古代和歌の発生』（東京大学出版会、一九八八年）。古橋氏は、歌の発生に想定される「神謡」の表現様式として「生産叙事」「巡行叙事」とともにこの「祭祀の叙事」を挙げている。なお、本稿で言う「歌の叙事」は発生レベルではなく、宮廷史を伝える歌のそれである。

（17）KLの祭祀表現の背景に想定される、このような大がかりな祭祀が泊瀬の地に考えられるとすれば、天武紀二年四月の

「泊瀬斎宮」であろう（塚本澄子「泊瀬歌謡の性格」『日本文学新見――研究と資料――』〈一九七六年三月〉。つい最近のことであるが、三輪山と外鎌山に挟まれた初瀬谷に立地する桜井市の脇本遺跡から、七世紀後半の正方位に並ぶ大型建物の柱穴が検出され、大来皇女が身を清めた「泊瀬斎宮」との関連が注目されている（「脇本遺跡第17次調査・現地説明会資料」二〇一一年八月二〇日）。この地は初瀬川に面する小台地にあり、背後に三輪山山麓の春日神社の森が迫ってきて山と川が近接する。七世紀後半、この付近の山と川に禊祓の祭場が設営された可能性は高い。

(18) 都倉義孝「軽太子物語再論」（注10同書。初出、一九九〇年四月）

(19) 伊藤博「宮廷歌謡の一様式――巻十三の論――」（『萬葉集の構造と成立・上』塙書房、一九七四年。初出、一九六〇年三月）

(20) 注（17）同論文

(21) 注（17）同論文

(22) 「古事記歌謡と訓字」（『上代日本語表現と訓詁』塙書房、二〇〇五年。初出、一九九五年四月）

(23) 西郷信綱『古事記注釈』4（平凡社、一九八九年）は「悲劇性や苦悩があまり感じられぬのは、事が歌の贈答だけで運ばれ、地の詞による媒介が欠けているため」とする。しかし、散文が「媒介」的でないのはむしろ『記』の文体の方法とみるべきではないか。その理由を書き手の未熟さに帰してはならないだろう。読み手にはそこに立ち上がる意味世界の読み解きを常に求められていると言わなければならない。

(24) 注（14）同書

(25) 倭建命は、景行記に「若帯日子命与倭建命、亦五百木之入日子命、此三王、負太子之名」とある。複数の太子は異例で、倭建命に対する、天皇に準ずる扱いの一環と考えられる。

(26) 「国も家も不明だと表出することが、逆に死者を国・家に掬い上げるという構造である」という（「行路死人歌の構造」注16同書。初出、一九八二年九月）。それはLの歌を読み解く上で欠かせない視点である。

(27) 『古代歌謡全注釈・古事記編』（角川書店、一九七二年）

(28) 注（27）の土橋説に関連させて言えば、沖縄県宮古島市狩俣ではいまもタービ・フサと呼ぶ一群の神歌が歌唱されることをウタウと言わずにヨムと言って他の歌群と区別する。この神歌はいずれも対句（うたい手の神役であるツカサは、これをフタコエという。二声の意であろう）が連続する単調な曲節の長大な歌で、もっとも神聖視される神歌群である（居駒永幸『歌の原初へ』おうふう、二〇一四年。初出、二〇〇四年三月）。対句を特徴とする長詞形神歌の歌唱がヨムとされる点は、読歌に共通するところがあって参考になる。

（29）注（18）同書

（30）「帝紀論の可能性」（『国文学』一九八四年九月）

（31）「「帝紀」と「旧辞」」（『古事記の達成』東京大学出版会、一九八三年。初出、一九八二年一〇月）

（32）日本古典大系『古事記祝詞』倉野憲司「解説」（岩波書店、一九五八年）

（33）「軽太子物語――『古事記』と『日本書紀』と――」（古事記研究大系9『古事記の歌』一九九四年二月）

（34）『日本文学の流れ』（岩波書店、二〇一〇年）

（35）都倉義孝「大津皇子とその周辺――畏怖と哀惜と――」（『萬葉集講座』5、一九七三年二月）

（36）伊藤博『萬葉集釋注』11別巻、集英社、一九九九年。『藤氏家伝』に載るこの風流侍従の中に、森博達氏が持統紀の撰述を担当したとする紀朝臣清人、天武紀を含むβ群を担当したとする山田史御方がいることは注意しておいてよい（『日本書紀の謎を解く』中央公論新社、一九九九年）。なお、この二人は『続日本紀』養老五年正月に、山上憶良とともに東宮侍講、また学芸の師範として文章博士にも任じられている。八世紀初めに学芸の最先端にいた人物であることは間違いない。

5　置目来らしも

──『古事記』の最終歌二首と日継物語──

はじめに

『古事記』は一一一首の歌を記載しているが、[1] 顕宗記の置目老媼を詠む歌二首をもって掉尾とする。この話は顕宗天皇の父、忍歯王の埋葬地を置目がよく覚えていて、歯の特徴によって王の骨と確認し、顕宗天皇はその功を称えて置目を宮の近くに呼び寄せ、年老いて帰郷する際に天皇自ら歌を詠んで見送るという内容である。その二首には置目の名が詠み込まれ、置目の行為をうたった叙事の歌と言える。しかし、［歌と散文］のあいだには未だ十分に読み解かれていないところがある。その表現空間を分析し検討しながら、このような人名を詠み込む『記』『紀』の歌の存在について考えてみたい。その考察は、置目の歌を最後とする『記』の意図に必然的に及んでいくことになろう。それは、次の仁賢天皇から推古天皇まで天皇記が十代続くにも関わらず、旧辞的な記述（歴史叙述）はこの顕宗記で終わるという『記』の主題と構造の問題とも深く関連するはずである。

一　安康記以後の説話構成

安康記から顕宗記までの旧辞的記述をみていくに当たり、説話の一覧を次に掲げておく。この中で清寧記の冒頭にある飯豊王の記述は、説話とは言えないが、行論の都合上、項目の一つとして加える。なお、詳しくは後述する。

a安康記	b雄略記	c清寧記	d顕宗記
①押木の玉縵	④若日下部王	⑪飯豊王	⑭置目老媼
②目弱王の乱	⑤引田部の赤猪子	⑫二王子発見	⑮御陵の土
③市辺之忍歯王の難	⑥吉野の童女	⑬歌垣	
	⑦葛城山の大猪		
	⑧葛城の一言主の大神		
	⑨金鉏の岡		
	⑩三重の采女		

一見して明らかなことは、雄略記に多くの説話が集中する点である。『記』下巻の始祖たる仁徳天皇以後は、武力をもって即位した雄略天皇に中心が置かれていることを示している。その雄略天皇と安康天皇は仁徳天皇の孫の世代であり、清寧・顕宗天皇はひ孫に当たる。力で皇位に即く雄略天皇像はａ安康記の②③に記述され、雄略即位の決定的な要因は③に記す忍歯王殺害にあることは誰の目にも明らかである。安康記はほとんど雄略即位前記の趣がある。しかし、③の後半は忍歯王の子、意祁・袁祁二王子が針間国に逃れる話であるから、雄略天皇

以後の世代の話にもなっている。③は清寧・顕宗記へと続いていく内容なのである。

それは仁徳皇統の次の系譜と対応している。

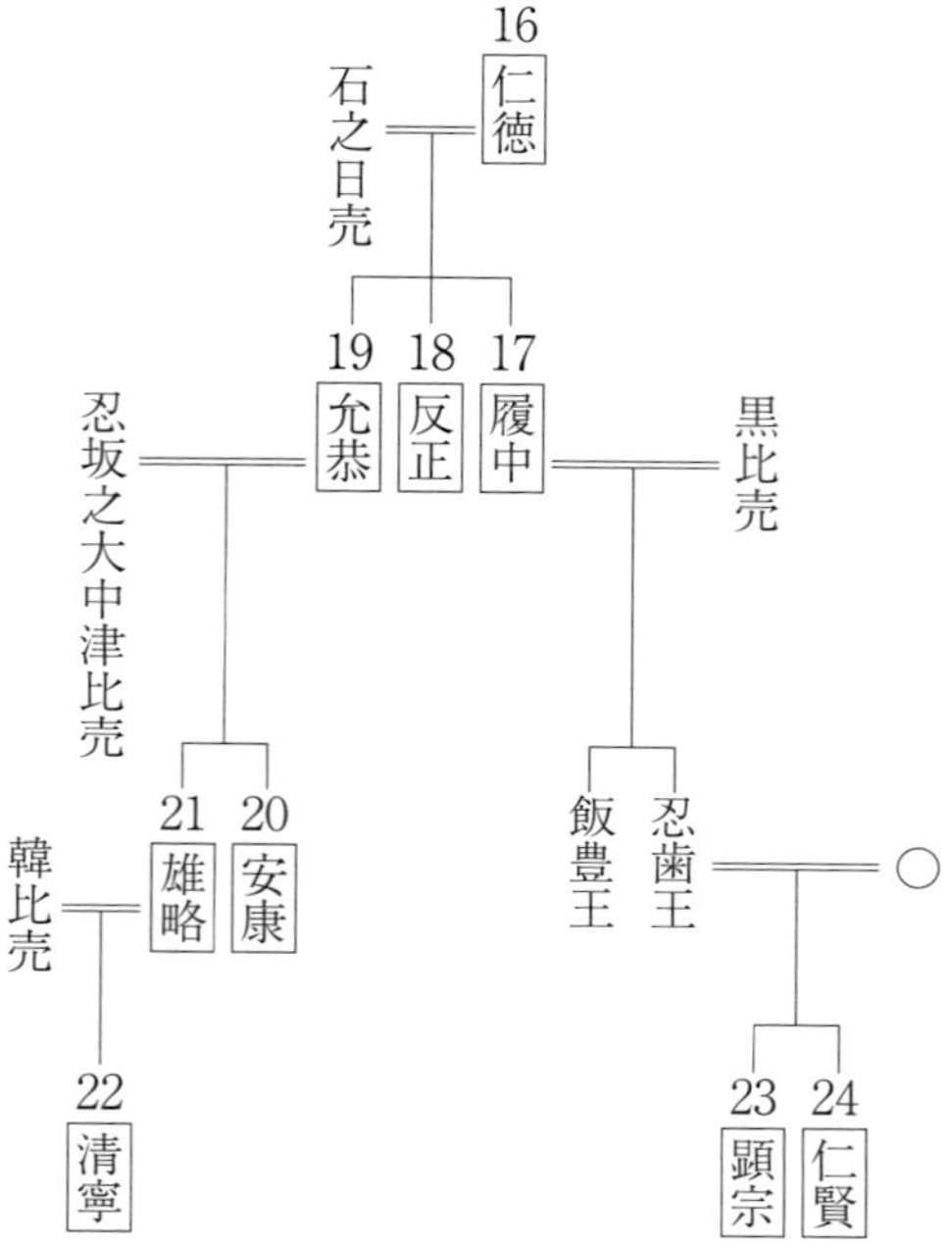

この系譜をみると、仁徳天皇の孫の世代は允恭系の安康天皇・雄略天皇が皇位に立ち、ひ孫の世代は允恭系の清寧天皇から履中系の顕宗・仁賢天皇へと交替することがわかる。つまり、③の後半は清寧記の⑫二王子発見に直結するのであり、⑫⑬を記す清寧記は袁祁王の叙述を中心とする顕宗即位前記の性格をもつ。さらに、③の後半に登場する猪甘の老人の話は、顕宗記の⑭置目老媼の後半に直結するから、ａの③とｃ・ｄは説話構成上、一連のものと見ることができる。中村啓信氏はこの点について資料的な観点から、連続するａ③とｃ⑫のあいだを分断する形で「雄略天皇記が投げ込まれる結果」になったことを指摘している。[2]

このようにb雄略記を挟んでa③からc⑫へとつながっていくが、清寧天皇以後の皇位継承者不在の期間に一人飯豊王がいた。それは系図からも明らかなように、飯豊王は忍歯王とは兄妹の関係にあり、履中天皇あるいは清寧天皇から顕宗天皇へのあいだを取り持つ存在である。清寧記は「日継」の空白という事態において飯豊王に言及するのである。

天皇崩後、無可治天下之王也。於是、問日継所知之王、市辺忍歯別王之妹、忍海郎女、亦名飯豊王、坐葛城忍海之高木角刺宮也。

飯豊王は「日継所知之王」を問われた(3)のであり、兄忍歯王の御子が帰還する⑫二王子発見に、

其姨飯豊王、聞歎而、令上於宮。

とあるのと緊密につながっている。その点、顕宗即位前紀の譜第では飯豊女王を市辺押磐皇子の娘とし、二王子の皇位互譲の際に「臨朝秉政」を行ったという本文になっており、清寧記とはまったく異なった理解を示している。これをみると、『記』にはc⑪の飯豊王を介在させて次の世代の顕宗・仁賢天皇の履中系が復活する「日継」の意図が明確に働いている。

これまでみてきたように、安康記以後の説話はa②b④⑤⑥⑦⑧⑨⑩の雄略説話群とa③c⑪⑫⑬d⑭⑮の顕宗・仁賢説話群という大きな二つの説話群によって構成される。仁徳グループには允恭系と履中系の二分構造があり、物語においてその対立が語られ、履中系の優位性が示されることは早く神田秀夫氏に指摘がある。(4)顕宗・仁賢天皇説話群の目的は言うまでもなく、顕宗・仁賢天皇の即位に至る経緯とその治世を説明する点にある。

そのa③c⑪⑫には前に簡単に触れたが、c⑬について言えば、天皇治政の障害となっていた平群臣志毘を「興軍囲志毘臣家、乃殺也」と、武力で排除する話である。意祁・袁祁王が旧勢力を駆逐して力で天皇の座を勝ち取るのである。それに続くd⑭では、父忍歯王の骨の発見が主題となる。履中天皇から忍歯王、そして意祁・

袁祁王へとつながる系譜、すなわち血の正統を証明するのが忍歯王の骨に他ならない。力の優位性を語る⑬と血の正統性を示す⑭には対応関係が認められる。そこにおいて、父王の死と針間国隠棲を経て復活し実現する顕宗・仁賢天皇の皇位は、疑念を挟む余地のない、揺るぎないものとなったのである。最後の⑮御陵の土について言えば、父王の敵、雄略天皇への報復とその尊厳の確保を同時に成し遂げた仁賢天皇の、天皇としての資質を顕彰する話である。その意味で⑮は顕宗・仁賢天皇説話群の最後に位置して完結させる役割を果たしている。

このようにａ③ｃ⑪⑫⑬ｄ⑭⑮の顕宗・仁賢天皇説話群をみてくると、あらためて⑭の読み方が問われよう。置目が覚えていた忍歯王の歯の特徴が何を意味するのか、そして置目を詠んだ二首の［歌と散文］のあいだをどう読むかという問題は、未だ明らかでない点が残されているからである。

二　忍歯王の歯

顕宗記は異例の書き方で始まる。履中天皇まで遡って祖父と父の名を記し、八年という在位年数を書くのも初めてである。

伊弉本別王御子、市辺忍歯王御子、袁祁之石巣別命、坐近飛鳥宮、治天下、捌歳也。天皇、娶石木王之女、難波王。无子也。

この系譜記事は継体天皇の「品太王五世孫」の例にならえば「伊弉本別王孫、袁祁之石巣別命」でよい。「石巣別命」も他に見えない。顕宗記においては履中天皇・忍歯王・顕宗天皇という、天皇が次々とつながる系譜、すなわち日継を意識したということであろう。『播磨国風土記』美囊郡には「市辺之天皇　御足末」とする詠辞もある。顕宗天皇にとって忍歯王は履中につながる不可欠の系譜だったのである。ついでに言えば、「石巣別命」

の名辞は意祁・袁祁王が「石屋」に隠れたとする所伝（『紀』『播磨国風土記』）に由来し、「別命」も履中天皇の「別王」に重ねて権威づけをする表記と考えられる。在位八年の記載は末尾の宝算の後に再出するところをみると、次の仁賢への皇位継承を具体的に示すものと言える。顕宗記は、異例というよりは、履中系の復活という事情もあって、新しい記載方法をとったものと考えられる。

系譜記事の「市辺忍歯王御子」は顕宗・仁賢天皇の皇位の根拠ゆえに、犠牲となった父忍歯王の復権、つまり陵墓造営が求められた。それは同時に、播磨国に隠棲を余儀なくされた二王子と父王との関係を証明する事実を示すことでもある。それがd⑭置目老媼の話の前半である。

此天皇、求其父王市辺王之御骨時、在淡海国賤老媼、参出白、王子御骨所埋者、専吾能知。亦、以其御歯可知。（御歯者、如三枝押歯坐也。）爾、起民掘土、求其御骨。即、獲其御骨而、於其蚊屋野之東山、作御陵葬、以韓袋之子等、令守其御陵。然後、持上其御骨也。

「求其父王市辺王之御骨」とは、a③の「切其身、入於馬槽、与土等埋」を受けている。「御骨」は「在淡海国賤老媼」によって「以其御歯可知」と告げられる。「以歯」だけでは忍歯王の歯と特定できないので、「如三枝押歯」の施注があるわけであるが、これが本文にない理由は忍歯王の歯と「三枝」の形状のあいだに一定の理解があったからに違いない。しかし、本文だけではわかりにくいことに変わりはなく、『記』序にいう「辞理叵見」文と判断されたために、施注に及んだものと考えられる。

一定の理解とは忍歯王の名が「押歯」の特徴に由来するということであろう。歯の特徴による命名は、歯が「御歯一寸、広二分、上下等斉、既如貫珠」という水歯別命（反正天皇）の例がある。忍歯王の場合、きわめて稀な「三枝」の形状の「押歯」ということになる。稀でなければ他と区別できないし、忍歯王の歯の特異な形状を知る置目の陵守りという職能が、この話のモチーフの背景にあることは明らかである。『紀』で忍歯王の歯の特徴に触れないのは、磐坂皇子（忍歯王）と帳内仲子の主従「一の如く」双陵を造営する話として叙述されたからである。

このように『記』では忍歯王の歯の特徴が中心になっている。倉塚曄子氏が「名がオシハノ王だったからハ（歯）にちなんだ話ができ上がったにすぎない(5)」とするのは妥当でなく、忍歯王の「押歯」という歯の特徴が話の最初にある。佐佐木隆氏が「特徴的な歯にかかわる伝説が市辺王にまつわりついていた(6)」と推測する通りで、忍歯王の名とともにあったのである。

顕宗記の最初に「此天皇、求其父王市辺王之御骨時」と、即位前からすでに決まっていたかのように、やや唐突に置目の話で始まるのは、顕宗記にとって忍歯王の骨の発見が最優先課題であり、その認定において歯の形状こそが不可欠の要素であったからに他ならない。「押歯」の形状について、『古事記伝』は『和名類聚抄』の「齵歯《ハ》重《ナリ》、生《ル》也《ト》、齵歯《ハ》於曾波《オソハ》」を挙げ、『冠辞考』の「おしてるや」の条に「襲重《オソヒカサ》なれる歯のおはせるを云」とあるのを引く。諸注、この「齵」説に従い、「重生」を八重歯の意と解している(7)。

しかし、オシハ（押歯）はオソハ（齵）なのかという根本的な疑問がある。ただ音が類似するだけで、同語とする検証はまだないのである。「如三枝押歯」は齵＝八重歯説とは別の観点から検討してみる必要がある。そこで、齵＝八重歯説を引きながらも、「オシはオホシ（多）と同義で、普通より多く生えている歯の意か」とする新編古典全集『古事記』（小学館、一九九七年）の頭注は注目される。歯が「三枝」に分かれてみえる形状がオホシ歯、つまり「押歯」なのではないかと考えられるからである。

諸注に取り上げられることはないが、そのような歯が『記』に一箇所だけ出てくる。矢河枝比売の容姿をうたった応神記の蟹の歌である。そこに歯の形状の描写がある。

　……木幡《こはた》の道《みち》に　遇《あ》はしし嬢子《をとめ》　後手《うしろで》は　小楯《をだて》ろかも　歯並《はなみ》は　椎菱《しひひし》如《な》す……　（記42）

「歯並は　椎菱如す」の解釈は『古事記伝』の「歯の鋭《ト》きを譬へ給へる」に従うべきで、椎菱のように歯が鋭く並んでいる形状を指す。「如三枝押歯」はそれと同様に、三つ叉のように先端が多く分かれて尖った歯の形容と考えられる。それは「三枝花」が山百合を指し、一つの花が複数の尖った花弁から成る形状とも矛盾しない。「歯並は　椎菱如す」「如三枝押歯」と表現される歯の特徴については、考古学でいう「叉状研歯」を考えないわけにはいかない。(8)叉状研歯とは歯牙をフォーク状の、多くは三つ叉に加工・変形させる縄文・弥生期の習俗で、春成秀爾氏の報告によれば、叉状研歯の人物は「聖なる血統に属することを標示」し、「集団の代表」「部族の始祖につながる本家筋」であることが推測されるという。(9)

「如三枝押歯」がこのような三つ叉に加工した叉状研歯である可能性は高い。忍歯王は集団の代表としての標示である歯の特徴をもっていたことになる。このようにみてはじめて、忍歯王の歯というこの話のモチーフが理解できる。忍歯王は支配者の古い伝統である押歯を引き継いでいたのである。そして置目には忍歯王の「三枝」のような「押歯」を見忘れなかった陵守りの女性司祭者像が指摘されよう。(10)陵守りの「賤老媼」は忍歯王の聖なる系譜を伝え証明する人物でもある。『記』では、顕宗天皇によって置目老媼の名が与えられ、賤から聖へのアンビヴァレントな置目像が記述されるのである。

三　置目老媼の［歌と散文］のあいだ

d⑭の後半は置目を詠んだ歌とその散文によって叙述される。そこで次に、『記』は置目を詠む歌を通して何を叙述しようとしているのかという視点から、［歌と散文］のあいだの表現空間を読み解いていく。

仍、召入宮内、敦広慈賜。故、其老媼所住屋者、近作宮辺、毎日必召。故、鐸懸大殿戸、欲召其老媼之時、必引鳴其鐸。爾、作御歌。其歌曰、

浅茅原《あさぢはら》　小谷《をだに》を過《す》ぎて　百伝《ももづた》ふ　鐸響《ぬてゆら》くも　置目来《おきめく》らしも　（記110）

この歌で問題とされてきたのは、一つは「百伝ふ」の解釈である。『冠辞考』は駅路の鐸が「百と多くの野山を経伝ふ意」とし、「此老嫗は宮辺に居れども、鐸の音してまいれば、御戯に駅路のさまにのたまへる也」と解する。これに対して、土橋寛氏は、

宮のかたわらの家から置目が参内するのを、浅茅原や小谷を過ぎてはるばるやって来るかのように戯れて歌ったとするのは、いかにも苦しい。

と否定した上で、「鐸の音が浅茅原小谷を過ぎて遠くへ響き渡る意」とし、「浅茅原……百伝ふ」全体が「鐸」の修飾語になると解釈した。(11) 新編古典全集『古事記』もこれに従っている。「百伝ふ」と「鐸」の関係はその通りであるが、「浅茅原　小谷を過ぎて」の景は「来らしも」と響き合い、次の歌の「淡海の置目」（記111）と重なって近江から上ってくる置目の姿を浮かび上がらせる表現にもなっている。歌は散文に叙述していない情景をその表現空間に組み込むのである。しかし、散文に無関係の歌を結合させたのではない。あくまでも散文は歌の理解の範囲内にある。(12) 散文叙述は歌の読みから生成してくるという状況をこそみていかなければならない。

次に「鐸響くも」の主体は誰かという点である。散文では、天皇が置目を召す時、大殿の戸に懸けた鐸を引き鳴らしたとあるので、歌にも天皇を主体とする読みが及んでいくようにみえる。しかし、次のような万葉歌の「らし」の例をみると、それは成り立たない。

……御執《みと》らしの　梓《あづさ》の弓の　中弭《なかはず》の　音すなり　朝猟《あさがり》に　今立たすらし……　（1・三）

ますらをの　鞆《とも》の音《おと》すなり　もののふの　大臣《おほまへつきみ》　楯《たて》立つらしも　（1・七六）

遠くの弓の弭の音によって猟への出立を推知し、鞆をはじく弓の弦の音で楯を立てる様子を推測している。いずれも見えざる外部の音によって事態を推し量るのが「らし」である。従って、天皇自ら鐸を鳴らして、置目が

来たらしいとするのは「らし」の用法に合わない。『紀』では置目が縄に懸けた鐸を鳴らして進むとあるから、そのような不自然さは生じない。それを『古事記伝』は、いつも鐸を鳴らすと置目がすぐ来るので、その音を聞くと、もう老女が来たかのように思ってそう詠んだのではないかと解釈し、「歌と散文」とのあいだを直結させようとしているが、それは強引な読みと言うほかない。土橋氏は、「歌では鐸を鳴らすのは置目であるから、この前文に天皇が置目を召そうとする時には鐸を鳴らしたとしているのは矛盾」[13]とする。

この「矛盾」に対して山口佳紀氏は、

もともと天皇が置目を召し出すために設けた鐸ではあるが、それを、大殿に到着した置目が鳴らしたものと見ればよいのである。

との解釈を示し、『古事記』の場合、歌謡から理解できれば、「散文には必ずしも明記しないという書き方である」と指摘している。[14]この点については主体を天皇とすることも、矛盾とみることも妥当ではなく、山口氏の言うように、置目が鐸を鳴らしたのを散文が詳しく叙述しなかったととらえるべきであろう。『紀』は『記』と違って、「鐸響くも」の主体を置目と明示するが、置目の家と宮とのあいだに鐸を懸けた縄を引き渡すというような、やや過剰な具体化が起こっているとも言える。その点、『記』の場合は基本的に歌の叙事を中心とし、その散文は補助的説明という文脈である。

多田一臣氏は最近、『記』歌謡の融通無碍なありかたは物語に「気分」としての抒情を持ち込んでいるとし、允恭記・軽太子の「天飛む　軽の嬢子　いた泣かば」（記82）を取り上げ、歌謡と物語が齟齬や矛盾の関係にあるのではなく、歌謡が「物語の世界に、禁忌の恋の情調や「気分」をたくみに織り込んでいる」ことを明らかにしている。[15]「歌と散文」のあいだには歌の「気分」による表現空間の創出も考えられる。

このような前提から置目の歌をみると、歌の「鐸響くも　置目来らしも」は、天皇が置目を召す時に鐸を引き鳴らしたとする散文叙述に、別の時間とそれに伴う出来事や心情を織り込む結果になっていると言える。「鐸響くも」は天皇が鳴らす大殿の戸の鐸に応えて、参内してくる置目が鳴らす鐸なのである。おそらくそれは杖に懸けた鐸という理解なのであろう。鐸は祭具であり、陵守りの女性司祭者、置目の持ち物としてふさわしい。事実、『律令』の「喪葬令」には行進の際に用いる「金鉦鐃鼓」という楽器が出てくるが、この「金鉦」「鐃」は鈴に似ているらしく、(16)『類聚名義抄』にオホスズとする「鐸」に近いものであろう。いずれにしても、鐸は置目の職能を表す祭具と理解され、宮の近くの家から鐸を鳴らして大殿に来るのを、天皇は「置目来らしも」といとおしみの情で迎えている。置目を詠む歌は散文に別の時間や情景、そして心情を組み込みながら、全体として天皇と置目の歴史叙述を展開しているのである。

二首目の［歌と散文］も取り上げてみよう。

於是、置目老媼白、僕甚耆老。欲退本国。故、随白退時、天皇見送、歌曰、

置目《おきめ》もや　淡海《あふみ》の置目《おきめ》　明日《あす》よりは　み山隠《やまがく》りて　見《み》えずかもあらむ　（記111）

置目が故郷の近江国に帰るのを見送る天皇の歌として難解な表現はない。帰郷の理由も、年老いた置目が自ら願い出たのであって、散文とのあいだに問題となる点は見当たらない。ただ一点、諸注はまったく問題視していないが、「み山隠りて」の表現は検討を要する。置目の姿が明日からは山に隠れて見えなくなってしまうだろうなあ、という惜別の情だけで片付けられないものがある。それは、なぜ「み山」なのかという疑問である。「隠りて」というのも帰郷を見送る表現としてはいささか大仰である。

そこで再び散文との関係を見てみると、この歌は置目が近江国のどこに帰るかを詠んでいることに思い至る。d⑭前半部の、置目の進言で忍歯王の骨を発見する場面に、「蚊屋野の東の山」に御陵を造って葬り、韓袋の子等に守らせたとある。この散文によって、置目は忍歯王の陵墓を守るために蚊屋野の東の山に帰って行くことが

わかる。『万葉集』天智挽歌の「御陵仕《みはかつか》ふる　山科《やましな》の　鏡《かがみ》の山に」（2・一五五）を引くまでもなく、「み山」は忍歯王の御陵の山と理解されるのであって、「隠りて」という大仰な表現は、置目が陵守りの司祭者として御陵の山に帰って行くことを意味していたのである。

この二首に共通する表現は、置目という人名を詠み込むことである。置目の行為や出来事に寄せて詠み手である天皇の心情を表現している。しかし、それを土橋氏のように「歌謡的性格を脱却した完全な抒情詩」(17)とみることはできない。なぜなら、この二首は置目という人物の叙事によって成り立つ歌であり、その叙事を共有し享受しうる場ではじめてこの二首は理解されたはずである。従って、自立した抒情詩とは言えない。二首の歌の叙事を共有するためには歌の前後に説明を必要とし、それが散文叙述になったとみるべきである。こうした人物名を詠み込む叙事の歌は、その人物の出来事や歴史を事実として現前させる機能をもつ。置目の歌は、忍歯王の陵墓造営を果たし、忍歯王から顕宗天皇への日継を証明する意味を担ったはずである。その歌の叙事は宮廷史を伝えるもう一つの歴史叙述でもあったのである。(18)

四　顕宗・仁賢天皇の日継物語

これまでみてきたように、置目の歌とその散文は顕宗・仁賢天皇の日継と関わっていた。それは、前に述べたa③c⑪⑫⑬d⑭⑮の顕宗・仁賢説話群全体の構成意図と合致する。つまり、この一連の説話群は顕宗・仁賢天皇の日継物語という性格をもつ。それを示すのが、すでに触れた清寧記の「日継」である。すなわち飯豊王に「日継知らさむ王」を問う記事であるが、それと対応するように顕宗記の末尾に「天津日続」が記される。

そこで次に、『記』の「天津日継（続）」「日継（続）」の用例を挙げ、顕宗・仁賢天皇の「日継（続）」の意味をあらためて検討してみよう。

i勅語阿礼、令誦習帝皇日継及先代旧辞。（序）

ii唯僕住所者、如天神御子之天津日継所知之登陀流天之御巣（上巻・大国主神の国譲り）

iii即詔別者、大山守命、為山海之政。大雀命、執食国之政以白賜。宇遅能和紀郎子、所知天津日継也。
（中巻・応神記、三皇子の分治）

iv天皇、初為将所知天津日継之時、天皇辞而詔之、我者有一長病。不得所知日継。（下巻・允恭記、即位の拒絶）

v天皇崩之後、定木梨之軽太子所知日継、未即位之間、姧其伊呂妹、軽大郎女（下巻・允恭記、軽太子の兄妹相姦）

vi天皇崩後、無可治天下之王也。於是、問日継所知之王（下巻・清寧記、皇位継承者の不在）

vii天皇崩、即意富祁命、知天津日続也。（下巻・顕宗記、兄王の即位）

viii天皇既崩、無可知日続之王。（下巻・武烈記、皇位継承者の不在）

以上、傍線で示したように八箇所に九例みえる。『記』が日継の書であることは、序のiの例から明瞭に知られる。「日継」の語は「日の御子としてその位置を次々について行く意」[19]であり、iiの「天津日継」は天神御子こそそれを知らす神話的用語であることを示している。その神話的権威は中巻のiiiに皇位の絶対性を表す語として引き継がれる。しかし、iiiが大山守命の反乱を記すように、多くは皇位継承の危機において用いられる。

下巻のivは允恭天皇の即位拒絶、vでは即位が約束されていた軽太子の兄妹相姦の箇所に用いられ、仁徳皇統の日継の権威が深刻な危機に陥ったことを記述している。さらに仁徳天皇のひ孫の世代には、前述したviの皇位継承者不在に関する日継が出てくる。その危機は二王子の発見によって回避され、viiの仁賢天皇即位の日継を記して旧辞的記載をもつ天皇記は終わる。viiiは武烈天皇崩御に際して皇位継承者の不在を帝紀的記載の中で伝えるのみである。

このⅵとⅶのあいだに二王子発見から顕宗天皇即位、そして忍歯王の御陵造営を果たす置目の話が配置される。第一節で述べたa③c⑪⑫⑬d⑭⑮の顕宗・仁賢天皇説話群が、顕宗・仁賢天皇の日継物語という主題のもとに構成されたことは、この日継の用例からも明らかである。それは顕宗記の冒頭に「伊弉本別王御子、市辺忍歯王御子、袁祁之石巣別命」という、まったく新しい書式をもたらした。この書式が二王子発見において袁祁王が奏上した次の「詠」と関わることは、前に述べたことがある。

……所治賜天下　伊耶本和気　天皇之　御子市辺之　押歯王之　奴末

火焼きの少子が山部連小楯の前でうたった「詠」である。二人の少子が忍歯王の子として「日継所知之王」と認められたのは、「詠」の韻律的な日継の詞章がもつ伝承の権威にあるとみなければならない[20]。この日継の次第の根拠こそ、顕宗・仁賢天皇の日継物語に求められ、置目の話に主題として据えられたのである。

このようにみてくると、忍歯王の骨の発見と御陵造営の後、続いて置目の参内と顕宗天皇の歌が記載される一連の置目の話に、松本広毅氏が指摘する「置目老媼を経由しての市辺王賞賛[21]」がみられるのはその通りで、顕宗天皇の置目を詠む歌とその散文叙述は忍歯王から顕宗天皇の即位へという日継の次第の根拠を明示している。置目の歌は顕宗天皇の日継に関わる歴史叙述という意味をもっていたのである。

結び

置目の歌は置目に対する顕宗の慈愛の心情を示しながら、歌の叙事によって顕宗・仁賢天皇の日継物語を構成している。この日継物語については、川口勝康氏が、帝紀論の立場から「日継の次第を釈明するのが、応神以降の物語（日継の物語）の本質」と提起し、物語が顕宗記で終わるのは「履中系に王位の継承が戻った次第を述べればよいからである」[22]と述べている。それは仁徳天皇のひ孫の世代である。仁徳皇統の最大の危機が清寧天皇崩御後の皇位継承者の不在であった。その皇位の回復が顕宗天皇の即位である。

本論では、そのような顕宗天皇の日継の根拠として置目の［歌と散文］が構成されていることを述べてきた。『記』下巻は、仁徳皇統が最大の危機を乗り越えて日継の権威が回復されたことを述べて終わるのである。そこに置目の歌が最終歌となる理由があったことになる。仁賢記に旧辞的記載がないのは、顕宗記の「天皇崩、即意富祁命、知天津日続也」という記述ですでに『記』下巻の主題を言い終えているからである。『記』は日継の永続という主題を、［歌と散文］という歴史叙述の手法を用いて展開したのである。

注

（1）一一一首という歌数は、允恭記にある「夷振之上歌」の「笹葉に」と「愛しと」の歌を一首とする数え方である。それは短歌体の歌二首を合わせた形であるが、そのあいだに「又、歌曰」がないので、『記』本文では一首とみなしている。「神語」の第二歌（記3）も収め句「事の　語り言も　こをば」が歌の途中にあって、そこで分ければ二首となるが、同様の理由で一首と数える。なお、清寧記の「詠」は『記』が歌と認識する一字一音表記をとらないので、歌とは数えない。以上のことから、『記』の全歌数を一一一首とする数え方に従う。

（2）「雄略記の定着」（『古事記の本性』おうふう、二〇〇〇年。初出、一九六二年九月）

（3）折口信夫氏はこの文脈を「問ひき」と過去に訓み、飯豊王の執政を意味するものではなく、宮廷高巫による啓示が問われたと読み取っている（「女帝考」『折口信夫全集』18、中央公論社、一九九七年。初出、一九四六年一〇月）。このあたりの折口氏の本文訓読と文脈理解はきわめて示唆的である。飯豊王は王権の祭政を担い、清寧天皇から顕宗天皇への中継ぎの役割を果したと推定される。

（4）『古事記の構造』（明治書院、一九五九年）

（5）「置目説話をよむ――古事記説話の手法」（『古代の女』平凡社、一九八六年。初出、一九八四年七月）

(6)「《置目伝説》の再検討」(『伝承と言語』ひつじ書房、一九九五年。初出、一九九四年一月)

(7)『箋注和名類聚抄』には「襲重之義也、今俗呼弥重歯」とある。

(8)「蟹の歌——応神記・日継物語の方法」(『文学』二〇一二年一月。本書所収、第四章2)

(9)「叉状研歯」(『国立歴史民俗博物館研究報告』一九八九年三月)

(10) 尾畑喜一郎「み山隠りて」(『古代文学序説』桜楓社、一九六八年。初出、一九六一年一〇月)に「陵守りとしての、また御陵の由来を物語る、志斐媼のやうな語り手としての、置目老媼の姿が幽かに浮び上って来る(傍点、尾畑氏)」とある。

(11)『古代歌謡全注釈・古事記編』(角川書店、一九七二年)

(12) 古橋信孝『古代歌謡論』(冬樹社、一九八二年)は、「謡が背後に負っている共同幻想があり、それに則ってしか散文脈はなく、散文に謡を支える幻想が合致しないかぎり、謡が入り込むこともない」とする。「歌と散文」の関係はそのようにとらえるべきで、換言すれば、歌の叙事の理解から逸脱して散文が書かれることはない。従って、齟齬とか矛盾という論の立て方は『記』『紀』の文脈に当てはまらないことになる。

(13) 注(11)同書

(14)「『古事記』における散文表現の特色——歌謡と散文との関係をめぐって——」(『國學院雑誌』二〇〇七年一一月)

(15)「歌謡の表現の特性——『古事記』の歌謡に及ぶ——」(『文学』二〇一一年一月)。多田氏の論は、「歌と散文」の齟齬を解消するためにあえて無理な解釈をとることへの疑問を提示するものであり、「歌と散文」のあいだの表現空間をどのように解読するかという『記』『紀』の歌全体に関わる問題である。

(16) 日本思想大系『律令』(岩波書店、一九七六年)の頭注に、「金鉦—かね。形は鈴に似て」「鐃は鉦に似て小さく」とある。

(17) 注(11)同書

(18) 宮廷史を伝える歴史叙述という『記』『紀』の歌のあり方については、注(8)同論文に触れるところがある。

(19)『時代別国語大辞典・上代編』(三省堂、一九六七年)。「天津日継」と「日の御子」については、居駒永幸「読歌と「待懐」「共自死」——『古事記』下巻の日継物語と歌——」(『國學院雑誌』二〇一一年一一月。本書所収、第四章4)で論じた。

(20) 注(19)同論文。清寧記の「詠」に対応する顕宗即位前紀の「誥」については、「室寿」「歌」「誥」の構造体ととらえて

『記』の「詠」と比較分析した（「日本書紀の歌と歴史叙述――顕宗即位前紀の「室寿」「歌」「誥」――」『國學院雑誌』二〇二〇年一一月。本書所収、第三章4）。

(21)「置目老媼の功績」（『古事記と歴史叙述』新典社、二〇一一年。初出、二〇〇五年一月）

(22)「帝紀論の可能性」（『国文学』一九八四年九月）

第五章　『古事記』［歌と散文］の文体と成立

1　『古事記』『日本書紀』の歌の生態と記載

——宮廷歌謡・歌曲から史書の歌へ——

はじめに

『古事記』の歌一一一首と『日本書紀』の歌一二八首は、それぞれ散文とともにあって歴史叙述として機能している。これほど多数の歌が史書に記載されることは、その後の正史に例がない。中国史書にも漢詩を多用する例がないことから、漢籍を規範とする書き方とも言えない。従って、［歌と散文］による歴史叙述の方法は『記』『紀』の固有かつ特異な現象とみなければならず、両書それぞれの編纂意図において求められた叙述法ということになる。そこに歌はなぜ書かれたのか。

それを考える時、両書に散文とともに記載された歌と、それとは別にうたわれる状態の歌謡という二つの存在態をみなければならない。テキストの外部に歌がどうあったかという点は問わない立場も当然あり得るが、それではうたわれる状態を示す歌曲名などの注記を考慮に入れないことになる。両書の歌はテキストの中に記載された歌であると同時に、それと並行してその外側に歌謡として存在することを表明しているからである。

では、歌謡としてどのような場で、どのような意味や機能をもってうたわれていたのか。それを歌謡の生態と呼んでおく。しかし、ここで生態を取り上げるのは、土橋寛氏が述べるような「民謡」や「芸謡」などという独立歌謡としての実体推定[1]を目的とするものではない。『記』『紀』には「民謡」そのままを記載した例がみられないのであって、両書の歌の歌謡としての生態は、両書の記述から導き出されるところで解明されなければならない。

『記』『紀』の歌はある特定の人物がうたったものとして記載されている。少なくとも『記』ではすべてうたい手が明示されており、形の上では個人詠であって歌謡ではない。しかし、個人詠として記載される両書の歌がその撰録に合わせて創作されたとはみられないから、やはり歌謡から両書の歌へという過程をたどったことは明らかである。そうすると、歌謡としての生態にこそ両書に歌が記載される理由があったことになる。

本稿の第一の目的は、両書の記述を通してそこに記載された歌の、歌謡としての生態を検討することにある。その生態を明らかにしていくことで、両書における［歌と散文］の叙述や構成に対して新たな視点が開かれていくであろう。冒頭に、『記』『紀』の［歌と散文］による歴史叙述が特異な現象であることに触れたが、それはまさにこの生態のうちにあったとみられる。

一　歌の注記

『記』『紀』の歌には、散文の叙述内容とは直接関係がない注記を伴う場合がある。まず歌曲名が挙げられるが、その他にも起源・由来・語義、音声・所作、歌詞の異伝に関するものがみられる。それらの注記は明らかに話の筋立てからみれば不要である。不要なのになぜ書かれたかという問題は、両書の歌の情報、すなわち歌謡としての生態に関わるとみてよい。いまここに、歌の注記を先の分類によって掲出してみる。数字は歌番号で、允恭記の「夷振之上歌」は一首と数える。

A歌曲名

①記上　6―此歌者、夷振也。
②景行記　30・31―此歌者、思国歌也。
③同　32―此者、片歌也。
④仲哀記　39・40―此者、酒楽之歌也。
⑤仁徳記　57・58・59・60・61・63―此天皇与大后所歌之六歌者、志都歌之歌返也。
⑥同　73―此者、本岐歌之片歌也。
⑦同　74―此者、志都歌之歌返也。
⑧允恭記　78―此者、志良宜歌也。
⑨同　79―此者、夷振之上歌也。
⑩同　81―此歌者、宮人振也。
⑪同　82・83・84―此三歌者、天田振也。
⑫同　85―此歌者、夷振之片下也。
⑬同　88・89―此二歌者、読歌也。
⑭雄略記　91・92・93・94―此四歌者、志都歌也。
⑮同　99・100・101―此三歌者、天語歌也。
⑯同　102―此者、宇岐歌也。

⑰同　103―此者、志都歌也。
⑱紀神代下　2・3―此両首歌辞、今号夷曲。
⑲同　5・6―此贈答二首、号曰挙歌。
⑳神武即位前紀　7―是謂来目歌。
㉑同　7・8・9・10・11・12・13・14―凡諸御謡、皆謂来目歌。此的取歌者而名之也。
㉒景行紀十七年　21・22・23―是謂思邦歌也

B起源・伝来・語義

①記上　2・3・4・5―如此歌、即為宇伎由比 四字以音。而、宇那賀気理弖、六字以音。至今鎮坐也。此謂之神語也。
②景行記　34・35・36・37―是四歌者、皆歌其御葬也。故、至今其歌者、歌天皇之大御葬也。
③応神記　48―此歌者、国主等献大贄之時々、恒至于今詠之歌者也。
④允恭記　87―此、云山多豆者、是今造木者也。
⑤神武即位前紀　7―今楽府奏此歌者、猶有手量大小、及音声巨細。此古之遺式也。
⑥同　10―今来目部歌而後大哂、是其縁也。
⑦応神紀十九年　39―今国樔献土毛之日、歌訖即撃口仰咲者、蓋上古之遺則也。

C音声・所作

①神武記　9―亜々 音引。志夜胡志夜　此者、伊能碁布曽 此五字以音。阿々 音引。志夜胡志夜
此者、嘲咲者也。
②同　14―志麻都登理　宇上加比賀登母

③神武即位前紀　7—奏此歌者、猶有手量大小、及音声巨細。
④同　10—来目部歌而後大哂
⑤応神紀十九年　39—国樔献土毛之日、歌訖即撃口仰咲

D歌詞の異伝

①崇神紀十年　18—彌磨紀異利寐胡播揶　飫迺餓烏塢　志斉務苔　農殊末句志羅珥　比売那素寐殊望
一云、於朋耆妬庸利　于介伽卑氏　許呂佐務苔　須羅句塢志羅珥　比売那素寐須望。
②雄略紀四年　75—飫裒磨陛儞麻嗚須　一本、以飫裒磨陛儞麼嗚須、易飫裒枳彌儞麻嗚須。阿娯羅儞陀々伺
一本、以陀々伺、易伊麻伺也。波賦武志謀　飫裒枳瀰儞麼都羅符　儺我柯陀播　於柯
武　婀岐豆斯麻野麻登　一本、以婆賦武志謀以下、易舸矩能御等　儺儞於婆武登　蘇羅瀰
豆　野麻等能矩儞嗚　阿岐豆斯麻登以符。
③雄略紀十三年　81—伊能致志儺磨志　一本、換伊能致志儺磨志、而云伊志歌孺阿羅麻志也。
④武烈即位前紀　87—之裒世能　一本、以之裒世、易彌儺斗。
⑤同　91—耶賦能之魔柯枳　一本、以耶賦能之魔柯枳、易耶陛哿羅哿枳。

Aの例から、歌曲名は「歌」と「振（曲）」をもって基本形とすることがわかる。説が分かれるものもあるが、具体的に見ていくと、ⅰ唱謡法によるものが③⑤⑦⑧⑬⑭⑰⑲、ⅱ歌詞とその内容に基づくものが①②⑩⑪⑮⑱㉒、ⅲ儀礼に関わるものが④⑯、ⅳ歌唱者によるものが⑳㉑、ⅱとⅰの組み合わせが⑥⑨⑫に分けられる。歌曲名はB④にあるように、そして『古事記伝』が「楽府にて呼る名」とするように、宮廷の「楽府」で伝習され、保存された歌曲であることを示す。『古事記伝』が「から書にも、其首《ノハジメ》の言《ノ》を以て、篇名とし、歌曲とせる例多ければ」と指摘するのを発展させ、小島憲之氏が「歌謡名（「某振」と「某歌」）も、中國歌謡命名の方法を參考す

ることによって生れたもの」[2]と述べたことに留意する必要がある。つまり、歌曲名そのものが国家制度としての権威をもつことになるからである。

Bは「今」に伝来し、現在もうたわれていることを示し、その起源が『記』『紀』の歌にあるとする注記である。その「今」について、①は神々が現在、出雲に「鎮座」し、歌群が「神語」と呼称されていることを示す。「神語」は歌曲名ではなく、唱和体の叙事的な歌群を神々の「語り言」とすることから「神語」と呼称したのである[3]。ただ、歌曲ではないが、宮廷圏の歌謡という出自をもつとみられる。②③、⑤〜⑦は宮廷儀礼の場でうたわれることを記述しており、歌曲の保存、伝習を「楽府」という宮廷の歌舞機関で行なっているとする⑤の情報は特に注目される。④は「今」の植物名、語義である。

Cの③〜⑤はBの⑤〜⑦と同文で、『紀』編纂時の「今」の唱謡やしぐさを伝えるものであって、宮廷儀礼での歌曲奏上の状況を記している。もとより、神武即位前紀の大和平定、応神紀の国樔人来朝の話とは直接関係しないが、起源となったそれぞれの歌謡の音声・所作が今も伝承されていることを示す。「今」の語はないが、①の神武記の場合も同様で、注記は『記』編纂時の音声・所作を記す。「音引」は『記』『紀』に唯一の注であるが、『琴歌譜』などにはよくみられる唱謡法の指示である。「志夜胡志夜」には威圧と大笑の伎（所作）が伴うとする注記であり、その音声と所作は敵を討った祝勝の場面を現前させるのである[4]。②の「上」は上声に読めとする声注で、歌詞には他に例をみない。「宇」のアクセントを示すことで、「鵜」の語義に導く符号と考えられる。生態とは直接結びつかないが、歌の表記と訓読という次元の問題として軽視できない。②を除くCの例も歌舞に関わる「楽府」で奏上され、保存されていることを示し、起源としての歴史が現在の宮廷儀礼で再現されているという注記である。

Dはいずれも『紀』に記すもので、①の「一云」は「一本」との違いから口承の異伝を示すものとみられる。

②〜⑤は「一本」とあるので、歌詞の記載資料からの引用ということになる。伊藤博氏は天皇代ごとに「歌謡物語的な〝古代歌謡集〟といえる文献が欽明〜舒明朝の間に異本すら持って成立していた[5]」とするが、かりに「一本」がその異本からの引用としても、その範囲については雄略紀と武烈紀にしかみられないことから、きわめて限定的な歌謡資料に留まるであろう。ただ、宮廷歌謡の記載資料が存在したことを明示するものとして注目される。

以上、歌の注記をみてきたが、いずれも話の筋立てや内容に直接結びつかない注記である。しかし、一見不要な注記で、記述に参加していないように思われるが、書かれる以上は意味があるに違いない。考えられることは、ここに記載されている歌が同時にうたわれている、あるいは演奏されているという現在の事実を示す機能である。すなわち、テキストに記載される歌と音声でうたわれる歌謡・歌曲の並行である。その並行が記載された歌にとって、歴史叙述の権威につながるものであったことは疑いない。同時に歌の注記は、『記』『紀』の歌についてその歌謡としての生態を明らかにする手段となり得るのである。

二　歌謡としての生態

古代歌謡の体系的研究を確立した土橋氏の見解では、歌謡資料としての『記』『紀』の歌は常民の社会で生産された民謡、専門的なうたい手によってうたわれた芸謡、宮廷儀礼で奏された宮廷歌謡に分類され、加えて歌謡ではないが、物語のために創作、あるいは改作された物語歌もあるという[6]。民謡などとして実体推定される独立歌謡が『記』『紀』の歌に転用されたとするのが土橋理論である。しかし、推定の根拠とする民謡資料は、確実なものとしては江戸時代以降であるから、和歌世界や都市の流行歌謡に大きく影響された表現をもとに古代民謡を推定する不安がつきまとう。近世以降の農村・漁村という常民の社会が古代社会にそのまま求められないこともまた明らかである。

民謡の推定には根本的な問題を未だ残していると言わざるを得ない。その一つに「思国歌」「片歌」「思邦歌」の歌曲名をもつＡの②③㉒がある。

Ａ②③

景行記

自其幸行而、到能煩野之時、思国以歌曰、

倭《やまと》は　国《くに》のまほろば　畳《たた》なづく　青垣《あをかき》　山籠《やまご》もれる　倭《やまと》し麗《うるは》し　（記30）

又歌曰、

命《いのち》の　全《また》けむ人《ひと》は　畳薦《たたみこも》　平群《へぐり》の山《やま》の　熊白檮《くまかし》が葉《は》を　髻華《うず》に挿《さ》せ　その子《こ》　（記31）

此歌者思国歌也。又歌曰、

はしけやし　我家《わぎへ》の方《かた》よ　雲居《くもゐ》立《た》ち来《く》も　（記32）

此者片歌也。

Ａ㉒

景行紀十七年三月

是日、陟野中大石、憶京都而歌之曰、

はしきよし　我家《わぎへ》の方《かた》ゆ　雲居《くもゐ》立《た》ち来《く》も　（紀21）

倭《やまと》は　国《くに》のまほらま　畳《たた》づく　青垣《あをかき》　山籠《やまこも》れる　倭《やまと》し麗《うるは》し　（紀22）

命《いのち》の　全《また》けむ人《ひと》は　畳薦《たたみこも》　平群《へぐり》の山《やま》の　白橿《しらかし》が枝《え》を　髻華《うず》に挿《さ》せ　この子《こ》　（紀23）

是謂思邦歌也。

②③は伊勢国能煩野で倭建命が、㉒は日向国小湯県で景行天皇が故郷大和を思慕する歌として『記』『紀』に書かれている。両歌群の歌詞はほぼ共通し、遠征中の大和国望郷という場面も一致しているが、『記』『紀』編纂時にすでにうたい手に異伝が生じていた。両歌群がそれぞれ能煩野と小湯県でうたわれたのではなく、その地名とうたい手の異伝は宮廷での伝来過程で生じたと考えるのが自然である。

思国歌の二首[7]（思邦歌の第二・三歌）について、土橋氏は平群山の国見の歌とし、「命の全けむ人」「その子」の句をもつ第二歌は本来、平群山の山遊びにおける老人の歌と推定している。[8]「この山の山遊びに集まって来た人々は、附近の村人だけでなく、「大和」を自らの郷土として意識しているかなり広い地域の人々」と推測し、「この平群山の山遊びで歌われた、古き世の民謡であったのだろう」と結論づけた。[9]

これは現在、通説化している見解であるが、平群山の山遊びの民謡とするには疑問がある。平群山なのに第一歌で「倭は」と広い範囲をうたう点である。その疑問の解消のためとは言え、「「大和」を自らの郷土として」という説明はかえって矛盾を重ねている。「倭は」という国見歌の国讃め句は、『万葉集』の舒明歌をみるまでもなく、天皇が統治する国を称える表現であるから、第一歌は宮廷儀礼で歌曲としてうたわれた宮廷歌謡とみて矛盾はない。[10]

第二歌を平群山の民謡とみた場合に問題となるのは「宇受（髻華）」の語である。推古紀十一年十二月条に、官人・貴族が冠に「髻花」を挿す元日行事を記し、その語にウズの訓注がある。また推古紀十九年五月五日条には、菟田野の薬猟の記事があって、諸臣が冠に髻花を挿して参加したという。これをみれば、「髻華」が山遊びに集まる「村人」の民謡にうたわれる語でないことは明らかで、宮廷儀礼の用語としてふさわしい。『万葉集』16・三八八五の「乞食者詠」にも平群山での初夏の薬猟行事がうたわれている。「髻華に挿せ　その子」は廷臣・官人たちが呼びかける句と解されるのである。思国歌二首は平群山の民謡ではなく、平群山の薬猟という宮廷儀礼に伴う遊宴歌謡と推定される(11)。

思国歌二首は国見や薬猟の儀礼でうたわれたと推定し、そこに宮廷歌謡としての生態をみてきた。宮廷儀礼でくり返しうたわれると同時に、倭建命が能煩野で平群山の薬猟を追憶して詠んだ望郷歌という起源を伴った(12)。そのような起源は歌の叙事と結びついて伝えられている。それは『琴歌譜』の「縁記」に断片的にみることができるが、儀礼と起源は宮廷歌謡の生態に関わる要件であった。

Aの中から民謡と推定されている例をもう一つ挙げてみる。雄略記の⑭である。志都歌の歌曲名をもつ四首は、求婚の約束を忘れていた雄略天皇が老いた赤猪子と共寝ができないことを嘆いて与えた二首と赤猪子が答えた二首である。

A⑭

雄略記

於是、天皇、大驚、吾既忘先事。然、汝守志待命、徒過盛年。是甚愛悲。心裏欲婚、悼其極老、不得成婚而、賜御歌。其歌曰、

御諸《みもろ》の　厳白檮《いつかし》が本《もと》　白檮《かし》が本《もと》　忌々《ゆゆ》しきかも　白檮原童女《かしはらをとめ》　（記91）

又、歌曰、

引田《ひけた》の　若栗栖原《わかくるすばら》　若《わか》くへに　率寝《ゐね》てましもの　老《お》いにけるかも　（記92）

爾、赤猪子之泣涙、悉湿其所服之丹揩袖。答其大御歌而歌曰、

御諸《みもろ》に　築《つ》くや玉垣《たまかき》　斎《つ》き余《あま》し　誰《た》にかも依《よ》らむ　神《かみ》の宮人《みやひと》　（記93）

又、歌曰、

日下江《くさかえ》の　入江《いりえ》の蓮《はちす》　花蓮《はなばちす》　身《み》の盛《さか》り人《びと》　羨《とも》しきろかも　（記94）

爾、多禄給其老女以、返遣也。故、此四歌、志都歌也。

四首一括して宮廷で唱謡されたことは、「此四歌、志都歌也」の歌曲名表記に明らかである。その実体について、土橋氏は地名に基づいて三首を三輪地方、末尾一首を日下地方の歌垣の歌とする。それら独立の民謡が赤猪子物語にその述作者によって転用、結合されたという説である。[13] 民謡説を継承する駒木敏氏によれば、「志都歌」として伝承された歌謡群は配置を換え、解釈し直されて赤猪子物語の歌謡群となり、歌詞の地名・人名は物語に即した意味と機能を与えられたという。そこで「御諸」「引田」は三輪の巫女的存在「赤猪子」を指し、「日下江」は「若日下部王」を比喩すると読み解く。[14]

品田悦一氏は歌謡の地名をコードとして物語の人物や場面を呼び起こすことに注目し、民謡による述作とする土橋説を否定した。その上で、「これらの地名が一定の歌謡群のうちに共存する状態こそ、四首が所伝と結合し得る前提条件」とし、その状態として民衆社会の歌謡が宮廷に集積され、改変や再解釈などによって変容されることを想定している。すなわちそれは「宮廷歌謡として行われる状態」とする。[15]「四首が所伝と結合」という点は四首が所伝そのものと考える小論の立場と異なるが、四首を宮廷歌謡とするのははやくに民謡説を克服した見解として注目すべきである。

駒木氏が四首の地名に物語人物を指摘したのは慧眼である。しかしそれは、三輪・日下地方の民謡が「志都歌」となって解釈し直された結果ではなく、四首の「志都歌」そのものを雄略天皇と赤猪子の叙事の歌として解すべきであると考える。赤猪子の悲話は宮廷歌謡・歌曲として伝えられ、散文でも書き表すことができたのである。事実、『記』の本文では前半が会話文中心の散文で叙述し、後半に天皇と赤猪子の贈答歌四首を記載するという、きわめて対照的な構成をとっている。その歌群は「白檮原童女」（記91）→美和河で会った童女、「老いにけるかも」

（記92）→八十歳を経た老女、「誰にかも依らむ」（記93）→頼みとする人のない不安、「身の盛り人」（記94）→皇后若日下部王への讃美というように、散文叙述にない記94も含めて、歌群の叙事は童女の赤猪子から老女へ、そして皇后若日下部王の登場まで話全体に及ぶ。それは前話の求婚の歌「日下部の」（記90）を引き受ける形で「日下江の」（記94）で結ぶのである。そこには、散文叙述によって展開される話とは別に、歌群だけで成り立つ雄略天皇と赤猪子・若日下部王の話が明らかに存在する。それらは民謡の転用ではなく、歌曲化された宮廷歌謡としてあったのである。

景行記の「思国歌」「片歌」と雄略記の「志都歌」について、そもそも民謡ではあり得ない歌群で、天皇や皇子に関わる話が宮廷歌曲として伝えられたことを述べてきた。『記』『紀』の歌の歌謡としての生態は、天皇・皇子に関わる起源や出来事を伝える宮廷歌謡、あるいは歌曲という存在に認められるのである。(16)

三　宮廷史としての宮廷歌謡・歌曲

『記』『紀』の歌の歌謡としての生態をみてきたのであるが、「思国歌」二首や「志都歌」四首は倭建命や雄略天皇の事績、出来事を伝える宮廷歌謡・歌曲であった。各代の天皇の事績、その御代の出来事というのは宮廷史である。『記』『紀』の歌はすべて宮廷史を伝える宮廷歌謡・歌曲であったと言ってよい。宮廷儀礼で奏される歌謡はうたわれた起源や由来をもつが、それも天皇に関わる宮廷史であった。

B②などは、天皇の大御葬で奏される儀式歌謡が倭建命の葬歌四首を起源とする例である。

B②

景行記

於是、坐倭后等及御子等、諸下到而、作御陵、即匍匐廻其地之那豆岐田 自那下三字以音。而哭、為歌曰、

なづきの田《た》の　稲幹《いながら》に　稲幹《いながら》に　這《は》ひ廻《もとほ》ろふ　野老蔓《ところづら》　（記34）

於是、化八尋白智鳥、翔天而向浜飛行。智字以音。爾、其后及御子等、於其小竹之苅杙、雖足跳破、忘其痛以哭追。此時、歌曰、

浅小竹原《あさじのはら》　腰《こし》なづむ　空《そら》は行《ゆ》かず　足《あし》よ行《ゆ》くな　（記35）

又、入其海塩而、那豆美 此三字以音。行時、歌曰、

海処《うみが》行《ゆ》けば　腰《こし》なづむ　大河原《おほかはら》の　植《う》ゑ草《ぐさ》　海処《うみが》は　いさよふ　（記36）

又、飛居其礒之時、歌曰、

浜《はま》つ千鳥《ちとり》　浜《はま》よは行《ゆ》かず　磯伝《いそづた》ふ　（記37）

是四歌者、皆歌其御葬也。故、至今其歌者、歌天皇之大御葬也。

倭建命は東征を果たし終えて伊勢国で没し、御陵に埋葬された後、その魂は白鳥となって天翔る。后と御子たちは浅小竹原、海辺、磯を難渋しながら追い行き、白鳥はついに他界へと飛び去る。歌はそれぞれ境界の場所をうたっており、近親者が倭建命の魂を追い行くことで他界に鎮めるという意味がある。(17)

この白鳥翔天の場面は『記』編纂時の今に至るまで天皇の大御葬に想起され、匍匐礼や哭礼はもとより、難渋して追い行く所作も再現されたはずである。倭健命の死と鎮魂という宮廷史がその葬歌四首によって今も生きて機能することを示すのが「是四歌者……歌天皇之大御葬也」の注記であった。四首の葬歌は天皇大葬儀礼の中心にある奏歌として宮廷の歌舞機関に保存、伝習されていたのである。

この四首は、大御葬の儀礼歌謡の段階ですでに散文とともにあったとみてよいのであろうか。しかし、それはほとんど考えられないことであって、あるとしても前述した『琴歌譜』の「縁記」程度であったはずである。む

しろ、葬歌四首そのものが倭建命の死と鎮魂を伝えていると考えるのが妥当である。それは『記』の簡略な散文叙述にも表れている。散文の中に記す一字一音表記の歌詞をみればわかるように、散文叙述は歌から生成してくるという現象を示す。ここに、宮廷史としての宮廷歌謡という実態が浮かび上がってくる。

宮廷歌謡が宮廷史そのものというあり方をみていくために、歌詞に人名が詠まれた歌群の例を挙げてみる。それは清寧記の袁祁王と平群臣志毘の妻争いで、歌群は互いに掛け合う三組六首である。

清寧記

故、将治天下之間、平群臣之祖、名志毘臣、立于歌垣、取其袁祁命将婚之美人手。其娘子者、菟田首等之女、名大魚也。爾、袁祁命亦立歌垣。於是、志毘臣歌曰、

大宮《おほみや》の　彼《をと》つ端手《はたで》　隅傾《すみかたぶ》けり　（記104）

如此歌而、乞其歌末之時、袁祁命歌曰、

大匠《おほたくみ》　拙劣《をぢな》みこそ　隅傾《すみかたぶ》けれ　（記105）

爾、志毘臣亦歌曰、

王《おほきみ》の　心《こころ》を緩《ゆら》み　臣《おみ》の子《こ》の　八重《やへ》の柴垣《しばかき》　入《い》り立《た》たずあり　（記106）

於是、王子亦歌曰、

潮瀬《しほせ》の　波折《なを》りを見《み》れば　遊《あそ》び来《く》る　鮪《しび》が端手《はたで》に　妻立《つまた》てり見《み》ゆ　（記107）

爾、志毘臣愈怒歌曰、

王《おほきみ》の　御子《みこ》の柴垣《しばかき》　八節結《やふじま》り　結《しま》り廻《もとほ》し　切《き》れむ柴垣《しばかき》　焼《や》けむ柴垣《しばかき》　（記108）

爾、王子亦歌曰、

大魚《おふを》よし　鮪突《しびつ》く海人《あま》よ　其《し》が離《あ》れば　心恋《うらごほ》しけむ　鮪突《しびつ》く志毘《しび》　（記109）

如此歌而、闘明各退。

散文に歌群の場を「立歌垣」とし、武烈紀では人物と歌詞に異同があるものの、やはり「海石榴市の巷」「立歌場衆」とする点でほぼ一致するのだが、この歌群を歌垣の民謡と見なす見解はなく、土橋氏は物語述作者による物語歌とする。(18) 物語人物の名が詠み込まれているからである。比喩で指すのも含めて、人物名は次のようになっている。

104大宮（袁祁王）――105大匠（志毘）

106王（袁祁王）・臣の子（志毘）――107鮪（志毘）

108王の御子（袁祁王）――109大魚・鮪（志毘）・志毘

話の内容としては、袁祁王と志毘が互いに大魚を妻にしようとして、歌垣の場で歌の掛け合いをするというものである。実際には歌による闘争であって、相手を名指しで揶揄し、怒りをぶつけ合う。激しいけなし合いの末に志毘の敗北で終わり、志毘は殺害される。歌には人物の名が、例えば「大魚よし　鮪突く海人よ」（記109）にみられるように、大きな魚の意と娘子の名、鮪という魚と志毘の名を巧みに重ねて相手をやりこめる表現になっている。「大宮」「大匠」にしても宮廷圏の用語である。これを見ても、朝廷の主導権をめぐる袁祁王と志毘の対立の話が、宮廷圏において問答歌仕立てで伝えられたことを想定しうる。

それではなぜ、民衆世界にある「歌垣」なのであろうか。身﨑壽氏は王権と反逆者の対立を妻争いというテーマに変換するための舞台装置が「歌垣」だったと指摘し、「モノガタリがウタをふくみこ」んで場面を作り出す方法は「口誦の次元ではなく、筆録の次元で、すなわち〈書く〉ことを通じて獲得された」とした。(19) 反逆と「歌垣」の変換の関係をはやくに指摘したことは注目されるが、歌による場面形成は筆録の次元以前に求めるべきであろう。なぜなら、「モノガタリがウタをふくみこむ」のではなく、歌は散文叙述の根拠なのであり、歌から散文が生成されてくると考えられるからである。この歌群を「創作物語歌[20]」とみることはできない。『記』『紀』の歌や宮廷歌謡に「創作」の概念は適合しないのであって、儀礼の起源や歴史的な出来事は宮廷歌謡によって伝えられたということである。

朝廷の権力をめぐる袁祁王と志毘の対立は、対立の構造をもつ歌垣の歌を装ってうたわれる。それは歴史的事件を歌で伝える「宮廷叙事歌」と呼ぶことができよう[21]。歌群そのものが歴史的出来事を伝えるのである。『記』『紀』の歌の歌謡としての生態には宮廷史としての宮廷歌謡・歌曲という側面があったことを確かめることができる。

四　宮廷歌謡・歌曲と楽府

『記』『紀』の歌には民謡そのままの独立歌謡などなかったことになる。それらは宮廷史を伝える宮廷歌謡・歌曲として宮廷機関に保存、伝習されていたのである。そのことを示すのが、A⑳㉑、B⑤⑥、C①③④である。重複もあるので、整理して次に挙げてみよう。

C①

神武記

其弟宇迦斯之献大饗者、悉賜其御軍。此時、歌曰、

宇陀《うだ》の　高城《たかき》に　鴫罠《しぎわな》張《は》る　我《わ》が待《ま》つや　鴫《しぎ》は障《さや》らず　いすくはし　鯨障《くぢらさや》る　前妻《こなみ》が　肴《な》乞《こ》はさば
立柧棱《たちそば》の　実《み》の無《な》けくを　こきしひゑね　後妻《うはなり》が　肴《な》乞《こ》はさば　いちさかき　実《み》の多《おほ》けくを　こきだ
ひゑね
ええ　音引く。　しやごしや　此《こ》は、いのごふぞ　此の五字は音を以ゐる。

ああ　音引く。　しやごしや　此《こ》は、嘲笑《あざわら》ふぞ　（記9）

A⑳B⑤C③

神武即位前紀

天皇以其酒宍、班賜軍卒。乃為御謡之曰、謡、此云宇哆預彌。

菟田《うだ》の　高城《たかき》に　鴫羂張《しぎわなは》る　我《わ》が待《ま》つや　鴫《しぎ》は障《さや》らず　いすくはし　鯨障《くぢらさや》り　前妻《こなみ》が　肴乞《なこ》はさば　立柧棱《たちそば》の　実《み》の無《な》けくを　こきしひゑね　後妻《うはなり》が　肴乞《なこ》はさば　いちさかき　実《み》の多《おほ》けくを　こきだひゑね　（紀7）

是謂来目歌。今楽府奏此歌者、猶有手量大小、及音声巨細。此古之遺式也。

B⑥C④

同

皇軍大悦、仰天而咲。因歌之曰、

今《いま》はよ　今《いま》はよ　ああしやを　今《いま》だにも　吾子《あご》よ　今《いま》だにも　吾子《あご》よ　（紀10）

今来目部歌而後大哂、是其縁也。

A㉑

同

又謡之曰、

みつみつし　来目《くめ》の子《こ》らが　垣本《かきもと》に　植《う》ゑし山椒《はじかみ》　口《くち》びひく　我《われ》は忘《わす》れず　撃《う》ちてし止《や》まむ　（紀14）

因復縦兵急攻之。凡諸御謡、皆謂来目歌。此的取歌者而名之也。

神武即位前紀の7〜14の八首が来目歌と呼称されたことは、紀7と紀14の注記から知られる。その歌曲名は

「的取歌者」とあるから、皇軍として従軍した来目部がうたったことによる。歌詞にも「みつみつし　来目の子ら」の句が見え、散文ではそのうたい手が来目部の統率者である神武天皇と道臣命になっている。紀10に、「今」すなわち『紀』編纂時に来目部がうたった後「大哂（大笑い）」するのは、皇軍の「仰天而咲」に由来するとの注記がある。「今」の来目部がうたう歌とその所作は、神武皇軍の大和征討を現出させる効果がある。眼前の事実となるわけである。

神武記の9〜14の六首もやはり久米歌と呼ばれていたであろう。記9と紀7など、『紀』とほぼ共通するからである。前述したように、「音引」は宮廷歌舞機関の専門的な唱謡を示し、紀7の注記の「音声巨細」とも関連するであろう。「此者、嘲咲者也」も紀10「歌而後大哂」の注記と関係し、そこには決められた唱謡と所作があったとみられる。(22) その宮廷歌舞機関とは紀7の注記に「今楽府奏此歌者」とあるように「楽府」である。それは『書紀集解』が令制の雅楽寮とするように、和語のウタマヒノツカサに相当する漢語として「楽府」を当てたものであろう。『紀』の古訓では饗宴の意にとり、トヨノアカリと訓むが、「手量」「音声」という歌舞の規定を記しているから、ウタマヒノツカサと訓読する方がよい。持統元年の、同じく歌舞の官署に当る「楽官」をウタマヒノツカサと訓読している。

『漢書』礼楽志によれば、楽府とは前漢の武帝が采詩のために設置したもので、国家祭祀で奏上する雅楽が太楽に属するのに対し、楽府は采詩という民間歌謡の採集を目的としていた。それは民間歌謡に民の声を聞いて政治を行なうという儒教的な礼楽思想に基づく。西條勉氏は、『紀』編者が儒教的な政治体制の土台をなす礼楽思想を念頭に置いて「楽府」と記述したことを指摘している。(23) 神武即位前紀では天皇が来目歌の主たるうたい手となり、「御謡」によって大和を平定していく叙述のしかたになっているが、その根底には礼楽思想があるとみればわかりやすい。

それでは、礼楽思想に基づく歌舞の制度は宮廷歌謡・歌曲の保存、伝習とどのように関わるのであろうか。『記』『紀』両書の編纂が始まった天武朝とその前後の『紀』の記述から検証してみよう。

①孝徳紀大化五年三月

皇太子聞造媛徂逝、愴然傷怛、哀泣極甚。於是、野中川原史満、進而奉歌。々曰、(歌詞省略、紀113・114)皇太子慨然頽歎褒美曰、善矣、悲矣。乃授御琴而使唱。

②斉明紀四年十月

天皇憶皇孫建王、愴爾悲泣。乃口号曰、(同、紀119・120・121)詔秦大蔵造万里曰、伝斯歌、勿令忘於世。

③天武紀四年二月

勅大倭・河内・摂津・山背・播磨・淡路・丹波・但馬・近江・若狭・伊勢・美濃・尾張等国曰、選所部百姓之能歌男女、及侏儒伎人而貢上。

④天武紀十四年九月

詔曰、凡諸歌男・歌女・笛吹者、即伝己子孫、令習歌笛。

⑤天武紀朱鳥元年正月

朝庭大酺。是日、御御窟殿前、而倡優等賜禄有差。亦歌人等賜袍袴。

⑥持統紀元年正月

奉膳紀朝臣真人等奉奠。々畢、膳部采女等発哀。楽官奏楽。

①は皇太子妃、造媛の死、②は斉明天皇の孫、建王の死に際して、それぞれ渡来系氏族の野中川原史満と秦大蔵造万里による哀悼の歌である。②は天皇が口ずさんだとあるが、万里の詠作と見てよい。この二例で注意されるのは、満に琴を与えてうたわせ、万里に伝誦を命じているところである。それらの記述から、孝徳・斉明朝頃

には渡来系の人々によって歌曲を保存、伝習する機関が宮廷に置かれていたと推測される。
①②から推測される歌曲の機関は、おそらく③と合流していくものなのであろう。③は天武天皇が畿内周辺十三国の民衆から歌の上手な男女の貢上を命じた記事である。令制の雅楽寮につながる歌舞制度の発端という見方があり、十三国は『催馬楽』所載歌謡の国名とほぼ一致するとも言われている。民間歌謡の採集とすれば、礼楽思想の采詩に通じる可能性がある。
④の「歌男・歌女」は明らかに③「能歌男女」の整備であり、⑤の「歌人」は朝庭の酒宴で奏歌したことによる褒賞とみられるが、④⑤は雅楽寮の編成にある「歌人・歌女」と名称が一致する。⑥の「楽官」は天武天皇の殯宮という国家儀礼での奏楽に奉仕していることから、令制の雅楽寮の前身がほぼ完成したことを示唆する。
国家の歌舞制度は天武朝において中国制度に倣って整備されたとみて間違いないのだが、宮廷歌謡・歌曲を保存、伝習する宮廷歌舞機関は天武・持統朝の「楽府」「楽官」ということになろう。それは令制の雅楽寮に発展していくが、『令集解』「古記」所引の尾張浄足説に「久米舞」があり、「大伴弾琴。佐伯持刀舞。即斬蜘蛛」とみえ、久米（来目）歌も伝習されていた。興味深いのは「斬蜘蛛」の所作で、神武記の歌の記10は「明将打其土雲之歌」であるし、神武即位前紀にも「高尾張邑有土蜘蛛」とあり、土蜘蛛が皇軍に討伐される記述がみえる。林屋辰三郎氏は「土蜘蛛とよばれるような先住民族の征討を象徴したもの[24]」とするが、久米（来目）歌とその舞によって、大和平定を進めていく『記』『紀』の記述を再現するものに違いない。来目歌という歌曲と舞が神武天皇大和平定の歴史叙述になっているのである。天武朝の「楽府」「楽官」はそのような宮廷史としての宮廷歌謡・歌曲の保存、伝習を担っていたとみることができる。

五　［歌と散文］による構成

宮廷史を伝える宮廷歌謡・歌曲は、『記』『紀』両史書の編纂意図によって記載されていく。説明の散文と歌を一つの単位とする叙述法である。歌謡・歌曲は声でうたわれるという生態をもっているが、それが記載されることで新たな意味が与えられる。例えば、［歌と散文］のいくつかの話が「又（亦）」や「爾」でつながっていく場合である。『記』はしばしばこの記載方法を用いて、一見バラバラな話のように思えるものが全体として一つの意図を示すことがある。それは『記』の特徴的な構成法と言えるであろう。宮廷歌謡・歌曲の記載という観点から二つのケースを取り上げてみる。

応神記

i所賜状者、天皇聞看豊明之日、於髪長比売令握大御酒柏、賜其太子。爾、御歌曰、（歌詞省略）（記43）

又、御歌曰、（同）（記44）

如此歌而賜也。故、被賜其嬢子之後、太子歌曰、（同）（記45）

又、歌曰、（同）（記46）

ii又、吉野之国主等、瞻大雀命之所佩御刀、歌曰、

ほむたの　日の御子《ひのみこ》　大雀《おほさざき》　大雀《おほさざき》　佩《は》かせる大刀《たち》　本《もと》つるぎ　末《すゑ》ふゆ　冬木《ふゆき》の　すからが下木《したき》の　さやさや（記47）

B③⑦C⑤

iii又、於吉野之白檮上、作横臼而、於其横臼醸大御酒、献其大御酒之時、撃口鼓、為伎而歌曰、

白檮《かし》の生《ふ》に　横臼《よくす》を作《つく》り　横臼《よくす》に　醸《か》みし大御酒《おほみき》　うまらに　聞《き》こしもち飲《を》せ　まろが父《ち》　（記48）

此歌者、国主等献大贄之時々、恒至于今詠之歌者也。

この「又」でつながる一連の話は、最後のⅲの歌（記48）をB③⑦の起源・由来の注記をもつ歌として取り上げ、C⑤に所作の注記をもつ歌として前に示した。つまり、御贄貢献儀礼で唱謡された宮廷歌謡であって、応神朝に起源がある［歌と散文］として理解できる。しかし、前に髪長比売と「又」でつながる吉野の国主等の話がある。ⅰ記43〜46の［歌と散文］と、ⅱ記47の［歌と散文］である。

ⅰは太子大雀命が天皇の召し上げた髪長比売を賜る話に続く。「所賜状者」で始まるのは、話の内容としてはその前の散文叙述で終っているのに、「豊明」の場での歌の唱和という観点から新たに叙述し直されるということを示している。[25] 天皇は記43で太子に比売との結婚を勧め、記44では比売の下賜を惜しむことで太子を祝福する。記45・46は太子の、比売を得た歓びを表す。太子に対する比売の下賜は皇位の継承を意味すると読み取れる。応神記の冒頭に「宇遅能和紀郎子、所知天津日継」とあるので、大雀命への「日継」の叙述が求められたわけである。記43〜46の歌の意味はその「日継」を表すところにある。

ⅱは「又」で続く話で、記47は吉野の国主が大雀命の腰に付けた大刀を見て讃める歌である。歌の冒頭の「ほむたの　日の御子」は応神の日の御子である大雀命をうたっており、明らかにⅰの「日継」すなわち大雀命への皇位継承がくり返し叙述されるのである。ⅰとⅱは本来別の話であり、ⅱの記47も大雀命を祝福する叙事を背負った宮廷寿歌と見られるが、「又」でⅰとつながることで、同じ「豊明」での「日継」の言祝ぎと読み取れる仕組みになっている。むろんそれは『記』が意図するところであった。

ⅲも「又」でⅰⅱとつながる。記48は御贄貢献儀礼で吉野の国主等が代々奏上してきた宮廷歌謡である。ここでは吉野の国主等が醸んだ大御酒を応神天皇に献上する歌となっているが、やはりⅰⅱと同じ「豊明」場で奏された歌と位置づけられ、大雀命の「日継」を言祝ぐ酒宴に「大御酒」を献上してそれを称えていると読み取れる。そのような受け止めも、iiと同様、『記』の意図であったとみてよい。

i〜iiiはそれぞれ独立した［歌と散文］のようにみえるが、「又」で連続することで、同じ「豊明」での出来事、すなわち大雀命への皇位継承という歴史叙述が可能になったのである。応神紀ではiiの［歌と散文］はなく、iとiiiの話も紀年を付して分記するため、『記』のようなi〜iiiの一体となった歴史叙述になっていない。『記』『紀』のあいだで歌の記載の方法が大きく異なることを示す一例である。

次は、雄略記の「豊楽」を場とする［歌と散文］である。いずれの歌も歌曲名をもち、A⑮〜⑰として示した。iの記99〜101は三重婇の話、iiの記102・103は同じ「豊楽之日」とあって、一連の「豊楽」の歌として構成する。そこにある意図を検討してみよう。

雄略記

i又、天皇、坐長谷之百枝槻下、為豊楽之時、伊勢国之三重婇、指挙大御盞以献。爾、其百枝槻葉、落浮於大御盞。其婇、不知落葉浮於盞、猶献大御酒。天皇、看行其浮盞之葉、打伏其婇、以刀刺充其頸、将斬之時、其婇、白天皇曰、莫殺吾身。有応白事、即歌曰、（歌詞省略）（記99）

故、献此歌者、赦其罪也。

爾、大后歌。其歌曰、（同）（記100）

即、天皇歌曰、（同）（記101）

此三歌者、天語歌也。故、於此豊楽、誉其三重婇而、給多禄也。

A⑯⑰

ii是豊楽之日、亦、春日之袁杼比売、献大御酒之時、天皇歌曰、（同）（記102）

此者、宇岐歌也。

爾、袁杼比売献歌。其歌曰、（同）（記103）

此者、志都歌也。

五首の歌はすべて歌曲名をもつ宮廷歌曲である。iの天語歌三首は「高光る　日の御子」「高光る　日の宮人」の、天皇・廷臣に対する称句をもつことから、歌曲としては朝廷の饗宴の場で奏された宮廷寿歌である。(26) iiの宇岐歌は奉盞の宮女を言祝ぐ歌、志都歌は「やすみしし　我が大君」の天皇称句をもつ宮廷寿歌で、iと同様に朝廷の饗宴の場で奏されたとみられる。

ところが、記99の天語歌第一歌にのみ「蛾衣の　三重の子が　捧がせる　瑞玉盞に」の人名句があり、散文の三重婇と一致する。三重の子が捧げた盞に槻の葉が落ちたのを瑞祥ととらえて天皇を称えるのである。歌曲としては、三重の子は奉盞の采女であるが、三重の子が伊勢国の三重婇と解され、歌による助命嘆願の話が、この歌がうたわれた起源となった。それが散文叙述である。この散文では、雄略天皇が歌を聞いて三重婇を許すという天皇の有徳を示す話になっている。その天皇の徳に后が献歌し、天皇が廷臣を称えるというように、三首の天語歌によって徳に満ちた雄略治世が叙述されるのである。

iiの宇岐歌（記102）と志都歌（記103）は、散文では天皇が袁杼比売を褒め、比売が天皇を称える唱和歌になっている。宮廷酒宴に奏される歌曲がiと同じ場の歌として理解され、「是豊楽之日」の唱和歌として長谷の「豊楽」の歌群に組み込まれ、iとiiの全体が雄略治世の繁栄という「豊楽」の世界を作り上げている。複数の歌曲の寄せ集めのように見えながら、この場合も同じ「豊楽」での出来事として、歌を中心に歴史叙述化する『記』の意図が指摘できるのである。

六　歌と会話文

最後に、『記』『紀』が歌を記載した意図と理由の根底にあるものを探るために、歌と会話文の問題を取り上げる。歌は一字一音表記、会話文は訓主体表記というように、明確に記載のしかたが異なるが、歌も相手にうたい手の意志を伝え、唱和歌や問答歌の形式で思いをやりとりする点で、会話文の機能と変わるところがないと言える。その意味で、神野志隆光氏が「歌は、広い意味で会話[27]」ととらえるのは『記』の記述に添った言い方である。青木周平氏は『古事記』の会話文を詳細に検討した上で、「物語（神話）の登場人物の発言として歌が挿入されている意味を問い直す」ことが必要とし、「歌が古事記にある第一の意味はその会話性にある」と述べている[28]。

しかし、歌が会話の機能のためだけに記載されるのなら、訓主体の会話文でよかったはずである。歌には会話文を超える意味と理由が明確にあったに違いない。それは一字一音表記とも深く関わっていると考えられる。ここでは、なぜ歌なのか、という問いかけを『記』において検討していくことにする。

次に挙げるのは女鳥王と速総別王の話である。そこに一つの会話文と五首の歌が記載されている。

仁徳記

亦、天皇、以其弟速総別王為媒而、乞庶妹女鳥王。爾、女鳥王、語速総別王曰、「因大后之強、不治賜八田若郎女。故、思不仕奉。吾為汝命之妻」、即相婚。是以、速総別王不復奏。爾、天皇、直幸女鳥王之所坐而、坐其殿戸之閾上。於是、女鳥王、坐機而織服。爾、天皇歌曰、

女鳥《めどり》の　我《わ》が王《おほきみ》の　織《お》ろす服《また》　誰《た》が料《たね》ろかも　（記66）

女鳥王、答歌曰、

高行《たかゆ》くや　速総別《はやぶさわけ》の　御襲料《みおすひがね》　（記67）

故、天皇知其情、還入於宮。此時、其夫総別王、到来之時、其妻女鳥王歌曰、

雲雀《ひばり》は　天《あめ》に翔《かけ》る　高行《たかゆ》くや　速総別《はやぶさわけ》　雀取《さざきと》らさね　（記68）

天皇聞此歌、即興軍欲殺。

爾、速総別王・女鳥王、共逃退而、騰于倉椅山。於是、速総別王歌曰、

梯立《はしたて》の　倉椅山《くらはしやま》を　嶮《さが》しみと　岩懸《いはか》きかねて　我《わ》が手取《てと》らすも　（記69）

又、歌曰、

梯立《はしたて》の　倉椅山《くらはしやま》は　嶮《さが》しけど　妹《いも》と登《のぼ》れば　嶮《さが》しくもあらず　（記70）

故、自其地逃亡、到宇陀之蘇邇時、御軍追到而殺也。

冒頭、女鳥王が速総別王に、「天皇は、大后が強くて八田若郎女をお召しにならない。それで私は天皇の求めに応じません。私はあなた様の妻になりましょう」と語って言う。この説明的な会話文が反乱事件の発端になる。ここでの会話文の機能は反乱に至る状況の説明にある。「語って」が説明を示す。会話文が二四字とやや長いのは、言葉のやりとりではなく、状況説明が求められているからである。

むしろ、言葉のやりとりは歌が担っている。天皇の記66と女鳥王の記67は問答になっている。武田祐吉氏は記66について、「物語中に、会話の詞を、歌謡の形で表現することがあるのだろう」と評している[29]。会話を歌謡で表したというのであるが、それは創作してはめ込んだということなのであろうか。天皇が誰の着物を織っているのかと歌で問うと、女鳥王は速総別の着物ですと歌で答える。武田氏は女鳥王の記68にも「前の歌に答え、これも会話性の歌」とみている。

次の女鳥王の記68では「雀取らさね」と速総別王を使嗾してうたいかける。反乱の明確な意志表示である。し

かし、反乱者はいつも成功しない。これは『記』『紀』の反乱伝承のルールであり、「雀取らさね」の歌の言葉に結末はすでに用意されていると言ってよい。記69と記70では速総別王が二人の死という結末を暗示的にうたう。誰かに向かってうたうのではなく、恋の逃避行を説明的にうたうのである。

歌を中心にみると、前半三首は四句・三句・五句体で、詞形が不整形である。いずれにも人物名が詠み込まれ、問答や呼びかけによって、求婚から反乱へと事態が進行していく。それとは対照的に後半二首は整った短歌体の恋歌である。その二首は歌垣的歌謡の短歌体化という流れに位置づけられ[30]、前半と後半の異質な歌謡の生成の場は宮廷歌謡・歌曲の保存、伝習機関であったと推察される。宮廷歌謡としては五首が一まとまりで、女鳥王と速総別王の反乱と死という宮廷史を伝えるものであった。

宮廷史を伝える五首は『記』に記載されるわけであるが、散文が書かれたのはその時と考えてよい。書かれた散文があって、『記』の編者はその中に歌謡をはめ込むように記載していったとは考えられない。例えば、記66の散文「坐機而織服」は歌詞の「織ろす服」という理解から叙述されるものである。また、ここは別の箇所で散文の中に歌詞の一字一音表記が部分的に出てくるのは、歌詞から散文が生成してくることを示している。『記』『紀』が歌を必要としたのは宮廷史としての歌謡・歌曲こそが疑いようのない歴史叙述とみなしたからである。

会話文と歌が決定的に異なるのは、歌が一字一音表記をとることである。それはうたい手の言葉に容易に変換される、というより、声そのものと言ってよい。歌はうたい手の声という身体性によって、そこに伝えられる宮廷史が眼前の事実となる。会話も声であるが、訓主体の表記は声そのものになり得ない。

［歌と散文］による構成が『記』『紀』の必然的な選択だったことは明らかである。『記』『紀』編纂の時代は歌によって宮廷史を伝えるという観念がまだあった。そこにこそ、『記』『紀』という史書が［歌と散文］によって宮廷史の叙述を目指す意味と必然的な理由があったのである。

結び

『記』『紀』の歌の注記から復元できる、宮廷史としての宮廷歌謡・歌曲の生態から『記』『紀』の歌として記載され、［歌と散文］として構成される過程を、主に『記』の［歌と散文］を例示し、それらを分析しながら跡づけてきた。

しかし、『記』『紀』の歌と並行して唱謡されているはずの宮廷歌謡・歌曲の存在がみえてこない。令制の雅楽寮に確認できる、あるいは痕跡がみつかるはずなのに、前述した「久米舞」しか見届けられない。なぜか。どうも、雅楽寮は一筋縄ではいかない。

万葉の記事に推測を加えると、雅楽寮のなかの日本音楽部を歌儛所というたとみるほうが正しいらしい。（中略）万葉集という書物は、雅楽寮の歌の台本だとみることができる。(31)

折口氏の説である。「歌舞所」は『万葉集』巻六、天平八年の一〇一一・一〇一二番歌の題詞に「歌舞所之諸王臣子」と出てくる。雅楽寮は東洋的歌舞を偏重していることが明らかであるから、歌舞所を日本音楽部とする考えは首肯できる。しかし、その実態がわからないし、依然として宮廷歌謡・歌曲は見えてこない。『琴歌譜』の大歌所はあまりにも時代が下る。

かくして、とりあえず『記』『紀』の内部徴証から考えていくしかない。本稿ではそれを試みたつもりである。その結果、冒頭に述べた、［歌と散文］による歴史叙述の方法が『記』『紀』の固有かつ特異な現象であることを再確認することになった。その特異な現象とは、詰まるところ、古代日本の歌のあり方とそれに対する観念の問題と言えるであろう。同時にその問題は大きな文学史的課題を孕んでいるように思われる。

注

（1）『古代歌謡と儀礼の研究』（岩波書店、一九六五年）、『古代歌謡の世界』（塙書房、一九六八年）など。

（2）『上代日本文學と中國文學・上』（塙書房、一九六二年）

（3）居駒「出雲・日向神話の歌と散文――歌の叙事による表現世界とその注釈――」（『明治大学人文科学研究所紀要』78、二〇一六年三月）

（4）居駒「神武記の久米歌と散文――天つ神御子説話の方法とその注釈――」（『明治大学経営学部人文科学論集』63、二〇一七年三月）

（5）「〝古代歌謡集〟の論――万葉歌への一つの道――」（『萬葉集の表現と方法・上』塙書房、一九七五年。初出、一九七五年七月）

（6）注（1）『古代歌謡の世界』。

（7）『古事記伝』も疑うように、『記』では二首ならば「此二歌者」と書くのが通例である。しかし、この箇所は記30の前の散文に「思国以、歌曰」とあるのを受けて「此歌者」と記したとみて「思国歌」を二首とする。

（8）『古代歌謡全注釈・古事記編』（角川書店、一九七二年）

（9）注（1）『古代歌謡と儀礼の研究』。

（10）長歌謡「思国歌」二首に対して三句体の「片歌」によってうたいおさめる景行記の形態は、歌曲の場を重視するものとする見解がある（神野志隆光「旋頭歌をめぐって」『柿本人麻呂研究』塙書房、一九九二年。初出、一九八一年三月）。

（11）居駒「古代歌謡と記・紀の歌――新たな記紀歌謡研究の枠組み――」（『國學院雑誌』二〇〇九年一一月。本書所収、第一章2）

（12）相磯貞三『記紀歌謡新解』（厚生閣、一九三九年）は、「平群の山の薬猟に、物忌の髻華を挿した信仰行事を追憶して詠んだ歌」とする。

（13）注（8）同書。

（14）「歌謡と起源の物語――雄略記の場合――」（『古事記歌謡の形態と機能』おうふう、二〇一七年。初出、一九八九年三月）

(15)「歌謡物語――表現の方法と水準――」(『国文学』一九九一年七月)
(16)折口信夫氏が「記紀歌謡はすべて、其の出自から見て、宮廷詩であった」と端的に述べるところにも通じる(「記紀歌謡」『折口信夫全集』5、中央公論社、一九九五年。初出、一九三六年)
(17)居駒「ヤマトタケル葬歌の表現――境界の場所の様式」(『古代の歌と叙事文芸史』笠間書院、二〇〇三年。初出、一九九一年三月)
(18)注(8)同書。
(19)「モノガタリにとってウタとはなんだったのか――記紀の〈歌謡〉について――」(『日本文学』一九八五年二月)
(20)注(1)『古代歌謡の世界』。
(21)居駒「ヲケとシビの歌垣と宮廷叙事歌」(『古代の歌と叙事文芸史』笠間書院、二〇〇三年。初出、二〇〇二年六月)
(22)最近、「此者、伊能碁布曽」「此者、嘲咲者也」の二句について、歌唱されないが、詞章の一部とし、「掛け声のようなもの」とする見解が出されている(浅田徹「歌謡の表記を観察する――風俗歌・久米歌・斉明紀童謡――」『萬葉集研究』41、二〇二二年二月)。
(23)「普遍的なもの――童謡の時代」(『アジアのなかの和歌の誕生』笠間書院、二〇〇九年。初出、二〇〇一年一一月)
(24)『中世藝能史の研究』(岩波書店、一九六〇年)
(25)居駒「『古事記』の文体――歌と散文の叙述法――」(『明治大学教養論集』二〇二一年九月。本書所収、第五章2)
(26)土橋寛「宮廷寿歌とその社会的背景――「天語歌」を中心として――」(『古代歌謡論』三一書房、一九六〇年。初出、一九五六年六月)は、天語歌はその名称から、伊勢の氏族の天語連に属していた海部出身の海人駈使とする。しかし、天語歌の歌曲名は歌詞の「高光る……語り言」、すなわち「天なる日の御子の語り言」の意による名称であろう(居駒「天語歌の〈語り言〉と雄略天皇」『古代の歌と叙事文芸史』笠間書院、二〇〇三年。初出、一九八四年一月)。
(27)『漢字テキストとしての古事記』(東京大学出版会、二〇〇七年)
(28)「履中記における歌の機能」(『古事記研究』おうふう、一九九四年。初出、一九九四年二月)
(29)『記紀歌謡集全講』(明治書院、一九五六年)

(30) 居駒「仁徳記の歌と散文――表現空間の解読と注釈――」(『明治大学教養論集』二〇一九年九月)。および「日本古代の歌垣――「歌垣」「歌場」「嬥歌」とその歌――」(『歌の起源を探る　歌垣』三弥井書院、二〇一一年一二月。本書所収、第二章3)

(31) 『日本文学史ノートⅡ』(中央公論社、一九五七年。『折口信夫全集ノート編』3所収。同、一九七一年)

2 『古事記』の文体
——「歌と散文」の叙述法——

はじめに

『古事記』の「歌と散文」の関係はいま、文体という観点から新たに見直し、全体を通して体系的に解明する必要に迫られている。かつて私は、主に景行記のヤマトタケル葬歌とその散文を対象として次のように述べた。

> 古事記は日本語として読まれる文体を目指す一つの方法として、散文脈に和語そのままを含み込むことで、口誦を装った文体を構成したのだ。もちろんそれは、古事記が記載のレベルで創出した文体である。歌と散文の関係には、歌の叙事に基づく散文の側の表現の試みがあった。その意味では、歌は物語の根拠であった。歌による物語という古事記の言語表現は、歌を根拠として構成する散文の方法によって成立してくるのである。[1]

ここに言う「和語そのまま」とは「那豆岐能多」「那豆牟」という歌詞の音仮名を、散文に「那豆岐田 自那下三字以音」「那豆美 此三字以音 行」と音読注を付けて用いることを指す。訓主体の散文に一字一音表記の和語を持ち込むのは漢字あるいは漢語に置き換え得ないからに相違ないが、非漢文を露わにするこの種の表記が他にも少なからず存在するところをみると、『記』の書き手が選択した［歌と散文］の叙述法とは何かを明確に示している。

その場合、青木紀元氏が述べるように、歌の前の散文は歌によって書かれたことになるが、単に歌詞による仮名書きという問題ではなく、また「歌謡によって新しいものを創作している」(2)とするのも妥当ではない。それは「創作」に帰すべきものではなく、あくまでも「歌を根拠として構成する散文の方法」による。『記』が記載する一一一首(3)の歌とその散文について言えば、歌を根拠とし、「歌の叙事」によって散文を叙述するところに、［歌と散文］という『記』の文体が成立してくるのである。

このような文体は、『記』の出発点となった七世紀後半の天武朝（序文の記述）からその成立時期である八世紀初めの頃に日本語書記史が直面した、どのような状況において出現したのか。また、編纂の時期がほぼ重なる『記』と『紀』が一致して一字一音表記を用いて歌を書くことも、その時期の書記史において検討しなければならない。『記』の［歌と散文］の文体は、この問いかけなくして解明できない。

「和語そのまま」の歌表記を漢字文に取り込むことにおいて、呉哲男氏の言葉を借りれば「奇怪な文体（和文）(4)」は発生する。［歌と散文］の文体は『記』が最初であり、漢字で書記する日本語文、すなわち和文の多様な試みがそこで実践される。ここではその試みを三つの類型の中にみていくことにする。明らかにすべきは、『記』の書き手が、［歌と散文］の文体において、その表現空間に何をどのように書こうとしたのか、である。小稿の目的はそこにある。

一　漢字で書く和文の多様性

『古事記』の文体について、その多様性を最初に指摘したのは本居宣長である。『古事記伝』一之巻「文体《カキザマ》の事」に、「此記は、もはら古語を伝ふるを旨《ムネ》とせられたる書」とした上で、次のように述べる。

> 大体《オホカタ》は漢文のさまなれども、又ひたぶるの漢文にもあらず、種々《クサグサ》のかきざま有て、或は仮字書《キ》の処も多し、久羅下那洲多陀用幣流《クラゲナスタダヨヘル》などもあるが如し、又宣命書の如くなるところもあり、在祁理《アリケリ》、また吐散登許曽《ハキチラストコソ》などの如し、又漢文ながら、古語格《ノサマ》ともはら同じきこともあり[5]

『記』の文体は漢文・非漢文・仮名書きや宣命書きのようなものから成るとする。その多様性の原因は『記』自ら序文に、漢字の訓字に頼れば言いたいことが十分に伝わらないと書いている点にある。かといって、漢字の音だけで書くと、長くなって意味が取りづらい。そこで、音訓交用と全訓を併用し、理解しにくい箇所には施注（訓注や音読注など）したというのである。太安万侶の凡例的記述自体に、和語を書くことの困難さが表れている。同時に、『記』は多数の施注によってもなお和語として完全には訓読できないことを示している。宣長は『記』の文体が「もはら古語を伝ふる」ために、多様な非漢文によって成ることを早くに指摘していたのである。

『記』の非漢文とは和語を書くための漢字文ということになるが、その多様な試みは『記』の成立に直結する天武朝の文字表記と重なっているはずである。日本語書記史における天武朝の状況は木簡資料の発見と集積によって、かなり明らかになってきたと言ってよい。西條勉氏は『記』の多様な文体を「漢文体」「和化漢文体」「準和文体（非漢文）」「字音表記体」「和文体（宣命大書体）」の五類に分け、天武朝木簡や藤原宮木簡の検討を通して「古事記の文字法が宣命書きのあらわれる持統朝以前に位置する」[6]との結論に至っている。和語を漢字で書くことがすでに天武朝の文字世界にあった可能性を木簡資料によって裏付けたのである。

しかし、音と訓の多様な書記を示す七世紀後半の木簡資料から、『記』が書記した文体がすでに天武朝に完成していたとは言えない。七世紀後半から八世紀初めの多様な和文の書記法を基盤として『記』の文体は成立したとみるべきである。神野志隆光氏は「『古事記』は、本文を訓主体で、歌を音仮名で書くという書き方を、文字の技術的環境から選択し」たのであって、それは「いまある『古事記』テキストの方法の問題として見るべきもの」とした。(7) 訓主体で音仮名を交えて書く、すなわち非漢文で書くことは、『記』が選択した方法であり、『記』が最初であった。

それでは、訓読するための施注があるとは言え、『記』の非漢文はよめたのか。亀井孝氏は次のように述べている。

一体、「訓ヲ以テ録」した散文の部分を、韻文のやうに表現の細部にいたるまで、一定の、このヨミかた以外ではいけないといふかたちでヨムことをヤスマロは要求してゐたらうか。それを要求しなかったからこそ、歌謡の部分だけを、あのやうなかたちで書きのこしたものであらう。しかし、それなら、古事記は、よめないか。いな——。それは、完全なかたちではヨメない。しかし、訓で書いてあるからには、よめる。すなはち、ヨメなくてもよめるかきかたの方が、有意義——*pertinent*——であると、すくなくとも、ヤスマロの考へとしては、判断せられたにちがひない。韻文と散文とのちがひを、ヤスマロは、十分にみきはめてゐたのである。(8)（傍点、亀井氏）

この衝撃的な結論に私たちは驚きを隠せないが、やがて得心する。これまで述べてきた『記』の完全な訓読は、その書記法において最初から困難だったばかりか、最終的な書き手と目されるヤスマロが、細かいところまで正確にはヨメないが、訓によって意味はよみ取れる適切な書記法を選んだとする分析は、『記』の文体に即してみてもきわめてわかりやすいのである。

『記』が完全にはよめないことを、私たちは上巻本文冒頭の訓字四文字ですぐさま知ることになる。そしてその二行後（真福寺本古事記）に和語として正確によめる音仮名表記があることも理解する。

天地初発之時、於高天原成神名、天之御中主神。訓高下天云阿麻。下効此。（中略）

次、国稚如浮脂而、久羅下那州多陀用弊流之時、流字以上十字以音。

「天地初発」の「初発」は道果本のハジメテヒラケシが古訓として採用されてきたが、中村啓信氏は一九五〇年代から一九七〇年代までの一三例を調査し、ハジメ、ハジメテオコリシを加えた三系統で訓まれていることを指摘した上で、ハジメテヒラクルの訓を妥当とした。(9) しかるに、その後の主な注釈をみると、日本思想大系『古事記』（岩波書店、一九八二年）ハジメテオコリシ、新編古典全集『古事記』（小学館、一九九七年）ハジメテアラハレシ、『新校古事記』（おうふう、二〇一五年）ハジメテオコリシとあって、いまだ定訓を得るに至っていないことがわかる。「高」の下の「天」はアマと訓めとする訓注が「発」の訓みにもあれば、問題は起こらなかったがそうはしなかった。そのために天地が始まったという大体の意味は通じるが、正確な訓読はできない。できないことも含めて成り立つのが『記』の訓主体の文体ということになる。

他方で、「地」の始原の状態を指す和語がクラゲナスタダヨヘルであることは、一字一音表記の音仮名文によって正確にわかる。音読注を付したこの一〇字には、正確な訓読を求める書き手の意図が読み取れる。西條氏はタダヨヘルと「時」のあいだの「之」について、「声のことばから分離された書き手の意識を視覚的に表出するもの（傍点、西條氏）」と指摘する。(10) 記載のレベルで「声のことば」が掬い取られてくるのである。始原の風景のリアルさは和語、しかも「声のことば」でしか伝わらないとする書き手の判断であろう。

確かに和語クラゲナスタダヨヘルによって、訓字「天地初発」は、正確な訓読はできないけれども、始原の風景としての意味は理解できる。この訓字と音仮名の関係は『記』が考案した独自の書記法と言える。その結果、訓主体文と音仮名文が同居する、多様にして「奇怪な文体」が生まれたわけである。見方を変えれば、音仮名文との併用によって訓主体文は、亀井氏の言う「ヨメなくてもよめるかきかた」の精度を高めている。これは『古事記』の［歌と散文］の文体、すなわち一字一音表記（音仮名文）の歌と訓主体の散文とのあいだの基本的な関係として考えられるものである。

二　歌の一字一音表記

あらためて『記』はなぜ［歌と散文］の文体を選択したのかという問いを考えてみる。しかも一一一首もの所載歌があるのはなぜか。独立歌謡が物語に転用されたという土橋氏の見解は、[11]『記』に書かれた歌において成り立たない。独立歌謡の転用とする考え方に問題があることはすでに論じたので、[12]ここでは取り上げない。そもそも『記』の文脈にある歌を歌謡と呼ぶこと自体、適切ではない。なぜなら、『記』の歌は明確にうたい手の名が記され、不特定多数の歌として記載されることはない。ただし、応神記に「吉野之国主等」とあるが、不特定ではなく、特定集団である。また仁徳記の「枯野」の歌（記74）はうたい手を明記しない唯一の散文叙述であるが、うたい手に天皇という含みを残しつつ明確にしないという書き方であって、特別な事情が認められる例である。[13]『記』は特定の人物の歌とすることで一貫し、集団性を基本とする歌謡を記載するという意識はない。したがって、『古事記』の文脈において歌謡や歌謡物語と呼ぶのは適切でない。呼称（用語）は『記』の歌の様態を示すものであるから、正確でなければならない。

『古事記』の歌は書くレベルで［歌と散文］が一体となった文体として記載されたものである。独立の歌謡を説話の中にはめ込んだものでないことは、もはや前提としてよかろう。訓字主体の散文と音仮名文の歌から成る文体は、『古事記』が最初であることは前に述べたが、そこに漢籍による影響をみようとする見解がある。

例えば、上田設夫氏は、『春秋左氏伝』において『詩経』の詩句「本支百世」が「不知其本不謀、知本之不枝弗強。詩曰、本枝百世」と引用される箇所を例示し、「古事記歌謡の一語句と説話との融合形態は、左氏伝や国語の場合と近似するものがある(14)」としている。しかしこれは、史書として歌を引用する意識とかけ離れているし、歌の一語句によって説話と結合するというのも表面的な一つの現象をとらえたもので、『記』が『春秋左氏伝』などを参照したとは考えがたい。

西宮一民氏は「文献編纂過程において、散文・韻文の混交型式ができた」ことを想定し、この型式は漢籍の中にも例があるとして『史記』の二例を挙げている(15)。

於是、項王乃悲歌忼慨、自為詩曰、
　力抜山兮気蓋世　時不利兮騅不逝
　騅不逝兮可奈何　虞兮虞兮奈若何
歌数闋。美人和之。　（「項羽本紀」第七）

酒酣、高祖撃筑、自為歌詩曰、
　大風起兮雲飛揚。
　威加海内兮帰故郷
　安得猛士兮守四方
令兒皆和習之。高祖乃起舞。　（「高祖本紀」第八）

最初の例は有名な垓下の歌で、「項羽本紀」に載る七言絶句の詩。楚王項羽は四面楚歌の中、敗北を悲嘆して美人虞と詩を詠み交わす。その詩情が項羽の最期の場面を盛り上げることは言うまでもない。次の例は漢の高祖が敵軍を撃退した時、故郷での酒宴で自ら楽器を鳴らして勝利の喜びと平和への抱負をうたった詩で、「高祖本紀」に記されている。高祖は少年たちにこれを習いうたわせ、舞いながら涙を流したという。高祖の凱旋を詩によって盛り上げる記述になっている。

この散文と詩はいずれも王の歴史的な名場面を叙述するのにきわめて効果的な方法と言える。しかし、『史記』の「本紀」においては余りに例が少なく、詩による叙述が史書の方法になっているとは言えない。しかも王が酒宴で自作の詩を披露することに限定され、王以外の詩や古詩の引用という視点もない。詩の例がきわめて少数で、しかも限定的であることからみて、『記』『紀』に直接的な影響を与えたとは認められない。『史記』の二例を取り上げた西宮氏も、例の少なさから漢籍の影響を否定的にとらえ、「『古事記』『日本書紀』における、散文・韻文混交型式の存在は、「和歌」の公的性格によるもの」[16]との考えを示した。『記』の［歌と散文］の文体が中国史書の方法に学んだとはみられない以上、『記』の考案による文体と考えるしかない。それは同時に、『古事記』内部にその文体を生み出す独自の要因があったことを物語っている。

『古事記』最初の歌（記1）の例で［歌と散文］の関係を見てみよう。

茲大神初作須賀宮之時自其地雲立騰尒作御歌其歌曰夜久毛多都伊豆毛夜弊賀岐都麻碁微尒夜弊賀岐都久流曽能夜弊賀岐袁於是喚其足名鉄神告言汝者任我宮之首

真福寺本に近づけて書き出してみた。一字一音表記の歌の部分は、「歌曰」があるのでその後、「於是」の書き出しがあるのでその前まで、と理解できる書式である。[17]この歌以後、「歌曰」は三例を除いてほぼ例外なく、歌の部分を指示する表記として統一される。その三例とは神武記の皇后選定における記15の「以歌白於天皇曰」と記16の「以歌答曰」、仁徳記の天皇の問いに対する建内宿禰の返答で、記72の「以歌語白」がそれに当る。しかし、「以歌～曰（白）」とあるから、次に歌の部分が記されることは容易に判断がつく。訓主体文の中の歌の一字一音表記には、引用形式を統一することで区別しやすくするという工夫が施されている。

歌の一字一音表記については一九九〇年代以降のいわゆる歌木簡の出現が注目を浴びた。栄原永遠男氏の調査報告[18]に従って、七世紀中頃から八世紀初めの主な例を挙げてみる。

①皮留久佐乃皮斯米之刀斯　　大阪府　難波宮跡（七世紀中頃）

②奈尓波ツ尓作久矢己乃波奈　　徳島県　観音寺遺跡（七世紀後半）

③奈尓波ツ尓佐児矢己乃波奈　　奈良県　石神遺跡（天武朝頃）

④奈尓皮ツ尓佐久矢己乃皮奈布由己母利伊真皮々留ア止佐久　　奈良県　藤原京跡（大宝初年）

⑤多々那都久　　奈良県　藤原京跡（七世紀末〜八世紀初頭）

②〜④は「難波津」の歌木簡で、この歌の例は多いのであるが、⑤は「たたなづく」という別の歌の例である。いずれも天武朝ないしはそれより少し後の時代とみられる。②はその時期に歌の一字一音表記が地方にも及んでいたことを知る貴重な例である。①は二〇〇六年の報告例で、「春草の初めの年」とよめる画期的な木簡である。庚辰年（天武九〈六八〇〉）年以降の天武・持統朝の成立と考えられる「柿本人麻呂歌集」の一字一音表記例が二、三〇年さかのぼることになったのである。

『記』成立の端緒となった天武朝よりも大分前に歌の一字一音表記が行われていたという事実は、『記』の歌の書記が当時の一般的な歌の表記法に基づいたことを示唆するであろう。歌を一字一音で表記する方法は漢訳仏典の陀羅尼による影響とされ、散文と区別する書式をそれに学んだとする春日政治氏の説[19]が支持されてきた。しかし、天武朝以前からこのような表記が一般化していたと想定される以上、訓主体の散文と区別するための表記ではなく、和語としての歌を書く意識によるもので、歌の一字一音表記の採用は、沖森卓也氏が指摘するように「暗黙の前提[20]」と言える。

ただ、『記』の歌の表記で注目したいのは、神武記の天神御子（即位して神武天皇）の歌（記9）に、「亜々音引」「阿々音引」という音声注が付されることである。この「音引」は『琴歌譜』にもみられるように、エエ・アアと発声を延引する指示で、唱謡のしかたを表す。音声注はここだけであるが、そこには歌に対する『記』の考え方が示されている。『記』が一字一音表記で歌を書いたのは、歌の表記としては当時自然な方法であるとともに、何よりもうたい手の声そのままを表し、「声の歌」を再現する表記法とみなされたのである。

三 ［歌と散文］の文体の基本的構造

このように［歌と散文］の文体を見てきて問題化してくるのが『記』の歌に対する考え方、言わば「歌」観である。この「歌」観が『記』の文体を規定する要因にもなっているとみられる。『記』に歌が記載されるのは「「和歌」の公的性格による」とする西宮氏の見解はなお説明を必要とするものの、一面、説得力をもつ。ただ、『記』においては、「和歌」はむしろ宮廷歌曲を中心とする宮廷歌謡と言うべきである。それらは国家的儀礼に関わる「公的性格」をもつし、『記』の歌の本体とみなされる存在である。まずもって『記』自ら、歌の一部に歌曲名を記して宮廷歌曲であることを表明している。「振」「歌」の名をもつその種類一六歌曲（記32の「片歌」は一つと数え、「神語」は入れない）、歌数は三二首に及び、全体の約二九パーセントを占める。『紀』の四種類で一五首、約一二パーセントに比べると、『記』の宮廷歌曲重視は歴然としている。宮廷歌曲は琴などの楽器の演奏を伴って、宮廷儀礼や酒宴で歌唱される歌のことである。仁徳記の「本岐歌之片歌」という歌曲は、建内宿禰が仁徳天皇から琴を賜ってうたったと記される。歌曲名を記さない他の歌も、宮廷歌謡として伝えられたとみなされたであろう。

『記』の歌を決定づけているのは、天皇をはじめとする宮廷史に関わる人物の歌とする点である。内訳は天皇二七首、皇后八首、皇子三〇首、皇女七首、后・御子四首が皇族で合計七六首、他に宮女五首、臣下一三首、少女・巫女三首で合計二一首、加えて上巻の神八首、中巻の天神御子（後の神武天皇）六首の合計一四首となる。これで一目瞭然であるが、『記』の歌は約七四パーセントが天皇と皇族で占められ、すべてが天皇に関係する歌とみなされているのである。これらは『記』の時代に神や天皇、あるいはその周辺の人々がうたった歌として宮廷に伝えられたことを示している。

『記』の歌には神名や人物名をうたう歌が少なくない。その数二四首、全体の約二二パーセントになる。その名と歌番号を挙げてみる。

上巻

1八千矛神（記2・3・5） 2弟棚機・3阿治志貴高日子根の神（記6）

中巻

4出雲健（記23） 5振熊（記38） 6古波陀嬢子（記45・46） 7大雀（記47） 8須々許理（記49）

下巻

9くろざやのまさづ子（記52） 10鳥山（記59） 11女鳥（記66） 12速総別（記67・68） 13大前小前宿禰（記80） 14軽の嬢子（記82・83） 15三重の子（記99） 16臣の嬢子（記102） 17志毘（記107） 18大魚・志毘（記109） 19置目（記110・111）

以上のように二四首に一九の神・人名がうたわれるが、その二三首は特定の神・人物の行動やうたい手との関係や出来事をうたう叙事の歌と言ってよい。その歌数が全体の約二割を占めるという事実は、『記』の「歌」観を示すものとして注目される。神・人名をうたわなくとも、『記』は歌に対して出来事をうたうものとみなしているということになる。これは前にみた、宮廷史に関わる人物の歌ということとつながっている。歌は宮廷史を伝える歴史叙述の役割をもっているのである。『記』の歌はすべてうたい手が明示されることを先に確認しておいたが、うたい手である神・人物の出来事として歌が理解されていることになる。歌にうたわれる出来事を「歌の叙事」と呼んできたが、歌の叙事をもつことが『記』の歌の基本的な性格なのである。

この歌の叙事を前掲の記1の例で具体的にみてみよう。これは祝婚歌であるが、大神がうたい手で、妻と籠もる宮を作り、宮の周りに八重垣をめぐらすという叙事が読み取れる。この場合「八重垣」は「宮」と同義である。「八雲立つ」は枕詞の用法ではなく、「実際に雲が立つ意」の実景としてうたわれている[21]。その実景が前文の「自其地雲立騰」に、「八重垣作る」の歌詞が前文の「大神初作須賀宮之時」、後文の「汝者任我宮之首」に散文化される。つまり、歌の叙事の理解や解釈によって散文叙述が生成してくるのである。『記』の［歌と散文］は歌の叙事を根拠として書かれる文体であり、これが［歌と散文］の基本的な構造でもある。

四　［歌と散文］の独立性

ここからは『記』の［歌と散文］の文体に見られるいくつかの現象について、以上に述べてきたことから分析と検証を進めていく。その第一は、一体性をもつ［歌と散文］が前後から独立するように見えるケースである。主な四例を以下に挙げてみる。

①其地作宮坐。故、其地者於今云須賀也。茲大神、初作須賀宮之時、自其地雲立騰。爾作御歌。其歌曰、

夜久毛多都　伊豆毛夜弊賀岐　都麻碁微爾……　（記1）

（上巻・須佐之男命の宮作り）

②此時、阿遅志貴高日子根神 自阿下四字以音。 到而、……於是、阿遅志貴高日子根神、大怒曰、……抜所御佩之十掬釼、切伏其喪屋、以足蹶離遣。此者、在美濃国藍見河之河上喪山之者也。其、持所切大刀名、謂大量。亦名謂神度釼。 度字以音。

故、阿治志貴高日子根神者、忿而飛去之時、其伊呂妹高比売命、思顕其御名。故、歌曰、

阿米那流夜　淤登多那婆多能……阿治志貴多迦比古泥能　迦微曽也　（記6）

此歌者、夷振也。　（上巻・阿治志貴高日子根神）

③天皇、聞看日向国諸県君之女、名髪長比売、其顔容麗美、将使而喚上之時、……爾、建内宿禰大臣、請大命者、天皇即以髪長比売、賜于其御子。

所賜状者、天皇聞看豊明之日、於髪長比売令握大御酒柏、賜其太子。爾、御歌曰、

伊耶古杼母　怒毘流都美邇……　（記43）

又、御歌曰、

美豆多麻流　余佐美能伊気能……　（記44）

如此歌而賜也。故、被賜其嬢子之後、太子歌曰、

美知能斯理　古波陀袁登売袁……　（記45）

又、歌曰、

美知能斯理　古波陀袁登売波……　（記46）

（応神記・大雀命と髪長比売）

④故、天皇崩之後、大雀命者、従天皇之命、以天下譲宇遅能和紀郎子。於是、大山守命者、違天皇之命、……故、到訶和羅之前而沈入。訶和羅三字以音。故、以鉤探其沈処者、繋其衣中甲而、訶和羅鳴。故、号其地謂訶和羅前也。爾、掛出其骨之時、弟王歌曰、

知波夜比登　宇遅能和多理邇……　伊岐良受曽久流　阿豆佐由美麻由美　（記51）

故、其大山守命之骨者、葬于那良山也。　（応神記・大山守命の反逆）

①の散文は歌の一、二句に基づく叙述。「初」は「作宮坐」を受けながら、新たに叙述をし直す点で、直前の文とは異なる文脈になる。『古事記伝』の言うように「立返《チリ》りて、其初《ノハジメ》を云《フ》」のであって、『記』では歌を説明する散文叙述になっている。前文は「須賀」の地名起源譚で話は終わり、「茲大神」以下の［歌と散文］は「妻籠み」のための宮（八重垣）作りとして一体化し、同時に祝婚の神話として独立した内容をもつ。須佐之男命から大神へと呼称と神格が変わり、大神は出雲国を初めて統治した始祖神として示される。散文の「大神」と「八雲立つ」の歌によって、始祖神「大神」の神話が叙述されるのである。

②の散文をみると、アヂシキタカヒコネノ神が天若日子に間違えられたのを怒る場面がある。「大怒」がそれである。それを受ける説話文は喪屋を蹴り飛ばすことを示す「以足蹶離遣」で、説話内容はそこで終わる。実際にその後に「喪山」と「大刀」に関する注記的記載があり、説話の末尾であることを明示している。

ところが、説話文の「大怒」に対して、「故」以下に「忿而飛去之時」と、新たに別の観点から歌によって叙述されるのである。大久間喜一郎氏はこの歌を「神証《かみあか》しの歌謡」と呼び、アヂシキの素性すなわち神格を奉祭者が明らかにする歌とみている。[22] アヂシキの神秘的な行動という歌の叙事によって、「故」以下の歌の前文が書かれていると読み取れる。「故」以下の［歌と散文］が前の説話文とは異なる文体として独立性をもつのである。アヂシキの神名表記が説話文では「阿遅志貴」と書かれるのに対して、歌の前文では歌の一字一音表記と同じ「阿治志貴」と書記することがその証明になる。

③の散文では「所賜状者」以下の歌の前文とその前の説話文とのあいだに転換がある。この説話は大雀命が髪長比売を父応神天皇から譲り受ける話であるが、天皇が大雀命に「賜于其御子」とあって譲る話が終った後に、「所賜状者」以下に「豊明」での父子の歌の唱和が叙述される。［歌と散文］によって説話文の「賜于其御子」が歌の唱和という別の観点から新たに叙述し直されると言ってもよい。父応神天皇の歌・記43の末尾の「いざささ

ば　良らしな」は見解が分かれる詞句であるが、「ささ」は占有する意の「さす」で比売を「我がものにしたらいい」と解釈できる。[23]記44の大雀命を「杙打ちの男」「蓴菜採りの男」に喩える詞句には叙事的な内容を含む。「所賜状者」以下は歌の叙事を生かしながら、「歌と散文」の一体化した叙述になっていることは明らかである。説話文の「賜」を歌とその前文によって具体化した「所賜状」の叙述は、前の説話文から続く話題ながらも異質の文体として独立性をもつのである。

④は宇遅能和紀郎子の皇位継承に反逆した大山守命が殺される話である。「故、天皇崩之後」で始まるのは反乱説話の様式で、「到訶和羅之前而沈入」でその死が語られ、「訶和羅前」の地名起源譚で終わる。反乱説話としてはそれで完結している。ところが、この説話文の後に、「爾、掛出其骨之時、弟王歌曰」という歌の前文が続くのである。和紀郎子の歌・記51は「い伐らずそ来る　梓弓檀」に大山守命と妻を重ねて愛惜する叙事を含み、皇位争いの敗死者を鎮める歌である。[24]それは後文に「葬于那良山」という埋葬の叙述があることからも知られる。明らかに説話文の視点とは異なる立場から、「歌と散文」の文体によって叙述しているのである。ここでも話題の継続性はもちつつ、「歌と散文」の一体化した叙述が説話文から独立し遊離することを確認できるのである。

以上みてきたように、「歌と散文」の一体化した文体が訓主体の説話文に対して独立性をもつ傾向にあることは、『記』の文体の一つの現象としてとらえておく必要がある。

五　散文中の一字一音表記の歌詞

歌の前文に書かれる一字一音表記の歌詞の和語は、漢字あるいは漢語では意味を伝えられない場合の書記法とみなされる。しかし、それだけではなく、地名や人名にも及ぶので、その用例は意外に多様である。次に該当箇所を拾い上げてみる。傍線部が歌詞と一致する音仮名表記である。

1阿治志貴高日子根神（記6） 2高佐士野（記16） 3意須比之襴（記27・28） 4那豆岐田（記34） 5那豆美（記36） 6那良山口（記58） 7多遅比野（記75） 8波邇賦坂（記76） 9当岐麻道（記77） 10阿岐豆野（記96） 11宇多岐（記97） 12志毘（記107・109）

それらの書記法を検証するために、上記の用例のうち、3、4・5、10、11の四例を取り上げる。

①於是、献大御食之時、其美夜受比売、捧大御酒盞以献。爾、美夜受比売、其、於意須比之襴、意須比三字以音。著月経。故、見其月経、御歌曰、

比佐迦多能　阿米能迦具夜麻……那賀祁勢流　意須比能須蘇爾　都紀多知迩祁理　（記27）

爾、美夜受比売、答御歌曰、

多迦比迦流　比能美古……和賀祁勢流　意須比能須蘇爾　都紀多々那牟余　（記28）

（中巻・美夜受比売との御合）

②於是、坐倭后等及御子等、諸下到而、作御陵、即匍匐廻其地之那豆岐田自那下三字以音。而、哭為歌曰、

那豆岐能多能　伊那賀良邇　伊那賀良邇　波比母登富呂布　登許呂豆良　（記34）

於是、化八尋白智鳥、翔天而向浜飛行。智字以音。爾、其后及御子等、於其小竹之苅杙、雖足跳破、忘其痛以哭追。此時、歌曰、

阿佐士怒波良　許斯那豆牟　蘇良波由賀受　阿斯用由久那　（記35）

又、入其海塩而、那豆美此三字以音。行時、歌曰、

宇美賀由気婆　許斯那豆牟　意富迦婆良能　宇恵具佐　宇美賀波　伊佐用布　（記36）

又、飛居其礒之時、歌曰、

波麻都知登理　波麻用波由迦受　伊蘇豆多布　（記37）

是四歌者、皆歌其御葬也。故、至今其歌者、歌天皇之大御葬也。（景行記・倭健命の白鳥翔天）

③即、幸阿岐豆野而、御猟之時、天皇坐御呉床。爾、蝈咋御腕即、蜻蛉来、咋其蝈而飛。訓蜻蛉云阿岐豆也。於是、作御歌。其歌曰、

美延斯怒能　袁牟漏賀多気爾……多古牟良爾　阿牟加岐都岐　曾能阿牟袁　阿岐豆波夜具比　加久能碁
登　那爾於波牟登　蘇良美都　夜麻登能久爾袁　阿岐豆志麻登布　（記96）

故、自其時、号其野謂阿岐豆野也。（雄略記・阿岐豆野の遊猟）

④又、一時、天皇、登幸葛城之山上。爾、大猪出。即天皇、以鳴鏑射其猪之時、其猪怒而、宇多岐依来。宇多岐三字以音也。故、天皇畏其宇多岐、登坐榛上。爾、歌曰、

夜須美斯志　和賀意富岐美能　阿蘇婆志斯　志斯能　夜美斯志能　宇多岐加斯古美　和賀爾宜能煩理
斯　阿理袁能　波理能紀能延陀　（記97）

（雄略記・葛城山の大猪）

①の散文中にある「意須比」は「神語」第一歌（記2）や仁徳記の女鳥王の歌（記67）に和語としてみえるが、訓字例がないことから、歌詞の一字一音表記をそのまま書記したものとみられる。問答歌両方の音仮名表記「意須比能須蘇爾　都紀多知（襲衣の襴に　月立ち）」を、「於意須比之襴著月経」と音訓交用の文体に直して散文に書記したのである。その場合、歌詞の「月立ち」がもつ、月水と月の出の二重の意味を、散文では月水の方だけを取り出して叙述したことになる。この散文叙述には歌詞の一方の意味、すなわち「月経」の解釈だけが反映されている。歌の叙事の解釈によって散文が叙述されるという書き手の作業が裏付けられる例である。

②の場合も、歌詞から散文が生成してくる例をいくつか挙げることができる。歌詞の音仮名表記をそのまま散

文に書いているのが、「那豆岐能多」（記34）→「那豆岐田」と「那豆牟……由久」→「那豆美行」である。和語ナヅムの訓字がまだ固定していないためと考えられる。『類聚名義抄』で「泥」「阻」にナヅムの訓があるのは、ナヅムの訓字が固定した後のことを示す。

その他にも「波比母登富呂布」（記34）→「匍匐廻」、「士怒」（記35）→「小竹」、「宇美」（記36）→「海塩」、「伊蘇」（記37）→「磯」があり、一字一音表記の歌詞の和語を散文に訓字で書いていく作業が認められる。その中でナヅキ・ナヅミが歌詞をほぼそのまま書いているのは、いずれも倭健命の魂に追いすがる所作を表す、この話にとって不可欠の語であったからである。これらの四首は倭健命の魂を追い行き、他界に鎮める歌であり[25]、そのような歌の理解によって歌詞の語を用いて散文が構成されているのを確かめることができる。

③の散文中の和語「阿岐豆野」は吉野の地名であるが、それは歌にうたわれた蜻蛉の故事に由来することが叙述される。その故事とは雄略天皇が吉野の地で猟をした際、天皇の腕に食いついた虻を阿岐豆（蜻蛉）が食い去ってくれたことを指す。その嘉事によって倭の国が蜻蛉島の名をもつにふさわしいと讃え、雄略天皇が詠んだ蜻蛉島の歌に阿岐豆野の地名の由来があることを散文で叙述している。「斯志麻都」→「御獦」、「阿具良爾伊麻志」→「坐御呉床」、「多古牟良爾　阿牟加岐都岐」→「蝈咋御腕」、「曾能阿牟袁　阿岐豆波夜具比」→「蜻蛉来、咋其蝈而飛」という関係で、歌詞と散文叙述が対応することからもわかるように、一字一音で表記される歌の叙事を訓主体の散文に移し換える叙述法である。これほどの［歌と散文］の一致は珍しく、歌の叙事の焼き直しと言っていいほどである。その中で「阿岐豆野」の三字が音仮名で書かれるのは、「蜻蛉」の訓字よりも歌によまれる和語としてのアキヅの音を重視したからであろう。『記』の［歌と散文］は音読の意識とその痕跡を留めているように思われる。［歌と散文］のあいだには書き手の意図が介在するのである。

最後の④では歌詞の「宇多岐」が散文中の二箇所に用いられる。そのうちの「畏其宇多岐」は歌詞の「宇多岐加斯古美」によるものであるが、「其」とあるので、前にある「宇多岐依来」を受ける関係にある。天皇に射られた「夜美斯志（病み猪）」が唸り声をあげて突進してくるのを、歌に即して解釈し散文化しているわけである。歌に詠まれていない「宇多岐依来」を補うことで天皇の切迫感がより伝ってくる。歌詞の音仮名の和語を散文叙述に効果的に用いていると言える。歌詞の「爾宜能煩理斯」「波理能紀能延陀」も「登坐榛上」の訓主体の散文として書記されている。

散文中の一字一音表記は歌詞の和語を訓字にできないという理由によると言ってよいが、そのような制約の中で、訓主体の散文に異質の語、西條氏の言う「声のことば[26]」を持ち込むことで、リアルな語感を効果的に利用しているのである。散文に歌詞の一字一音表記の和語が用いられるのは、単に歌に合わせて散文が叙述されているのではなく、そこには書き手の意図や効果的な表現方法がみられることに注目しなければならない。

六　一字一音表記の歌詞と散文の訓読

最後に、一字一音表記の歌詞と散文の訓字との関係について、訓読という視点から取り上げてみよう。ここで検証したいのは、主に訓読が確定できないケースである。

①於是、七媛女遊行於高佐士野、佐士二字以音。伊須気余理比売在其中。爾、大久米命、見其伊須気余理比売而、以歌白於天皇曰、

夜麻登能　多加佐士怒袁　那々由久　袁登売杼母　多礼袁志摩加牟　（記15）

爾、伊須気余理比売者、立其媛女等之前。乃天皇見其媛女等而、御心知伊須気余理比売立於最前、以歌答曰、

賀都賀都母　伊夜佐岐陀弖流　延袁斯麻加牟　（記16）

爾、大久米命、以天皇之命、詔其伊須気余理比売之時、見其大久米命黥利目而、思奇歌曰、

阿米都々　知杼理麻斯登々　那杼佐祁流斗米　（記17）

爾、大久米命、答歌曰、

袁登売爾　多陀爾阿波牟登　和加佐祁流斗米　（記18）

故、其嬢子白之、仕奉也。　（神武記・伊須気余理比売）

②本、坐難波宮之時、坐大嘗而為豊明之時、於大御酒宇良宜而大御寝也。爾、其弟墨江中王、欲取天皇以火著大殿。於是、倭漢直之祖、阿知直盗出而、乗御馬令幸於倭。故、到于多遅比野而寤詔、此間者何処。爾、阿知直白、墨江中王、火著大殿。故、率逃於倭。爾、天皇歌曰、

多遅比怒邇　泥牟登斯理勢婆　多都碁母々　母知弖許麻志母能　泥牟登斯理勢婆　（記75）

到於波邇賦坂、望見難波宮、其火猶炳。爾、天皇亦歌曰、

波邇布耶迦　和賀多知美礼婆　迦藝漏肥能　毛由流伊弊牟良　都麻賀伊弊能阿多理　（記76）

故、到幸大坂山口之時、遇一女人。其女人白之、持兵人等、多塞茲山。自当岐麻道、廻応越幸。爾、天皇歌曰、

淤富佐迦邇　阿布夜袁登売袁　美知斗閇婆　多陀迩波能良受　当藝麻知袁能流　（記77）

故、上幸坐石上神宮也。　（履中記・墨江中王の反乱）

③故、追到之時、待懐而歌曰、

許母理久能　波都世能夜麻能……意富袁余斯　那加佐陀売流　淤母比豆麻阿波礼……能知母登理美流

意母比豆麻阿波礼　（記88）

又、歌曰、

許母理久能　波都勢能賀波能……麻多麻那須　阿賀母布伊毛　加賀美那須　阿賀母布都麻……（記89）

如此歌、即共自死。故、此二歌者、読歌也。（允恭記・軽太子と軽大郎女の自死）

①では散文のａ「高佐士野」、ｂ「最前」、ｃ「黥利目」が歌詞による書記になっている。ａは歌詞の一字一音表記「多加佐士怒」は「高」「野」の訓字に置き換えることができたが、「佐士」は訓字にできなかったので、歌詞そのままにしたと考えられる。ｃは「黥」を記17の動詞「佐祁流」（入れ墨をする意）の訓字とし、「斗米」は鋭い目の意で「利目」の訓字を当てた。ただし、記18の方は「割ける（見開いた）利目」の意味に変えている。問答歌によくある転換やずらしの表現法である。ａｃとも一字一音表記の歌詞の和語を訓字表記に変換して散文叙述に組み込むという『記』の手法である。

問題はｂである。「最前」は『鼇頭古事記』『訂正古訓古事記』以来、イヤサキと訓読されている。散文の訓字では歌詞の「伊夜佐岐陀弖流」に対応して「立於最前」とあるから、イヤサキニタテルの訓読は自然である。しかし、山口佳紀氏は、イヤが名詞に直接係ることはないという理由から、イヤサキという結合は考えがたく、「最《もと》も前《さき》に立《た》てる」と訓む[27]。語法的には正当な考え方である。ただ、①全体の歌詞と散文叙述の関係がａとｃにみるごとく、歌詞の和語によって歌の前文を書く方針をとっているので、ｂもイヤサキと訓ませる書き方であると判断される。語法的な不備は『記』の時代の、第一節でみたような初期段階の訓字表記において避けられなかったということである。これはａの「高佐士野」とともに、「奇怪な文体」の『記』にはあり得ることであったと考えられる。『記』は訓字をよむことの不安を解消するために、一字一音表記の歌詞と並行することで散文が訓読できるようにしたのである。歌詞の音仮名は難訓字の訓注の役割を果たしたとも言える。

②では「炳」の訓読が問題となっている。その訓読は兼永筆本でサカリナリを示し、『鼇頭古事記』サヤカナリ、

『訂正古訓古事記』アカクミエタリなどがある。それに対して、青木氏は、歌謡から考えればモエタリと訓む方が適切とする。[28] 内田賢徳氏は『篆隷万象名義』の「炳　著明」などを引き、アカシ（日本思想大系『古事記』）の訓がよいが、歌謡との関係からすればモエテアリの訓が要請されるとする。その矛盾の解決のために、モヤスの意を持つ「焫」字の誤写の可能性を指摘する。[29]

しかし、山口氏は「そもそも散文部と歌謡部とで表現が一致することを期待するという前提に問題がある。そうした前提から離れれば」、「炳」字をアカシと訓んで問題はないとする。[30] モユ系で訓むか、アカシ系が適切かという違いは、［歌と散文］の関係をどうとらえるかという点にある。ここで考慮すべきは単に歌詞に合わせて散文が書かれたか否かではなく、歌詞の解釈ないしは理解によって散文の訓字が選ばれることである。その際、訓字の選択には困難を伴ったことも考慮に入れなければならない。

②の［歌と散文］をみると、炎上する難波宮から倭に向かって逃避する場面を叙述するのに、地名を初句にもつ歌を配列している。難波宮から多遅比野、そして波邇賦坂に到って難波宮を望見すると、「其火猶炳」であったとする。燃えさかる炎からだんだん遠ざかり、赤く燃える火を遠くから望み見るのである。書き手は視点が難波から遠ざかることを踏まえて、赤く燃える火を「炳」字で表したと考えられる。それは歌詞の「毛由流」を根拠にしているので、「炳」はアカシを含意するモユの訓字として書き手の意図に近かったのであろう。それが「炳」字の選択になったと考えられる。語義としては問題を残すものの、モユ・モエタリで訓むのが適切ということになる。[31] この場合も、歌詞の音仮名表記と並記してはじめて訓字「炳」の訓読と意味が理解される仕組みなのである。

③の「懐」字の訓オモヒに対して、山口氏は「追到之時」は軽大郎女が軽太子のいる伊余の湯に着いた時を示すから、マチオモフ（「待懐」）は矛盾しているのではないかとし、「待懐而」は「待《ま》ち懐《むだ》きて」の訓みがふさわし

いとした。[32]新編古典全集『古事記』は、『記』に「懐」をオモフに用いる例は他にないという理由も挙げている。「追到之時、待懐而」の前文は、確かに細部まで整った叙述ではないが、「待ち焦がれていた思いが募って」と理解することができれば、記88は再会時、記89は再会後の場面をうたっているので、歌とのあいだに大きなずれはない。[33]

訓字の選択も含めて、『記』の散文叙述は細部の微妙なニュアンスに対応できる段階にないことを前提としなければならない。それゆえにここでも［歌と散文］が並行してよめる関係、具体的には歌詞に何度も出てくるオモヒが散文の「懐」の訓みの根拠になっているという関係を確認しておく必要がある。

結び

『記』の［歌と散文］の関係は、歌に合わせて散文を書くという、言わば転写のような行為ではなく、歌の叙事を根拠とし、その理解や解釈によって散文叙述が生成してくるという、きわめて動的かつ先駆的な営みとしてとらえられる。それは、歌の一字一音表記が先行してあって、それと並行して訓主体文を中心に『記』本文を書記していく時に、必然的に直面する作業であったと考えられる。それは日本語書記史において最初の段階で経験した創造的行為であったのである。訓主体の散文と一字一音表記の歌の連続あるいはその一体性をもつ『記』本文は、［歌と散文］のあいだの表現空間をよむことを求める文体と言えるのである。

注

（1）「ヤマトタケル葬歌と古事記の文体」（『古代の歌と叙事文芸史』笠間書院、二〇〇三年。初出、一九九二年一二月）

（2）「舊辭と歌謠」（『日本神話の基礎的研究』風間書房、一九七〇年。初出、一九六二年三月）
（3）通説では一一二首であるが、一一一首は允恭記の「夷振之上歌」を一首とし、清寧記の「詠」を入れない歌数である。
（4）「文字の衝撃」（『古代日本文学の制度論的研究』おうふう、二〇〇三年。初出、二〇〇一年六月）
（5）『本居宣長全集』9（筑摩書房、一九六八年）
（6）「[於〜]の構文と、その表記史的位相」（『古事記の文字法』笠間書院、一九九八年。初出、一九九二年三月）
（7）『漢字テキストとしての古事記』（東京大学出版会、二〇〇七年）
（8）「古事記はよめるか——散文の部分における字訓およびいはゆる訓読の問題——」（『日本語のすがたとこころ（二）』亀井孝論文集4、吉川弘文館、一九八五年。初出、一九五七年一二月）
（9）「「天地初發之時」の訓み」（『古事記の本性』おうふう、二〇〇〇年。初出、一九七五年一一月）
（10）「文字構文の方法」（注6同書）
（11）『古代歌謡論』（三一書房、一九六〇年）『古代歌謡と儀礼の研究』（岩波書店、一九六五年）など。『古代歌謡の世界』（塙書房、一九六八年）に、独立歌謡の物語への転用と物語のために創作された物語歌についてまとめられている。
（12）注（1）同書
（13）居駒「古事記の歌と散文のあいだ——歌の叙事の視点から——」（『古事記年報』二〇〇八年一月。本書所収、第四章1）
（14）「古代説話と歌謡」（『古代説話の論』和泉書院、一九九四年。初出、一九七六年一一月）
（15）「古事記の文体を中心として」（上田正昭編『日本古代文化の探究 古事記』社会思想社、一九七七年九月）
（16）注（15）同論文
（17）注（7）同書
（18）『万葉歌木簡を追う』（和泉書院、二〇一一年）
（19）「仮名発達史序説」（春日政治著作集1『仮名発達史の研究』勉誠社、一九八二年。初出、一九三三年四月）
（20）『日本語の誕生』（吉川弘文館、二〇〇三年）
（21）注（2）同書

(22)「司祭伝承考」(『古代文学の伝統』笠間書院、一九七八年。初出、一九七〇年一一月)
(23) 居駒「応神記の歌と散文」(『明治大学人文科学研究所紀要』二〇一九年三月)
(24) 注(23)同論文
(25)「ヤマトタケル葬歌の表現――境界の場所の様式」(注1同書。初出、一九九一年三月)
(26) 注(6)同書(第五章「本文と訓注」初出、一九九一年一月。および第六章「本文と訓注・続」初出、一九九一年三月)
(27)「『古事記』の文体――散文部と歌謡部――」(『古事記の表現と解釈』風間書房、二〇〇五年。初出、一九九九年一〇月)。モトモサキニタテルの訓は新編古典全集『古事記』(小学館、一九九七年)、『新校古事記』(おうふう、二〇一五年)が採用している。
(28) 注(2)同書
(29)「古事記歌謡と訓字」(『上代日本語表現と訓詁』塙書房、二〇〇五年。初出、一九九五年四月)
(30) 注(27)同論文
(31) 注(27)に提示した『新校古事記』ではモユと訓読している。
(32) 注(27)同論文
(33) 両歌の表現については、居駒「読歌と「待懐」「共自死」――『古事記』下巻の日継物語と歌――」(『國學院雑誌』二〇一一年一一月。本書所収、第四章4)の分析による。

3　『古事記』の成立
――［歌と散文］の表現史――

はじめに

『古事記』の成立論は、序文を中心に展開されてきた。そこに成立事情が書かれているからである。ところが、序文の内容や用語には正確に読み解けない部分があるのも事実である。そのため古くから偽書説が出されてきたが、近年、漢籍との比較や用語分析の進展によって序文は偽書ではなく、本文と一体のものであることが承認されつつある。(1)

『記』成立論の課題の一つは、天武天皇の発意による稗田阿礼の「誦習」から太安万侶の「撰録」に至る過程とその関係をどう読み解くかという点にある。そこで小論は『記』所載歌一一一首(2)とその散文から考えようとするものであるが、歌がなぜ書かれるのかという根本的な問題からして明らかになったとは言えない。特に注目されるのは『記』と『日本書紀』の歌のあいだで天皇・皇子の称句に表れた際立った違いである。「やすみしし我が大君」は両書に出てくるが、「高光る　日の御子」は『記』にしかない。この明らかな相違は両書それぞれの理念を示すだけでなく、成立とも深く関わると考えられる。

「原古事記」において地の文章と歌謡とはどのような関係にあったのかは、これからの課題のようである。いまから四十年余り前、『万葉集』巻二所引の「古事記」をめぐって「原古事記」の存在がクローズアップされたことがあった。「天武本」とも呼ばれる「原古事記」が成書として存在したとすることには疑問を示した上で、稲岡耕二氏は右のように結んだのである(3)。「原古事記」について「地の文章と歌謡」の「関係」に踏み込んだ指摘は、きわめて重いものであった。しかし、この着眼点はその後の研究の中で掘り下げられなかったのではないかと寡聞ながら振り返る。

『記』と『紀』は歴史叙述を目的とした書であるにもかかわらず、多くの部分で歌と散文による叙述法を選んだ。これは当時、参照したはずの中国史書にみられず、『続日本紀』以降の正史にも採用されていないことを考え合わせると、八世紀初めの日本史書に出現した、きわめて限定的で特異な現象と言わざるを得ない。この叙述法がいかにして定着したのかという課題については、古代の表現史からの検証と評価が必要である。それは同時に、『記』の成立論とも深く関わっているに相違ない。

以下の論述で使用する用語に触れておきたい。一般には『記』『紀』所載の歌を「記紀歌謡」と呼ぶが、『記』『紀』の文脈においては歌謡ではなく、すべて歌で統一する。ただし、うたわれる状態を言う場合は歌謡を用いる。『記』『紀』では歌が単独で記載されることはなく、散文の説明とともにある。両書において歌と散文が関係性をもって連続し、一体化している表現形態を括弧付きで［歌と散文］と呼ぶことにする(4)。本書全体に及ぶ概念なので、あらためて説明しておく。

一　序文に記述する成書過程

『記』の序文は正格の漢文で書かれている。真福寺本に「古事記上巻　序并」とあり、一丁二行目から六丁三行目まで全部で四二行から成る。「臣安万侶言」で始まる上表文の形式である。一二行目から天武天皇の御世に記述が移り、壬申の乱に勝利して即位したことを述べ、「潭探上古」「明覩先代」として古き事績への天武天皇の関心を記す。

それに続く二一行目以下の二二行分が、天武天皇の発意と稗田阿礼の「誦習」から太安万侶の「撰録」と元明天皇への献上までの記述である。壬申の乱から天皇の発意への文脈には大乱後の王朝交替、すなわち新王朝の誕生による必然的な史書編纂という意図が読み取れる。事実経過を淡々と書くというよりは、史書編纂の正当性を強調する強い意図によって書かれている。この視点は前提として持っておかなければならない。

『記』序文が記述する成書過程を六段階に分けて箇条書きにしてみる。

i天皇詔之、朕聞、諸家之所賫帝紀及本辞、既違正実、多加虚偽。当今之時、不改其失、未経幾年其旨欲滅。斯乃、邦家之経緯、王化之鴻基焉。
ii故惟、撰録帝紀、討覈旧辞、削偽定実、欲流後葉。
iii時有舎人。姓稗田、名阿礼、年是廿八。為人聡明、度目誦口、払耳勒心。即、勅語阿礼、令誦習帝皇日継及先代旧辞。然、運移世異、未行其事矣。
iv伏惟、皇帝陛下、（中略）惜旧辞之誤忤、正先紀之謬錯、
v以和銅四年九月十八日、詔臣安万侶、撰録稗田阿礼所誦之勅語旧辞以献上者、謹随詔旨、子細採摭。（中略）

vi録三巻、謹以献上。(中略)和銅五年正月廿八日　正五位上勲五等太朝臣安万侶

この中で前半のi〜iiiが天武天皇、後半のiv〜viが元明天皇に関する記述である。『記』の成立は天武天皇の発意の詔iiiと元明天皇の「撰録」の詔vを契機とし、命じられた稗田阿礼iiiと太安万侶vの作業によって実現したと述べている。一見、整然とした説明であるが、文脈の解釈や用語の意味において疑問の箇所が随所にある。ここでは成書過程の具体的な記述に関わる次の三点を取り上げる。

(1)二重傍線のi「帝紀」ii「帝紀」iii「帝皇日継」iv「先紀」の語を「帝紀」グループ、i「本辞」ii「旧辞」iii「先代旧辞」iv v「旧辞」を「旧辞」グループとする。グループ内の語群は言い換えやくり返しとするのが定説であるが、その検証が必要である。

(2)iii「勅語阿礼、令誦習帝皇日継及先代旧辞」とそれに続く「然、運移世異、未行其事矣」はいかに理解すべきか。阿礼の「誦習」と「未行其事」の解釈が天武朝の成書過程、特に「歌と散文」の選定や記載を解く鍵になる。

(3)天武天皇のiii「勅語阿礼」と元明天皇詔にあるv「勅語旧辞」、そして安万侶の「撰録」の関係を読み解く必要がある。ここでは安万侶の作業とはいかなるものであったかということが「歌と散文」との関連で問題となる。

あえて右の三点に絞ったのは『記』の成立を記す核心がそこにあり、それらが序文の記述意図に深く関わっていると考えられるからである。これまで序文には本居宣長『古事記伝』以来長い研究の蓄積があり、精緻な検討や解釈が行われてきた。一九九〇年代以降ではとりわけ西宮一民『古事記の研究』(おうふう、一九九三年)と西條勉『古事記の文字法』(笠間書院、一九九八年)が序文の研究を大きく進展させた。小論では両書の研究成果を参考にしつつ序文の解釈を試みることにする。さしあたって右の三点を中心に検討していきたい。

二　「帝紀」「旧辞」と「帝皇日継」

まず、(1)について『古事記伝』は、「帝紀は、下文に帝皇日継とあると同じく、御々代々《ミヨミヨ》の天津日嗣を記し奉れる書なり」「本辞は、下文に先代旧辞とあると同じ」(5)とし、ⅳ「先紀」に触れてはいないが、「帝紀」「帝皇日継」「先紀」、「本辞」「旧辞」「先代旧辞」をそれぞれ同義の語の書き換えとみている。山田孝雄『古事記序文講義』(志波彦神社塩竈神社、一九三五年)も漢文の避板法による書き換えとし、倉野憲司・武田祐吉校注『古事記祝詞』(日本古典大系・岩波書店、一九五八年)以下多くの注釈書がこれに従っている。(6)「帝紀」と「旧辞」の2グループの語はそれぞれ漢文修辞上の書き換えとみるのが現在の大勢である。

しかし、谷口雅博氏が関連用語の検討を通してそれぞれ別の記録としたように(7)、書き換えと決めつけることはできない。特に天武天皇「詔」のⅰ「帝紀」と天武天皇「勅語」のⅲ「帝皇日継」が同一でないことは明らかである。諸家からもたらされた「帝紀」(8)と天武天皇が阿礼に「誦習」を命じた「帝皇日継」という、異なる文脈に出てくるからである。「帝紀」に対応するⅳ「先紀」にしても、元明天皇の意向を述べている中に出てくるので、時代を異にする文脈の語である。簡単に避板法による言い換えと言えるか疑わしい。安藤正次氏は「帝紀」が中国史書の「本紀」に当たるもので天皇の伝記を言い、「帝皇日継」は天皇の系譜を指すとして区別している。(9)これは前掲『古事記伝』の「帝紀」＝「帝皇日継」への反論として看過できない指摘である。

それでは、「帝紀」「旧辞」とはどのような内容か。「帝紀」(「本紀」)の語は『漢書』『後漢書』に「帝紀」、『史記』に「本紀」があるように、中国史書が帝王の事績を編年で記すものに用いる。ところが『記』の場合、武田祐吉氏の詳細な研究によれば、天皇の名・皇居・治天下に始まり、宝算・山陵で終わる記事を言い、それ以外の上巻神代や中・下巻の歴代天皇の事績を記す説話群が「旧辞」ということになる。[10] このとらえ方はおおむね踏襲されていく。

しかし、歴代天皇の説話群は、中国史書から言えば「帝紀」の内容に相当する。そこで、西郷信綱氏が説くように、「神代を除いた部分、つまり古事記の中・下巻そのものが帝紀に他ならぬ」のであって、「旧辞」は「もっぱら神代の物語をさす（傍点、西郷氏）」という考え方が出てくる。[11] これはもっともな話であって、用語の意味を突き詰めればそうなる。だが、太田善麿氏が言うように、それぞれの用語は「画然と素材内容の区分を指し示し得たのであったろうか」と問わなければならないし、「帝紀」グループは「その素材内容にかかわって意識され規定された概念であり」、「旧辞」グループは「その表現様式にかかわって意識され規定された概念であった」とする見解[12]は示唆的である。つまり、「帝紀」「旧辞」グループの呼称は決まった内容と形式をもって成書化されたものではなく、二類の資料群に対してその大まかな違いを指して用いた語であったに違いない。従って、神野志隆光氏が『記』内部の検討を通して導いたように、「『古事記』から「帝紀」を（従って、「旧辞」も）考えることは困難[13]」とするのが正当な帰着になろう。

これまで2グループの用語が素材を明確に示すものでないことをみてきたが、実は唯一その見方を拒否する語がある。「帝皇日継」である。『記』本文に「帝紀」「旧辞」の語は見出せないが、「帝皇」が一例、「日継（続）」は八例も出てくる。この語だけは本文の中で意味が明確に規定され、他の語が本文から離れた概念に基づくのとは明らかに異なるのである。「帝皇日継」は『記』本文によって明確に意味づけされた語であると同時に、「日継」が多用される重要語であることから、この語と『記』の成立理念との結びつきは十分に推測される。そこで後に、「日継」の用例分析を通してこの語のもつ意味を検討することになる。

三　阿礼の「誦習」と「未行其事」

次に(2)であるが、天武天皇から「帝紀」「旧辞」の「誦習」を託された稗田阿礼なる人物が論議を呼んできた。稀にみる記憶力にすぐれた舎人として唐突に出てくる人物である。平田篤胤『古史徴開題記』は「女舎人《ひめとね》」を主張し、柳田国男『妹の力』が民俗学的見地から阿礼女性説を強く説いたこと(14)はよく知られているが、「舎人」は天皇に近侍して雑事を掌る男性の称であるから男性説で問題はない。ただ、その異才を示す「度目誦口、払耳勒心」の記述には、『文選』の孔融「薦禰衡表」に出典が指摘され(15)、安万侶による意図的な潤色が認められる。

天武天皇の「勅語」、阿礼の「誦習」もそれと同じ文脈にあり、修史事業とその行為の権威化が読み取れる。『古事記伝』はiiiの「勅語阿礼」に「天皇の大御口づから詔ひ属る《ツク》なり」と、天武天皇が口頭で阿礼に命じたみことのり（勅）の意とするが、vの「勅語旧辞」では一転、別の解釈を提示する。

もと此《ノ》勅語は、唯《タダ》に此《ノ》事を詔ひ属《ツケ》しのみにはあらずて、彼《ノ》天皇【天武】の大御口づから、此《ノ》旧辞を諷誦坐《ヨミシ》て、其《ソ》を阿礼に聴取《キキトラ》しめて、諷誦坐《ヨミス》大御言のまゝを、誦《ヨミ》うつし習はしめ賜へるにもあるべし

天武天皇が「旧辞」を阿礼に口授して聴き取らせたというこの読みは、後に少なからぬ影響を与えた。『記』の起源が天武天皇口伝のフルコトにあったとする斉藤英喜氏の見解(16)、「『古事記』の内容が構成された時期が朱鳥元年（六八六）以降、大宝二年（七〇二）以前と推定」し、「勅語旧辞」は「《天武天皇自ら語った「旧辞」》として仮託された」とする志水義夫氏の解釈(17)などにそれはみられる。しかし、構成時期については『記』が氏族名に旧姓（一例を除く）を記すことから、その成立が天武十四年の賜姓終了以前であることを示し、「旧辞」の仮託についても「勅語の内容は口頭で発せられるみことのり（傍点、西條氏）」の意が用例から言えることだとする西條氏

の検討結果に従うべきである[18]。

ただ、序文は宣長にかく深読みさせてしまう文脈になっているのも事実であって、天武天皇が命じた、阿礼の秘儀めいた「誦習」に天皇の修史事業を象徴させ、権威づける意図が認められるのである。「旧辞を諷誦坐て、其を阿礼に聴取しめて」とは、天武天皇の神聖なる「旧辞」という、序文に内在する意図を『古事記伝』は鋭く読み取ったとも言える。

しかし、漢語としての「誦習」は、阿礼の前に漢文の文献があって、それをこなれた日本語で伝えるために声に出してくり返し読むという意味でとるのがよい[19]。阿礼の眼前にあるのは漢文で書かれた「帝皇日継」「先代旧辞」である。「勅語阿礼」とあるから、天武天皇が用意した「帝皇日継」「先代旧辞」を阿礼が「誦習」したということになる。

そこで疑問が生じる。i諸家からもたらされた「帝紀」「本辞」、ii「討覈撰録」しようとした「帝紀」「旧辞」とiii阿礼「誦習」の「帝皇日継」「先代旧辞」は、それぞれどのような関係にあるのかということである。この点については『古事記伝』以来諸説の蓄積をみるが、いま検討すべき課題を前記の成書過程i〜iiiで簡潔に示せば次のようになる。

A　iからiiを作ろうとし、iiiとは同一のもの。

B　iからiiを作ろうとしたが、iiiとは別のもの。

A案は西宮氏前掲書の主張するところで、iからiiへという作業によって「正実の帝紀・旧辞」が作られ、それがiiiの「帝皇日継・先代旧辞」として阿礼が「誦習」を命ぜられた「天武天皇御識見の正実の帝紀・旧辞」であるとする[20]。一方、B案は西條氏前掲書の見解で、「所齎本」（i ii「帝紀」「旧辞」）と「誦習本」（iii「帝皇日継」「先代旧辞」）は別の作業であって「実体として区別すべきである」とし、「誦習本」とは「天皇家が自身の立場にお

いてその存在を主張する文献なのである」とする。Ｂ案はすでに倉野憲司氏が、

> 阿礼が誦習した帝皇日継と先代旧辞とは、諸家所齎の諸の帝紀や旧辞ではなくて、天武天皇がその御識見を以つて選定された或帝紀と旧辞であつた[21]

と述べるところに明示されていた。

ＡＢ二案の正否については、ⅰⅱに対してⅲの「時」以降が別文脈と読めるので、構文としてはＢ案が正当のようにみえる。すなわち、ⅰⅱとⅲの作業は別々に進められた、並行する関係と読み取れる。その場もⅰⅱは天皇詔のもとに組織された公的機関の「撰録」に対して、ⅲは天皇勅語のもとに宮廷で行われた阿礼の「誦習」という違いがある。この並行する二つの作業は、ⅲ「未行其事」と直接関わっていく。

「運移世異」は天武天皇の崩御で一致している。問題は「其事」が何を指すかである。倉野氏は、「其事」の内容は「討覈」と「撰録」で、それが行われずに「ただ行はれたのは誦習のみ」とする[22]。この解釈によると、「誦習」は行われたのだから、その台本（稿本）たる「帝皇日継」「先代旧辞」（この二つは「原古事記」とみられている[23]）は公表されなかっただけで、完成していたことになる。西宮氏前掲書は「其事」を「欲流後葉」とみて、阿礼誦習本は「結局、後世流伝が実現しなかつたのだから、〈未完成本〉だと言ふことになる」とする。

Ａ案をとる西宮氏の立場からは、ⅲの「帝皇日継」「先代旧辞」＝阿礼誦習本が「其事」の対象になるが、Ｂ案からみれば「其事」の関係は次のように示される。

・天武天皇は諸家の「帝紀」「本辞」に虚偽があるので、「帝紀」「旧辞」を「討覈撰録」し、「削偽定実」したものを後世に伝えようとした
・天武天皇は阿礼に命じて「帝皇日継」「先代旧辞」を「誦習」させ、（後世に伝えようとした）

→ 天武天皇の崩御によってその（後世に伝える）事を行えなかった

ⅰ〜ⅲの文脈構造をこのように読み取ると、ここには諸家資料と宮廷資料の対立があって、後世に伝えるべき正本の二通りの作成過程が並行して行われたことを書いていることになる。もちろん現古事記に直接結びついていくのは「帝皇日継」「先代旧辞」の方であって、西宮氏前掲書はそれを「天武天皇御識見本」と呼んでいる。一方、西條氏前掲書はⅰを所齎本、ⅲを誦習本、『紀』天武十年の「帝紀及上古諸事」を記定本と称し、『記』の成立に「理官資料→記定本→誦習本→撰録本（現古事記）という流れ」を描いている。

しかし、「帝紀」「旧辞」「帝皇日継」「先代旧辞」は、序文の記述から「本」とみなされるであろうか。ⅴの「録三巻」において初めて正本になった、すなわち献上本（体裁は三巻）になったのであって、「帝紀」「旧辞」と称される段階はまだ融合統一した一本ではなく、二類から成る宮廷史資料というあり方であったとみるのが妥当である。ただ、天武朝段階の「帝皇日継」「先代旧辞」と称される宮廷史資料は、『記』成立にとって決定的な意味をもったであろう。天武天皇自ら承認した内容と考えられるからである。従って、(2)で課題とした［歌と散文］はこの段階で選定や文字資料化がなされていた。そうでなければ、阿礼の「誦習」はもとよりあり得なかったはずである。

四　「勅語旧辞」と安万侶の「撰録」

いま、天武天皇のもとで用意された、天皇識見の「帝皇日継」「先代旧辞」と称される宮廷史の資料において、［歌と散文］の選定と記載はほぼ行われていたと述べてきた。散文は前に触れたように漢文体であろう。これは資料段階であるが、天武天皇勅語の「帝皇日継」「先代旧辞」である以上、西宮氏前掲書が指摘するように、阿礼の「誦習」では当然のことながら、安万侶の「撰録」でも大きな加除のごとき修正は加えられなかったとみられる。

従って阿礼の「誦習」は、[歌と散文]からみれば、取捨選択や内容の変更に及ぶものではなく、あくまでも「先代旧辞」と称される漢文体の文字資料を『古事記伝』の言う「古語」を生かした非漢文の和文体に近づけてよむことにあった。「誦」には「節をつけて読む」の字義があるので、西條氏前掲書は「よみの中心はあくまでも節づけのよみにあった」とする。

天武朝の表記法は序文に記す通り、全訓・全音・音訓交用の方法があり得たが、歌は全音すなわち一字一音表記を取り入れた。この表記法は「誦習」の書記において必然的に選択されたとみてよい。音声でうたわれる歌詞を正確に書くにはこれしかないからである。一字一音表記の歌だけが書かれてあるならば「事趣更長」（序文）となるが、散文とともにあることによって歌の「事趣」はほぼ読み取れるのである。

『記』の散文には歌詞と一致する音仮名の語が出てくる。漢語では適切な表現ができなかったからであろうが、これは『古事記伝』の言う「古語」を生かす和文体への試みと言ってよい。例えば「天皇畏其宇多岐」（雄略記）が歌詞の「宇多岐加斯古美」（記97）に基づくのは、歌から散文叙述が生成してくることを示している。(24)『紀』にはこのような例がない。歌詞を利用した口語的散文は阿礼の「誦習」と関わるのかもしれない。

『記』が歌を一字一音表記で統一したのは仏典の陀羅尼の形式に基づくもので、平俗な仮名や借訓など多様に書かれていた歌謡資料を安万侶が整理して書き換えたとする亀井孝氏の見解がある。(25)天武朝段階の音訓による歌の多様な表記は、清寧記の名告りの「詠」に表れている。『記』はこの「詠」を歌と認定しなかったが、歌状態にある詞章とみてよい。(26)

物部之　我夫子之　取佩　於大刀之手上　丹畫著　其緒者　載赤幡　立赤幡見者　五十隠　山三尾之　竹矣訶岐　此二字以音。　苅　末押縻魚簀……

この「詠」の詞章は五七音句への指向がみられ、訓字や音仮名に漢文的用法の句を交えた多様な表記法で成り立つ。音訓交用表記の初期段階を垣間見せる例であるが、部分的に用いられる音仮名は歌の一字一音表記が天武朝においてすでに歌の表記形式として選択しうることを示している。歌の音仮名表記は木簡資料によって天武朝の二、三十年前から行われていたことが報告され(27)、天武朝において一般的であったとさえ考えられている。

天武朝段階の多様な表記の歌資料は阿礼の「誦習」の対象になったであろう。歌に添えられる和文体の散文叙述もこの「誦習」に当然関わってくる。これが「原古事記」に想定される「歌と散文」である。しかし、「誦習」の筆録は多くの不統一を含み、「誦習」を書き留めるために、一見、未整理で多様性をもつ「奇怪」(28)な和文体になったことは容易に推察できる。しかも、天武天皇の崩御によって献呈には至らなかった。

それから二十五年後、元明天皇詔と安万侶の作業を序文は次のように書く。iv v である。

於焉、惜旧辞之誤忤、正先紀之謬錯、以和銅四年九月十八日、詔臣安万侶、撰録稗田阿礼所誦之勅語旧辞以献上者、謹随詔旨、子細採摭。

「惜旧辞之誤忤、正先紀之謬錯」は天武朝の前記i・iiに対応し、天武天皇が目指した正実の「帝紀」「旧辞」がいまだに定まっていないことを述べている。それで問題はないが、この部分の文脈はi・iiとiii「帝皇日継」「先代旧辞」の「誦習」が並行し、その両方を「未行其事」が受ける構造になっていた。すなわち天武天皇の最終的な念願である「欲流後葉」は実現しなかったという事態を述べるのである。元明天皇詔の「勅語旧辞」が阿礼「誦習」の「先代旧辞」を指すことは疑いがない。文脈に即して言えば、天武天皇が命じた漢文体の「帝皇日継」「先代旧辞」を阿礼が「誦習」し、それを筆録した資料が「勅語旧辞」であった。

それではなぜ「帝皇日継」がないのか。皇統譜から成る「日継」は宮廷史の中核部分で、「誦習」による修正はあるはずがなかった。最初から安万侶の「撰録」の対象ではなかったことから、あえて記載しなかったというのがその理由であろう。しかし、安万侶のもとにそれがなかったわけではなく、資料として存在したことは現古事記に皇統譜の関連記事があるのをみれば明らかである。

安万侶の作業は「勅語旧辞」の「撰録」であった。それでは安万侶にとって「撰録」とは何をすることであったのか。亀井氏は「古事記において、ヤスマロが、一往、すっかり自分の方針で書きかへたのは、歌謡の部分だけである」[29]としている。つまり、前述した歌の一字一音表記のことである。一方、西宮氏前掲書では「阿礼誦習の、帝紀・旧辞」を表記上の凡例を定めて全編「書下ろす」ことであったとする。また、西條氏前掲書は「帝紀系と旧辞系に分離している文献の体裁を、一定の方針によって配列統合し、両系を新たにひとつの書物に組織し直す作業である」とする。

三氏の論は対立するものではなく、二類の資料、と言っても阿礼「誦習」の資料に限定されるわけであるが、その融合統一にあるという点では一致した見解と言える。天武天皇が宮廷史の資料として用意した「帝皇日継」「先代旧辞」を阿礼が「誦習」し、その「誦習」を筆録した文字資料（序文に「随本不改」とある存在）が安万侶の「撰録」の対象で、その二資料を表記も含めていかに一本化あるいは一体化させるかという点が安万侶の「撰録」作業の最大の課題であった。その作業の結果が現古事記ということになる。序文には「撰録」の語がⅱとこのⅴに二回出てくるが、両方の「撰録」には「帝紀」「旧辞」と称される二類の資料を統合して成書化することが求められていたとみられる。

天武朝を重視する西宮・西條両氏の『記』成立論以後、七一二年成立説を強く補強する瀬間正之氏の論が出される[30]。全体を統一し、一書として読み通せるようにしたのは、元明朝における安万侶とする小谷博泰氏の和銅成立説[31]を引き、「仕奉」が八世紀以降常用の表記になっていったこと、「天照大（御）神」の神名が文武朝に成立したことなどから、『記』は序・本文とも和銅に成立したとする。「撰録者のもとに文字資料があった」ことは認めつつ、「それを一人の手によって—神田秀夫氏の所謂「鋏」と「糊」によって（注1同）[32]全体を統一したのが今日の本文である」というのである。これは、安万侶は本文に手を入れずに施注作業のみ行ったとする西條氏前掲書への反論となっている。安万侶の「撰録」が「鋏」と「糊」に喩えられるほど恣意的な作業とは考えられないが、それでもやはり、現古事記の本文に安万侶の手が入っていないとするのは無理がある。

以上、『記』序文の文脈を読み取りながらその成立を検討してきた。その上で「歌と散文」については次のようにまとめられる。

『記』の「歌と散文」の本文は七一二年一月に成立した。それは安万侶が天武朝の阿礼「誦習」の文字資料を一定の基準で統一して作った本文である。安万侶の本文作りは前年九月から四ヶ月余りという期間からみても、全体として大きな加除に及ぶものではなかった。「歌と散文」は天武朝の文字資料において不統一な表記を多く含みつつも、現古事記とは大きくかけ離れない内容で存在していたと考えられる。『記』の「歌と散文」は天武朝の阿礼による「誦習」から元明朝の安万侶の「撰録」作業へという過程の中で、最終的に安万侶による歌の一字一音表記と和文体の散文で統一されて成立したとみることができる。

『記』序文と本文の一体性から言えば、「歌と散文」に対する如上の序文内容は、本文上で確かめられるはずである。そこで、序文の「帝皇日継」と本文の「天津日継」「日継」、本文の歌の「高光る　日の御子」と「やすみしし　我が大君」、「高光る　日の御子」の「歌と散文」の三点から、以下、『記』の「歌と散文」の成立とその意義について考察する。

五　「日継」と「天神御子」「日神の御子」

「帝皇日継」は、序文iiiの検討において「帝紀」グループの中で特異であることに注目し、『記』の成立理念に関わるとみた用語である。この語を構成する「帝皇」と「日継」は本文中に用例があり、その文脈の中で明確に意味が規定される。

①此葦原中国者、随命既献也。唯僕住所者、如天神御子之天津日継所知之登陀流天之御巣而、於底津石根宮柱布斗斯理、於高天原氷木多迦斯理而、治賜者、僕者、於百不足八十坰手隠而侍。（上、大国主神の国譲り）

②詔別者、大山守命為山海之政。大雀命執食国之政以白賜、宇遅能和紀郎子所知天津日継也。
（中・応神記、三皇子の分治）

③天皇、初為将所知天津日継之時、天皇辞而詔之、我者有一長病。不得所知日継。然、大后始而諸卿等、因堅奏而、乃治天下。（中略）御調之大使、名云金波鎮漢紀武、此人深知薬方。故、治差帝皇之御病。
（下・允恭記、即位）

④天皇崩之後、定木梨之軽太子所知日継、未即位之間、奸其伊呂妹軽大郎女　（下・允恭記、崩御）

⑤天皇崩後、無可治天下之王也。於是、問日継所知之王　（下・清寧記、即位）

⑥天皇崩、即意富祁命、知天津日続也。　（下・顕宗記、崩御）

⑦天皇既崩、無可知日続之王。　（下・武烈記、崩御）

避板法による書き換え説を唱える『古事記伝』は、「帝紀は、下文に帝皇日継とあると同じく、御々代々《ミヨミヨ》の天津日嗣を記し奉れる書なり」とし、「帝紀」と「帝皇日継」は同一で、代々の皇位継承を記した書と解する。「日継」

を皇位継承の次第とする解釈に異説はみられない。しかし、前述したように「帝紀」と「帝皇日継」は同一ではなく、「帝紀」グループの中で皇位継承を直接表す語は「帝皇日継」だけである。「日継」の語は本文の右の用例において天皇即位の実情を伝えているのである。

「日継」は④〜⑦にみられるように、「天皇崩後」に必ず起こる宮廷あるいは国家的事態であった。山田氏は天武天皇の殯宮記事に記す持統紀二年十一月十一日条、

当摩真人智徳、奉誄皇祖等之騰極次第。礼也。古云日嗣也。

を引いて、この「皇祖等之騰極次第」は「帝皇日継」と「同じ事を云ったのであらう[33]」とする。まったく同一とは言えないにしても、「古云日嗣」とあるから、内容が「帝皇日継」と重なることは間違いない。「日継」には「皇祖」（歴代天皇）の御名（和風諡号）とその「次第」（順序・続柄や必要な事情）を殯宮での誄で誦み上げるという実体を伴っていたのである。『紀』のもう一例も舒明天皇崩御後に「息長山田公、奉誄日嗣」（皇極紀元年十二月）とあり、「日嗣」の誄は「礼也」すなわち殯宮での慣例の儀式になっていたのである。「帝皇日継」に関しては、「日嗣の誄が、重大な歴史意識の成立の契機、ひいては天皇家の歴史、国家の歴史の成立契機となる[34]」という横田健一氏の指摘にも留意しておきたい。

右の用例をみると、「日継」にはすべて「知」が付き、「日継知らす」で皇位を継ぐという意を表す。①②③⑥は「天津」の尊称と複合語を作る例で、『万葉集』では歌語としてアマノヒツギが五例みられる。ただ①の場合、単なる尊称ではなく、「天神御子」の「日継」という実体をもつ。①の「天津日継」は、国つ神である大国主神が高天原の領有を継ぐ天つ神である御子[35]の天の住かと同じように私の住かを立派に造って祭れば、葦原中国を譲るという誓約の中に出てくる。つまり、「高天原」における「天神御子」の「天津日継」が大国主神の国譲りによって、「葦原中国」における「天神御子」の「天津日継」に引き継がれるのである。それはまた神武天皇以降、「天

神御子」の後裔である天皇の「天津日継」へと継承される。②③がそれである。天皇の即位が「高天原」における「天神御子」の「天津日継」を③⑤の「治天下」において体現するのであって、その構造を①〜⑦の用例は示しているのである。

さらに、この用例からわかることは、中・下巻において「日継」の語が皇位継承の危機に深く関わって出てくるという事実である。②は「天津日継」を知らすべき宇遅能和紀郎子が「山海之政」を命じられた大山守命の反乱を鎮めたものの早逝し、「食国之政」を担うはずの大雀命が皇位に即くという展開である。応神記の大山守命の反乱伝承は［歌と散文］によって大山守命の死を記す。これは「宇遅能和紀郎子所知天津日継」と対応し、皇統譜で応神天皇の次に宇遅能和紀郎子や大山守命でなく、仁徳天皇（大雀命）が位置することへの説明となる。③は允恭天皇の病という「天津日継」の危機である。この時は「新良国王」に仕える御調の大使が薬を処方して解決する。

ここに『記』本文では孤例の「帝皇」の語が用いられる。天皇でなく「帝皇」を用いたのは「新良国王」が出てくる文脈に合せて対外的な呼称にしたのであろう。これは序文の「帝皇日継」からみて、安万侶の手の可能性が高い。

④〜⑦はすべて先帝の崩御に関わって出てくる。特に④は皇位が決まっていた軽太子が即位する前に同母妹に姦通する事件である。兄妹の心中という悲劇的結末に至る事件の全容が［歌と散文］で書かれる。この話も軽太子が即位できなかったという「日継」の説明になっている。(36) 大きな括りではこれも反乱伝承と言ってよい。⑤⑦は天皇崩御後の皇位継承者の不在、⑥は弟の次に兄が即位するという異例に関わる「日継」である。

「日継」の用例から「帝皇日継」が歴代天皇の即位の次第であることが確かめられる。これこそがまさに宮廷史の根幹であって、「先代旧辞」は「帝皇日継」と内容的に密接に対応しつつ補完する関係にあったことを用例が物語っている。②や④の他に『記』に多くみられる反乱伝承は、「先代旧辞」の中心的存在であり、それらは「帝皇日継」に書かれた歴代天皇の即位の次第を説明する役割をもっていたのである。

これまで「日継」の書たる『記』の実体をみてきた。「日継」には皇位の神話化、すなわち天皇につながる「天神御子」の存在があったわけであるが、『記』では天照大御神が「天神御子」を「我御子」として葦原中国に天降りさせたのが天津日高日子番能邇々藝命である。それ以後、天津日高日子穂々手見命・天津日高日子波限建鵜葺草葺不合命と続くのが日向三代である。この神名に共通するのが日神の子を表す「日子」[37]で、天照大御神の子孫として天皇につながっていくのである。

神話の中の「天津日継」は天皇の「日継」に移行しなければならない。『記』は神武天皇東征の段にその移行の仕組みを示す。それは五瀬命の「吾者、為日神之御子」という宣言に始まり、神倭伊波礼毘古命には一貫して「天神御子」を用い、天照大神・高木神が「我之御子」と呼ぶところに表れている。すなわち、「日神之御子」たる「天神御子」が天照大神・高木神の「御子」として大和平定を成し遂げ、即位して天皇の称を用いるのである。「日神之御子」「天神御子」から天皇へと「天津日継」は移行し、神話的な権威をもつ天皇の「日継」の絶対性と正統性が神武記の中で確立するわけである。

序文の「帝皇日継」が『記』の成立理念の主要な柱であることは疑いない。その背景には天照大御神の子孫としての日神の御子＝天皇という神観念あるいは政治思想があったと言える。天照大御神が伊勢神宮に祭られる契機は、壬申の乱の次の記事にあるとみるのが通説である。

旦、於朝明郡迹太川辺、望拝天照太神。（天武紀元年六月二十六日）

欲遣侍大来皇女于天照太神宮、而令居泊瀬斎宮。（同二年四月十四日）

大来皇女、自泊瀬斎宮、向伊勢神宮。（同三年十月九日）

この一連の記事は敏達・用明朝からの伊勢神宮の日神祭祀（用明即位前紀）が壬申の乱を経て、天武朝に「天照太神」の祭祀へと転換する兆しを示すものであろう。この点について瀬間氏は、前述のように『紀』の「天照大神」の神名が成立したのは文武朝以降とし、それが『記』の七一二年成立説を主張する根拠の一つとなっている。神名の文字表記からの見解として注目される。一方、西宮秀紀氏は最近、「天照大神」の成立が律令国家以降（八世紀～）とする見解に対して、伊勢神宮の祭祀の視点から、「日神」から「天照大神」（アマテラス）への転換が天武朝頃と想定されることを再確認している。(38)『紀』神代上の「日神」「大日孁」「天照大神」「天照大日孁尊」、『万葉集』の「天照日女之命」をみても、『記』の天照大御神神話には天武朝から元明朝への複雑な過程が推察される。伊勢神宮の天照大御神祭祀と皇祖神化の起点となった壬申の乱が『記』成立の発端になったことは明らかであるが、ここでの課題で言えば、天照大御神神話が「天津日継」と日神の御子＝天皇の思想をつなぐ役割を果していることである。「日継」は日神の御子として皇位を継いでいくことを表す語(39)であり、これまでみてきたように『記』の成立理念に直接関わる語として注目されるのである。

六　「高光る　日の御子」「やすみしし　我が大君」と天武朝の天皇像

『記』では「日神之御子」としての天皇や皇子が歌の中に「日の御子」とうたわれる。後に述べるように、『紀』には対応歌であってもこの句がみられない。その際立った相違をみるために、天皇や皇子の二種類の称句、すなわち「高光る　日の御子」と「やすみしし　我が大君」、加えて「高光る」を伴わない「日の御子」及び「日の御子」以外にかかる「高光る」の例を次に掲出する。

A高光《たかひか》る　日《ひ》の御子《みこ》　やすみしし　我《わ》が大君《おほきみ》……君待《きみま》ちがたに　我《わ》が着《け》せる　襲《おすひ》衣の襴《すそ》に　月立《つきた》たなむよ

（景行記28）

B　ほむたの　日《ひ》の御子《みこ》　大雀《おほさざき》　大雀《おほさざき》　佩《は》かせる大刀《たち》……　（応神記47）

C1　高光《たかひか》る　日《ひ》の御子《みこ》　諾《うべ》しこそ……倭《やまと》の国《くに》に　鴈卵生《かりこむ》と　未《いま》だ聞《き》かず　（仁徳記72）

C2　やすみしし　我《わ》が大君《おほきみ》は　諾《うべ》な諾《うべ》な……倭《やまと》の国《くに》に　鴈産《かりこ》むと　我《われ》は聞《き》かず　（仁徳紀63）

D　み吉野《えしの》の　袁牟漏《をむろ》が嶽《たけ》に　猪鹿《しし》伏《ふ》すと　誰《たれ》そ　大前《おほまへ》に奏《まを》す　やすみしし　我《わ》が大君《おほきみ》の　猪鹿《しし》待《ま》つと　呉床《あぐら》
に坐《いま》し……　（雄略記96）

E1　やすみしし　我《わ》が大君《おほきみ》の　遊《あそ》ばしし　猪《しし》の　病《や》み猪《しし》の……　（同97）

E2　やすみしし　我《わ》が大君《おほきみ》の　遊《あそ》ばしし　猪《しし》の　うたき恐《かしこ》み……　（雄略紀76）

F　纏向《まきむく》の　日代《ひしろ》の宮《みや》は……高光《たかひか》る　日《ひ》の御子《みこ》　事《こと》の　語《かた》り言《ごと》も　こをば　（雄略記99）

G　倭《やまと》の　この高市《たけち》に……その花《はな》の　照《て》り坐《いま》す　高光《たかひか》る　日《ひ》の御子《みこ》に　豊御酒《とよみき》　献《たてまつ》らせ　事《こと》の　語《かた》り言《ごと》も　こ
をば　（同100）

H　ももしきの　大宮人《おほみやひと》は……高光《たかひか》る　日《ひ》の宮人《みやひと》　事《こと》の　語《かた》り言《ごと》も　こをば　（同101）

I　やすみしし　我《わ》が大君《おほきみ》の　朝《あさ》とには　い倚《よ》り立《た》たし……　（同103）

J　隠国《こもりく》の　泊瀬《はつせ》の川《かは》ゆ……やすみしし　我《わ》が大君《おほきみ》の　帯《お》ばせる　細紋《ささら》の御帯《みおび》の　結《むす》び垂《た》れ　誰《たれ》やし人《ひと》も　上《うへ》
に出《で》て嘆《なげ》く　（継体紀97）

K　やすみしし　我《わ》が大君《おほきみ》の　隠《かく》ります　天《あま》の八十蔭《やそかげ》　出《い》で立《た》たす……　（推古紀102）

「高光る　日の御子」は『記』の四首にみられ、「高光る」と「日の御子」のどちらかの句をもつ歌を含めると六首になる。もう一つの「やすみしし　我が大君」の方は『記』『紀』に四首ずつみられる。このうち注目されるのは、一首に両称句が用いられる唯一のA、『記』『紀』の対応歌が二つの称句を使い分けているC1C2、『記』

『紀』の対応歌が同じ称句を用いているE1E2である。

称句が用いられた対象をみると、「高光る　日の御子」はAが倭建命、C1が仁徳天皇、FGが雄略天皇で、「日の御子」のみのBが大雀命（仁徳天皇）、Hが雄略天皇に仕える宮人である。この称句が『紀』にみられないことはやはり問題になる。「やすみしし　我が大君」は『記』ではAの倭建命とD・E1・Iの雄略天皇に限られ、『紀』ではC2が仁徳天皇、E2が雄略天皇、Jが勾大兄皇子、Kが推古天皇である。二つの称句は『記』『紀』ともに倭建命・仁徳天皇・雄略天皇に限定的集中的に用いられる傾向が認められ、『紀』でもっとも新しい時代に用いられた例はKの推古天皇である。

両称句は天皇を中心に限定的に用いられるが、皇子である倭建命と勾大兄皇子の場合は天皇として扱っている。倭建命の場合、若帯日子命（後の成務天皇）、五百木之入日子命とともに三御子が太子の名を負う異例の系譜記事があり、熊曾建征伐の時、「詔、吾者、坐纏向之日代宮所知大八嶋国、大帯日子淤斯呂和気天皇之御子、名、倭男具那王者也」という、これも異例の名告りがある。「詔」は天皇だけに用いる語であり、大八島国を領有する御子という宣言と西征東征の英雄的行動が二つの天皇称句でうたわれる理由として考えられる。勾大兄皇子は後の安閑天皇である。

「高光る　日の御子」が歌の中で意味的に機能することは少ない。AやC1は日神の御子として天皇・皇子を称えるが、単なる称句にとどまる。ただ、天語歌のFとGでは末尾の「高光る　日の御子」が前の歌詞と意味的なつながりをもつ。Fは「日代の宮」が天にある日（太陽）の宮での出来事としてうたわれ、天に高く光り輝く意の「高光る」が内容的に前とつながっている。Gも「その花の　照り坐す」の照り輝く様を受けて「高光る」と続くから、意味的に密接なつながりがある。この二例は形式的な称句以前の、雄略天皇に起源をもつ宮廷儀礼の酒宴歌謡として用いられた表現であることを示している。(40) これはHも同様である。

「やすみしし　我が大君」についてはもっとも新しい用例のKを実年代の歌とみて、これを初出と推定する橋本達雄氏の論[41]がある。その原義は、『万葉集』の用例歌に「八隅」の訓字表記があるのに注目し、道教に基づく、全世界を知らしめす意とする。また「高光る　日の御子」が創り出されたのは大化前後の時代と推定している。Kが推古紀二十（六一二）年正月の記事通りに、蘇我馬子が宮廷儀礼で奏上した酒宴歌謡であるならば、天武朝より六十年も早くに「やすみしし」の称句が成立していたことになる。「高光る」の称句の場合、大化前後の成立と考えると、天武朝より二十五年以上前には用いられていたことになる。正確な成立年代は不明と言うよりほかないが、少なくとも天武朝には両称句がうたわれていたとみてよい。

天武朝は壬申の乱を経て天皇即神観が生まれ、大きく天皇像が変わる時期である。『万葉集』巻十九に「壬申年之乱平定以後歌二首」として「大君は　神にしませば」の常套句をもつ大将軍大伴御行（四二六〇）と作者未詳（四二六一）の歌がある。これは壬申の乱と天皇像の変化の関係を明瞭に示す例である。天武朝のこの変化の中に、「高光る　日の御子」と「やすみしし　我が大君」の二つの天皇称句があったとみるのが自然である。両称句はそれぞれ天皇の神話（祭祀）的身体と政治的身体[42]を表し、強大な権威をもつ天武朝の新天皇像を象徴的に示す歌表現として存在したとみられる。持統朝以降の両称句は新天皇像の分与と言ってよい。

『万葉集』の用例では「やすみしし　我が大君」が舒明朝からみられるものの、「高光る（高照らす）　日の皇子」は持統三（六八九）年、柿本人麻呂の日並皇子殯宮挽歌（2・一六七、一七一、一七三）が初出例となる。橋本氏は、タカヒカルと訓む可能性のある「高光」（五例）・「高照」（七例）・「高輝」（一例）を、「高照」はタカテラス、それ以外はタカヒカルと訓み、「古くからあったタカヒカルに対し、人麻呂が新たにタカテラスを創案した[43]」と結論づけた。用例の状況からみて首肯すべき見解である。

両称句が連続する場合、『万葉集』では七首例外なく「やすみしし」の称句が前で、「高光る（高照らす）」が後になる。その初出例は持統六（六九二）年か同七年の冬の作とされる柿本人麻呂の安騎野の歌（1・四五）、または持統七年九月九日作が確定している持統天皇の天武天皇御斎会の歌（2・一六二）であり、「高光る（高照らす）」はほぼ持統・文武朝に集中して現われ、短期間で消える。これは天武朝の新天皇像を表す両称句に共感した人麻呂が、持統朝において天武天皇の皇子たちに限定的に用いた現象である。しかし、人麻呂による革新的な創造というよりは、皇子たちの偉大な父、天武天皇の姿を重ねるごとく、人麻呂は前代の称句を再生して皇子たちを讃仰する歌に用いたとみるべきであろう。

二つの称句は壬申の乱後の天武朝の宮廷に新天皇像の表現として存在していたことをみてきた。『万葉集』では「やすみしし」の初出例が舒明朝と古い。推古・舒明朝からあった「やすみしし」に対し、「高光る　日の御子」の称句が重視されたのは天武朝における伊勢神宮の天照大御神祭祀及びその皇祖神化と関係しているに違いない。先に、Ｆの「高光る」が形式的な称句以前の表現であることに注目した。Ａや『万葉集』の持統・文武朝用例歌にみられる形式的称句とはまったく異なる。これは天武朝の「高光る」重視とつながりをもつ。伊勢国の三重婇がＦの中で「高光る　日の御子」と雄略天皇を称えるのは、伊勢国の日神（天照大御神）を想起させる意味をもつ。『記』の歌にみえる「高光る　日の御子」の天皇称句は、天武朝の伊勢神宮祭祀と結びつき、日神の御子という新天皇像を表現している。もう一つの「やすみしし　我が大君」も新たに意味づけされて『記』の歌に用いられている。二つの天皇称句をもつ歌は、天武朝段階の資料に存在し、阿礼が「誦習」するところとなったと考えて矛盾は生じない。

七　「高光る　日の御子」の［歌と散文］

「高光る　日の御子」の「歌と散文」は①Aの倭建命、②C1の仁徳天皇、③FGの雄略天皇にみられる。その三箇所から「歌と散文」の成立をみていくことにする。

①景行記・倭建命

自其国越科野国、乃言向科野之坂神而、還来尾張国、入坐先日所期美夜受比売之許。於是、献大御食之時、其美夜受比売、捧大御酒盞以献。爾、美夜受比売、其、於意須比之襴、意須比三字以音。著月経。故、見其月経、御歌曰、

ひさかたの　天《あま》の香具山《かぐやま》……汝《な》が着《け》せる　襲衣《おすひ》の襴《すそ》に　月立《つきた》ちにけり　（記27）

爾、美夜受比売、答御歌曰、

高光《たかひか》る　日《ひ》の御子《みこ》　やすみしし　我《わ》が大君《おほきみ》……我《わ》が着《け》せる　襲衣《おすひ》の襴《すそ》に　月立《つきた》たなむよ　（記28）

故爾、御合而、以其御刀之草那藝釼、置其美夜受比売之許而、取伊服岐能山之神幸行。

散文では、甲斐から科野に越えて言向けを果し、尾張国に還ってきた。往路の時契り定めた美夜受比売に迎えられ、酒宴を開く。歌の問答では、比売の衣の襴に著いた月経を題材にうたい交わす。散文の後半、美夜受比売の記述は歌の説明になっている。西郷氏は比売を巫女とする。[44]比売は「尾張国造之祖」とあるから、この話には結婚による尾張国の祭祀権の掌握という背景がある。従って、比売の答歌にうたわれた「高光る　日の御子」の天皇称句は、倭建命を天皇として称え、朝廷による統治の受諾を意味する。

それではなぜ、ここに日神の御子がうたわれるのか。倭建命は東方十二道の言向けに当たって伊勢大御神（天照大御神）の宮に参り、姨倭比売命から草那藝剣を賜っている。伊勢の日神の加護を受けているのである。それは日神、天照大御神の御子（天皇）の資格で行動するという文脈である。倭建命への天皇称辞はその文脈と照応する関係にある。答歌の後の散文に、比売のもとに草那藝剣を置いていくというのも伊勢大御神からの文脈が続

いていることを表す。

伊勢大御神・倭比売・草那藝剣、そして「高光る　日の御子」の［歌と散文］が成立するのは、壬申の乱後の天武朝、すなわち天武元年から三年の伊勢神宮における天照太神祭祀への転換を経てはじめて可能であったとみるべきである。伊勢大御神から「高光る　日の御子」の［歌と散文］へと続く構想は、天武天皇の「帝皇日継」「先代旧辞」と阿礼「誦習」によって実現されていくものであったとみてよい。

このように述べてくると、「高光る」が先で「やすみしし」が後の形式がこの一例のみであることへの不審が示されるであろう。『万葉集』の用例歌はすべて「やすみしし」が先で、例外はない。その順序に何らかの強い規制があったことは明らかである。『記』の異例は「高光る」重視と一応みることができるが、元明朝の安万侶の手によって、「やすみしし」ではじまる歌に「高光る」の称句が冠せられたという可能性を否定することはできない。しかし、「高光る」の枕詞は、前述したように持統・文武朝のごく限られた期間に用いられ、弓削皇子挽歌の文武三（六九九）年頃には終焉を迎えていた。その後、山上憶良歌（5・八九四）に例がみられるが、「日の大朝廷」にかかるという変則的な用法であった。安万侶が「撰録」作業に従事した和銅四（七一一）年頃には、すでに過去の称句であったのである。その称句をあらためて用いるというのは考えにくい。やはり、倭建命と美夜受比売の歌問答の話は、天武朝に成立していたのではないか。「高光る　日の御子」の歌は、持統・文武朝からみればやや異例の形で存在していたということになる。

②仁徳記・雁の卵の瑞祥

亦、一時、天皇、為将豊楽而、幸行日女嶋之時、於其嶋鴈生卵。爾、召建内宿禰命、以歌問鴈生卵之状。
其歌曰、

たまきはる　内《うち》の朝臣《あそ》……鴈卵生《かりこむ》と聞《き》くや　（記71）

於是、建内宿禰、以歌語白、

高光《たかひか》る 日《ひ》の御子《みこ》 諾《うべ》しこそ……倭《やまと》の国《くに》に 鴈《かり》卵《こ》生《む》と 未《いま》だ聞《き》かず （記72）

如此白而、被給御琴歌曰、

汝《な》が御子《みこ》や つびに知《し》らむと 鴈《かり》は卵《こ》生《む》らし （記73）

此者、本岐歌之片歌也。

これも①と同様に問答歌で、仁徳天皇に建内宿禰が歌で答える話である。建内宿禰の答歌に「高光る 日の御子」の天皇称句が出てくる。『紀』の対応歌では前掲C2に示したように、「やすみしし 我が大君」が用いられる。臣下からの答歌であるから『紀』の方がふさわしいとも言えるが、単に恣意的な選択ではなく、『記』の「日の御子」と散文の「日女嶋」の関係性を指摘する論もみられる。(45)もっと踏み込めば、「日女」は『万葉集』の日並皇子挽歌「天照 日女之命 一云、指上日女之命」（2・一六七）の「日女」すなわち天照大御神で、太陽の女神を想起させる語と解される。建内宿禰の答歌は天照大御神を想起させる（祭る）島で、仁徳天皇を日神の御子として称えるという関係性が浮かび上がってくる。

さらに、青木周平氏は「仁徳以後の皇統の日継ぎの正統性を保証した点において、『古事記』の〈日の御子〉像の成立は仁徳をもって果された」(46)と指摘している。「日継」に関わるのは問答歌の結びの歌、すなわち「本岐歌之片歌」という歌曲名をもつ歌である。この歌は仁徳天皇の子たちの皇位継承を祝福する意味をもつ。雁の卵問答から仁徳皇統の寿祝まで、日女島での出来事は歌によって伝えられている。歌は歴史伝承であり、宮廷史を伝えるものであるからこそ、宮廷歌曲として宮廷機関に保存、継承されてきたのである。(47)

仁徳天皇を日の御子として称える一連の宮廷歌曲をみてきたが、その中に宮廷史の根幹をなす「日継」に関わる歌があることは注目に値する。天武朝に阿礼が「誦習」した「先代旧辞」と呼ばれる資料には、宮廷史を伝える歌曲が多数含まれていたに違いない。事実、『記』には一一一首の歌が記載されているのである。

③雄略記・長谷の豊楽

又、天皇、坐長谷之百枝槻下、為豊楽之時、伊勢国之三重婇、指挙大御盞以献。爾、其百枝槻葉、落浮於大御盞。其婇不知落葉浮於盞、猶献大御酒。天皇看行其浮盞之葉、打伏其婇、以刀刺充其頸、将斬之時、其婇白天皇曰、莫殺吾身。有応白事、即歌曰、

纏向《まきむく》の　日代《ひしろ》の宮《みや》は……是《こ》しも　あやに畏《かしこ》し　高光《たかひか》る　日《ひ》の御子《みこ》　事《こと》の　語《かた》り言《ごと》も　こをば　（記99）

故、献此歌者、赦其罪也。爾、大后歌。其歌曰、

倭《やまと》の　この高市《たけち》に……その花《はな》の　照《て》り坐《いま》す　高光《たかひか》る　日《ひ》の御子《みこ》に　豊御酒《とよみき》　献《たてまつ》らせ　事《こと》の　語《かた》り言《ごと》も
こをば　（記100）

即、天皇歌曰、

ももしきの　大宮人《おほみやひと》は……高光《たかひか》る　日《ひ》の宮人《みやひと》　事《こと》の　語《かた》り言《ごと》も　こをば　（記101）

此三歌者、天語歌也。故、於此豊楽、誉其三重婇而、給多禄也。

この三首は「天語歌」の歌曲名をもつことで、一連の歌群としてうたわれ、伝承されてきたことがわかる。三首とも酒が出てくることから酒宴の場で、日の御子＝天皇を讃美する宮廷歌曲であることは疑いない。この三首が一体であることを明瞭に示すのは、「事の　語り言も　こをば」の共通の末尾句をもつ点である。この末尾句は八千矛神の「神語」四首のうち三首にもみられ、出来事をうたう長詞形の歌群にうたい収め句として添えられるものであった。ところが、「天語歌」の場合、出来事をうたうのは最初の一首だけで、その一首に他の二首が加わって「天語歌」三首になったとみられる。(48) 土橋寛氏は「天語歌」第一歌について「宮廷寿歌中もっとも発達した段階のもの」(49)と述べている。第三歌では「高光る」を受ける語が「日の宮人」になり、「日の御子」からの

広がりをみせている。「天語歌」三首全体が新しい段階のものであろう。

三首が一体になった場は宮廷歌謡・歌曲の保存、伝習を担う宮廷歌舞機関であったと推定される。その機関には「天語歌」第一歌のような宮廷史を伝える歌謡・歌曲が集められていたらしい。天武紀三年「能歌男女」の貢上、同十四年「歌男・歌女・笛吹者」の伝習の記事は、宮廷における歌舞制度の整備を伝える資料である。「天語歌」など『記』所載の歌謡・歌曲はそのような宮廷の歌舞機関に収集、保存されていたと推察される。

第一歌が伝える出来事は、「三重の子」が豊楽で天皇に酒を捧げ、その時盃に槻の葉が浮かんだのを瑞祥として「日の御子」＝天皇を称えるという内容である。散文では三重婇が失態を犯して天皇の逆鱗に触れるが、献歌によって許され褒美をもらう話に展開する。それは天皇の徳を示す意図が働いたからであろう。この「天語歌」三首を通して「日の御子」としての雄略天皇を称え、天皇の有徳と治世の繁栄を示すのである。

こうして「高光る　日の御子」と称えられた倭建命・仁徳天皇・雄略天皇の「歌と散文」をみてくると、この一皇子二天皇には理想の統治者像と繁栄する御世が描かれている。それをひと言で表すと、「高光る　日の御子」の称句だったのである。「日の御子」が統治する御世こそ『記』が記述しようとした『記』の成立理念であった。その成立理念を実現するために「高光る　日の御子」がうたわれている「歌と散文」を要所に配置して記述することが求められたのである。

結びにかえて――「歌と散文」の表現史

『記』は「日継」の書とみることができる。「日継」の絶対性と正統性を記すために、「歌と散文」を要所に織り込んで宮廷史の一書を作り上げたのである。序文は天武朝の阿礼の「誦習」と元明朝の安万侶の「撰録」、すなわち二段階の成立過程を記す。小論では本文の［歌と散文］において二段階の成立を検証し、それが矛盾なく当てはまることをみてきた。序文と本文の一体性は確かめ得たと考える。

しかし、『記』はなぜ［歌と散文］を撰《えら》び録《しる》したのか。冒頭に述べた「八世紀初めの日本史書に出現した、きわめて限定的で特異な現象」の解明には、十分に到達できなかったと言わなければならない。「古代の表現史」における『記』の成立論やその意義こそが小論の目指した課題であったが、今後のさらなる解明を期すほかない。ただ、『記』（『紀』も）の歌の記載について明確に言えることは、歌が宮廷史を伝えていた、あるいは歌そのものが歴史叙述であった点である。それと同時に、歌で伝えられた歴史こそが信頼できるという観念の存在が想定される。

ここに一つの例がある。よく知られている『万葉集』巻一の歌である。

麻続王流於伊勢国伊良虞嶋之時人哀傷作歌

打麻《うちそ》を　麻続王《をみのおほきみ》　海人《あま》なれや　伊良虞《いらご》の島の　玉藻《たまも》刈ります　（1・二三）

麻続王聞之感傷和歌

うつせみの　命《いのち》を惜《を》しみ　波に濡《ぬ》れ　伊良虞の島の　玉藻刈り食《は》む　（1・二四）

右、案日本紀曰、天皇四年乙亥夏四月、戊戌朔乙卯、三位麻続王有罪流于因幡。一子流伊豆嶋、一子流血鹿嶋也。是云配于伊勢国伊良虞嶋者、若疑後人縁歌辞而誤記乎。

天武天皇代の歌となっている。無名の人と麻続王の問答歌は、王が罪を得て流され、都から遠い伊良虞の島で藻を食べて寂しく暮らしていることを伝えている。何の罪かわからないが、王の配流と孤島での生活が歌から理解できる。題詞は歌からわかる内容である。王の歌は無名の人が作ったのであろう。折口信夫氏は歌が貴種流離の物語を伝えていると述べている。(50)

王の配流は宮廷を騒がす事件であったはずで、この問答歌は天武天皇代の宮廷史を伝えているとみてよい。左注では天武紀四年四月の記事で事実確認し、題詞の誤りを指摘する。しかし、『万葉集』の本文は歴史事実として成立している。問答歌は麻続王の配流事件という宮廷史、あるいは歴史叙述そのものと言ってよい。折口氏が言うように、王の流離を題詞の「時人」が歌で伝えるのである。歌ゆえに王の哀しみの心まで読み取り、後の人が物語化する。そこに散文が生成してくる。左注の「後人」はそれを示唆しているのである。

この問答歌は天武天皇代の作という[51]。『記』の天武朝段階と同じ時期である。『記』がなぜ「歌と散文」を記載したかという課題とその表現史を考える一つの手がかりがここにあるように思う。

注

(1) 二〇〇〇年以降でもっとも強く偽書説を主張したのは、三浦佑之『古事記のひみつ 歴史書の成立』(吉川弘文館、二〇〇七年)である。『古事記』の序文は九世紀に偽造されたとするものだが、その直後に矢嶋泉『古事記の歴史意識』(吉川弘文館、二〇〇八年)は序文の偽書説が成立しないことを論じた。それを受けて多田一臣『古事記私解Ⅰ』(花鳥社、二〇二〇年)は論点を整理し、序文と本文の一体性を確認している。

(2) 允恭記の「夷振之上歌」を一首と数え、清寧記の「詠」を歌に入れない歌数である。

(3) 「「原古事記」を考える」(稲岡耕二編『別冊國文学・日本神話必携』一九八二年一〇月)

(4) 居駒永幸『古代の歌と叙事文芸史』(笠間書院、二〇〇三年)の章題に「古事記における歌と散文の表現空間」としたように、「歌と散文」ととらえることで、両者が一体化して創り出す「表現空間」が問題となる。

(5) 『本居宣長全集』9(岩波書店、一九六八年)。以下の『古事記伝』の引用はこの『全集』による。

(6) 西宮一民『古事記』(日本古典集成・新潮社、一九七九年)、青木和夫・石母田正・小林芳規・佐伯有清『古事記』(日本思想大系・岩波書店、一九八二年)、山口佳紀・神野志隆光『古事記』(新編古典全集・小学館、一九九七年)など。

（7）「古事記の成立を考える」（『國學院大學創立一三〇周年記念事業　文学部企画学術講演会・シンポジウム報告書』二〇一三年三月）
（8）西條氏は「阿礼誦習本の系統」（前掲書。初出、一九八七年六月）の論文で、「賷」の用例を検討した結果、「諸家が持ち伝えてきた」意とする旧説を否定し、平田俊春『日本古典の成立の研究』（日本書院、一九五九年）の「持参する」意を支持して「諸家が宮廷に持参した帝紀旧辞（傍点、西條氏）」と解した。
（9）『日本文化史・第一巻古代』（大鐙閣、一九二二年）
（10）『古事記研究 帝紀攷』（青磁社、一九四四年）及び『古事記説話群の研究』（明治書院、一九五四年）
（11）『古事記注釈』1（平凡社、一九七五年）
（12）『古代日本文学思潮論（Ⅱ）』（桜楓社、一九六二年）
（13）『古事記の達成』（東京大学出版会、一九八三年。初出、一九八二年一〇月）
（14）『定本柳田國男集』9（筑摩書房、一九六九年。初出、一九二七年一二月）
（15）山田氏、前掲書
（16）「勅語・誦習・撰録と『古事記』――「序」の神話的読みから――」（『日本の文学』第1集、一九八七年四月）
（17）『古事記生成の研究』（おうふう、二〇〇四年。初出、一九九七年三月）
（18）前掲書（第二章「補記」）
（19）小島憲之『上代日本文学と中国文学・上』（塙書房、一九六二年）
（20）西宮氏はまた「正実の帝紀・旧辞」を「天武天皇御識見本」と呼称し、それを「天武本古事記」と略称した旧説について、同書では「天武本」の言い方を取り下げ、天武朝における成書化された古事記の存在を修正している。
（21）『古事記全註釈』1序文篇（三省堂、一九七三年）
（22）注（21）同書
（23）注（6）西宮『古事記』。同書でも「「原古事記」とでも呼称さるべき文字資料（傍点、西宮氏）」としている。
（24）居駒「『古事記』『日本書紀』の歌の生態と記載――宮廷歌謡・歌曲から史書の歌へ――」（『明治大学教養論集』二〇〇二

二年九月。本書所収、第五章1）

(25)「古事記はよめるか――散文の部分における字訓およびいはゆる訓読の問題――」（『日本語のすがたとこころ（二）』亀井孝論文集4、吉川弘文館、一九八五年。初出、一九五七年一二月）

(26) 居駒「清寧記の「詠」とその散文――表現空間の解読と注釈――」（『明治大学経営学部人文科学論集』二〇二一年三月）

(27) 栄原永遠男『万葉歌木簡を追う』（和泉書院、二〇一一年）など。

(28) 呉哲男氏は「『古事記』テキストにみえる和文とも漢文ともつかないような奇怪で歪んだ文字列そのもの」と述べている（「文字の衝撃」『古代日本文学の制度論的研究』おうふう、二〇〇三年。初出、二〇〇一年六月）。

(29) 注（25）同論文

(30)「古事記は和銅五年に成ったか」（『上代文学』二〇一三年四月）

(31)「古事記序文と本文の筆録――表記と用字に関して――」（『萬葉語文研究』8、和泉書院、二〇一二年）

(32) 瀬間氏はこの注の箇所に次の文献を示す。神田秀夫『古事記の構造』（明治書院、一九五九年）・日本古典全書『古事記』上（朝日新聞社、一九六二年）

(33) 注（15）同書

(34)『日本古代神話と氏族伝承』（塙書房、一九八二年。初出、一九七六年六月）

(35) 毛利正守氏は「古事記に於ける「天神」と「天神御子」」（『国語国文』一九九〇年三月）の論文で、『記』では「天神御子」と「天神之御子」に天神である御子と天神を親とする御子という意の使い分けがあるとし、「「天津日継」（のちの皇位を指す）をもつ「天神御子」は天皇に繋る直系の神である」と指摘している。

(36) 居駒「読歌と「待懐」「共自死」――『古事記』下巻の日継物語と歌――」（『國學院雑誌』二〇一一年一一月。本書所収、第四章4）

(37)『古事記伝』は「日」を「凡て物の霊異《クシビ》なるを云」とし、「日子」は「霊異之兒《クシビナルコ》と云意」と解するが、ここでは天照大御神の「我御子」として日神の子の属性をもつ。

(38)『伊勢神宮と斎宮』（岩波書店、二〇一九年）

(39)『時代別国語大辞典・上代編』（三省堂、一九六七年）も「日嗣」の項で「日」を「日の御子」に結びつけ、「日の御子として その位置を次々についでゆく意」とする。

(40)居駒「『古事記』下巻の注釈と研究――雄略・清寧・顕宗記の歌と散文――」（『明治大学人文科学研究所紀要』二〇二一年三月）の論文で、天語歌の表現と歴史叙述について考察した。

(41)『万葉集の時空』（笠間書院、二〇〇〇年。初出、一九九二年五月）

(42)「政治的身体」の用語はエルンスト・H・カントーロヴィチ『王の二つの身体』（小林公訳、平凡社、一九九二年）による。小論は両称句に日本古代の、特に天武王権が創出した天皇の神話的、政治的身体を見出そうとするものである。

(43)注（41）に同じ。

(44)注（11）同書4（一九八八年）

(45)青木周平氏は、ヒメ島が日女と表記されたのは「「高光る日の御子」の表現と響き合っているのではないか」とする（『古代文学の歌と説話』（若草書房、二〇〇〇年。初出、一九九四年八月）。

(46)注（45）に同じ。

(47)居駒「歌と散文の表現空間――仁徳記の「高光る　日の御子」を中心に――」（『解釈と鑑賞』二〇一一年五月。本書所収、第四章3）

(48)益田勝実氏は『記紀歌謡』（筑摩書房、一九七二年）で「三者三様の出自さえ持っているかもしれない」と述べている。

(49)土橋寛『古代歌謡論』（三一書房、一九六〇年。初出、一九五六年六月）

(50)「小説戯曲文学における物語要素」（『折口信夫全集』4、中央公論社、一九九五年。初出、一九四三年）

(51)『記』が試みた和文体の［歌と散文］に対して、『紀』の漢文体のそれがある。そのすぐ後の成立と推定される「丹後国風土記」逸文の浦島子説話では、漢文体の説話に添えて贈答・追和形式の歌群が創作されていく。かつてそれを「養老の文芸」と位置づけたことがある（「養老の文芸―「丹後国風土記」逸文の浦島子説話と和歌―」『風土記研究』二〇一三年八月。本書所収、第三章5）。これは『万葉集』巻十六の題詞・左注と歌の関係にもつながる試みととらえうる。

所収論文　初出一覧

＊本書に収めるに当たり、全体の統一を図るため修正を加えたところがある。

第一章

1古代叙事歌論――記紀歌謡研究の新しい枠組について――
日本歌謡研究大系下巻『歌謡の時空』和泉書院、二〇〇四年五月

2古代歌謡と『記』『紀』の歌――新たな記紀歌謡研究の枠組み――
『國學院雑誌』第一一〇巻第一一号、二〇〇九年一一月

3日本書紀の魅力と研究史――歌と散文の表現空間を中心に――
『大倉山論集』第五三輯、二〇〇七年三月

第二章

1記・紀歌謡の発生――生態とテキストの間――
『日本歌謡研究』第四三号、二〇〇三年一二月

2記・紀の歌のヴァリアント――異伝注記を通して――
『古代文学』第五六号、二〇一七年三月

3日本古代の歌垣――「歌垣」「歌場」「嬥歌」とその歌――
岡部隆志・手塚恵子・真下厚編『歌の起源を探る　歌垣』三弥井書店、二〇一一年一二月

4宴席・蟹の歌（「蟹の歌の系譜」）
日本歌謡学会編『日本の歌謡を旅する』和泉書院、二〇一三年一一月

5巨樹の古代
『悠久』第一二四号、二〇一一年三月

6　歌謡の人称の仕組み——神歌の叙事表現から
古橋信孝・居駒永幸編『古代歌謡とはなにか』笠間書院、二〇一五年二月

第三章

1　『古事記』『日本書紀』の歌と散文
平成一八年度『明治大学大学院文学研究科共同研究成果報告書』、二〇〇八年三月
2　歌謡をめぐる謎　なぜ、たくさんの歌が収められたのか？
『歴史読本』第五七巻四号、二〇一二年四月
3　蜻蛉野遊猟歌と雄略神話——紀75に「口號」と記す意味——
『古代文学』第四八号、二〇〇九年三月
4　日本書紀の歌と歴史叙述——顕宗即位前紀の「室寿」「歌」「詰」——
『國學院雑誌』第一二一巻一一号、二〇二〇年一一月
5　養老の文芸——「丹後国風土記」逸文の浦島子説話と和歌——
『風土記研究』第三六号、二〇一三年八月

第四章

1　古事記の歌と散文のあいだ——歌の叙事の視点から——
『古事記年報』五〇、二〇〇八年一月
2　蟹の歌——応神記・日継物語の方法
『文学』第一三巻第一号、二〇一二年一月
3　歌と散文の表現空間——仁徳記の「高光る　日の御子」を中心に——
『解釈と鑑賞』第七六巻五号、二〇一一年五月
4　読歌と「待懐」「共自死」——『古事記』下巻の日継物語と歌——
『國學院雑誌』第一一二巻第一一号、二〇一一年一一月
5　置目来らしも——『古事記』の最終歌二首と日継物語——
『国語と国文学』第九〇巻第五号、二〇一三年五月

第五章

1 『古事記』『日本書紀』の歌の生態と記載——宮廷歌謡・歌曲から史書の歌へ——
『明治大学教養論集』五六五号、二〇二二年九月

2 『古事記』の文体——歌と散文の叙述法——
『明治大学教養論集』五五四号、二〇二一年九月

3 『古事記』の成立——〔歌と散文〕の表現史——
『明治大学教養論集』五七五号、二〇二三年一二月

あとがき

『古事記の成立』というタイトルの本を書く日が来るとは、夢にも思わなかった。大学院生の時、『古事記』を文学として読みたいと思っただけなのである。それから五十年、その思いだけは持ち続けてきた。最近になって『古事記』の成立について小論（本書所収、第五章３）を書き、タイトルをそのまま書名にした。身の程知らずの書名であるが、それしか思いつかない。

文学として読むために、まず記紀歌謡を研究対象にした。修士論文のテーマは「歌謡物語」であった。その後、用語が適切でないと考えて［歌と散文］を使っている。『古事記』はなぜ［歌と散文］で書いたのかということを知りたかったのである。その表現空間を読み解くことが、本書に至る研究目標になった。

しかし、研究を始めてしばらくのあいだは古代の表現を読む方法がわからず、『古事記』の［歌と散文］を論じながら、本当に古代の表現として理解できているのかと自問していた。ただ、学生時代から読んでいた折口信夫の論文には共感することが多かった。大学院で指導を受けた臼田甚五郎先生と大久間喜一郎先生は折口の教え子であったから、両先生を通して折口の謦咳に接した思いがしていた。

転機になったのは、三十歳代の後半から始めた宮古島狩俣の神歌調査である。一九九〇年から数年間、古橋信孝さんと一緒に現地調査をする機会があり、古代の表現を読む方法について何度も話をした。というより、教えられることばかりであった。古代の表現へのアプローチや方法への意識を強くもち始めたのはこの頃である。調査の成果は後に『歌の原初へ　宮古島狩俣の神歌と神話』に報告したが、村の神話や歴史が多くの長い叙事歌でうたわれる祭祀の現場に立ち会えたことは幸運であった。この神歌を通して、歌と歴史や出来事の関係が実感をもってイメージできるようになったことは事実である。

前著『古代の歌と叙事文芸史』以後、この二十年間でどれほど研究を深められたか。誠に心もとないとしか言いようがない。ただ今回、本書所収の論文を書きながら、折口はここまでわかっていたのかと驚くことがしばしばあった。本書の核心部分での引用がそれを表している。それとともに前著と違うことは、『古事記』という作品が八世紀初頭の特異な現象として見えてきたことである。その解明が本書の目的であったが、その先に本書の方法による具体的な読みを提示するという課題が残されている。（『古事記』の「歌と散文」については全注釈を別途出版の予定である）

本書の上梓までにご指導とご支援をいただいた研究者の方々には深く感謝申し上げたい。そして出版を引き受けていただいた花鳥社、もう長い付き合いになるが、いつも的確に指摘してくださる重光徹さんには心から謝意を表したい。

令和六年六月、緑濃き木々の先に月山・葉山を眺めながら

著者 識

古事記の成立「歌と散文」の表現史

二〇二四年十月十九日　初版第一刷発行

著者……居駒永幸

装幀……仁井谷伴子

発行者……相川　晋

発行所……株式会社花鳥社

https://kachosha.com

〒一〇一-〇〇五一　東京都千代田区神田神保町一-五八-四〇二

電話　〇三-六三〇三-二五〇五

ファクス　〇三-六二六〇-五〇五〇

ISBN978-4-86803-012-6

組版……ステラ

印刷・製本……モリモト印刷

【著者経歴・著書】

居駒　永幸（いこま　ながゆき）

1951（昭和26）年　山形県村山市生まれ。
國學院大學大学院文学研究科博士後期課程単位取得退学。
2021（令和3）年　明治大学教授を定年で退任、現在、明治大学名誉教授。
専門分野　古代日本文学・日本民俗学。
2003（平成15）年　國學院大學より博士（文学）の学位授与。

主な著書
『古代の歌と叙事文芸史』（笠間書院、2003年。志田延義賞受賞）、『東北文芸のフォークロア』（みちのく書房、2006年）、『歌の原初へ　宮古島狩俣の神歌と神話』（おうふう、2014年。連合駿台会学術賞受賞）、『イギリス祭り紀行』（冨山房インターナショナル、2021年）

共編著
大久間喜一郎・居駒永幸編『日本書紀［歌］全注釈』（笠間書院、2008年）、原道生・金山秋男・居駒永幸『古典にみる日本人の生と死』（笠間書院、2013年）、古橋信孝・居駒永幸編『古代歌謡とはなにか』（笠間書院、2015年）、金山秋男編『日本人の魂の古層』（明治大学出版会、2016年）

事項索引

●く

●け

●こ

●さ

●し

●る

●れ

●わ

●ゐ

歌番号索引

●日本書紀

●風土記

●続日本紀

● 万葉集